mtb

Wo Weihnachtsträume wahr werden

Die Originaltitel erschienen 1994 und 1989 unter den Titeln
All I Want for Christmas und *Gabriel's Angel* bei Silhouette Books, Toronto

2. Auflage 2021

Neuausgabe

Umschlaggestaltung von Zero Werbeagentur, München
Umschlagabbildung von Quattrophotography, RHIMAGE, paulista,
bhathaway / shutterstock
Gesetzt aus der Stempel Garamond
von GGP Media GmbH, Pößneck
Druck und Bindung von GGP Media GmbH, Pößneck
Printed in Germany
ISBN 978-3-7457-0171-5
www.harpercollins.de

Klimaneutral
Druckprodukt
ClimatePartner.com/15109-2009-1001

MIX
Papier
FSC FSC® C014496

Nora Roberts

Wünsche werden wahr

Roman

Aus dem amerikanischen Englisch von
Heike Warth

mtb

1. Kapitel

Taylor's Grove hatte zweitausenddreihundertundvierzig Einwohner. Mittlerweile einen mehr, dachte Nell, als sie die Aula der Highschool betrat. Sie lebte erst seit zwei Monaten hier, aber sie fühlte sich in der kleinen Stadt mit ihren hübschen Vorgärten und kleinen Läden bereits heimisch. Vor allem genoss sie die gemächliche Lebensart, die freundlichen Schwätzchen mit den Nachbarn, liebte die Schaukeln auf der Veranda, die holprigen Gehsteige.

Wenn ihr jemand vor einem Jahr prophezeit hätte, dass sie Manhattan gegen einen winzigen Flecken im westlichen Maryland eintauschen würde, sie hätte ihn für verrückt erklärt. Und jetzt war sie die neue Musiklehrerin in Taylor's Grove und fühlte sich pudelwohl in ihrer Rolle.

Sie hatte den Ortswechsel dringend nötig gehabt. Im letzten Jahr hatte ihre Mitbewohnerin geheiratet, und da sie sich die Miete allein nicht leisten konnte, hatte sie eine Nachfolgerin gesucht. Aber ihre neue Wohnungsgenossin war nicht lange geblieben und hatte bei ihrem Auszug alles mitgenommen, was auch nur den geringsten Wert besaß. Und das hatte dann letztlich den Anstoß dazu gegeben, dass sie mit Bob brach. Er hatte ihrer Naivität und Dummheit die Schuld an dem Desaster gegeben, und das war der letzte Tropfen gewesen, der das Fass zum Überlaufen gebracht hatte.

Sie hatte Bob kaum den Laufpass gegeben, als die Schule, in der sie seit drei Jahren unterrichtete, ihren Stab »verschlankte«, wie man die Maßnahme schönfärberisch nannte: Nell wurde entlassen, die Stelle der Musiklehrerin gestrichen.

Von ihrem Leben waren eine leer geräumte Wohnung, die sie sich nicht mehr leisten konnte, ein ehemaliger Verlobter, der ihr die Schuld an allem gab, und die Aussicht auf Arbeitslosigkeit übrig geblieben. Da beschloss sie, New York den Rücken zu kehren.

Nachdem die Entscheidung einmal gefallen war, ging alles sehr schnell. Sie beschloss, in eine Kleinstadt zu gehen, wenn sie auch den Grund dafür nicht so recht benennen konnte. Aber ihr Gefühl hatte sie richtig geleitet. Nach diesen zwei Monaten war ihr, als hätte sie schon ihr ganzes bisheriges Leben hier verbracht.

Sie wohnte in einem renovierten alten Haus, und die Miete war so günstig, dass sie nicht auf eine Mitbewohnerin angewiesen war. Das Schulgelände mit Grund- und weiterführender Schule bis hin zur Highschool war zu Fuß erreichbar.

Sie unterrichtete seit zwei Wochen, und die erste Nervosität war längst von ihr abgefallen. Jetzt freute sie sich auf den ersten Chortermin mit ihren Schülern, entschlossen, ein Programm auf die Beine zu stellen, das die Zuhörer zu Begeisterungsstürmen hinreißen würde.

Das alte Klavier stand mitten auf der Bühne, und Nell setzte sich davor. Die kleinen Sänger würden bald eintrudeln, bis dahin hatte sie noch ein paar Augenblicke für sich.

Sie ließ die Finger über die Tasten gleiten und stimmte einen Blues an. Auf alten verkratzten Klavieren musste man einfach Blues spielen.

»Mensch, total cool«, sagte Holly zu ihrer Freundin Kim, als sie die Tür zur Aula öffnete.

»Ja, echt.« Kim hatte den Arm um ihre beiden kleinen Cousins gelegt. »Mr. Striker hat nie solche Sachen gespielt.«

»Und was sie trägt, ist auch absolute Spitze.« Bei Holly mischte sich Bewunderung mit ein wenig Neid, als sie Nells enge Hose und das lange Hemd mit der gestreiften Weste darüber begutachtete. »Ich kann mir überhaupt nicht vorstellen, warum jemand aus New York ausgerechnet zu uns kommt. Hast du ihre Ohrringe gesehen? Die hat sie bestimmt aus einem tollen Laden in der Fifth Avenue.«

Nells Schmuck war in der kurzen Zeit, die sie jetzt hier war, unter ihren Schülerinnen bereits legendär geworden. Sie trug nur ausgefallene und einzigartige Stücke. Ihr fast schulterlanges dunkles Goldhaar war immer wie unabsichtlich ein wenig zerzaust, ihr etwas heiseres Lachen und ihre natürliche Art hatten ihr vom ersten Augenblick an die Zuneigung der Kinder eingebracht.

»Sie ist echt super.« Kim war im Augenblick mehr von der Musik als von Nells äußerer Erscheinung beeindruckt. »Wenn ich doch auch so spielen könnte.«

»Und ich würde gern so toll aussehen wie sie«, seufzte Holly.

Nell sah sich um und lachte. »Kommt, Mädchen. Ich gebe ein kostenloses Konzert.«

»Es klingt ganz toll, Miss Davis.« Kim hatte ihre beiden Schützlinge fest im Griff, als sie jetzt auf die Bühne zusteuerte. »Was ist das?«

»Muddy Waters. Ich glaube, ich werde den Lehrplan um ein paar Bluesstücke erweitern.« Nell betrachtete die Jungen an Kims Seite. »Hallo, ihr zwei.«

Die beiden lächelten, und dabei bildeten sich bei beiden identische Grübchen auf der linken Wange. »Können Sie auch ›Chopsticks‹ spielen?«, fragte der Junge an Kims rechter Seite.

Bevor Kim sich noch einmischen konnte, legte Nell schon los. »Na, wie war das?«, erkundigte sie sich, als der letzte Ton verklungen war.

»Spitze.«

»Entschuldigen Sie, Miss Davis. Ich muss die zwei eine Stunde hüten. Das sind Zeke und Zach Taylor.«

»Die Taylors von Taylor's Grove«, meinte Nell und drehte sich zu den Kindern um. »Ich wette, ihr seid Brüder. Ich kann da eine kleine Familienähnlichkeit entdecken.«

Die beiden Jungen kicherten. »Wir sind Zwillinge«, erklärte Zach.

»Tatsächlich? Und jetzt soll ich wahrscheinlich raten, wer wer ist.« Nell kam an den Bühnenrand, setzte sich und sah die beiden prüfend an. Beiden fehlte der linke obere Schneidezahn. Sie grinsten.

»Zeke«, sagte Nell und wies mit dem Finger auf einen Zwilling. »Und Zach.«

Die beiden nickten erfreut. »Woran haben Sie das gemerkt?«

Sie hatte es einfach nur geraten. Immerhin standen die Chancen fünfzig zu fünfzig. Aber das würde die Kinder nur enttäuschen. »Zauberei«, behauptete sie. »Singt ihr gern?«

»Na ja.«

»Dann könnt ihr heute zuhören. Ihr setzt euch in die erste Reihe und seid unser Testpublikum.«

»Danke, Miss Davis«, sagte Kim und schob die Zwillinge zur vorderen Sitzreihe. »Und da bleibt ihr sitzen«, befahl sie mit der Autorität der älteren Cousine.

Nell zwinkerte den beiden zu, stand auf und winkte dann die anderen Kinder, die sich allmählich eingefunden hatten, nach vorne. »Kommt. Fangen wir an.«

Die Zwillinge schienen die Vorgänge auf der Bühne eher zu langweilen. Zuerst wurde hauptsächlich geredet, dann wurden die Noten verteilt und die Jungen und Mädchen nach ihren Stimmen eingeteilt.

Zach beobachtete Nell. Sie hatte schöne Haare und große braune Augen. Wie mein Hund Zark, dachte er angetan. Ihre Stimme war zwar ein bisschen komisch, irgendwie kratzig und ziemlich tief, aber doch nett. Immer wieder sah sie zu ihm herüber und lächelte ihn an. Und dann schlug sein Herz immer ein bisschen schneller, als wäre er gerade gerannt.

Jetzt sang sie den Kindern auf der Bühne etwas vor. Es war ein Weihnachtslied. Zach wusste zwar nicht genau, wie es hieß, aber er hatte es seinen Vater schon spielen hören.

»Das ist sie«, zischte er und gab Zeke einen Stoß in die Rippen.

»Wer?«

»Die Mom, die wir uns gewünscht haben.«

Zeke unterbrach das Spiel mit seiner Plastikfigur und sah auf die Bühne, wo Nell angefangen hatte, die Altstimmen zu dirigieren. »Kims Lehrerin?«

»Ganz bestimmt.« Zach war schrecklich aufgeregt. »Der Weihnachtsmann hat unseren Brief inzwischen bestimmt bekommen«, flüsterte er. »Und sie sieht genauso aus, wie wir sie uns gewünscht haben. Und außerdem ist sie nett und mag uns.«

»Meinst du ehrlich?« Zeke war noch nicht ganz überzeugt. Aber hübsch war Nell schon, und sie lachte viel, auch wenn die großen Kinder einen Fehler machten. Das hieß aber noch lange nicht, dass sie Hunde mochte oder Plätzchen backen konnte.

Zach sah Zeke an. Sein Bruder war manchmal wirklich schwer von Begriff. »Aber sie hat genau gewusst, wer von uns wer ist. Zauberei, hat sie gesagt. Sie ist es bestimmt.«

»Zauberei«, wiederholte Zeke und betrachtete Nell mit großen Augen. »Glaubst du, wir müssen bis Weihnachten warten, bis wir sie kriegen?«

»Ich glaube schon.« Genau wusste er es zwar nicht, aber das bekam er schon noch heraus.

Mac Taylor stellte seinen Kombi vor der Highschool ab und versuchte, Ordnung in seine Gedanken zu bringen. Er musste sich überlegen, was er den Kindern zum Abendessen kochen sollte, wie er das Problem mit dem Boden in der Meadow Street lösen wollte und wann er am besten ins Einkaufszentrum fuhr und Unterwäsche für die Jungen kaufte. Als er letztes Mal die Wäsche zusammengelegt hatte, war ihm aufgefallen, dass sie dringend der Erneuerung bedurfte. Morgen früh würde er sich gleich um die Holzlieferung kümmern, und heute Abend musste er unbedingt noch den Papierkram erledigen.

Dazu kam noch, dass Zeke in ein paar Tagen sein erstes Prüfungsdiktat schrieb und sehr aufgeregt war.

Mac steckte die Wagenschlüssel in die Hosentasche. Er hatte heute mehrere Stunden den Hammer geschwungen, und seine Schultern schmerzten. Aber das störte ihn nicht weiter. Er war zwar körperlich müde, aber es war eine gute Müdigkeit. Sie bedeutete, dass er etwas geschafft hatte. Die Renovierungsarbeiten an seinem Haus in der Meadow Street liefen ganz nach Plan, auch mit dem Geld kam er hin. Wenn er fertig war, musste er sich überlegen, ob er das Haus verkaufen oder vermieten wollte. Natürlich hatte sein Steuerberater da ein Wort mitzureden, aber die letzte Entscheidung lag bei ihm selbst.

Als er gemächlich vom Parkplatz zur Schule schlenderte, sah er sich aus alter Gewohnheit um. Sein Ururgroßvater hatte die Stadt gegründet. Damals war sie ein winziges Dorf am Ufer des Taylor's Creek gewesen, heute erstreckte sie sich über die Hügel bis hin zu Taylor's Meadow.

Er selbst lebte nach zwölfjähriger Abwesenheit schon seit sechs Jahren wieder in Taylor's Grove, aber immer wieder konnte er sich an der herrlichen Umgebung mit den hohen Bergen in der Ferne freuen. Das würde sich wahrscheinlich nie ändern.

Der Wind war kühl geworden. Aber noch hatten sie keinen Frost gehabt, und das Laub an den Bäumen war noch so grün wie im Sommer. Das gute Wetter machte das Leben leichter für ihn. So konnte er die Außenarbeiten am Haus unter angenehmen Bedingungen vollenden, und die Jungen konnten nachmittags im Garten spielen.

Ein Anflug von schlechtem Gewissen stieg in ihm hoch, als er jetzt die schwere Schultür aufstieß. Seine Arbeit hatte ihn länger aufgehalten als vorgesehen, und seine Schwester war selbst zu beschäftigt gewesen, als dass er ihr die Kinder hätte aufhalsen wollen. Also war Kim eingesprungen und hatte die Zwillinge mit zur Chorprobe genommen. Natürlich hätten sie auch einmal allein zu Hause bleiben können, aber er wollte nicht, dass aus seinen Söhnen Schlüsselkinder wurden. Jetzt war er hier, um sie und Kim abzuholen. Das ersparte seiner Schwester die Fahrt.

In ein paar Monaten machte Kim selbst den Führerschein. Sie sprach jetzt schon kaum noch von etwas anderem. Allerdings konnte er sich nur schwer vorstellen, dass er seine beiden Jungen seiner sechzehnjährigen Nichte anvertrauen würde, so gern er sie auch hatte und so vernünftig sie auch sein mochte.

Seine Schwester warf ihm ständig vor, dass er die Jungen viel zu sehr verzärtelte. Er konnte ihnen die Mutter nicht ersetzen, er wusste es ja selbst. »Wenn du dir keine Frau suchen willst, dann ist das deine Sache. Aber du musst lernen, die Kinder loszulassen.« Er hörte die Stimme seiner Schwester förmlich. Aber es fiel ihm im Traum nicht ein, noch einmal zu heiraten!

Als er sich der Aula näherte, hörte er die jungen Stimmen und musste lächeln. Weihnachtslieder, von Kindern gesungen, hatten etwas so Anheimelndes.

Er öffnete die Tür, trat geräuschlos ein und blieb stehen, um zuzuhören. Ein Mädchen saß am Klavier. Hübsches kleines Ding, dachte er.

Gelegentlich sah das Mädchen auf und nickte, als wolle es die anderen Kinder zu noch größerer Leistung ermuntern. Wo mochte die Musiklehrerin sein?

Mac entdeckte seine Söhne in der ersten Zuschauerreihe und ging leise zu ihnen. Als Kim ihn entdeckte, hob er grüßend die Hand. Er setzte sich hinter die Jungen und beugte sich zu ihnen vor.

»Sie singen schön, finde ich.«

»Dad!« Zach drehte sich aufgeregt um. »Das sind Weihnachtslieder.«

»Genauso klingt es. Singt Kim gut?«

»Ganz toll.« Zeke war stolz auf seine neu erworbenen musikalischen Kenntnisse. »Sie kriegt ein Solo.«

»Ist das wahr?«

»Ehrenwort. Sie ist ganz rot geworden, als Miss Davis gesagt hat, sie soll ihr etwas vorsingen, aber dann hat sie es doch getan.« Zeke war im Augenblick viel mehr an Nell interessiert. »Ist sie nicht hübsch?«

Diese Bemerkung erstaunte Mac ein wenig. Die Zwillinge mochten Kim zwar, aber mit Komplimenten hatten sie sich bisher nicht aufgehalten. Er nickte. »Ja, finde ich auch. Sie ist das hübscheste Mädchen der Schule.«

»Wir könnten sie doch einmal zum Essen einladen«, schlug Zach verschwörerisch vor.

Mac fuhr seinem Sohn liebevoll durchs Haar. »Aber Kim kann doch immer zu uns kommen, wenn sie will«, meinte er ein wenig verwundert.

»Aber doch nicht Kim.« Zach verdrehte die Augen. »Miss Davis!«

»Und wer ist Miss Davis?«

»Die M…« Zeke verstummte abrupt, als er den Ellbogen seines Bruders an den Rippen spürte.

»Die Lehrerin«, sagte Zach und warf Zeke einen warnenden Blick zu. »Die Hübsche da.« Er wies mit dem Finger auf Nell.

»Das ist die Lehrerin?« Bevor Mac sich noch von seiner Überraschung erholt hatte, verklang die Musik, und Nell stand auf.

»Das habt ihr wirklich gut gemacht für die erste Probe«, lobte sie und schob sich das Haar aus dem Gesicht. »Aber wir haben trotzdem noch viel Arbeit vor uns. Ich würde die nächste Probe gern für Montag nach der Schule ansetzen. Drei Uhr fünfundvierzig.«

Eine ziemlich große Unruhe war aufgekommen, und

Nell musste ihre Stimme erheben, um auch den Rest ihrer Anweisungen loszuwerden. Dann drehte sie sich mit einem zufriedenen Lächeln zu den beiden kleinen Zuhörern in der ersten Reihe um und fand sich unerwartet einer erheblich älteren und sehr viel verwirrenderen Ausgabe der Zwillinge gegenüber. Verwirrt hielt sie inne.

Das war eindeutig der Vater, daran bestand nicht der geringste Zweifel. Er hatte das gleiche dunkle lockige Haar, die gleichen blauen Augen, eingerahmt von dunklen Wimpern. Sein Gesicht war ausgeprägter als das der Jungen, natürlich, aber darum nur umso attraktiver. Er war groß und sehnig und wirkte kräftig, ohne muskulös zu sein, und er war braun gebrannt und ziemlich schmutzig. Ob er wohl auch ein Grübchen in der linken Wange bekam, wenn er lächelte?

»Mr. Taylor.« Sie hüpfte von der Bühne, ohne den Umweg über die Stufen zu nehmen, und streckte ihm die ringgeschmückte Hand hin.

»Miss Davis.« Er nahm ihre Hand und dachte erst zu spät daran, dass seine nicht besonders sauber war. »Ich hoffe, die Kinder haben Sie bei der Probe nicht gestört.«

»Im Gegenteil. Ich arbeite immer besser, wenn ich Publikum habe.« Sie sah auf die Zwillinge hinunter. »Na, wie hat es euch gefallen?«

»Super«, erklärte Zeke. »Weihnachtslieder mögen wir am allerliebsten.«

»Ich auch.«

Kim gesellte sich zu ihnen. »Hallo, Onkel Mac.«

Mac wusste nicht so recht, was er sagen sollte. Diese Miss Davis sah für eine Lehrerin viel zu jung aus. Das lag wahrscheinlich daran, dass sie so zierlich war und eine so zarte makellose Haut besaß. Sie war attraktiv, zweifellos.

»Ihre Nichte ist sehr begabt.« Nell legte den Arm um Kim. »Sie hat eine wunderschöne Stimme und viel Gefühl für Musik. Ich bin sehr froh darüber, dass ich sie in meinem Chor habe.«

»Wir haben sie auch gern in der Familie«, sagte Mac mit einem Lächeln, und Kim errötete.

Zach wurde unruhig. Mussten sie jetzt unbedingt über Kim reden? Als gäbe es nichts Wichtigeres. »Wollen Sie uns nicht einmal besuchen, Miss Davis?«, fragte er zuvorkommend. »Wir wohnen in dem großen braunen Haus an der Mountain View Road.«

»Das werde ich bestimmt einmal tun.« Nell stellte fest, dass sein Vater über die Einladung offenbar nicht in große Begeisterung geriet. »Und ihr zwei dürft jederzeit wieder zur Chorprobe kommen, wenn ihr Lust dazu habt. Kim, du arbeitest bitte an deinem Solo.«

»Ja, Miss Davis. Danke.«

»Ich freue mich, dass ich Sie kennengelernt habe, Mr. Taylor«, sagte Nell, und als sie nur ein Brummen als Antwort erhielt, kletterte sie auf die Bühne zurück, um ihre Noten zu holen.

Schade, dass der Vater nicht den Charme seiner Söhne hat, dachte sie.

2. Kapitel

Für Nell gab es kaum etwas Schöneres, als an einem milden Herbstnachmittag übers Land zu fahren. In New York war sie samstags immer zum Einkaufen gegangen oder hatte vielleicht einmal einen Spaziergang im Park gemacht. Vom Joggen hielt sie nichts, wenn man in gemächlicherem Tempo ebenso ans Ziel kam.

Und am meisten genoss sie das Autofahren. Sie hatte gar nicht gewusst, wie schön es war, nicht nur ein Auto zu besitzen, sondern mit geöffneten Fenstern bei Musik in voller Lautstärke über enge, kurvige Landstraßen zu düsen.

Die Blätter hatten angefangen, sich zu verfärben, und das Grün hatte bereits bunte Flecken. Nell war spontan in eine Straße abgebogen, über der sich die Kronen riesiger Bäume wölbten. Sie fühlte sich wie in einem lichtdurchflirrten Tunnel. »Mountain View« stand auf einem Straßenschild.

Ein großes braunes Haus, hatte Zach gesagt. Es gab nicht so viele Häuser hier draußen, drei Kilometer vor der Stadt, und die wenigen verbargen sich hinter hohen dichten Bäumen und schimmerten nur zwischen den Stämmen durch. Rötliche, weiße, blaue Häuser, manche direkt am Wasser, andere auf Hügeln mit schmalen Auffahrten.

Es muss schön sein, hier zu wohnen, dachte Nell. Gerade auch, wenn man Kinder hat. Und so steif und wortkarg Mac Taylor auch sein mochte: Seine kleinen Söhne waren gut geraten.

Nell wusste, dass er sie allein erzog. In kleinen Städten erfuhr man so etwas sehr schnell: Hier eine Bemerkung, da eine scheinbar nebensächliche Frage, und schon hatte sie die komplette Lebensgeschichte der Taylors in Erfahrung gebracht.

Mac Taylor war vor zwölf Jahren mit seinen Eltern aus dem Ort nach Washington gezogen und vor sechs Jahren mit den Zwillingen zurückgekommen. Seine Schwester hatte ihn offenbar dazu überredet, nachdem seine Frau ihn verlassen hatte.

»Die armen kleinen Würmchen hatten nur den Vater«, hatte Mrs. Hollis Nell vor dem Brotregal im Supermarkt anvertraut. »Die Frau ist einfach weggelaufen und hat sich nie mehr gemeldet. Der junge Macauley Taylor ersetzt seinen Zwillingen seither die Mutter.«

Vielleicht, dachte Nell sarkastisch, wäre seine Frau geblieben, wenn er gelegentlich einmal das Wort an sie gerichtet hätte. Aber nein, so etwas durfte sie nicht denken. Es gab keine Entschuldigung für eine Mutter, die ihre kleinen Kinder verließ und sich dann nie wieder meldete – jedenfalls fiel ihr keine ein. Was für ein Ehemann Mac Taylor auch gewesen sein mochte, die Kinder konnten nichts dafür.

Nell hatte Kinder immer schon gerngehabt, und die Zwillinge von Mac Taylor hatten es ihr doppelt angetan. Sie erschienen inzwischen zu jeder Chorprobe, und Zeke hatte ihr sogar sein erstes Diktat gezeigt. Einen silbernen Stern hatte er dafür von der Lehrerin bekommen. Wenn er das eine Wort nicht falsch geschrieben hätte, hätte er sogar einen goldenen bekommen, hatte er Nell stolz erklärt.

Natürlich waren ihr auch die verstohlenen Blicke von Zach nicht entgangen, sein Lächeln und Erröten, bevor er die Augen wieder senkte. Es war ein schönes Gefühl, die »erste Liebe« eines kleinen Jungen zu sein.

Sie stieß einen zufriedenen Seufzer aus, als sie aus der flimmernden Allee wieder ins Licht fuhr. Vor ihr lagen die Berge, die der Straße ihren Namen gegeben hatten. Hoch ragten sie in den strahlend blauen Himmel, dunkel, leicht verschwommen und voller Dramatik.

Zu beiden Seiten der Straße stieg das Land an und ging in Hügel und Felsformationen über. Nell nahm den Fuß vom Gaspedal, als sie auf einem Hügel ein Haus entdeckte. Es war ein braunes Haus, vermutlich aus Zedernholz, gebaut auf einem Fundament aus Stein und mit viel Glas. Den ganzen ersten Stock entlang zog sich ein breiter Balkon. An einem Baum hing eine Schaukel.

Ob hier die Taylors wohnten? Es war ein schönes Haus, und sie hätte es ihren neuen kleinen Freunden gegönnt. Am Straßenrand, am Ende einer schmalen Zufahrt, stand der Briefkasten. »M. Taylor und Söhne« stand darauf, und Nell musste lächeln. Nett, dachte sie und gab wieder Gas. Aber der Wagen machte nur einen Ruck, und der Motor fing an zu spucken.

Sie nahm den Fuß vom Pedal und drückte es dann erneut nieder. Diesmal starb der Motor ganz ab. »So etwas Dummes.« Sie machte die Zündung aus und wieder an und drehte am Anlasser. Auf dem Armaturenbrett leuchtete das rote Lämpchen der Benzinanzeige auf.

So viel Dummheit war wirklich sträflich. Warum hatte sie nur nicht getankt, bevor sie aus der Stadt gefahren war? Nell lehnte sich zurück und seufzte resigniert. Sie hatte ja tanken wollen, gestern schon, genau genommen nach der Schule.

Jetzt war sie drei Kilometer außerhalb der Stadt gestrandet und hatte nicht einmal einen Benzinkanister dabei. Sie blies sich eine Haarsträhne aus der Stirn und sah zum Haus der Taylors hinüber. Es mochte vier-, fünfhundert Meter entfernt sein. Das war besser als drei Kilometer. Außerdem war sie mehr oder weniger eingeladen worden.

Nell nahm ihre Schlüssel und setzte sich in Bewegung.

Sie hatte noch nicht die Hälfte des Weges hinter sich gebracht, als die Jungen sie entdeckten. Sie kamen in wildem Galopp den holprigen Weg heruntergerast, sodass Nell fast das Herz stehen blieb. Hinter ihnen jagte ein riesengroßer hellbrauner Hund her.

»Miss Davis! Hallo, Miss Davis! Wollen Sie uns besuchen?«

»Na ja, wie man es nimmt.« Sie ging lachend in die Hocke und umarmte die beiden. Dabei nahm sie einen schwachen Schokoladenduft wahr. Der Hund drängte sich zwischen sie und die Kinder und legte die Pfoten auf ihre Schenkel.

Zach hielt den Atem an und war dann ganz erleichtert, als Nell sich zu dem Tier hinunterbeugte und es am Kopf kraulte. »Du bist ja ein prächtiger Kerl.«

»Er heißt Zark.«

Zark leckte ihr begeistert die Hand, und Nell fing den zufriedenen Blick auf, den die Zwillinge tauschten.

»Mögen Sie Hunde?«, erkundigte Zeke sich.

»Und wie! Vielleicht kaufe ich mir auch einen. In New York konnte ich keinen halten, denn da hätte er die ganze Zeit in der Wohnung bleiben müssen.« Sie lachte, als Zark sich setzte und höflich die Pfote hob. »Zu spät für Formalitäten«, erklärte sie ihm, schüttelte die Pfote aber trotzdem. »Ich habe einen Ausflug mit dem Auto gemacht, und genau vor eurem Haus ist mir das Benzin ausgegangen. Ist das nicht lustig?«

Zach grinste von einem Ohr zum anderen. Sie mochte Hunde. Und das Auto war genau hier stehen geblieben. Alles eindeutige Hinweise, davon war er überzeugt. »Dad wird es wieder richten. Er richtet alles.« Er nahm Nells Hand, und Zeke, der nicht nachstehen wollte, ergriff schnell die andere.

»Dad ist in der Werkstatt hinten. Er baut an einem alten Stuhl.«

»Was wird das denn? Ein Schaukelstuhl vielleicht?«, wollte Nell wissen.

»Nein, es ist irgend so ein Stuhl von früher.«

Sie zogen sie hinters Haus. Dort lag eine zweite Veranda, von der ein paar Stufen zu einem gefliesten Vorplatz führten. Die Werkstatt, wie das Haus aus Zedernholz, sah groß genug aus, um eine vierköpfige Familie zu beherbergen. Hämmern war daraus zu vernehmen.

Aufgeregt rannte Zeke voraus. »Dad! Dad! Rate mal, was passiert ist!«

»Ihr habt mir wieder fünf Jahre meines Lebens gestohlen«, erwiderte er belustigt und gut gelaunt.

Nell zögerte, als sie seine Stimme hörte. »Ich möchte ihn eigentlich nicht gern bei der Arbeit stören«, meinte sie. »Vielleicht rufe ich einfach nur in der Tankstelle an, damit sie jemanden schicken.«

»Quatsch«, beschied Zach ihr formlos und zog sie zur offenen Werkstatttür.

»Siehst du?«, sagte Zeke wichtig zu seinem Vater. »Sie ist wirklich gekommen.«

»Ja, das sehe ich.« Nells unerwarteter Besuch brachte Mac aus dem Gleichgewicht. Er legte seinen Hammer ab, schob die Schirmmütze zurück und runzelte die Stirn. »Guten Tag, Miss Davis.«

»Es tut mir leid, wenn ich Sie störe, Mr. Taylor«, begann Nell, dann sah sie, woran er gearbeitet hatte. »Sie restaurieren ja einen dieser typischen Stühle aus der Kolonialzeit«, stellte sie interessiert fest. »Er wird sehr schön.«

»Ja.« Ob er ihr Kaffee anbieten sollte? Oder eine Führung durchs Haus? Sie sollte nicht so hübsch sein, dachte er ohne jeden Zusammenhang. An sich war nichts an ihr besonders auffällig. Die Augen vielleicht. Sie waren braun und sehr groß. Aber der Rest war ganz normal. Vermutlich liegt es an der Kombination, entschied er. Deshalb sieht sie irgendwie aufregend aus.

Nell war sich noch nicht darüber im Klaren, wie sie Macs Blicke aufnehmen sollte, und stürzte sich in eine Erklärung für ihren Besuch. »Ich war mit dem Auto unterwegs, weil ich die Gegend ein bisschen kennenlernen wollte. Ich lebe erst seit zwei Monaten hier.«

»Tatsächlich?«

»Miss Davis kommt aus New York, Dad«, erinnerte Zach ihn. »Das hat Kim dir doch erzählt.«

»Ja, stimmt.« Er nahm seinen Hammer in die Hand und legte ihn wieder hin. »Schöner Tag für einen Ausflug.«

»Ja, das fand ich auch. Und darüber habe ich das Tanken vergessen. Das Benzin ist mir ausgegangen. Ausgerechnet vor Ihrem Haus.«

Ein Anflug von Misstrauen huschte über sein Gesicht. »Wie praktisch.«

»Nicht eigentlich.« Ihre Stimme war deutlich kühler geworden. »Wenn ich vielleicht Ihr Telefon benutzen dürfte, könnte ich die Tankstelle in der Stadt anrufen.«

»Ich habe Benzin da«, brummte er.

»Sehen Sie? Ich habe ja gesagt, dass Dad es wieder richten kann.« Zach bebte fast vor Stolz. »Wir haben Schokoladenkuchen«, fügte er hinzu, verzweifelt nach einem Weg suchend, Nell zum Bleiben zu bewegen. »Dad hat ihn gebacken. Sie können ein Stück haben.«

»Ich dachte mir doch schon, dass du nach Schokolade riechst.« Sie hob Zach hoch und roch an ihm. »Da macht mir so leicht niemand etwas vor.«

Mac nahm ihr den Jungen weg. »Ihr holt den Kuchen, wir das Benzin.«

»Gut!« Die Zwillinge rannten davon.

»Ich hatte nicht vor, Ihren Sohn zu verführen, Mr. Taylor.«

»Das habe ich auch nicht angenommen.« Er setzte sich in Bewegung und warf ihr einen Blick über die Schulter zu. »Das Benzin ist im Schuppen.«

Nell folgte ihm ins Freie. »Haben Sie in Ihrer Jugend vielleicht traumatische Erfahrungen mit Ihrer Lehrerin gemacht, Mr. Taylor?«, erkundigte sie sich.

»Nein, warum?«

»Ich wüsste nur gern, ob hier ein persönliches oder vielleicht ein tiefer gehendes psychologisches Problem vorliegt.«

»Ich habe überhaupt kein Problem.« Mac blieb an einem kleinen Gartenschuppen stehen. »Es ist doch wirklich ein merkwürdiger Zufall, dass Ihnen das Benzin ausgerechnet hier ausgeht.«

Nell holte tief Atem, während er sich nach einem Kanister bückte und wieder aufrichtete. »Hören Sie, das macht mich so wenig glücklich wie Sie, wahrscheinlich noch sehr viel weniger nach diesem herzlichen Empfang. Das ist mein erstes Auto, und deshalb passiert mir hin und wieder so eine Dummheit. Letzten Monat ging mir das Benzin zum Beispiel vor dem Supermarkt aus. Sie dürfen das gern nachprüfen.«

Er kam sich plötzlich ziemlich albern vor. »Entschuldigen Sie.«

»Vergessen Sie es. Sie bekommen Ihr Benzin zurück.«

»Das muss nicht sein.«

»Ich möchte Ihnen keine Mühe machen.« Nell bückte sich nach dem Kanister. In seiner Wange bildete sich ein Grübchen.

»Lassen Sie mich das machen.«

Nell trat einen Schritt zurück und blies sich eine Haarsträhne aus dem Gesicht. »Na schön. Wenn es sein muss, dürfen Sie gern den starken Mann spielen.«

Als sie ums Haus bogen, kamen die Zwillinge ihnen mit Kuchen beladen entgegen.

»Dad backt den besten Schokoladenkuchen auf der Welt«, behauptete Zach und hielt Nell eine Papierserviette voll mit kleinen Kuchenstücken hin.

Nell nahm sich ein Stück und biss hinein. »Damit könntest du recht haben«, musste sie mit vollem Mund zugeben. »Dabei ist meiner auch nicht schlecht.«

»Können Sie auch backen?«, fragte Zeke interessiert.

»Ich bin hochberühmt für meine Schokoladentaler.« Sie war ein wenig verwirrt, als die beiden Jungen sich ansahen und feierlich zunickten. »Ihr könnt mich ja einmal besuchen, dann könnt ihr euch davon überzeugen.«

»Wo wohnen Sie denn?« Zeke nutzte die Gelegenheit und steckte sich ein ganzes Kuchenstück in den Mund, als sein Vater seine Augen gerade woanders hatte.

»An der Market Street. Sie geht direkt vom Platz ab. Das alte Ziegelhaus mit den drei Veranden. Ich wohne im obersten Stockwerk.«

»Das Haus gehört Dad«, sagte Zach aufgeregt. »Er hat es gekauft und neu gemacht und repariert, und jetzt vermietet er es. Wir machen in Immobilien.«

»Oh.« Nell musste sich das Lachen verkneifen. »Interessant.«

»Ist alles in Ordnung mit der Wohnung?«, wollte Mac wissen.

»Ja, danke. Ich fühle mich sehr wohl dort. Und es ist nicht weit zur Schule.«

»Dad kauft und repariert dauernd Häuser.« Zeke fragte sich, ob er wohl noch ein Kuchenstück riskieren konnte, ohne dass sein Vater etwas merkte. »Das macht er gern.«

Das sah man ihrem Haus an. »Sind Sie Schreiner?«, fragte Nell mehr aus Höflichkeit.

»Bei Bedarf.« Sie waren am Auto angekommen, und Mac ermahnte die Jungen, auf den Hund aufzupassen und nicht auf die Straße zu laufen. Er schraubte den Tankdeckel auf und sagte, ohne sich auch nur einmal umzusehen: »Zeke, wenn du noch ein Stück Kuchen isst, werde ich dir leider den Magen auspumpen lassen müssen.«

Verlegen legte Zeke das Kuchenstück zurück.

»Exzellentes Radarsystem«, bemerkte Nell anerkennend und lehnte sich an den Wagen, während Mac das Benzin nachfüllte.

»Das ist auch notwendig.« Er sah sie an. Sie war eine wirklich hübsche Frau. Ihr Haar war vom Wind zerzaust, und ihr Gesicht war leicht gerötet. Es gefiel ihm ganz und gar nicht, dass sein Puls auf einmal schneller ging. »Wie sind

Sie nach Taylor's Grove gekommen? Das liegt nicht unbedingt auf dem Weg nach New York.«

»Genau das war der Grund.« Nell atmete tief durch und sah sich um. »Es gefällt mir hier.«

»Nach New York muss es Ihnen bei uns ziemlich ereignislos vorkommen.«

»Das passt mir wunderbar.«

Mac hob nur die Schultern. In spätestens sechs Monaten langweilte sie sich wahrscheinlich zu Tode und verschwand wieder. »Kim ist ganz begeistert von Ihrem Musikunterricht. Sie redet fast genauso viel davon wie von ihrem zukünftigen Führerschein.«

»Das ist ein wahres Kompliment. Ich werde Kim übrigens für den staatlichen Schülerchor empfehlen.«

Mac schob seine Kappe noch weiter zurück. »Ist sie tatsächlich so gut?«

»Das scheint Sie zu überraschen.«

Wieder hob er die Schultern. »Ihr alter Musiklehrer hat nie besonders viel Aufhebens um sie gemacht.«

»Nach allem, was ich gehört habe, hat er sich nicht sehr für seine Schüler interessiert.«

»Das war wohl so. Mr. Striker war ein alter …« Er unterbrach sich gerade noch rechtzeitig und sah auf seine Kinder hinunter, die mit gespitzten Ohren neben ihm standen. »Er war alt«, fuhr er fort. »Und er war für Neues nicht mehr sehr aufgeschlossen. Das Weihnachtsprogramm war jedes Jahr dasselbe.«

»Ja, ich weiß. Das wird sich ändern. Ich habe gehört, dass noch nie ein Schüler aus Taylor's Grove im staatlichen Schülerchor war.«

»Nicht dass ich wüsste.«

»Dann wird es Zeit. Und Kim ist gut genug dafür.« Nell war zufrieden. Immerhin hatten sie doch noch so etwas wie eine Unterhaltung zustande gebracht. Sie warf das Haar zurück. »Singen Sie auch?«

»Unter der Dusche.« Wieder zeigte sich sein Grübchen, als die Zwillinge anfingen zu kichern. »Verratet mich nicht.«

»Er singt wirklich«, verriet Zeke, »ganz laut. Und dann jault Zark immer.«

»Das wäre bestimmt eine hübsche Nummer.« Nell kraulte den Hund zwischen den Ohren, und er wedelte freundlich. Dann sprang er unvermittelt in langen Sätzen zum Haus zurück.

»Hier, Miss Davis.« Die Zwillinge drückten ihr hastig den restlichen Kuchen in die Hand und rannten hinter ihrem Hund her.

»Die beiden sind wohl so schwer zu hüten wie ein Sack Flöhe«, vermutete Nell.

»Jedenfalls waren sie heute bemerkenswert gesittet. Die beiden mögen Sie.«

»Ich bin auch ein durchaus netter Mensch.« Sie lächelte ihn an. Irgendetwas an ihr schien sein Missfallen zu erregen. »Meistens jedenfalls. Stellen Sie doch den Kanister einfach in den Kofferraum. Ich werde ihn voll zurückbringen.«

»Nicht nötig.« Mac schraubte den Tankdeckel zu und nahm den Kanister an sich. »Wir sind auch durchaus nette, hilfsbereite Menschen in Taylor's Grove. Meistens jedenfalls.«

»Teilen Sie mir mit, wann meine Bewährungszeit abgelaufen ist.« Nell beugte sich in den Wagen, um den Kuchen abzulegen, und Mac hatte den beunruhigenden Anblick ihres runden, jeansumhüllten Pos zu verkraften.

»So habe ich es nicht gemeint.«

Sie tauchte wieder auf und leckte Schokolade von einem Finger. »Vielleicht nicht. Wie auch immer, ich bedanke mich für Ihre Hilfe.« Sie lachte. »Und für den Kuchen.«

»Jederzeit«, hörte er sich antworten.

Nell setzte sich hinters Lenkrad und ließ den Motor an. Mac fuhr erschrocken zusammen, als sie Vollgas gab. »Vielleicht sollten Sie manchmal zu unserer Chorprobe kommen, Mac, statt draußen auf dem Parkplatz zu warten. Sie könnten etwas dabei lernen.«

Er war sich nicht so sicher, ob er das wollte. »Schnallen Sie sich an«, knurrte er.

»Zu Befehl.« Sie zog den Gurt um sich. »Ich muss mich erst noch daran gewöhnen. Sagen Sie den Zwillingen einen Gruß von mir.« Damit gab sie Gas und fuhr mit einem Ruck an. Im Fahren winkte sie ihm noch nachlässig zu.

Mac sah ihr nach, bis sie hinter der Kurve verschwunden war, dann setzte er sich langsam in Bewegung. Irgendetwas an dieser Frau gab ihm das Gefühl, als würde er nach langer, langer Zeit auftauen.

3. Kapitel

Noch eine halbe Stunde, schätzte Mac. Dann konnte er die Wand im großen Schlafzimmer verputzen. Er sah auf die Uhr. Inzwischen waren die Jungen wahrscheinlich zu Hause, aber heute war Mrs. Hollis bis fünf Uhr da, sodass er Zeit hatte, seine Arbeit fertigzustellen und anschließend sauber zu machen.

Vielleicht sollte er sich und den Kindern heute eine Pizza spendieren. Das Kochen machte ihm inzwischen zwar nichts mehr aus, aber die Zeit, die er dazu aufwenden musste – für die Planung, die Vorbereitung, das Abspülen anschließend –, fehlte ihm. Sechs Jahre als alleinerziehender Vater hatten ihn die Leistung seiner Mutter nachträglich sehr schätzen gelehrt.

Er sah sich um. Er hatte Wände niedergerissen und neue hochgezogen und alte undichte Fenster ersetzt. Oberlichter ließen die blasse Oktobersonne hereinfallen. Aus den vier kleinen Zimmern und der überdimensionierten Diele der alten Wohnung waren drei großzügige Räume geworden.

Wenn er seinen Zeitplan einhielt, würde er Weihnachten fertig sein, sodass er ab Anfang des nächsten Jahres Mieter suchen konnte. Ich sollte die Wohnung eigentlich verkaufen, dachte Mac und strich prüfend über die neue Wand. Aber das fiel ihm schwer. Jedes Haus, jede Wohnung, die er umbaute, nahm er vom Gefühl her auch in Besitz.

Das lag ihm vermutlich im Blut. Schon sein Vater hatte

sein Geld damit verdient, dass er heruntergekommene, zu sanierende Häuser aufgekauft, wieder hergerichtet und renoviert und dann vermietet hatte. Schon damals hatte er entdeckt, wie befriedigend es war, etwas zu besitzen, das man mit den eigenen Händen geschaffen hatte.

Das alte Ziegelgebäude, in dem Nell lebte, war auch eines dieser Häuser. Ob sie wohl wusste, dass es über einhundertfünfzig Jahre alt war, dass es bereits eine lebendige Geschichte hatte? Und ob ihr wohl wieder einmal das Benzin ausgegangen war?

In letzter Zeit musste er ziemlich oft an Nell Davis denken. Das sollte ich lieber lassen, dachte er und bückte sich nach dem Klebeband und seinem Werkzeug. Frauen bedeuteten Schwierigkeiten, so oder so. Ein Blick auf Nell hatte ihm genügt, um die Gewissheit zu haben, dass sie keine Ausnahme machte.

Ihrem Vorschlag, sich doch einmal die Chorprobe anzuhören, war er noch nicht gefolgt. Zwar hatte er zwei-, dreimal einen Anlauf dazu genommen, aber die Vernunft hatte ihn jedes Mal zurückgehalten. Nell Davis war seit sehr, sehr langer Zeit die erste Frau, auf die er reagierte. Er wollte das nicht, er konnte sich bei seinen vielen Verpflichtungen solche Ablenkungen gar nicht leisten. Seine Zeit war sehr begrenzt, und sein Leben drehte sich ausschließlich um seine beiden Söhne.

Es war schon lästig genug, wenn man von einer Frau träumte. Das führte nur dazu, dass man seine Arbeit vernachlässigte und, ja, unruhig wurde. Aber noch schlimmer war es, wenn man versuchte, diese Träume Realität werden zu lassen. Frauen erwarteten, dass man mit ihnen ausging, sie unterhielt und verwöhnte. Und wenn man sich dann in sie verliebte, und zwar wirklich verliebte, gab man ihnen zu viel Macht und riskierte nur, verletzt zu werden.

Mac hatte nicht die Absicht, dieses Risiko einzugehen, auch nicht um seiner Söhne willen.

Er hielt ohnehin nichts von diesem Unsinn, dass Kinder angeblich die Fürsorge einer Frau, die Liebe einer Mutter brauchten. Von dem berühmten Band zwischen Mutter und Kindern hatte er bei seiner Frau nichts bemerkt. Nur weil eine Frau eine Frau war, hatte sie noch nicht automatisch mütterliche Gefühle. Es hieß einfach nur, dass sie biologisch in der Lage war, ein Kind auszutragen, nicht dass sie es auch liebte, wenn es einmal geboren war.

Mac ärgerte sich. Seit Jahren hatte er nicht mehr an Angie gedacht, jedenfalls nicht intensiv. Als er es jetzt tat, spürte er, dass die alte Wunde noch immer nicht ganz verheilt war und ihn schmerzte. Das kommt davon, dachte er, wenn man sich mit Frauen einlässt.

Schlecht gelaunt riss er das letzte Stück Klebeband von der Rolle. Er sollte sich wieder auf seine Arbeit konzentrieren und sich nicht dummen Gedanken überlassen. Entschlossen, heute noch fertig zu werden, ging er die Treppe hinunter. Im Wagen hatte er noch mehr Klebeband.

Das Tageslicht wurde wegen der hereinbrechenden Dämmerung weicher. Kürzere Tage, das heißt noch weniger Zeit, dachte er trübsinnig.

Er sah Nell erst, als er schon auf der Straße stand. Sie stand am Rande des Vorgartens und sah mit einem kleinen Lächeln zum Haus hinauf. Zur verblichenen Jeans trug sie eine Wildlederjacke in gedämpftem Orange. Von ihren Ohren baumelten glitzernde Steine herab, und über einer Schulter hing der Riemen einer abgewetzten Aktentasche.

»Oh, hallo!«, entfuhr es ihr überrascht, als sie ihn entdeckte. Das machte ihn sofort misstrauisch. »Ist das Ihr Haus?«

»Ja.« Er ging an ihr vorbei zu seinem kleinen Lieferwagen. Warum musste sie nur so verführerisch duften?

»Es gefällt mir.« Nell holte tief Atem. »Der Abend scheint schön zu werden.«

»Ja, sieht so aus.« Er hatte sein Klebeband gefunden und blieb ein wenig unschlüssig stehen. »Ist Ihnen wieder das Benzin ausgegangen?«

»Nein.« Sie lachte fröhlich. »Aber ich gehe um diese Zeit immer gern spazieren. Genau genommen war ich zu Ihrer Schwester unterwegs. Sie wohnt gleich da vorne, nicht wahr?«

Seine Augen wurden schmal. Es missfiel ihm, dass diese Frau, die ihn viel zu sehr beschäftigte, zu seiner Schwester Kontakt hatte. »Ja. Warum?«

»Warum?« Nell war in die Betrachtung seiner Hände vertieft gewesen. Sie waren groß und kräftig. Ihr Puls tat einen unregelmäßigen Schlag. »Warum was?«

»Warum wollen Sie zu Mira?«

»Oh! Ich wollte Kim ein paar Noten bringen.«

»Tatsächlich?« Er lehnte sich an seinen Wagen und betrachtete sie abschätzend. Zu freundliches Lächeln, entschied er. Und viel zu attraktiv. »Gehören Hausbesuche zu Ihren Aufgaben als Lehrerin?«

Ein leichter Wind fuhr durch ihre Haare, und sie schob sie zurück. »Nicht unbedingt. Aber Arbeit muss auch Spaß machen. Sonst wird sie unerträglich.« Sie sah das Haus an. »Ihnen macht Ihre Arbeit doch auch Spaß, habe ich recht? Sie kaufen etwas und gestalten es zu etwas Eigenem um.«

Er wollte etwas Abfälliges dazu erwidern, stellte aber zu seiner Überraschung dann fest, dass sie den Nagel genau auf den Kopf getroffen hatte. »Ja. Es klingt zwar nicht besonders lustig, wenn man Wände niederreißt und im Schutt versinkt, aber es macht trotzdem Spaß.« Er lächelte ein wenig.

»Darf ich sehen, was Sie machen?« Nell legte den Kopf zur Seite und blickte ihn fragend an. »Oder gehören Sie zu den Künstlern, die es nicht ertragen können, wenn man ihnen bei der Arbeit zusieht?«

»Viel gibt es nicht zu sehen.« Mac hob die Schultern. »Aber wenn Sie wollen, schauen Sie es sich an.«

»Danke.« Sie setzte sich in Bewegung und blieb wieder stehen, als er keine Anstalten machte, ihr zu folgen. »Bekomme ich denn keine Führung?«

Widerstrebend gesellte er sich zu ihr.

»Haben Sie meine Wohnung auch selbst ausgebaut? Mit den ganzen Holzarbeiten?«

»Ja.«

»Sie ist wunderschön. Das meiste ist Kirschholz, oder?«

Dass sie das wusste, verblüffte ihn. »Ja.«

»Haben Sie die Farben auch selbst ausgesucht?«

»Ja.« Er hielt ihr die Tür auf. »Gefallen sie Ihnen nicht?«

»Doch, sehr sogar. Vor allem die schieferblauen Platten und malvenfarbenen Bodenfliesen in der Küche.« Nell schwieg und durchquerte das Wohnzimmer, das noch in Arbeit war.

»Oh, was für eine herrliche Treppe.«

Die fließend geschwungene Treppe war sein ganzer Stolz. Er hatte das alte Holz herausgerissen und durch dunkle Kastanie ersetzt. Die unteren Stufen verbreiterten sich, sodass der Eindruck leicht und elegant war. Ja, er war stolz auf sein Werk.

»Das haben Sie auch gemacht?« Nell fuhr anerkennend über das glatt polierte Geländer.

»Die alte Treppe war völlig verrottet. Sie musste ersetzt werden.«

Nell lief die Treppe hinauf und drehte sich oben lachend zu ihm um. »Hervorragende Arbeit«, lobte sie, »aber zu vollkommen.«

»Zu vollkommen?«, wiederholte er verständnislos.

»Zu Hause bin ich früher nachts oft heimlich die Treppe hinuntergeschlichen, und es waren immer ein paar knarzende Stufen dabei, die ich meiden musste, damit Mom nicht wach wurde. Es war immer schrecklich aufregend.«

»Die Treppe ist aus Kastanienholz«, war alles, was ihm dazu einfiel.

»Jedenfalls ist sie wunderschön. Ich hoffe, es ziehen Leute mit Kindern ein.«

Sein Mund wurde unerträglich trocken. »Warum?«

»Darum.« Nell schwang sich aufs Geländer und stieß sich ab. Ohne dass er es vorgehabt hatte, fing er sie unten auf. »Ideal zum Rutschen«, erklärte sie atemlos und lachte ihn an.

Als ihre Blicke sich trafen, geschah etwas mit ihr. Auf einmal fühlte sie sich ganz schwach. Nervös räusperte sie sich und suchte nach einer unverfänglichen Bemerkung.

»Ich sehe Sie dauernd irgendwo«, sagte Mac rau. Er sollte sie endlich loslassen, aber seine Hände wollten ihm nicht gehorchen.

»Es ist eine kleine Stadt.«

Mac schüttelte nur den Kopf. Seine Hände lagen jetzt an ihrer Taille, und er ließ sie zu ihrem Rücken gleiten und bewegte sie gegen seinen Willen auf und ab. Er fühlte ihr Zittern. Aber vielleicht war er das auch selbst.

»Ich habe keine Zeit für Frauen«, sagte er und versuchte, sich selbst davon zu überzeugen.

»Nun …« Sie wollte schlucken, aber ihre Kehle war wie zugeschnürt. »Ich bin selbst ziemlich beschäftigt.« Sie atmete langsam aus. Seine Hände machten sie ganz hilflos. »Und ich bin auch nicht besonders interessiert. Ich habe eine unangenehme Beziehung hinter mir und glaube …«

Sie konnte keinen klaren Gedanken fassen. Seine Augen waren von einem unglaublich intensiven Blau, als er sie jetzt forschend ansah. Sie wusste nicht, was er sah oder wonach er suchte, sie spürte nur, dass ihre Beine sie nicht mehr lange tragen würden.

»Ich glaube, es wäre für uns beide von Vorteil, wenn Sie sich einigermaßen schnell entscheiden könnten, ob Sie mich küssen wollen oder nicht«, sagte sie. »Ich halte das nicht mehr lange aus.«

Ihm ging es nicht anders. Trotzdem ließ er sich Zeit. Schließlich war er ein Mann, der gründlich und mit Bedacht vorging. Bei allem. Langsam senkte er den Kopf, und ein kleiner Laut entfuhr Nell.

Die Umgebung verschwamm vor ihren Augen, als seine Lippen leicht wie eine Feder über ihren Mund strichen. Er war unerträglich geduldig, und sie hätte schreien können. Wie ein Gourmet erschien er ihr, der jede Köstlichkeit langsam und mit Genuss auf der Zunge zergehen ließ. Ganz allmählich erst vertiefte er seinen Kuss, bis sie sich nur noch willenlos an ihn klammern konnte.

Niemals war sie so geküsst worden. Sie hatte gar nicht gewusst, dass es überhaupt möglich war – so langsam, so tief und verführerisch, und ihre Füße schienen sich vom Boden zu lösen, als er auch noch anfing, an ihrer Unterlippe zu saugen.

Ein Zittern durchlief Nell, und sie stöhnte auf und ließ sich einfach fallen.

Sie stieg ihm zu Kopf. Wie sie duftete, sich anfühlte, schmeckte, das überwältigte ihn. Mac wusste, dass er in Gefahr war, sich zu verlieren, für den Moment, für ein ganzes Leben. Sie drückte sich an ihn, ihre Hände waren in seinem Haar, und sie hatte den Kopf zurückgebogen, öffnete sich ihm.

Das Blut rauschte ihm in den Ohren. Er wollte sie anfassen, wollte sie ausziehen, Stück für Stück, bis er nur noch ihre Haut sah und fühlte. Verlangend fuhr er mit der Hand unter ihren Pullover, über ihre weiche heiße Haut an ihrem Rücken, während er den Kuss auskostete.

Dann stellte er sich vor, wie sie unter ihm lag, auf dem Holzboden, im Gras, und er stellte sich ihr Gesicht vor, wenn sie sich ihm hingab, ihn aufnahm.

Es war so lange her, viel zu lange. Und es machte ihm Angst.

Unsicher hob er den Kopf und zog sich zurück. Aber als er sich gerade von ihr lösen wollte, lehnte sie sich an ihn und legte den Kopf auf seine Brust. Er konnte ihr einfach nicht widerstehen.

»Mir ist schwindlig, um mich dreht sich alles«, sagte sie leise. »Was war das?«

»Nur ein Kuss.« Vor allem sich selbst musste er davon überzeugen. Das nahm vielleicht die Anspannung von ihm.

»Ich habe dabei die Sterne gesehen.« Sie war noch immer ganz benommen, als sie jetzt zu ihm aufsah. Sie lächelte, aber das Lächeln erreichte ihre Augen nicht. »Das ist mir noch nie passiert.«

Wenn er nicht ganz schnell etwas unternahm, war der nächste Kuss unausweichlich. Er schob sie entschlossen von sich. »Das ändert nichts.«

»Sollte denn etwas geändert werden?«

Es war fast dunkel geworden. Das half ihm, denn er konnte sie nicht mehr deutlich erkennen. »Ich habe keine Zeit für Frauen. Und ich bin nicht daran interessiert, irgendetwas anzufangen.«

»Oh.« Das tat weh, auch wenn Nell den Grund für den Schmerz nicht hätte benennen können. »Für einen so völlig desinteressierten Mann war das ein beachtlicher Kuss.« Sie bückte sich und hob ihre Aktentasche auf, die sie vor ihrer Rutschpartie abgestellt hatte. »Keine Angst, ich werde Ihre Kreise nicht stören. Schließlich möchte ich Sie nicht Ihrer wertvollen Zeit berauben.«

»Sie brauchen nicht gleich eingeschnappt zu sein.«

»Eingeschnappt?« Sie bohrte ihm einen Finger in die Brust. »Ich werde doch nicht meine Energie verschwenden. Was glauben Sie – dass ich hergekommen bin, um Sie zu verführen?«

»Ich habe keine Ahnung, warum Sie gekommen sind.«

»Ich werde Sie jedenfalls in Zukunft nicht mehr belästigen, wenn Sie das beruhigt.« Sie hängte sich ihre Aktentasche um und schob das Kinn vor. »Niemand hat Ihnen etwas getan.«

Er empfand eine unangenehme Mischung aus Lust und schlechtem Gewissen. »Ihnen auch nicht.«

»Ich wollte mich keinesfalls entschuldigen! Wissen Sie, ich kann mir überhaupt nicht vorstellen, wie ein gefühlloser Klotz wie Sie zu zwei so reizenden Kindern kommt.«

»Lassen Sie meine Jungen da raus!«

Ihre Augen wurden schmal. »Ach, Sie denken, ich hätte es auch auf die beiden abgesehen? Sie sind ein Dummkopf, Mac.« Sie stürmte davon und drehte sich nur an der Tür noch einmal um. »Ich kann nur hoffen, dass die beiden Ihre haarsträubende Einstellung gegenüber Frauen nicht erben.«

Sie warf die Tür mit einem lauten Knall hinter sich ins Schloss. Mac schob verärgert die Hände in die Hosentaschen. So ein Unsinn! Er hatte keine haarsträubende, sondern eine völlig realistische Einstellung Frauen gegenüber! Und seine Kinder gingen nur ihn etwas an.

4. Kapitel

Nell stand in der Bühnenmitte und hob die Hände. Sie wartete, bis auch die letzte kleine Sängerin, der letzte Sänger die Unterhaltung eingestellt und nur noch Augen für sie hatte.

Der Zusammenklang der jungen Stimmen machte ihr jedes Mal wieder Freude. Sie hörte und sah genau hin, nichts entging ihrer Aufmerksamkeit, als sie sich beim Dirigieren über die Bühne bewegte. Dieses Lied gefiel den Kindern natürlich besonders gut: Bruce Springsteens Version von »Santa Clause Is Coming to Town«. Das war mehr als verständlich. War das Lied doch Lichtjahre von den Weihnachtsliedern entfernt, die unter dem früheren Musiklehrer Standardrepertoire gewesen waren.

Die Augen der Kinder leuchteten, als sie in den Rhythmus fanden. Nell ließ die Bassstimmen stärker kommen, den Sopran hell und klar einsetzen, die Tenöre, wieder die Bassstimmen.

Sie nickte mit einem zufriedenen Lächeln, als der Chor verstummt war. »Sehr schön«, lobte sie. »Die Tenöre ein bisschen kräftiger nächstes Mal, sonst geht ihr in den Bässen unter. Holly, Kopf hoch beim Singen. So, jetzt haben wir noch Zeit, ›I'll Be Home for Christmas‹ einmal durchzugehen. Kim?«

Kim versuchte, das nervöse Flattern ihres Magens zu unterdrücken. Holly gab ihr einen kleinen Stoß mit dem Ellbogen, und sie trat aus ihrem Platz in der zweiten Reihe heraus, stellte sich ans Mikrofon und sah grimmig in den leeren Zuschauerraum hinunter.

»Lächeln ist erlaubt und erwünscht«, meinte Nell und lächelte ihr aufmunternd zu. »Und vergiss nicht, richtig zu atmen. Sing das ganze Lied einmal durch, mit Gefühl. Tracy, bitte.« Sie gab dem Mädchen am Klavier ein Zeichen.

Das Lied begann ruhig mit einem harmonischen Summen des Chors. Dann kam Kims Einsatz. Er war noch zu zögernd und klang unsicher, aber das würde sich geben, wenn sie daran arbeiteten.

Nach wenigen Takten hatte Kim sich so eingesungen, dass die Nervosität von ihr abfiel. Nell war sehr stolz auf sie. In den letzten Wochen hatte ihre Schülerin sehr viel dazugelernt, gerade auch, was den Ausdruck betraf. Das etwas sentimentale Lied lag ihr, es passte zu ihrem Aussehen und ihrer ganzen Persönlichkeit.

Nell hielt den Chor zurück. Er sollte nicht mehr sein als ein Hintergrund für Kims Stimme, und diese Aufgabe erfüllte er vollkommen. Beim Weihnachtskonzert würde wahrscheinlich kein Auge trocken bleiben.

»Wunderschön«, sagte sie, als der letzte Ton verhallt war. »Wirklich wunderschön. Ihr habt alle sehr viel gelernt, und ich bin sehr stolz auf euch. Und jetzt ab mit euch! Ich wünsche euch ein schönes Wochenende.« Damit ging sie zum Klavier, um ihre Noten einzusammeln.

»Das war wirklich toll«, sagte Holly zu Kim.

»Ehrlich?«

»Ehrlich. Brad fand das auch.« Holly sah verstohlen zum Herzensbrecher der Schule hinüber, der gerade seine Jacke anzog.

»Der hat ja noch gar nicht gemerkt, dass es mich überhaupt gibt.«

»Inzwischen schon. Er hat die ganze Zeit nur dich angeschaut.« Holly seufzte. »Wenn ich doch nur aussehen würde wie Miss Davis! Dann würde ich ihm vielleicht auch einmal auffallen.«

Kim lachte, warf Brad aber schnell einen unauffälligen Blick unter ihren langen Wimpern zu. »Ja, Miss Davis ist echt klasse. Sie redet schon ganz anders als Mr. Striker.«

»Der war ja echt ätzend. Bis später.«

»Ja, okay.« Zu mehr reichte Kims Kraft nicht mehr, denn es sah tatsächlich und wahrhaftig so aus, als steuere Brad auf sie zu!

»Hi.« Er lachte sie an, und Kims Herz machte einen Sprung. »Du warst echt spitze.«

»Danke.« Kims Kehle war wie zugeschnürt, und sie brachte nicht ein Wort mehr heraus. Brad spricht mit mir, dachte sie überwältigt. Der Kapitän der Fußballmannschaft! Ein Junge aus der oberen Klasse. Vorsitzender des Schülerrats. Blond und grüne Augen. Mann!

»Miss Davis ist echt cool, findest du nicht?«

»Ja.« Du musst etwas sagen, befahl Kim sich innerlich. »Sie kommt heute Abend zu uns. Meine Mom hat ein paar Leute eingeladen. Holly kommt auch und ein paar andere aus der Schule.« Das Herz schlug ihr bis zum Hals, und sie nahm all ihren Mut zusammen. »Wenn du Lust hast, komm doch auch vorbei.«

»Super. Wann?«

Kim gelang es, ihre Erschütterung zu überwinden. Sie schluckte. »So ungefähr um acht Uhr.« Sie war bemüht, lässig zu klingen. »Ich wohne …«

»Ich weiß, wo du wohnst.« Er lachte sie wieder an, und ihr Herz blieb fast stehen. »Gehst du noch mit Chuck?«

»Chuck?« Wer war Chuck? »Ach, nein. Das war im Sommer schon aus.«

»Dann bis später.«

Brad gesellte sich zu einer Gruppe von anderen Jungen, die gerade die Bühne verließen.

»Ein netter Junge«, meinte Nell da hinter Kim.

»Ja«, stieß Kim mit einem tief empfundenen Seufzer aus. Ein verträumter Glanz stand in ihren Augen.

»Kimmy hat einen Geliebten«, sang Zeke mit dieser quietschenden Stimme, die er für kleinere Kinder oder Cousinen reserviert hatte. »Kimmy hat ...«

»Halt die Klappe!«

Zeke kicherte nur und fing an, mit seinem Bruder zu dem Vers auf der Bühne herumzutanzen. Nell sah die Mordlust in Kims Blick und schritt ein.

»Wie ist das mit euch beiden? Habt ihr Lust, ›Jingle Bells‹ zu üben?«

»Ja, ja!« Zach sauste zum Klavier. »Ich weiß, welches das ist«, verkündete er und machte sich über Nells Noten her. »Ich suche es.«

»Nein, ich!«, rief Zeke, aber sein Bruder hielt das Notenblatt schon triumphierend in die Höhe.

»Das ging ja schnell.« Nell setzte sich auf die Klavierbank zwischen die Zwillinge und spielte ein paar schräge Noten, mit denen sie die beiden zum Kichern brachte. »Dann los.«

Inzwischen konnte man die Töne, die die Zwillinge von sich gaben, tatsächlich als eine Art Gesang bezeichnen. Am Anfang hatten sie mehr oder weniger gebrüllt. Aber was ihnen an Feinheiten fehlte, machten sie durch ihre Begeisterung wett.

Als sie am Ende angelangt waren, lachte selbst Kim wieder.

»Und jetzt müssen Sie uns etwas vorspielen, Miss Davis.« Zeke setzte seinen ganzen Charme ein und sah Nell mit schmelzender Hingabe an. »Bitte.«

»Euer Daddy wartet bestimmt schon auf euch.«

»Nur ein Lied.«

»Nur eins«, bettelte auch Zeke.

Sie kannte die beiden erst wenige Wochen, aber sie fand es bereits unmöglich, ihnen zu widerstehen. »Also gut, aber wirklich nur ein Lied.« Nell kramte in ihren Noten. »Ich habe etwas gefunden, das euch bestimmt gefällt. Ihr kennt doch bestimmt die ›Kleine Meerjungfrau‹.«

»Wir haben sie schon tausendmal gesehen«, behauptete Zeke. »Wir haben sie auf Video.«

»Dann erkennt ihr das Lied bestimmt.« Nell stimmte eine Melodie daraus an.

Mac zog die Schultern hoch, um sich gegen den Wind zu schützen, als er in die Schule eilte. Er hatte die Warterei auf dem Parkplatz satt. Die anderen Kinder waren vor zehn Minuten schon aus der Schule gekommen, nur seine Kinder waren noch nicht aufgetaucht.

Als hätte er nichts anderes zu tun! Vor allem, nachdem er heute Abend auch noch zu Miras dummer Party gehen musste. Dabei hasste er Partys!

Er lief mit großen Schritten den Korridor hinunter. Die Türen zur Aula waren geschlossen, aber er hörte Nells volle tiefe Stimme durch, auch wenn er den Text nicht verstand.

Sie hatte eine sehr sinnliche und verführerische Stimme. Sexy, dachte er nicht zum ersten Mal.

Sie sang ein Kinderlied, und das warf ihn fast um. Er kannte es aus diesem Zeichentrickfilm, den die Jungen ständig anschauten. Kein Mann, der halbwegs bei Verstand war, geriet in Verwirrung, nur weil eine Frau ein Kinderlied sang. Vermutlich war er nicht ganz bei Verstand. Aber das war er ja schon nicht mehr, seit er den Fehler begangen hatte, sie zu küssen.

Und er wusste genau, dass er sie auch jetzt ohne jede Hemmung geküsst hätte, wenn sie nur allein gewesen wäre.

Aber sie war nicht allein. Kim stand hinter ihr, und seine Zwillinge saßen zu beiden Seiten neben ihr. Manchmal sah sie auf einen der beiden hinunter und lächelte. Zeke lehnte an ihr und hatte den Kopf auf die Seite gelegt, wie er es immer tat, bevor er ihm auf den Schoß kletterte.

Das Bild rührte etwas tief in ihm an. Ein sehr schmerzhaftes, Angst machendes – und zugleich sehr süßes – Gefühl erfasste ihn.

Mac schob die Hände in die Taschen und ballte sie. Das musste aufhören. Was immer da mit ihm geschah, er musste ihm ein Ende setzen.

Er holte tief Luft, als das Lied ausklang, und ihm kam es vor, so albern das war, als läge ein Zauber in der Luft.

»Es ist spät. Kommt, Kinder«, rief er in die Stille, um den Bann zu brechen.

Vier Köpfe drehten sich zu ihm um. Die Zwillinge hüpften vor Freude. »Dad! He, Dad! Wir können ›Jingle Bells‹ schon ganz toll. Sollen wir es dir vorsingen?«

»Das geht jetzt leider nicht.« Er versuchte zu lächeln, um ihre Enttäuschung zu mindern. »Ich bin ohnehin schon zu spät dran, Leute.«

»Tut mir leid, Onkel Mac.« Kim knöpfte ihren Mantel zu. »Irgendwie haben wir uns vertrödelt.«

Während Mac nervös von einem Fuß auf den anderen trat, flüsterte Nell seinen Söhnen etwas ins Ohr. Es musste etwas Schönes gewesen sein, denn die Enttäuschung schwand schlagartig aus ihren Mienen, und sie fingen an zu lächeln. Dann umarmten sie Nell stürmisch nacheinander und rannten los, um ihre Mäntel zu holen.

»Auf Wiedersehen, Miss Davis.«

»Danke, Miss Davis«, sagte Kim. »Bis später.«

Nell stand auf, um ihre Noten einzusammeln, und summte dabei leise vor sich hin.

Sie zeigte ihm eindeutig die kalte Schulter. »Danke fürs Aufpassen.«

Nell hob den Kopf und schob ohne auch nur die Andeutung eines Lächelns eine Augenbraue in die Höhe. Dann wandte sie den Blick wieder ab.

Genau so wünschte er sich das Verhältnis zu ihr. Er hatte ohnehin kein Verlangen, sich mit ihr zu unterhalten oder sonst wie abzugeben.

5. Kapitel

Sie musste ihn ja nicht gleich so vollständig übersehen! Mac nippte an dem Apfelmost, den sein Schwager ihm in die Hand gedrückt hatte, und betrachtete missmutig Nells Rücken.

Seit mindestens einer Stunde hatte sie ihn keines Blickes mehr gewürdigt.

Sie hat einen schönen Rücken, musste er widerstrebend zugeben, während er dem Bürgermeister mit halbem Ohr zuhörte, schmal und gerade und mit hübsch gerundeten Schultern. Er fand überhaupt, dass sie in dem pflaumenfarbenen Jäckchen mit dem kurzen Kleid darunter sehr verführerisch aussah.

Sie hatte fantastische Beine. Er konnte sich nicht erinnern, ihre Beine schon einmal gesehen zu haben. Daran hätte er sich bestimmt erinnert. Bis jetzt hatte sie jedes Mal Hosen getragen, wenn er sie getroffen hatte. Für das Kleid hatte sie sich wahrscheinlich entschieden, weil sie ihn quälen wollte.

Mac ließ den Bürgermeister einfach mitten im Satz stehen und ging geradewegs auf Nell zu. »Hören Sie, das ist albern.«

Nell sah zu ihm auf. Sie hatte sich gerade sehr nett und angeregt mit Miras Freundinnen unterhalten – und großen Genuss daran gefunden, deren Bruder ganz und gar zu ignorieren.

»Wie bitte?«

»Es ist einfach albern«, wiederholte er.

»Dass wir versuchen, Geld für die künstlerische Erziehung an der Schule zu sammeln?«, fragte sie gespielt verständnislos. Sie wusste sehr gut, dass es nicht darum ging.

»Was? Nein. Zum Kuckuck, Sie wissen ganz genau, wie ich das meine.«

»Tut mir leid.« Nell wollte sich wieder dem Kreis höchst interessierter Frauen zuwenden, aber Mac nahm sie einfach am Arm und zog sie weg. »Wollen Sie vielleicht im Haus Ihrer Schwester eine Szene machen?«, zischte sie.

»Nein.« Er zog sie einfach weiter, um den Esstisch herum und in die Küche. Seine Schwester füllte gerade eine Platte mit belegten Brötchen auf. »Lass uns eine Minute allein«, befahl er ihr.

»Mac, ich habe zu tun.« Mira fuhr sich geistesabwesend über das kurze brünette Haar. »Wärst du wohl so nett und sagst Dave, dass uns der Apfelmost langsam ausgeht?« Sie lächelte Nell ein wenig verlegen zu. »Irgendwie ist mir der Überblick verloren gegangen.«

»Lass uns eine Minute allein«, wiederholte Mac.

Mira wollte protestieren, aber dann gab sie nach. »Sieh da, sieh da«, murmelte sie belustigt und erfreut zugleich. »Ich wollte mir ohnehin Kims Schwarm näher anschauen.« Sie packte ein Tablett und verschwand.

»Und?« Nell steckte sich ein Stück Karotte in den Mund. »Was haben Sie auf dem Herzen, Macauley?«

»Sie brauchen nicht so … so …«

»So?«, nahm sie seinen unterbrochenen Faden auf. »So was?«

»Sie reden absichtlich nicht mit mir.«

Sie lächelte. »Das stimmt.«

»Das ist albern.«

Sie hatte eine offene Flasche mit Weißwein entdeckt und schenkte sich ein Glas ein. »Das finde ich nicht. Ich habe den Eindruck, dass Sie sich ohne für mich erkennbaren Grund über mich ärgern. Da ich Ihre Familie sehr nett finde, ist es doch nur logisch und höflich, Ihnen weitestmöglich aus dem Weg zu gehen.« Sie trank einen Schluck Wein und lächelte. »War das alles? Dann würde ich gern wieder zurückgehen. Ich unterhalte mich nämlich ganz hervorragend.«

»Ich ärgere mich nicht über Sie.« Da er keine andere Beschäftigung für seine Hände fand, nahm er eine Karotte und brach sie entzwei. »Ich wollte mich entschuldigen.«

»Wofür? Dass Sie mich geküsst haben? Oder dass Sie so unausstehlich waren?«

Er warf die Karottenstücke auf den Tisch. »Sie machen es mir nicht leicht, Nell.«

»Moment!« Sie legte eine Hand ans Ohr und tat, als lausche sie. »Ich muss mich wohl verhört haben. Oder haben Sie gerade tatsächlich meinen Namen gesagt?«

»Hören Sie auf damit«, sagte er. Und dann noch einmal absichtlich: »Nell.«

Nell hob ihr Glas. »Ein großer Augenblick«, erklärte sie. »Macauley Taylor hat mich von sich aus angesprochen und dann auch noch meinen Namen gesagt. Ich fühle mich unendlich geschmeichelt.«

»Hören Sie.« Er hatte eitel Lust, sie an den Schultern zu packen und zu schütteln. »Ich wollte nur die Atmosphäre reinigen.«

Sie sah ihm ins Gesicht. »Ihre Beherrschung ist wirklich bewundernswert, Mac. Ich frage mich, wie es wohl wäre, wenn Sie wenigstens einmal die Kontrolle verlören.«

»Wenn man allein zwei Kinder erziehen muss, braucht man viel Selbstbeherrschung.«

»Ja, da haben Sie wohl recht«, gab sie zurück. »Wenn das jetzt alles war …«

»Ich wollte mich wirklich bei Ihnen entschuldigen, Nell«, wiederholte er.

Dieses Mal gab sie nach. »Angenommen.« Sie war noch nie nachtragend gewesen. »Vergessen wir es, und lassen Sie uns Freunde sein.« Sie streckte ihm die Hand hin.

Ihre Hand war zart und klein, und er brachte es nicht über sich, sie wieder loszulassen. Auch ihr Blick war weich geworden. Sie hatte große schimmernde Augen. Wie eine Elfe, dachte er. »Sie sehen – nett aus.«

»Danke. Sie auch.«

»Gefällt Ihnen die Party?«

»Die Leute gefallen mir.« Ihr Puls ging unregelmäßig. Das ärgerte sie. »Ihre Schwester ist außerordentlich nett. Und so voller Energie und Einfälle.«

»Wenn Sie nicht aufpassen, hat sie Sie in null Komma nichts für irgendein Projekt engagiert.« Er lächelte leicht.

»Die Warnung kommt zu spät. Ich bin bereits Mitglied des Kunstausschusses. Und ich habe mich freiwillig für die Recyclingkampagne gemeldet.«

»Der Trick besteht darin, dass man im entscheidenden Moment wegtaucht.«

»Aber es macht mir nichts aus. Ich glaube, es wird mir sogar sehr viel Spaß machen.« Er fuhr jetzt leicht mit dem Daumen über die Innenseite ihres Handgelenks. »Mac, Sie sollten nichts anfangen, an dessen Vollendung Ihnen doch nichts liegt.«

Er sah auf ihre ineinander verschlungenen Hände hinunter. »Ich muss dauernd an Sie denken. Aber ich habe eigentlich gar keine Zeit dafür. Ich will es auch nicht.«

Es passierte schon wieder. Ihr Puls schlug schneller, und in ihrem Bauch krampfte sich etwas zusammen. »Und was wollen Sie?«

Er sah ihr in die Augen. »Eben das macht mir Schwierigkeiten.«

Die Küchentür schwang auf, und eine Horde Teenager kam unter Kims Führung hereingestürmt. Wie auf ein geheimes Kommando blieben alle abrupt stehen. Kims Augen wurden groß, als sie registrierte, dass ihr Onkel die Hand ihrer Lehrerin hielt und die beiden auseinanderfuhren wie ein Paar, das bei unerlaubten Zärtlichkeiten ertappt worden war.

»Entschuldigung. Entschuldigung«, sagte sie noch einmal und bekam den Mund kaum wieder zu. »Wir wollten nur …« Sie drehte sich auf dem Absatz um und schob die kichernde Horde wieder hinaus.

»Das gibt dem Ganzen erst die richtige Würze«, stellte Nell trocken fest. Sie war lange genug in der Stadt, um ihre Mechanismen zu verstehen. Morgen früh würden sie und Macauley Taylor Stadtgespräch sein. Sie sah ihn an. »Hören Sie, warum fangen wir nicht noch einmal ganz normal an? Wollen Sie morgen Abend mit mir essen gehen? Oder ins Kino? Oder haben Sie auf etwas anderes Lust?«

Mac traute seinen Ohren nicht. »Sie meinen eine Verabredung? Sie wollen sich mit mir verabreden?«

Nell zeigte die ersten Anzeichen von Ungeduld. »Ja, ich meine eine Verabredung. Eine ganz normale Verabredung. Ich möchte Ihnen keine weiteren Kinder schenken, wenn Sie das befürchten. Andererseits ist es wahrscheinlich vernünftiger, wenn wir es lassen.«

»Ich möchte Sie anfassen.« Mac konnte kaum glauben, dass er das wirklich gesagt hatte. Aber jetzt war es zu spät, um es wieder zurückzunehmen.

Nell nahm ihr Weinglas in die Hand, als wollte sie sich daran festhalten. »Nun, das ist einfach.«

»Nein, das ist es nicht.«

Sie nahm ihren Mut zusammen und sah zu ihm auf. »Nein, Sie haben recht«, sagte sie. »Es ist nicht einfach.« Wie oft hatte sie in den letzten Wochen an ihn denken müssen? Sie konnte es nicht sagen. In jedem Fall zu oft.

Irgendetwas muss geschehen, beschloss Mac. Tu etwas, befahl er sich. Dann werden wir schon sehen, was passiert. »Ich war schon seit einer Ewigkeit nicht mehr ohne die Kinder im Kino. Es dürfte nicht so schwierig sein, einen Babysitter zu finden.«

»Gut.« Sie betrachtete ihn so abschätzend wie er sie. »Rufen Sie mich an, wenn Sie einen gefunden haben. Ich bin morgen den ganzen Tag zu Hause, weil ich korrigieren muss.«

Mac fand es nicht einfach, sich auf das alte Spiel einzulassen, auch wenn Nell es ihm leicht machte. Es ärgerte ihn, dass er vor seiner Verabredung mit ihr so nervös war wie ein Teenager vor seinem ersten Rendezvous.

Es ärgerte ihn fast so sehr wie das alberne Grinsen seiner Nichte und ihre anzüglichen Fragen, als er sie gebeten hatte, die Zwillinge zu hüten.

Als er jetzt die Treppe zu Nells Wohnung hinaufstieg, fragte er sich, ob es nicht klüger gewesen wäre, dieses ganze Theater gar nicht erst anzufangen.

Nell hatte zu beiden Seiten der Tür Vasen mit getrockneten Blumen aufgestellt. Schön, dachte er. Er mochte es, wenn seine Mieter liebevoll mit ihrer Wohnung umgingen.

Er klopfte an ihre Tür und wartete. Wir gehen schließlich nur ins Kino, beruhigte er sich und stellte, als sie ihm öffnete, erleichtert fest, dass sie ganz leger in einen langen Pulli über Leggings gekleidet war.

Dann lächelte sie, und sein Mund wurde trocken.

»Hallo, Sie sind pünktlich. Möchten Sie hereinkommen und sich anschauen, was ich mit Ihrer Wohnung angestellt habe?«

»Es ist Ihre Wohnung«, gab er zurück, aber sie hatte ihn schon an der Hand gefasst und zog ihn herein.

Mac hatte aus den ursprünglich kleinen engen Zimmern einen einzigen großzügigen Raum mit Ess- und Küchenecke gemacht. Besser als Nell hätte man ihn gar nicht einrichten können.

Den Mittelpunkt bildete eine ausladende Couch, die übers Eck ging und in einem ziemlich kühnen Blumenmuster gehalten war. Auf einem kleinen Tisch unter dem Fenster stand eine Vase mit getrockneten Herbstblättern. An den Wänden zogen sich Regale entlang, voll mit Büchern, einer Stereoanlage und einem kleinen Fernsehapparat und all dem Kleinkram, auf den Frauen so viel Wert legten.

Nell hatte die Essecke zu einem kombinierten Musik- und Bürobereich umfunktioniert. Ein Schreibtisch stand dort und ein kleines Spinett. Auf einem Notenständer lag eine Flöte.

»Ich habe kaum etwas aus New York mitgebracht«, erklärte sie, während sie in ihre Jacke schlüpfte, »nur die Sachen, an denen ich hänge. Was ich noch brauche, suche ich mir auf Flohmärkten und in Antiquitätenläden zusammen.«

»Davon gibt es hier jede Menge«, meinte er. »Ich finde, Sie wohnen sehr schön.« Das war ehrlich gemeint. Er betrachtete den alten verblassten Teppich auf dem Boden, die altmodischen Spitzenvorhänge an den Fenstern. »Es sieht gemütlich aus.«

»Das ist mir wichtig. Gehen wir?«

»Ja, gern.«

Es wurde gar nicht so schlimm, wie er befürchtet hatte. Er hatte sie gebeten, den Film auszusuchen, und sie hatte sich für eine Komödie entschieden. Er fand es erstaunlich entspannend, neben ihr im Kino zu sitzen, mit ihr zu lachen und sich einen Becher Popcorn zu teilen.

Als sie später noch eine Pizza essen gingen, schien das nur die natürliche Fortsetzung zu sein. Der Vorschlag kam von ihm, und sie ergatterten mit einiger Mühe und in harter Konkurrenz mit einer Handvoll Teenagern einen Tisch in der gut besuchten Pizzeria.

Nell machte es sich bequem. »Macht Zeke beim Diktatschreiben Fortschritte?«

»Er hat ziemlich zu kämpfen. Aber er gibt sich große Mühe. Es ist wirklich merkwürdig. Zach hat nicht die geringsten Schwierigkeiten mit der Rechtschreibung, aber Zeke muss fast jedes Wort buchstabieren.«

»Dafür ist er im Rechnen gut.«

»Ja, das stimmt.« Mac wusste selbst nicht, wie er damit umgehen sollte, dass sie solchen Anteil an seinen Kindern nahm. »Die beiden mögen Sie sehr.«

»Das ist gegenseitig.« Nell fuhr sich durch die Haare. »Es klingt vielleicht komisch, aber …« Sie zögerte, unsicher, wie sie es in Worte fassen sollte. »Aber bei dieser allerersten Chorprobe, als ich die beiden zum ersten Mal sah, hatte ich dieses Gefühl – ich weiß gar nicht, wie ich es beschreiben soll ... Es war, als hätte ich auf die beiden gewartet, und jetzt waren sie auf einmal da. Wenn Kim einmal ohne sie kommt, fehlen sie mir richtig.«

»Ja, man gewöhnt sich an sie.«

Es war mehr als das, aber sie wusste nicht, wie sie es ihm erklären sollte. Außerdem war schwer zu sagen, wie er es aufnehmen würde, dass sie sich ganz einfach in seine Kinder verliebt hatte. »Ich finde es schön, wenn sie mir von der Schule erzählen.«

»Bald gibt es das erste Zeugnis.« Mac lachte. »Ich bin fast so aufgeregt wie die beiden.«

»Ich finde, es wird zu viel Wert auf Noten gelegt.«

Seine Augenbrauen fuhren in die Höhe. »Das sagt ausgerechnet eine Lehrerin?«

»Warum nicht? Ich finde, man sollte viel mehr Wert auf Begabung, aufgewandte Mühe und die Lust am Lernen legen. Das ist doch viel wichtiger als irgendwelche Zahlen. Aber ich kann Ihnen ganz vertraulich mitteilen, dass Kim in Singen und Musikgeschichte die Beste in der Klasse ist.«

»Im Ernst?« Er empfand regelrechten Stolz auf seine Nichte. »Das war sie doch früher nie.«

»Mr. Striker und ich haben unterschiedliche Unterrichtsmethoden.«

»Das kann ich mir lebhaft vorstellen. Es gibt ein Gerücht in der Stadt, dass der Chor dieses Jahr sensationell gut sein soll. Wie haben Sie das geschafft?«

»Nicht ich habe es geschafft, sondern die Kinder.« Nell setzte sich auf, als die Pizza kam. »Wichtig ist nur, dass sie sich wie eine Gruppe fühlen. Ich möchte ja nichts gegen Mr. Striker sagen ...« Sie schob sich ein großzügig bemessenes Stück Pizza in den Mund. »Aber ich habe den Eindruck, als hätte er seine Zeit bis zur Pensionierung abgesessen. Wenn Sie Kinder unterrichten, müssen Sie sie mögen und respektieren. Es steckt eine Menge Talent in ihnen, auch wenn es zum Teil noch sehr ungeschliffen ist.«

Sie lachte, und ihre Wangen färbten sich dabei. »Und manche werden den Rest ihres Lebens nirgendwo anders als unter der Dusche singen – und dafür sollte die Welt ihnen dankbar sein.« Wieder lachte sie. »Aber es macht ihnen Spaß, und nur das zählt. Dafür gibt es auch Kinder wie Kim, die eine ganz besondere Gabe haben. Ich werde sie und zwei andere Schüler nächste Woche zum Vorsingen beim staatlichen Chor schicken. Und nach den Ferien fange ich mit der Arbeit für ein Musical an.«

»Das hat es seit Jahren nicht mehr gegeben.«

»Dann wird es Zeit. Und es wird fantastisch werden.«

»Sie werden viel Arbeit damit haben.«

»Das macht mir nichts aus. Außerdem werde ich dafür bezahlt. Vergessen Sie das nicht.«

Mac spielte mit seiner Pizza. »Sie sind wirklich gern Lehrerin, nicht wahr? Und bei uns gefällt es Ihnen?«

»Ja, natürlich. Warum auch nicht? Es ist eine schöne Schule und ein schöner Ort.«

»Es ist nicht Manhattan.«

»Eben.«

»Warum sind Sie von dort weggegangen?« Er räusperte sich. »Entschuldigen Sie, das geht mich natürlich nichts an.«

»Lassen Sie nur. Ich hatte ein schlechtes Jahr hinter mir. Vorher war zwar auch nicht alles eitel Sonnenschein gewesen, aber dieses letzte Jahr war einfach der Tiefpunkt. Meine Stelle in der Schule wurde aus finanziellen Gründen gestrichen.« Sie hob die Schultern. »Es sind immer die künstlerischen Fächer, an denen gespart wird. Aber, na ja. Meine Mitbewohnerin heiratete, und ich konnte mir die Miete allein nicht leisten. Also suchte ich einen Ersatz für sie.« Sie seufzte. »Ich ließ mir Referenzen zeigen und war wirklich vorsichtig. Und dann, drei Wochen nach dem Einzug, war die Nachfolgerin verschwunden und hatte alles mitgenommen, was nicht niet- und nagelfest war.«

Mac hörte auf zu essen. »Sie hat sie beraubt? Im Ernst?«

»Ja. Alles war weg: Fernseher, Stereoanlage, mein Schmuck, das Bargeld, alles. Es war deprimierend. Ich fühlte mich in meiner Wohnung einfach nicht mehr wohl. Und dann fing auch noch mein Freund an, mir Vorwürfe zu machen: Ich sei zu vertrauensselig gewesen, viel zu naiv, sträflich dumm, und es sei mir nur recht geschehen.«

»Ein reizender Mensch«, meinte Mac. »Sehr hilfreich.«

»Das kann man sagen. Nun ja, ich sah ihn mir noch einmal genau an und kam zu dem Schluss, dass er recht hatte – und zwar im Hinblick auf unsere sogenannte Beziehung. Also beendete ich sie.«

»Gut.«

»Ja, das finde ich auch.« Sie sah Mac an. Er war anders, das spürte sie. »Erzählen Sie mir doch von dem Haus, das Sie gerade renovieren.«

»Ich fürchte, Sie werden nicht viel von Installationsarbeiten verstehen.«

Sie lächelte nur. »Ich habe eine schnelle Auffassungsgabe.«

Es war fast Mitternacht, als Mac den Wagen zum Stehen brachte. Er hatte nicht vorgehabt, so lange auszubleiben, und ganz sicher hatte er nicht damit gerechnet, dass er über eine Stunde lang über das Verlegen von Leitungen, Installationen und tragende Wände sprechen und auch noch Baupläne auf Servietten zeichnen würde.

Irgendwie hatte er es geschafft, den Abend zu überstehen, ohne sich dumm vorzukommen oder das Gefühl zu haben, in eine Falle geraten zu sein. Nur eines beschäftigte ihn: Er wollte Nell wiedersehen.

»Ich finde, das war ein guter Anfang.« Nell legte die Hand auf seine und küsste ihn auf die Wange. »Danke.«

»Ich bringe Sie noch zur Tür.«

Sie hatte die Hand schon auf dem Griff. Es war wohl sicherer für sie beide, wenn er gleich weiterfuhr. »Das ist nicht nötig. Ich kenne den Weg.«

»Ich begleite Sie trotzdem.« Er stieg aus, und sie gingen zusammen die Treppe hinauf. In der unteren Wohnung brannte noch Licht, und gedämpfte Stimmen aus dem Fernsehapparat drangen nach draußen.

Der Wind hatte aufgehört, und der Himmel war sternenübersät.

»Wenn wir das wiederholen, werden die Leute anfangen, über uns zu reden«, begann Mac. »Sie werden sagen, dass wir ...« Er wusste nicht so recht, wie er sich ausdrücken sollte.

»Stört Sie das?«, fragte Nell.

»Ich möchte nicht, dass die Kinder auf falsche Ideen kommen oder anfangen, sich zu fürchten.« Sie waren auf ihrem Treppenabsatz angelangt, und er sah auf sie hinunter. »Es muss an Ihrem Aussehen liegen.«

»Was?«

»Dass ich dauernd an Sie denke.« Das war eine vernünftige Erklärung, fand er. Körperliche Anziehung. Schließlich war er ein Mann, wenn er auch sehr zurückhaltend war. »Und daran …«

Er legte die Hände um ihr Gesicht. Es war eine unendlich zärtliche Geste, und Nell fühlte sich ganz schwach. Der Kuss war so langsam und so erregend sinnlich wie der erste. Sein Mund auf ihrem, seine Geduld, die unglaublichen Gefühle, die er in ihr auslöste, das alles drohte sie zu überwältigen.

Kann es das sein? fragte sie sich. Ist es das, worauf ich gewartet habe? Kann es dieser Mann sein?

Er löste sich von ihr und hörte sie leise seufzen. Aber er wusste, dass es ein Fehler wäre, noch zu bleiben, und so ließ er die Hände fallen, bevor er sie nicht mehr unter Kontrolle hatte, und trat einen Schritt zurück.

Nell fuhr sich mit der Zungenspitze über die Lippen, als wollte sie den Kuss nachkosten. »Sie küssen fantastisch, Macauley Taylor«, sagte sie. »Wirklich fantastisch.«

»Sagen wir, ich habe viel aufgespart.« Aber er glaubte selbst nicht, dass das alles war. Und das beunruhigte ihn zutiefst. »Gute Nacht.«

Sie nickte nur kraftlos, als er sich von ihr abwandte. Und als sie ihn wegfahren hörte, lehnte sie noch immer verträumt an der Tür und hätte schwören können, dass himmlische Klänge für einen Augenblick die Luft erfüllten.

6. Kapitel

Ende Oktober gab es mehrere Lehrerkonferenzen und den Elternsprechtag und zusätzlich für die Schüler einen lange herbeigesehnten schulfreien Tag. Mac musste bei diesen Anlässen die Zwillinge zusätzlich bei seiner Schwester, Kim und Mrs. Hollis unterbringen, dazu fiel in diese Zeit noch eine Geschäftsreise und eine zeitaufwendige Inspektion.

Als er beim Elternsprechtag auf den Parkplatz des Schulkomplexes einbog, war er mit den Nerven am Ende. Er hatte keine Ahnung, was ihn erwartete. Wahrscheinlich würde man ihm erklären, dass seine Kinder sich absolut unmöglich benahmen, sobald er sie aus den Augen ließ. Er hatte sich bestimmt nicht genügend um ihre Schularbeiten gekümmert und sie auch nicht ausreichend auf die Schule vorbereitet.

Seine Jungen würden asoziale, neurotische Analphabeten werden, und das war alles nur seine Schuld.

Er wusste, dass seine Befürchtungen lächerlich waren, aber er kam nicht dagegen an.

»Mac!« Hinter ihm hupte jemand, und als er sich umdrehte, entdeckte er seine Schwester. Sie lehnte aus dem Wagenfester. »Wo hast du denn gesteckt? Ich habe dauernd versucht, dich anzurufen.«

Er ging zu ihr. »Ich habe Elternsprechstunde.«

»Ich weiß.«

»Ich möchte nicht zu spät kommen.«

»Keine Angst, sie werden dir schon keinen Verweis geben. Ich komme gerade von einem Ausschusstreffen über die Chorgewänder. Die alten sind schon zwölf Jahre alt, und es wird langsam Zeit, sie zu ersetzen.«

»Ganz meine Meinung. Ich werde eine Spende beisteuern. Aber jetzt muss ich wirklich weiter.« Im Geiste sah er schon vor sich, wie sein Zuspätkommen seinen Kindern angekreidet wurde.

»Ich wollte nur sagen, dass Nell irgendetwas hat. Sie war völlig unkonzentriert.« Mira sah ihren Bruder misstrauisch an. »Du hast doch wohl nichts angestellt?«

»Wieso ich?«

»Keine Ahnung. Aber du warst immerhin mit ihr aus.«

»Wir waren im Kino.«

»Und beim Pizzaessen«, ergänzte Mira. »Ein paar von Kims Freunden haben euch gesehen.«

Kleinstadt! dachte Mac und schob die Hände in die Taschen. »Ja, und?«

»Nichts ›und‹. Gut für dich. Ich mag Nell, und Kim ist ganz hingerissen von ihr. Ich mache mir nur einfach Gedanken. Irgendetwas ist mit ihr. Vielleicht sagt sie es dir.«

»Ich habe nicht die Absicht, in ihrem Privatleben herumzuschnüffeln.«

»So wie ich das sehe, bist du Teil ihres Privatlebens. Bis später.« Mira fuhr davon, ohne ihm die Gelegenheit zu einer passenden Entgegnung zu geben.

Mac stieß einen undefinierbaren Laut aus und ging mit weit ausholenden Schritten zur Grundschule. Als er zwanzig Minuten später wieder herauskam, war ihm viel leichter zumute. Seine Kinder waren offenbar keine kleinen Monster mit mörderischen Neigungen, sondern ihre Lehrerin war sehr mit ihnen zufrieden und hatte sie über den grünen Klee gelobt.

Als hätte er das nicht längst gewusst!

Vielleicht vergaß Zeke gelegentlich irgendwelche Regeln und schwatzte mit seinem Banknachbarn, und vielleicht war Zach ein bisschen schüchtern und meldete sich nur, wenn er die Antwort hundertprozentig wusste. Aber die beiden fügten sich gut in die Klasse ein.

Nachdem diese Last von ihm genommen war, wandte Mac sich, ohne nachzudenken ganz automatisch der Highschool zu. Er wusste zwar nicht, wie lange der Elternsprechtag an der Highschool dauerte, aber der Parkplatz war nahezu leer. Außerdem entdeckte er Nells Auto und dachte, es könne nicht schaden, wenn er einfach einmal bei ihr vorbeischaute.

Erst als er schon im Gebäude war, fiel ihm auf, dass er gar nicht wusste, wo er sie finden würde.

Er steckte den Kopf in die Aula. Sie war leer. Aber nachdem er schon so weit gekommen war, beschloss er, sich im Sekretariat zu erkundigen. Eine Sekretärin zeigte ihm den Weg.

Die Tür zu Nells Klassenzimmer stand offen. Ein Klavier war da, Notenständer und Instrumente, ein Kassettenrekorder. Auch eine Tafel gab es, sauber gewischt. Ein Schreibtisch stand davor.

Nell saß daran und arbeitete.

Mac beobachtete sie eine Weile und registrierte, wie ihr das Haar ins Gesicht fiel, wie sie den Stift hielt, wie ihr Pullover sich an ihren Oberkörper schmiegte. Wenn ich je eine Lehrerin mit so einem Aussehen gehabt hätte, könnte ich heute wahrscheinlich viel mehr mit Musik anfangen. Das ging ihm durch den Kopf.

»Hallo.«

Sie hob mit einem Ruck den Kopf. Kampfgeist lag in ihrem Blick, und sie hatte das Kinn kriegerisch vorgeschoben. Als sie ihn entdeckte, holte sie tief Luft und brachte ein Lächeln zustande.

»Hallo, Mac. Willkommen im Irrenhaus.«

»Das sieht nach viel Arbeit aus.« Nells Schreibtisch war mit Papieren, Büchern, Noten und Computerausdrucken bedeckt.

»Das ist es auch. Noten malen, Organisation, Planung, Konzertvorbereitung, Jonglieren mit Geldmitteln …« Nell gab sich Mühe, ihre schlechte Laune nicht überborden zu lassen, und setzte sich zurück. »Und wie war Ihr Tag?«

»Gut. Ich habe gerade mit der Lehrerin der Zwillinge gesprochen. Sie ist sehr zufrieden mit ihnen.«

»Die beiden sind gut geraten, Sie haben wirklich keinen Anlass, sich Sorgen zu machen.«

»Sorgen macht man sich automatisch, wenn man Kinder hat, das kann man gar nicht verhindern. Und was macht Ihnen zu schaffen?«, fragte er, bevor er sich noch an seinen Vorsatz erinnern konnte, dass er sich eigentlich nicht in ihr Privatleben einmischen wollte.

»Haben Sie Zeit?«, fragte sie ironisch zurück.

»Reichlich.« Er setzte sich auf die Kante ihres Schreibtischs. Am liebsten hätte er die kleine steile Falte zwischen ihren Augenbrauen weggestreichelt. »Haben Sie einen schweren Tag hinter sich?«

Nell hob die Schultern und stand auf. Sie konnte einfach nicht länger ruhig sitzen bleiben. »Ich hatte schon leichtere Tage.« Sie seufzte. »Wissen Sie, wie viel Unterstützung der Schul- und Gemeindesport bekommt?« Sie fing an, Kassetten in einen Karton zu ordnen, einfach nur, um sich irgendwie zu beschäftigen. »Selbst das Schulorchester bekommt Geld. Aber für den Chor müssen wir um jeden Dollar betteln.«

»Und das ärgert Sie.«

»Würde es Sie an meiner Stelle nicht ärgern?« Sie fuhr herum. Ihre Augen funkelten. »Es ist nicht das geringste Problem, Trikots für die Fußballmannschaft zu organisieren, nur damit eine Handvoll Jungen sich um einen Ball streiten kann. Aber ich muss eine Stunde auf den Knien herumrutschen, wenn ich achtzig Dollar brauche, um das Klavier stimmen zu lassen.« Sie atmete tief durch. »Ich habe nichts gegen Fußball, im Gegenteil. Sport ist wichtig, das weiß ich auch.«

»Ich kenne einen Klavierstimmer«, sagte Mac. »Er ist sicher bereit, seine Zeit umsonst zur Verfügung zu stellen. Ich werde ihn gleich anrufen.«

Nell rieb sich den Nacken. Dad richtet alles, dachte sie. Hast du ein Problem? Dann erzähl es Mac.

»Das wäre wunderbar«, sagte sie und brachte tatsächlich ein Lächeln zustande. »Vorausgesetzt, ich siege über die Bürokratie. Man kann ohne endlosen Papierkram nicht einmal Geschenke annehmen.« Das ließ ihren Ärger wieder zunehmen. »Das Schlimmste am Lehrerberuf sind diese Formulare. Ich hätte wirklich weiter in Clubs spielen sollen.«

»Sie sind in einem Club aufgetreten?«

»Das war in einem anderen Leben«, sagte sie und machte eine wegwerfende Handbewegung. »Damit habe ich mir das College finanziert. Es war besser als die üblichen Jobs als Bedienung. Wie auch immer, im Grunde ist es gar nicht so sehr der Geldmangel, der mich so ärgert, oder nicht einmal der Mangel an Interesse. Daran bin ich schließlich gewöhnt.«

»Wollen Sie mir erzählen, was es dann ist? Oder wollen Sie weiter allein herumgrummeln?«

»Ich habe mich beim Grummeln bestens unterhalten, vielen Dank.« Wieder seufzte sie und sah dann zu ihm auf. Er wirkte so stabil und zuverlässig. »Vielleicht bin ich doch zu sehr Stadtmensch. Ich habe heute meine erste Bekanntschaft mit ländlicher Sturheit gemacht und bin mit meinem Latein am Ende. Kennen Sie Hank Rohrer?«

»Ja, natürlich. Die Molkerei an der Old Oak Road gehört ihm. Ich glaube, sein ältester Sohn ist in der Klasse von Kim.«

»Hank junior, ja. Er ist einer meiner Schüler, ein kräftiger Bariton, sehr begabt. Er komponiert sogar selbst.«

»Im Ernst? Das ist doch großartig.«

»Sollte man annehmen, oder?« Nell warf den Kopf zurück und fing an, ihre bereits geordneten Papiere neu zu sortieren. »Ich bat Mr. und Mrs. Rohrer heute zu mir, weil Junior plötzlich nicht mehr zum Vorsingen kommen wollte. Dabei hat er wirklich eine gute Chance, und ich wollte mit seinen Eltern über die Möglichkeit eines Stipendiums sprechen. Ich erzählte ihnen also, wie begabt ihr Sohn ist und dass ich hoffte, sie könnten ihn überreden, doch an dem Vorsingen teilzunehmen. Hank senior führte sich auf, als hätte ich ihn beleidigt.« Bitterkeit mischte sich mit Ärger. »Keiner seiner Söhne werde seine Zeit mit Singen verschwenden so wie …«

Nell schwieg, zu wütend, um Mr. Rohrers Meinung über Musiker weiterzugeben. »Die beiden wussten nicht einmal, dass ihr Sohn in meiner Klasse ist, stellen Sie sich das nur vor. Sie fanden, er solle sich lieber mit Buchhaltung beschäftigen. Um die Molkerei zu führen, brauche er keine Gesangsstunden. Und ganz bestimmt würden sie ihm nicht erlauben, an einem Samstag irgendwohin zum Vorsingen zu fahren und seine Arbeit zu vernachlässigen. Ich solle gefälligst aufhören, dem Jungen Flausen in den Kopf zu setzen.«

»Die Rohrers haben vier Kinder«, warf Mac vorsichtig ein. »Es könnte finanzielle Probleme geben.«

»Wenn das ihre Sorge wäre, könnte sie vermutlich durch ein Stipendium von ihnen genommen werden.« Nell klappte mit einem Ruck ihr Notenbuch zu. »Wir haben hier einen begabten, intelligenten Jungen, der einen Traum hat. Und diesen Traum wird er nie leben können, weil seine Eltern es nicht erlauben. Oder sein Vater«, verbesserte sie sich. »Die Mutter sagte die ganze Zeit über keine zwei Sätze.«

»Vielleicht bearbeitet sie ihren Mann, wenn sie mit ihm allein ist.«

»Oder er lässt seinen Zorn auf mich an ihr und dem Jungen aus.«

»So ist Hank nicht. Er ist stur und bildet sich ein, dass er alles weiß, aber er ist nicht böse.«

»Ich finde es ein bisschen schwierig, ihn positiv zu sehen, nachdem er mich …«, Nell holte tief Luft, »… als arrogante Flachländerin bezeichnet hat, die ihn seine schwer verdienten Steuern kostet. Ich hätte etwas aus dem Jungen machen können«, murmelte sie und setzte sich endlich wieder. »Das weiß ich.«

»Wenn nicht bei ihm, dann bei einem anderen Kind. Sie haben schon so viel für Kim getan, Nell.«

»Danke.« Nell lächelte kurz. »Das hilft mir ein wenig.«

»Ich meine es ehrlich.« Er konnte es nicht ertragen, sie in so gedämpfter Stimmung zu sehen. »Sie hat mehr Zutrauen zu sich bekommen. Früher war sie viel verschlossener, jetzt öffnet sie sich plötzlich.«

Das tat gut, und Nells Lächeln kam bereitwilliger. »Ich soll mit dem Grübeln aufhören, wollen Sie damit sagen.«

»Es passt nicht zu Ihnen.« Er überraschte sich und sie, als er ihr über die Wange strich. »Lächeln steht Ihnen viel besser.«

»Ich kann sowieso nie lange schlecht gelaunt bleiben. Bob sagte immer, das käme von meiner Oberflächlichkeit.«

»Und wer ist Bob?«

»Der Mann, den ich in die Wüste geschickt habe.«

»Dort gehört er eindeutig hin.«

Sie lachte. »Ich bin froh, dass Sie vorbeigekommen sind. Sonst hätte ich hier wahrscheinlich noch eine Stunde gesessen und mich geärgert.«

Mac stand auf. »Ich muss weiter und mich um die Halloween-Kostüme kümmern.«

»Brauchen Sie dabei Hilfe?«

»Ich ...« Das Angebot war verlockend, zu verlockend – und viel zu gefährlich. Es konnte nicht gut gehen, wenn sie in Familientraditionen einbezogen wurde. »Nein danke. Ich habe alles im Griff.«

Nell gelang es ziemlich gut, ihre Enttäuschung zu verbergen. »Sie kommen doch alle drei am Samstagabend zum Halloween-Schulfest?«

»Ja, natürlich. Bis dann.« Er setzte sich in Bewegung, aber unter der Tür drehte er sich noch einmal zu ihr um. »Nell?«

»Ja?«

»Veränderungen brauchen ihre Zeit. Sie machen manche Menschen unsicher.«

Sie legte den Kopf ein wenig zurück. »Meinen Sie damit die Rohrers, Mac?«

»Auch. Bis Samstagabend.«

Nell sah noch auf die offene Tür, als seine Schritte schon verklungen waren. Glaubte er, dass sie ihn zu verändern versuchte? Und wollte sie das? Sie setzte sich zurück und schob die Papiere von sich. Jetzt konnte sie sich ohnehin nicht mehr konzentrieren.

Es war immer dasselbe, wenn Macauley Taylor in ihrer Nähe war. Wann hatte das angefangen? Im ersten Augenblick, gestand sie sich ein, als er in die Aula gekommen war, um Kim und die Zwillinge abzuholen.

Liebe auf den ersten Blick? Nein, an so etwas glaubte sie nicht. Außerdem war sie viel zu intelligent, um sich in einen Mann zu verlieben, der ihre Gefühle nicht erwiderte. Oder sie nicht erwidern will, dachte sie. Und das war noch schlimmer.

Es durfte keine Rolle spielen, dass er seinen Kindern gegenüber liebevoll und zärtlich war, dass er gut aussah, stark und sexy war. Wenn sie bei ihm war, an ihn dachte, kamen Sehnsüchte in ihr hoch, Sehnsüchte nach einem Heim, einer Familie, nach Lachen in der Küche, Leidenschaft im Bett. Aber damit wurde sie problemlos fertig.

Sie stieß einen langen Atemzug aus. So problemlos war es nicht, wie sie sich einreden wollte. Im Gegenteil. Das alles waren Riesenprobleme für eine Frau, die im Begriff war, sich zu verlieben.

7. Kapitel

Es war Mitte November geworden, und die Bäume hatten ihre Blätter abgeworfen. Aber für Nell lag selbst in dieser Kargheit große Schönheit. Sie liebte das Herbe und Strenge, das Rascheln der trockenen Blätter, den morgendlichen Reif, der die Natur wie mit weiß schimmerndem Diamantenstaub überzog.

Immer wieder ertappte sie sich dabei, wie sie aus dem Fenster sah und auf die ersten Schneeflocken wartete, so wie sie es als Kind immer getan hatte.

Diese Tage vor Einbruch des Winters waren etwas Wundervolles. Die Welt schien für Augenblicke stillzustehen und der Erinnerung an vergangene Herbsttage nachzuhängen.

Nell dachte an Halloween, an die Kinder, die als Piraten und Prinzessinnen verkleidet an ihre Tür geklopft hatten. Zeke und Zach hatten kaum an sich halten können, als sie so getan hatte, als erkenne sie sie in ihren von Mac aufwendig konstruierten Astronautenkostümen nicht.

Sie dachte an das Konzert, das sie mit Mac besucht hatte, an die Freude, als sie ihn und die Jungen letzte Woche bei Weihnachtseinkäufen getroffen hatte.

Als sie jetzt an dem Haus vorbeispazierte, das er renovierte, musste sie wieder an ihn denken. Er war richtig rührend gewesen, als er das Geschenk für Kim ausgesucht hatte. Macauley Taylor machte sich wirklich Gedanken, wenn er einem Menschen, an dem ihm lag, etwas schenken wollte. Es musste genau das Richtige sein.

Nell war inzwischen zu der Überzeugung gelangt, dass er einfach wunderbar war.

Sie war strahlender Laune, denn heute Nachmittag hatte sie erfahren, dass zwei ihrer Schüler in den staatlichen Schülerchor aufgenommen worden waren, darunter Kim.

Das war ihr Werk gewesen, und es machte sie glücklich und stolz. Auch die anderen Kinder freuten sich mit Kim und dem Jungen. In den letzten Wochen war der Chor zu einer richtigen Gemeinschaft zusammengewachsen. Ihre Kinder!

»Ist es nicht zu kalt für einen Spaziergang?«

Nell fuhr zusammen und musste dann über sich selbst lachen, als sie Mac hinter einem Baum im Garten seiner Schwester hervorkommen sah. »Sie haben mich vielleicht erschreckt!«

»Keine Angst. Räuber haben wir hier kaum. Wollten Sie zu Mira?«

»Nein. Ich brauchte nur ein bisschen Bewegung. Zu Hause habe ich es einfach nicht mehr ausgehalten.« Sie strahlte ihn an. »Haben Sie die guten Nachrichten schon gehört?«

»Ja. Ich gratuliere.«

»Das war nicht ich …«

»Doch. Zum großen Teil wenigstens.« Er sah zum Haus zurück und schüttelte den Kopf. »Mira und Kim weinen sich gerade die Augen aus dem Kopf.«

»Sie weinen? Aber …«

»Nein, nein, nicht richtig.« Weibliche Tränen waren ihm ein Gräuel. »Vor Glück.«

»Oh.« Nell spürte, wie ihre eigenen Augen brannten. »Wie nett.«

»Dave stolziert herum wie ein aufgeblasener Pfau und ruft Gott und die Welt an, um mit seiner Tochter anzugeben.«

»Na ja, es ist ja auch eine feine Sache.«

»Ich weiß.« Er lachte. »Ich gestehe, dass ich selbst auch ein paar Leute angerufen habe. Aber Sie sind sicher auch stolz auf den Erfolg.«

»Und ob. Am schönsten waren die Gesichter der Kinder, als ich es ihnen heute gesagt habe. Jetzt werden hoffentlich auch die Spenden fließen.« Sie fröstelte, als der Wind auffrischte.

»Ihnen ist kalt. Ich fahre Sie nach Hause.«

»Das wäre nett. Glauben Sie, dass es schneien wird?«

Er hob prüfend den Kopf. »Lange wird es nicht mehr dauern.« Er öffnete ihr die Wagentür. »Die Kinder haben ihre Schlitten schon herausgeholt.«

»Vielleicht kaufe ich mir auch einen.« Sie lehnte sich entspannt zurück. »Wo sind die Jungen?«

»Sie übernachten heute bei einem Freund.« Er wies auf ein Haus schräg gegenüber. »Ich habe sie gerade abgesetzt.«

»Wahrscheinlich können sie es kaum noch erwarten, bis der Weihnachtsmann endlich kommt.«

»Dieses Jahr ist es ganz merkwürdig. Normalerweise bombardieren sie mich nach Halloween mit ellenlangen Wunschzetteln und Spielzeugkatalogen und irgendeinem Kram aus der Fernsehwerbung.« Er wendete seinen Wagen und schlug die Straße zum Hauptplatz ein. »Aber dieses Jahr haben sie mir erklärt, sie hätten keine besonderen Wünsche. Fahrräder hätten sie gern, das habe ich zufällig mitbekommen.« Er runzelte die Stirn. »Irgendetwas stimmt da nicht. Sie stecken ständig die Köpfe zusammen und tun furchtbar geheimnisvoll, aber sie wollen mir nichts verraten.«

»Weihnachten ist die beste Zeit für Geheimnisse«, meinte Nell. »Was ist mit Ihnen?« Sie lächelte ihn an. »Was wünschen Sie sich zu Weihnachten?«

»Mehr als die zwei Stunden Schlaf, die ich normalerweise herausschlage.«

»Das kann nicht alles sein.«

»Wenn ich die Jungen strahlen sehe, brauche ich nichts anderes.« Er hielt vor ihrem Haus an. »Verbringen Sie die Ferien in New York?«

»Nein. Dort zieht mich nichts hin.«

»Und Ihre Familie?«

»Ich bin ein Einzelkind, und meine Eltern fahren über Weihnachten immer in die Karibik. Wollen Sie noch auf einen Kaffee mit hereinkommen?«

Das war verlockender, als in sein leeres Haus zurückzukehren. »Ja, gern.« Sie gingen nebeneinander die Treppe hinauf. »Waren Sie als Kind über Weihnachten auch immer in der Karibik?«

»Nein. Wir lebten in Philadelphia und haben immer ganz traditionell gefeiert. Dann ging ich nach New York zum Studieren, und meine Eltern zogen nach Florida.« Sie sperrte die Tür auf und zog ihren Mantel aus. »Wir stehen uns im Grunde nicht besonders nahe. Meine Eltern waren über mein Musikstudium nur mäßig begeistert.«

Er hängte seine Jacke auf, während sie in die Küchenecke ging, um Wasser in die Kaffeemaschine zu füllen. »Deshalb waren Sie wegen Junior wahrscheinlich so außer sich.«

»Vielleicht. Aber eigentlich waren meine Eltern nicht unbedingt gegen dieses Studium. Sie konnten nur einfach nichts damit anfangen. Seit wir so weit auseinanderleben, kommen wir sehr viel besser miteinander aus.« Sie sah über die Schulter zu ihm hinüber. »Ich glaube, deshalb bewundere ich Sie so.«

Er wandte den Blick von der Spieldose aus Rosenholz und sah sie verblüfft an. »Mich?«

»Ja. Es gefällt mir, wie Sie sich um Ihre Kinder und Ihre Familie kümmern. Das hat so etwas Solides, Verlässliches.« Sie warf das Haar zurück und füllte aus der Gebäckdose Plätzchen auf einen Teller. »Nicht alle Eltern nehmen ihre Aufgabe so ernst.« Sie lächelte. »Habe ich Sie jetzt in Verlegenheit gebracht?«

»Nein. Oder doch«, gab er zu und nahm sich ein Plätzchen. »Sie haben mich noch gar nicht nach Zachs und Zekes Mutter gefragt.« Als Nell nichts erwiderte, sprach er trotzdem weiter. »Ich war gerade mit dem College fertig, als ich sie kennenlernte. Sie arbeitete als Sekretärin im Immobilienbüro meines Vaters. Wir gingen ein paar Mal miteinander aus und schliefen zusammen, und dann wurde sie schwanger.«

Seine Stimme war bar jeder Gefühlsregung, und Nell sah ihn forschend an. Er biss in sein Plätzchen, aber ihm war, als schmeckte es bitter. »Ich weiß, was Sie jetzt wahrscheinlich denken – dass sie mich hereingelegt hat. Vielleicht war es so. Aber ich war alt genug, um zu wissen, was ich tat. Und ich war alt genug, um die Verantwortung zu tragen.«

»Und was war mit der Liebe?«

»Liebe.« Es fiel ihm nicht leicht, darüber zu sprechen. »Ich fühlte mich zu Angie hingezogen, und umgekehrt war es auch so. Oder ich dachte es wenigstens. Erst nach unserer Hochzeit fand ich heraus, dass sie sich ›den Sohn des Chefs‹ ganz planmäßig ›geangelt‹ hatte. Sie hat es wörtlich so ausgedrückt. Sie sah darin eine Möglichkeit, ihren Lebensstandard zu heben. Mit Liebe hatte das alles nichts zu tun.«

Nach all diesen Jahren schmerzte es ihn noch immer, dass er auf so schäbige Weise gebraucht worden war.

»Um es kurz zu machen: Sie hatte nicht mit Zwillingen gerechnet und sich auch nicht vorgestellt, wie viel Arbeit Kinder machen. Als die Jungen vier Wochen alt waren, räumte sie mein Bankkonto leer und machte sich aus dem Staub.«

»Ach, Mac, das tut mir so leid«, sagte Nell leise. Sie wollte, sie hätte ein Mittel gewusst, den Schmerz, die Härte aus seinen Augen zu vertreiben. »Das muss schrecklich für Sie gewesen sein.«

»Es hätte schlimmer sein können.« Er schenkte Nell einen kurzen Blick und wandte sich dann wieder ab. »Sie nahm noch einmal Kontakt mit mir auf. Sie wollte, dass ich die Scheidung bezahle, dafür könne ich die Kinder dann ›umsonst‹ behalten. Das war es dann. Ende der Geschichte.«

»Wirklich?« Nell kam zu ihm und nahm seine Hände. »Sie hat Ihnen sehr wehgetan.«

Sie hob sich auf die Zehenspitzen und küsste ihn auf die Wange, um ihn zu trösten. Der Ausdruck in seinen Augen wandelte sich, Schmerz kam hinzu. Das erklärt so viel, dachte sie. Er ist bitter enttäuscht worden, ist wahrscheinlich am Boden zerstört gewesen. Aber statt seinen Schmerz und die Trauer zuzulassen oder irgendjemanden um Hilfe zu bitten, hat er seine Söhne genommen und ein neues Leben angefangen, ein Leben, das er nur den beiden widmet.

»Sie hatte Sie und die Zwillinge nicht verdient.«

Er konnte einfach nicht den Blick von ihrem Gesicht wenden. Es war weniger ihr Mitgefühl, sondern das Verständnis, das er in ihren Augen sah, was es ihm so schwer machte. »Ich habe es nicht bereut. Die Jungen sind einfach wunderbar, ich empfinde sie als Geschenk. Ich wollte nicht den Eindruck erwecken, als wäre es ein Opfer für mich gewesen.«

»Das klang auch nicht so.« Ihr Herz flog ihm zu, als sie die Arme um ihn legte. Es sollte einfach nur eine tröstende Geste werden, aber noch ein anderes, tieferes Gefühl, das aus ihrem Innersten kam, war daran beteiligt. »Ich finde es wunderbar, wenn ein Mann seine Kinder als Geschenk betrachtet.«

Er hielt sie in den Armen, ohne dass er so recht wusste, wie es so weit gekommen war. Aber es fühlte sich ganz natürlich an. »Wenn man so ein Geschenk bekommt, muss man sorgsam damit umgehen.« Seine Stimme wurde rau. Seine Kinder. Nell. Irgendetwas war in ihrem Blick, in ihrem Lächeln, das ihn unvermittelt traf. Er hob die Hand und strich ihr übers Haar. »Ich sollte gehen.«

»Bleib.« Es war ganz einfach. »Du weißt, dass ich dich will.«

Er konnte den Blick einfach nicht abwenden. Die Sehnsucht war so viel größer und süßer, als er je für möglich gehalten hatte. »Das macht alles nur noch komplizierter, Nell. Ich schleppe so viel mit mir herum, ich …«

»Es ist mir egal.« Sie atmete zittrig aus. »Ich habe nicht einmal mehr meinen Stolz. Liebe mich, Mac.« Sie stieß einen Seufzer aus und zog seinen Kopf zu sich herunter, um ihn zu küssen. »Liebe mich. Nur heute Nacht.«

Er konnte ihr nicht widerstehen. Davon hatte er geträumt, seit er sie zum ersten Mal gesehen hatte. Sie war so weich und warm, und er hatte schon so lange auf diese Wärme, die nur Frauen so schenken konnten, verzichten müssen.

Und als ihre Lippen sich jetzt berührten und sie sich umfangen hielten, wünschte er sich nichts anderes mehr.

Er hatte sich nie für einen romantischen Mann gehalten. Ob eine Frau wie Nell wohl lieber Kerzenlicht, leise Musik und zarten Duft gehabt hätte? Aber jetzt konnte er nichts mehr ändern. Jetzt konnte er sie nur noch auf die Arme heben und ins Schlafzimmer tragen.

Er machte das Licht an und wunderte sich darüber, wie plötzlich seine Nervosität verschwunden war, als er sah, wie angespannt sie auf einmal wirkte.

»Ich habe so oft daran gedacht«, gestand er jetzt leise. »Immer wenn ich dich anfasse, möchte ich dich nackt sehen.«

»Gut.« Sie lächelte zu ihm auf und entspannte sich langsam.

Er trug sie zum Bett und legte sich zu ihr, strich ihr übers Haar und über die Schultern, dann senkte er den Kopf und küsste sie.

Es war so leicht und einfach, als hätten sie diese Nähe seit Jahren erlebt. Und es war so aufregend, als wäre es für sie beide das erste Mal.

Eine Berührung, ein Verweilen, ein Murmeln, ein zarter Seufzer. Er drängte sie nicht, blieb geduldig, streichelte sie nur und löste die wunderbarsten Gefühle in ihr aus. Sachte öffnete er dabei Knöpfe und hielt inne, um weiterzuforschen.

Ihr wurde heiß unter seinen Händen. Ihr Puls hämmerte, beschleunigte sich unter seinen Fingern, seiner Zunge. Ihre Hände zitterten, und sie stöhnte mit einem heiseren Lachen auf, als sich endlich Haut an Haut schmiegte.

Endlich liebten sie sich. Niemals waren diese Worte wahrhaftiger gewesen. Nell erfuhr eine nie erlebte Zärtlichkeit, verbunden mit lustvoller Neugier, die ihre Sinne zu überwältigen drohte.

Immer wieder küsste er sie, und mit jedem Mal versank sie noch tiefer im Strudel ihrer Gefühle. Es gab schon lange nur noch ihn. Und mehr brauchte sie auch nicht.

Sie gab sich ihm mit einer Unbefangenheit und so rückhaltlos hin, dass es ihn bis ins tiefste Innere anrührte. Ihre Körper passten erregend gut zusammen, und immer wenn er fürchtete, die Beherrschung zu verlieren, fand er wieder zurück in ihren gemeinsamen Rhythmus.

Dann bewegten sie sich langsam und mit Genuss.

Nell war klein und zierlich, und ihre Zerbrechlichkeit machte ihn noch zärtlicher. Selbst als sie sich aufbäumte und einen kleinen Schrei ausstieß, ließ er sich noch Zeit. Es war so wundervoll, ihr Gesicht zu beobachten, dieses so unglaublich ausdrucksvolle Gesicht, all die Gefühle, die sich darin widerspiegelten.

Er bekämpfte das Verlangen, zu ihr zu kommen, gerade lange genug, um sie beide zu schützen. Ihre Blicke verfingen sich ineinander, als er endlich in sie glitt. Sie hielt einen winzigen Moment den Atem an und nahm ihn dann langsam und zittrig in sich auf. Sie lächelte.

Draußen rüttelte der Wind an den Fenstern, und es war, als klängen von irgendwoher Schlittenglöckchen. Und dann fing es langsam und sanft an zu schneien.

8. Kapitel

Mac konnte nicht genug von Nell bekommen. Im schlimmsten Fall war es eine Art Irrsinn, die ihn befallen hatte, im besten eine vorübergehende Verirrung. Ganz gleich, wie viel oder wie wenig Zeit er hatte, sein ganzes Sein war von Nell besetzt, und er dachte immer wieder an sie, Tag und Nacht.

So zynisch es war: Er wünschte, es wäre nur Sex, was ihn zu ihr hinzog. Denn dann könnte er alles auf die Hormone schieben und sich wieder anderen Dingen zuwenden. Aber wenn er an sie dachte, stellte er sie sich nicht nur im Bett vor. Manchmal stand sie dann vor einer Gruppe von Kindern, dirigierte ihre jungen Stimmen, oder sie saß am Klavier zwischen den Zwillingen und lachte mit ihnen. Oder sie spazierte einfach durch die Stadt, die Hände in den Taschen, das Gesicht zum Himmel gerichtet.

Das machte ihm Angst.

Sie nahm immer alles so leicht und unproblematisch und überlegte sich nie, ob etwas richtig oder falsch war, ob sie das oder jenes sagen durfte oder nicht. Sie machte ihn ganz einfach verrückt.

Aber er konnte sich nicht leisten, verrückt zu sein. Er musste an seine Kinder denken, an sein Geschäft. Und er hatte einen Haushalt zu versorgen. Was das betraf: Sobald er nach Hause kam, musste er die Waschmaschine anwerfen und dann – oh nein! Er hatte schon wieder vergessen, das Hühnchen aufzutauen!

Dann werden wir uns eben auf dem Weg zum Konzert Hamburger kaufen, entschied er. Er hatte auch so schon genug zu tun, ohne sich ständig um das Abendessen kümmern zu müssen. Außerdem kam Weihnachten bedrohlich nahe, und die Kinder verhielten sich nach wie vor äußerst merkwürdig.

Wir wünschen uns nur Fahrräder, Dad, hatten sie gesagt. Der Weihnachtsmann kümmert sich dieses Jahr um das große Geschenk.

Was mochte das für ein großes Geschenk sein? Mac hatte nicht die geringste Vorstellung, und die beiden hielten eisern dicht, so geschickt er auch nachfragte. Das war etwas ganz Neues, und es beunruhigte ihn. Er wusste, dass sie in ein oder, wenn er Glück hatte, zwei Jahren ohnehin nicht mehr an den Weihnachtsmann und seine Zauberkraft glauben würden. Das war das Ende der kindlichen Unschuld. Was immer es war, was sie sich so dringend zu Weihnachten wünschten, er hätte gern dafür gesorgt, dass sie es auch unter dem Baum fanden.

Aber sie kicherten nur aufgeregt, wenn er versuchte, das Geheimnis aus ihnen herauszukitzeln, und alles, was er erfuhr, war, dass es sich um ein Geschenk für sie alle drei handelte.

Mac maß die Fußleiste aus und fing an, sie festzunageln. Wenigstens war der Baum schon aufgestellt und geschmückt, und die Plätzchen waren gebacken. Er verspürte einen Anflug von schlechtem Gewissen, weil er trotz Bitten der Kinder Nells Angebot, bei der Dekoration zu helfen, ausgeschlagen hatte.

War er denn der Einzige, dem klar war, was für ein Fehler es sein würde, wenn seine Kinder sich zu sehr an Nell gewöhnen würden? Sie war erst seit wenigen Monaten in der Stadt und konnte jederzeit wieder gehen. Sie fand seine Kinder sicher süß und nett, aber das war schon alles. Er würde verhindern, dass sie mehr Gefühle investierten.

Das klang ja, als wären Zach und Zeke Anlagescheine! Aber so meinte er es natürlich nicht. Er würde nur ganz einfach nicht zulassen, dass seine Söhne ein zweites Mal verlassen wurden. Dieses Risiko ging er nicht ein, um nichts in der Welt, auch nicht für ein kurzfristiges Glück.

Nachdem er schließlich das letzte Leistenstück angebracht hatte, nickte er zufrieden. Er machte sehr gute Fortschritte mit dem Haus. Hier bewegte er sich auf sicherem Boden. Er wusste genau, was er tat. So wie er wusste, was er mit den Jungen zu tun hatte. Wüsste er nur ebenso gut, wie es mit Nell weitergehen sollte!

»Vielleicht passiert es heute Abend.« Zeke sah seiner weißen Atemwolke nach. Er saß mit seinem Zwillingsbruder im Baumhaus, mit Mantel und dickem Schal gegen die Dezemberkälte geschützt.

»Aber es ist doch noch gar nicht Weihnachten.«

»Aber heute ist das Weihnachtskonzert.« Zeke fand, dass sie lange genug gewartet hatten. »Beim Chor haben wir sie zum ersten Mal gesehen. Und außerdem gibt es da Musik und einen Baum und lauter solche Sachen. Es wird genau wie an Weihnachten sein.«

»Ich weiß nicht.« Zach war von der Vorstellung durchaus angetan, aber er war vorsichtiger. »Geschenke bekommt man immer erst, wenn richtig Weihnachten ist.«

»Aber wir kriegen auch welche, wenn Mr. Perkins im Feuerwehrhaus den Weihnachtsmann spielt. Das ist noch eine ganze Woche vor Weihnachten, und er schenkt trotzdem allen Kindern etwas.«

»Das sind aber nicht die *echten* Geschenke, die man sich gewünscht hat.« Aber Zach erwärmte sich langsam für die Idee seines Bruders. »Vielleicht, wenn wir es uns ganz fest wünschen. Dad mag sie richtig gern. Und Tante Mira hat zu Onkel Dave gesagt, dass Dad die richtige Frau gefunden hat, auch wenn er es nicht weiß.« Er kräuselte die Stirn. »Wieso weiß er es nicht, wenn er sie gefunden hat?«

»Keine Ahnung. Tante Mira sagt dauernd solche Sachen, die man nicht versteht«, gab Zeke altklug zurück. »Dad wird sie heiraten, und dann zieht sie zu uns und ist unsere Mom. Ganz bestimmt. Wir haben uns so angestrengt, brav zu sein.«

»Hm.« Zach wackelte mit der Fußspitze. »Glaubst du, dass sie uns lieb hat und das alles?«

»Wahrscheinlich.« Zeke warf seinem Bruder einen Blick zu. »Ich habe sie lieb.«

»Ich auch«, gestand Zach, und ein breites Lächeln erhellte sein Gesicht. Alles würde gut ausgehen, davon war er inzwischen überzeugt.

»Also gut, Leute.« Nell erhob ihre Stimme über das Stimmengewirr im Chorraum, der an Konzertabenden als Garderobe hinter der Bühne diente. Die Kinder liefen kreuz und quer herum, überprüften Kleider, Frisur und Make-up und versuchten, ihr Lampenfieber zu besiegen, indem sie sich in voller Lautstärke unterhielten. »Ruhe.«

Ein Junge hatte den Kopf zwischen den Knien und kämpfte verzweifelt gegen seine Nervosität an. Nell schenkte ihm ein verständnisvolles Lächeln. Langsam beruhigten sich alle.

»Ihr habt alle hart für dieses Konzert heute Abend gearbeitet und seid nervös, weil draußen eure Familien und Freunde sitzen. Aber ihr braucht keine Angst zu haben, denn ihr seid wirklich gut. Bitte, denkt daran, dass ihr genauso ruhig und geordnet auf die Bühne geht, wie wir es geprobt haben.« Ein paar Kinder kicherten, und Nell hob eine Augenbraue hoch. »Oder sagen wir so: Versucht es bitte geordneter und ruhiger als bei der Probe. Und haltet euch gerade. Kopf hoch, und vor allem: lächeln.« Sie machte eine kleine Pause und hob die Hand. »Und was am wichtigsten ist: Freut euch und genießt euren Auftritt. So, und jetzt hinaus mit euch, und zeigt es ihnen.«

Ihr eigenes Herz schlug auch schneller, als sie jetzt die Kinder auf die Bühne schickte und darauf achtete, dass sie sich richtig aufstellten. Langsam verstummte das Murmeln im Zuschauerraum. Nell wusste, dass dieses Konzert ihre große Bewährungsprobe war. Heute würde sich entscheiden, ob die Gemeinschaft sie als Musiklehrerin akzeptierte.

Sie holte tief Luft, zupfte am Saum ihres Samtjacketts und betrat die Bühne. Höflicher Applaus empfing sie.

»Ich möchte Sie herzlich zum Weihnachtskonzert der Taylor's Grove Highschool begrüßen«, begann sie ihre Ansprache ins Mikrofon.

»Oh, Dad, ist Miss Davis nicht furchtbar hübsch?«

»Ja, Zach, das ist sie.«

Sie sah in ihrem grünen Samtkostüm, mit dem dezenten Haarschmuck und dem etwas nervösen Lächeln hinreißend aus. Ob sie wusste, wie sie wirkte?

Aber im Augenblick wusste Nell nur, dass sie nervös war. Sie wollte, sie hätte irgendwelche Gesichter erkennen können, aber das Bühnenlicht blendete sie zu sehr. Nach ein paar einführenden Worten wandte sie sich ihrem Chor zu und lächelte aufmunternd.

»Also los, Leute«, sagte sie so leise, dass nur die Kinder es hören konnten. »Lasst es rocken.«

Das Konzert begann spektakulär mit der Springsteen-Nummer, und die Wirkung auf die Zuhörer war eindrucksvoll. Das war nicht das einschläfernde Programm, das die meisten aus leidvoller Erfahrung erwartet hatten.

Als der Beifall aufbrandete, fiel die Spannung von Nell ab. Sie hatte die erste Hürde genommen. Weiter ging es mit einem traditionellen Lied, dann mit »Cantate Domine« und »Adeste Fideles«, bevor der Swing wieder mit einer flotten Version von »Jingle Bells« die Bühne beherrschte. Dazu bewegten die Kinder sich im Rhythmus und klatschten in die Hände.

Dann trat Kim vor und sang mit ihrer hellen glockenreinen Stimme die ersten Töne, und Nell drohte das Herz überzugehen.

»Oh, Dave.« Mira umfasste gerührt die Hand ihres Mannes, dann die ihres Bruders. »Unser kleines Mädchen.« Viele Augen wurden feucht.

Den Abschluss des Konzerts bildete »Stille Nacht« ohne Klavierbegleitung, so wie es ursprünglich geschrieben worden war und nur junge Stimmen es singen konnten. Nach dem letzten Ton stand das Publikum geschlossen auf und applaudierte begeistert.

Nell war glücklich, als sie in die leicht geröteten Gesichter ihrer kleinen Sänger sah. Als der Geräuschpegel gesunken war, trat sie ans Mikrofon.

»Waren sie nicht fantastisch?«

Beifall und Bravorufe setzten erneut ein, und sie wartete, bis sie wieder verebbt waren.

»Ich möchte mich bei Ihnen allen sehr herzlich bedanken, dass Sie gekommen sind, vor allem auch bei den Eltern unserer Sängerinnen und Sänger für ihre Geduld und ihr Verständnis. Immerhin mussten sie mir ihre Sprösslinge jeden Tag für ein paar Stunden überlassen. Die Kinder haben alle sehr hart für dieses Konzert gearbeitet, und ich freue mich, dass Ihnen das Ergebnis offenbar gefallen hat. Ich möchte noch darauf hinweisen, dass die Blumen auf der Bühne von Hill Florists gespendet wurden und für drei Dollar pro Topf erworben werden können. Der Erlös geht an den Chor für neue Kostüme. Fröhliche Weihnachten, und kommen Sie wieder!«

Bevor sie sich abwenden konnte, waren Kim und Brad an ihre Seite getreten.

»Wir sind noch nicht ganz fertig.« Brad räusperte sich, und das Gemurmel im Zuschauersaal legte sich. »Der Chor möchte Miss Davis für all ihre Mühe etwas schenken.« Brad geriet etwas ins Stocken und lächelte verlegen. »Das war Miss Davis' erstes Konzert an unserer Schule, und …« Er konnte sich einfach nicht mehr daran erinnern, was er und Kim alles an Nettigkeiten aufgeschrieben hatten, und so sagte er einfach, was er fühlte. »Sie ist einfach toll. Danke, Miss Davis.«

»Wir hoffen, es gefällt Ihnen«, sagte Kim noch, als sie Nell ein buntes Päckchen überreichte. »Der Chor hat zusammengelegt.«

»Ich …« Nell wusste nicht, was sie sagen sollte. Vor Rührung hätte sie ohnehin kein Wort herausgebracht. Sie öffnete das Päckchen und sah mit feuchten Augen auf die Brosche in Form eines Violinschlüssels hinunter.

»Wir wissen, dass Sie Schmuck mögen«, fuhr Kim fort, »deshalb dachten wir …«

»Sie ist wunderschön. Wunder-, wunderschön.« Nell drehte sich zu ihrem Chor um. »Vielen Dank. Ihr wisst gar nicht, was ihr mir mit diesem Geschenk für eine Freude gemacht habt. Fröhliche Weihnachten.«

»Sie hat ein Geschenk bekommen«, erklärte Zach wichtig. Sie warteten vor der Aula auf Kim. »Das bedeutet, dass wir sie heute auch bekommen können.«

»Aber dann darf sie nicht gleich heimgehen.« Zeke hatte alles genau durchdacht und wartete nur noch auf den richtigen Augenblick. Als Nell auftauchte, fing er an zu hüpfen, damit sie ihn auch nicht übersah. »Miss Davis! Hier sind wir, Miss Davis!«

Mac rührte sich nicht. Er konnte es nicht. Irgendetwas war mit ihm geschehen, als er sie da auf der Bühne beobachtet, ihr Lächeln und ihre feuchten Augen gesehen hatte.

Er liebte sie. Das war ein ganz neues Gefühl für ihn, und er wusste nicht, wie er damit umgehen sollte. Die Flucht erschien ihm als die eleganteste Lösung, aber er stand da wie festgewurzelt.

»Hallo!« Sie beugte sich zu den Jungen hinunter und küsste sie auf die Wange. »Hat es euch gefallen?«

»Es war echt gut. Kim war am besten.«

»Das finde ich auch«, flüsterte Nell Zeke ins Ohr, »aber das muss unser Geheimnis bleiben.«

»Wir verraten nichts.« Zeke lächelte seinem Bruder stolz zu. »Wir haben auch ein Geheimnis, schon ganz lange, und wir haben es noch niemandem verraten.«

»Wollen Sie mit uns nach Hause kommen, Miss Davis?« Zach fasste nach Nells Hand und warf seinen ganzen Charme in die Waagschale. »Bitte. Sie müssen unbedingt unseren Baum anschauen und die Lichter. Man kann sie schon von der Straße aus sehen.«

»Ich würde gern mitkommen.« Nell sah zu Mac auf. »Aber vielleicht ist euer Vater müde.«

Mac war nicht müde, er fühlte sich wie erschlagen. Ihre Wimpern schimmerten noch immer feucht, und die kleine Brosche glänzte an ihrer Jacke. »Du kannst gern kommen, wenn dir die Fahrt nicht lästig ist.«

»Dann nehme ich die Einladung an. Ich bin immer noch ganz aufgedreht.« Nell richtete sich auf und forschte in Macs Gesicht nach irgendeinem Zeichen von Freude oder Ablehnung. »Wenn du dir wirklich sicher bist, dass ich nicht störe?«

»Nein, du störst mich nicht.« Seine Stimme klang belegt. »Ich möchte ohnehin mit dir sprechen.«

»Ich komme nach, sobald ich hier fertig bin.« Damit verschwand sie in der Menge.

»Sie hat richtige Wunder bewirkt«, sagte Mrs. Hollis zu Mac. »Ein Jammer, dass wir sie verlieren müssen.«

»Wieso müssen wir sie verlieren?« Mac sah auf seine Söhne hinunter, aber sie flüsterten eifrig miteinander und waren ganz mit sich beschäftigt. »Wie meinen Sie das?«

»Ich habe von Mr. Perkins, der es wiederum von Addie McVie im Sekretariat hat, gehört, dass man Miss Davis ab nächstem Herbst wieder ihre alte Stelle in New York angeboten hat. Nell und der Direktor hatten deswegen heute Morgen eine Besprechung.« Macs Blick ging ins Leere. »Es ist wirklich schade, dass sie wieder geht. Sie hat den Kindern so gutgetan.«

Mrs. Hollis hatte eine ihrer Freundinnen erspäht und machte sich auf den Weg zu ihr.

9. Kapitel

Mac hatte sich gut im Griff. Wenigstens in den letzten sieben Jahren hatte er keine Schwierigkeiten gehabt, sich zu beherrschen. Und auch jetzt schaffte er es, seine gereizte Stimmung vor den Kindern zu verbergen.

Die Zwillinge freuten sich so auf Nells Besuch und machten eine halbe Staatsaffäre daraus. Sie zündeten alle Lichter an und verteilten Plätzchenteller in der Wohnung, damit sie sich auch wohlfühlte.

Die beiden lieben sie auch, dachte Mac. Das machte die Sache wirklich kompliziert.

Er hätte es besser wissen müssen. Er *hatte* es ja auch besser gewusst. Aber irgendwie war es dann doch passiert. Er hatte nicht aufgepasst und auch noch die Kinder mit hineingezogen.

Jetzt musste er sehen, wie er wieder Ordnung in dieses Chaos brachte. Mac machte sich eine Flasche Bier auf. Darin galt er schließlich berufsmäßig als Meister.

»Damen trinken aber gern Wein«, teilte Zach ihm weltmännisch mit. »So wie Tante Mira.«

Richtig. Auf Miras Party hatte Nell auch Wein getrunken. »Ich habe aber keinen da«, erwiderte Mac.

Er sah so unglücklich aus, dass Zach ihn zu trösten versuchte. »Du kannst ja für nächstes Mal eine Flasche kaufen.«

Mac strich ihm übers Haar. Es tat fast körperlich weh, wie er seine Kinder liebte. »Du weißt auch immer eine Antwort, nicht wahr?«

»Du magst sie doch auch gern, Dad, oder?«

»Ja, sie ist nett.«

»Und sie mag uns doch auch, oder?«

»Na, wer mag denn so liebe Zwillinge nicht?« Mac setzte sich an den Küchentisch und zog Zach auf seinen Schoß. Für ihn war es immer noch wie ein Wunder, dass er so nette kleine Söhne hatte, und er kannte nichts Schöneres, als sie in den Arm zu nehmen. »Sogar ich mag euch die meiste Zeit.«

Zach kicherte und schmiegte sich an seinen Vater. »Sie muss ganz allein wohnen. Hast du das gewusst?« Er fing an, mit den Knöpfen an Macs Hemd zu spielen. Das war aller Erfahrung nach ein Anzeichen dafür, dass er auf etwas hinauswollte.

»Viele Leute wohnen allein.«

»Aber wir haben ein ganz großes Haus. Und zwei Zimmer sind immer leer, wenn Grandma und Pop uns nicht besuchen kommen.«

Mac war alarmiert, und er zupfte seinen Sohn am Ohr. »Zach, was willst du damit sagen?«

»Nichts.« Zach zog einen kleinen Schmollmund und nahm sich den nächsten Knopf vor. »Ich habe nur gedacht, dass sie vielleicht zu uns ziehen kann.« Er warf seinem Vater einen vorsichtigen Blick zu. »Dann wäre sie nicht so einsam.«

»Niemand hat gesagt, dass sie einsam ist«, gab Mac zurück. »Ich finde, du solltest lieber …«

Es läutete an der Tür. Der Hund fing an zu bellen und sprang aufgeregt herum. Zeke raste in die Küche. »Sie ist da! Sie ist da!«

Mac fuhr Zach zärtlich durch die Haare und setzte ihn auf dem Boden ab. »Dann lasst sie herein. Es ist kalt draußen.«

»Ich mache auf!«

»Nein, ich!«

Die Zwillinge lieferten sich ein Wettrennen, das unentschieden endete. Nach einem kurzen Kampf um die Klinke rissen sie die Tür auf und zerrten Nell förmlich ins Haus.

»Das hat aber lange gedauert«, beschwerte Zeke sich. »Wir warten schon ewig. Ich habe schon Weihnachtsmusik angemacht und den Baum angezündet und alles.«

»Ja, das sehe ich.«

Nell ließ sich von den Jungen zum Baum ziehen, damit sie ihn näher begutachtete. »Das habt ihr großartig gemacht«, lobte sie. »Dagegen sieht mein Baum richtig mickrig aus.«

»Wir können einen Strumpf für Sie hinhängen und Ihren Namen draufschreiben«, bot Zach großzügig an.

»Das kann man machen lassen«, informierte Zeke sie. »Sie kriegen auch einen ganz großen Strumpf.«

Nell war überwältigt von so vielen Liebesbeweisen. Sie ging in die Hocke und umarmte die beiden. »Ihr seid wirklich süß.« Sie musste lachen, als sich jetzt auch noch Zark dazwischendrängte. Mac kam aus der Küche, und sie lächelte ihn an. »Hallo! Tut mir leid, dass es so lange gedauert hat. Aber die Kinder wollten das Konzert in allen Einzelheiten durchsprechen und wissen, was sie alles falsch gemacht haben.«

Es sollte verboten werden, wie sie da mit den Kindern und dem Hund im Arm vor dem Weihnachtsbaum kniete und ein so vollkommenes Bild der Harmonie abgab.

»Ich habe keine Fehler gehört.«

»Ein paar waren dabei. Aber die werden wir auch noch ausbügeln.«

Nell setzte sich auf ein großes Bodenkissen, ohne die Jungen loszulassen. Als wollte sie sie behalten und nie mehr loslassen, dachte Mac.

»Wir haben leider keinen Wein«, gestand Zach betrübt. »Aber wir haben Milch und Wasser und Limonade und Bier. Oder …« Er warf seinem Vater einen hoffnungsvollen Blick zu, »oder wir könnten Kakao machen.«

»Das gehört zu meinen Spezialitäten.« Nell stand auf und zog ihren Mantel aus. »Wo ist die Küche?«

»Ich kümmere mich darum«, sagte Mac.

»Dann helfe ich dir.« Sie verstand gar nicht, warum er so betont Abstand von ihr hielt. »Oder magst du keine Frauen in deiner Küche?«

»Es kommt selten vor. Du hast gut ausgesehen auf der Bühne.«

»Danke. Es hat auch Spaß gemacht.«

Er sah an ihr vorbei in die großen erwartungsvollen Augen seiner Kinder. »Wollt ihr nicht schon einmal euren Schlafanzug anziehen? Bis ihr fertig seid, ist auch der Kakao fertig.«

»Wir sind schneller«, wettete Zeke und rannte die Treppe hinauf.

»Es gilt nicht, wenn ihr eure Kleider einfach auf den Boden werft.« Mac machte sich auf den Weg in die Küche.

»Tun sie das?«, erkundigte Nell sich.

»Zach hängt seine Sachen auf, woraufhin sie auf den Boden fallen, und Zeke schiebt seine der Einfachheit halber gleich unters Bett.«

Nell lachte und sah ihm zu, wie er Milch und Kakaopulver hervorholte. »Vor ein paar Tagen habe ich die beiden schwer beeindruckt«, erzählte sie. »Sie kamen mit Kim zur

Chorprobe und hatten vorher die Pullover vertauscht. Aber ich habe sie trotzdem auseinandergehalten. Sie konnten es gar nicht glauben.«

»Und wie hast du das geschafft?«

»Ach, das war gar nicht so schwierig. Die beiden sind ja ganz unterschiedliche kleine Persönlichkeiten. Wenn Zeke sich über etwas freut, werden seine Augen immer ganz schmal, und Zach schaut dann so halb unter den Wimpern hervor.« Sie öffnete einen Schrank, um nach Tassen zu suchen. »Nuancen in der Stimme, Körperhaltung, Gesten. Es gibt viele kleine Unterschiede, wenn man aufpasst. Ah, da sind sie ja.« Sie nahm vier Tassen aus dem Schrank und stellte sie auf die Küchentheke. Mac sah ihr dabei zu. Als wollte er sich über irgendetwas klar werden, dachte sie. »Stimmt etwas nicht?«

»Ich muss mit dir sprechen.« Er stellte die Milch auf die Herdplatte.

»Das hast du schon gesagt.« Sie hielt sich an der Theke fest. »Mac, verstehe ich da etwas falsch, oder soll das ein Rückzugsgefecht werden?«

»So würde ich es nicht nennen.«

Er würde ihr wehtun, das spürte sie, und sie wappnete sich dagegen. »Wie würdest du es denn nennen?«, fragte sie, so ruhig sie konnte.

»Ich mache mir Gedanken um die Jungen. Was mit ihnen sein wird, wenn du weiterziehst. Sie gewöhnen sich an dich.« Warum klang das nur so dumm? Und warum fühlte er sich so dumm dabei?

»Sie?«

»Ich glaube, wir haben ihnen einen falschen Eindruck vermittelt, und es wäre ratsam, wenn wir das richtigstellen, bevor es zu spät ist.« Er konzentrierte sich auf seinen Kakao, als handelte es sich dabei um ein hoch kompliziertes chemisches Experiment. »Wir sind ein paarmal miteinander ausgegangen, und wir …«

»Wir haben miteinander geschlafen«, vollendete sie seinen Satz kühl. Zur Schau getragene Kälte war ihr einziger Schutz.

Er drehte sich um und sah sie prüfend an. Die Zwillinge waren noch oben. Er konnte sie hören. »Ja, wir haben miteinander geschlafen, und es war sehr schön. Das Problem ist, dass Kinder mehr mitbekommen, als man denkt, und sich etwas in den Kopf setzen. Sie hängen sich an einen.«

»Und das willst du nicht.« Ja, dachte sie, es wird wehtun, sehr weh. »Und du willst es auch für dich nicht.«

»Ich glaube einfach, es wäre ein Fehler, es noch weitertreiben zu lassen.«

»Das war klar ausgedrückt: Hände weg!«

»So ist es nicht, Nell.« Er legte den Löffel hin und machte einen Schritt auf sie zu. Aber es gab da eine Linie, die konnte er nicht überqueren. Er selbst hatte sie gezogen. Wenn er nicht darauf bestand, dass jeder auf seiner Seite dieser Linie blieb, dann würde sich sein ganzes Leben, das er so sorgfältig im Griff hatte, verändern. »Ich habe hier ein geregeltes Dasein, und das soll so bleiben. Die Kinder haben nur mich, und ich habe nur sie. Das kann ich nicht kaputtmachen lassen.«

»Du brauchst mir nichts zu erklären.« Ihre Stimme klang belegt, und sie wusste, dass sie sie nicht mehr lange in der Gewalt haben würde. »Das hast du ja von Anfang an klargemacht. Es ist wirklich komisch: Du lädst mich zum ersten Mal in dein Haus ein, und dann nur, um mich hinauszuwerfen.«

»Ich werfe dich nicht hinaus. Ich versuche nur, etwas zu reparieren.«

»Ach, scher dich zum Teufel. Ich bin doch nicht eines deiner Häuser!« Damit stürmte sie aus der Küche.

»Nell, geh nicht so.« Er folgte ihr ins Wohnzimmer, aber sie hatte schon ihren Mantel geholt. Die Jungen kamen in heller Aufregung die Treppe heruntergepoltert.

»Warum gehen Sie schon wieder, Miss Davis? Sie haben ja noch gar nicht …« Sie blieben erschrocken stehen, als sie die Tränen sahen, die Nell über das Gesicht strömten.

»Es tut mir leid.« Es war zu spät, ihnen etwas vorzumachen, und so ging sie einfach weiter. »Ich muss noch etwas erledigen. Es tut mir leid.«

Dann war sie verschwunden. Mac stand hilflos mitten im Wohnzimmer. Die Jungen sahen ihn aus großen Augen an, und er suchte verzweifelt nach einer Erklärung. Aber bevor er noch etwas sagen konnte, brach Zach in Tränen aus.

»Sie hat geweint, und du bist schuld, dass sie weggelaufen ist!«

»Das wollte ich nicht. Sie …« Er ging auf seine Söhne zu, um sie in den Arm zu nehmen, aber er traf auf erbitterten Widerstand.

»Du hast alles kaputtgemacht!« Auch in Zekes Augen standen Tränen, aber er war auch wütend. »Wir haben getan, was wir konnten, und du hast es kaputtgemacht.«

»Sie kommt nie mehr zurück.« Zach setzte sich auf die unterste Treppenstufe und schluchzte. »Jetzt wird sie nie unsere Mom werden.«

»Was?«, fragte Mac fassungslos. Er fuhr sich mit beiden Händen durch die Haare. »Was redet ihr da überhaupt?«

»Du bist schuld«, klagte Zeke.

»Jetzt hört einmal zu. Miss Davis und ich hatten eine – Meinungsverschiedenheit. Das ist doch nicht das Ende der Welt.« Er wollte nur, es würde sich nicht so anfühlen wie ein Weltuntergang.

»Der Weihnachtsmann hat sie geschickt.« Zach rieb die Augen mit den Fäusten. »Genau wie wir es uns gewünscht haben. Und jetzt ist sie weg.«

»Was soll das heißen: ›Der Weihnachtsmann hat sie geschickt‹?« Mac setzte sich neben Zach und zog ihn und den widerstrebenden Zeke auf seinen Schoß. »Miss Davis ist aus New York zu uns gekommen, nicht vom Nordpol.«

»Das wissen wir auch.« Zeke barg das Gesicht an der Brust seines Vaters. »Aber sie ist gekommen, weil wir dem Weihnachtsmann einen Brief geschrieben haben, schon vor vielen Monaten, damit er auch genug Zeit hat.«

»Zeit wofür?«

»Um die richtige Mom auszusuchen.« Zach atmete zittrig durch und schniefte. Dann sah er zu seinem Vater auf. »Wir wollten eine nette Mom, die gut riecht und Hunde mag und gelbe Haare hat. Das haben wir geschrieben, und dann ist sie gekommen. Und du hättest sie heiraten sollen, dann wäre sie unsere Mom geworden.«

Mac musste um seine Beherrschung kämpfen. »Warum habt ihr mir nie erzählt, dass ihr euch eine Mutter wünscht?«

»Nicht irgendeine Mutter«, berichtigte Zeke. »Sondern genau die richtige Mom. Und das war Miss Davis, aber sie ist weg. Wir haben sie lieb, und jetzt mag sie uns nicht mehr, weil sie wegen dir geweint hat.«

»Natürlich mag sie euch noch.« Ihn würde sie hassen, aber sie würde es die Jungen nicht spüren lassen. »Aber ihr beide seid doch alt genug, um zu wissen, dass der Weihnachtsmann keine Mom bringt.«

»Er hat sie aber doch geschickt, weil wir sie uns gewünscht haben. Wir wollten sonst gar nichts haben, nur Fahrräder.« Zach sank in sich zusammen. »Wir haben uns keine Spielsachen oder Spiele gewünscht. Nur eine Mom. Du musst sie wiederholen, Dad. Du musst wieder alles in Ordnung bringen.«

»So leicht geht das leider nicht, mein Sohn. Mit Menschen ist das nicht so einfach wie mit kaputtem Spielzeug oder alten Häusern. Es war nicht der Weihnachtsmann, der sie geschickt hat. Miss Davis ist hergekommen, um hier zu arbeiten.«

»Und er hat sie doch geschickt.« Zach stieß sich vom Schoß seines Vaters ab. »Vielleicht willst du sie nicht haben, aber wir wollen sie.«

Damit marschierten die Zwillinge nebeneinander die Treppe hinauf, eine kleine Gemeinschaft, zu der er keinen Zugang hatte. Mac fühlte sich leer und ausgepumpt. Aus der Küche roch es nach verbranntem Kakao.

10. Kapitel

Ich sollte für ein paar Tage wegfahren, dachte Nell, irgendwohin, nur weg von hier. Es gab nichts Trostloseres, als Weihnachten allein zu Hause zu sitzen und mitzubekommen, wie alle anderen geschäftig herumeilten, um das Fest vorzubereiten.

Sie hatte mehrere Einladungen erhalten und alle unter irgendeinem Vorwand, der selbst in ihren eigenen Ohren ziemlich lahm klang, abgelehnt. Dieses Trübsalblasen sah ihr überhaupt nicht ähnlich. Aber andererseits hatte sie noch niemals an einem gebrochenen Herzen gelitten.

Als sie sich von Bob getrennt hatte, war ihr Stolz gekränkt gewesen, und das war ganz überraschend, geradezu peinlich schnell vorübergegangen.

Jetzt hatte sie ausgerechnet an Weihnachten, dem Fest der Liebe, Liebeskummer.

Mac fehlte ihr, und sie ärgerte sich darüber. Ihr fehlten sein langsames, so zögerndes Lächeln, seine ruhige Stimme, seine Sanftheit und Wärme. In New York hätte sie sich ins Gewühl stürzen und ihn wenigstens für ein paar Stunden vergessen können. Aber hier erinnerte sie alles an ihn.

Sie würde sich kurzerhand in ihr Auto setzen und einfach losfahren, irgendwohin, ins Blaue. Das Ziel würde sie dem Zufall überlassen.

Dabei sehnte sie sich nach den Kindern. Gestern hatte es geschneit. Ob die beiden schon Schlitten fahren gewesen waren? Und zählten sie die Stunden, bis endlich Weihnachtsmorgen war? Planten sie aufzubleiben, bis sie den Schlitten des Weihnachtsmannes mit den Rentieren davor auf dem Dach hörten?

Unter ihrem Baum lagen Geschenke für die Zwillinge. Sie würde sie ihnen über Kim oder Mira zukommen lassen. Dabei hatte sie sich so sehr darauf gefreut, ihre Gesichter zu sehen, wenn sie sie auspackten.

Es sind nicht deine Kinder, sagte sie sich vor. Darauf hatte Mac sie mehr als deutlich hingewiesen. Seine Liebe zwischen ihr und den Jungen zu teilen war ihm schon schwer genug gefallen. Aber von der Zuneigung der beiden etwas an sie abzugeben, das schaffte er überhaupt nicht.

Nell zwang sich, sich zu bewegen. Sie würde einfach ein paar Sachen zusammenpacken, ihre Reisetasche ins Auto werfen und fahren, bis sie Lust hatte, irgendwo zu bleiben. Hier hielt sie es doch nicht aus.

Die nächsten zehn Minuten verbrachte Nell hauptsächlich damit, völlig planlos Kleidungsstücke in einen Koffer zu stopfen. Nachdem sie sich einmal entschlossen hatte, sollte es möglichst schnell gehen. Sie klappte den Deckel zu, trug den Koffer zur Tür und wollte ihren Mantel holen.

Als es an die Tür klopfte, biss sie die Zähne zusammen. Wenn das der nächste wohlmeinende Nachbar war, der ihr fröhliche Weihnachten wünschen oder sie zum Essen einladen wollte, würde sie einen Schreikrampf bekommen.

Sie öffnete die Tür und erstarrte. »Ah, Macauley, das ist eine Überraschung … Bist du unterwegs, um deinen Mietern schöne Feiertage zu wünschen?«

»Darf ich hereinkommen?«

»Warum?«

»Nell, bitte.«

»Wenn es denn sein muss. Die Wohnung gehört dir schließlich.« Sie wandte ihm den Rücken zu. »Tut mir leid, ich kann dir nicht einmal etwas zu trinken anbieten, und besonders unterhaltsam bin ich auch nicht.«

»Ich muss mit dir reden.« Seit Tagen hatte er versucht, den richtigen Einstieg, die richtigen Worte zu finden.

»Ach, ja? Du wirst entschuldigen, wenn ich darüber nicht in Jubelrufe ausbreche. Ich kann mich noch zu gut daran erinnern, wie es war, als du das letzte Mal mit mir reden musstest.«

»Ich wollte dich nicht zum Weinen bringen.«

»Ich habe nahe am Wasser gebaut. Du solltest mich sehen, wenn sie im Fernsehen Werbung für Welpenfutter machen.« Aber sie hielt ihren Sarkasmus nicht lange durch und stellte ihm schließlich doch die Frage, die ihr am meisten am Herzen lag: »Wie geht es den Kindern?«

»Sie reden kaum noch mit mir.« Nell sah ihn verständnislos an, und er wies zum Sofa. »Willst du dich nicht setzen? Das ist eine etwas komplizierte Geschichte.«

»Ich bleibe lieber stehen. Ehrlich gesagt habe ich nicht viel Zeit. Ich wollte gerade aufbrechen.«

Mac folgte ihrem Blick und entdeckte den Koffer. Sein Mund wurde schmal. »Nun, das hat ja nicht lange gedauert.«

»Darf ich fragen, wie du das meinst?«

»Ich nehme an, dass du das Stellenangebot angenommen hast und wieder nach New York gehst.«

»Wie schnell sich so etwas doch herumspricht. Nein, ich gehe nicht nach New York zurück. Es gefällt mir hier, und ich habe vor zu bleiben. Ich wollte nur in die Ferien fahren.«

»Am Heiligen Abend um fünf Uhr nachmittags?«

»Ich kann fahren, wann ich will. Nein, du brauchst deinen Mantel nicht auszuziehen«, fuhr sie ihn an. Die Tränen drohten zu kommen. »Sag, was du zu sagen hast, und dann geh bitte. Noch bezahle ich die Miete. Wenn ich es mir genau überlege, wäre es mir am liebsten, du gingst gleich. Ich halte auch nicht endlos viel aus.«

»Die Jungen glauben, dass der Weihnachtsmann dich geschickt hat.«

»Wie bitte?«

Die erste Träne lief ihr über die Wangen, und er wischte sie mit dem Daumen weg. »Nicht weinen, Nell. Nicht meinetwegen.«

»Fass mich nicht an.« Sie wich zurück und zog ein Taschentuch hervor.

Er entdeckte, was es für ein Gefühl war, wenn es einem das Herz zerriss. »Entschuldige.« Langsam ließ er die Hand sinken. »Ich weiß, was du mir gegenüber empfinden musst.«

»Du hast nicht die geringste Ahnung.« Sie putzte sich geräuschvoll die Nase. »Was war das mit den Jungen und dem Weihnachtsmann?«

»Sie haben ihm im Herbst, kurz bevor du hierherkamst, schon einen Brief geschrieben, weil sie sich zu Weihnachten eine Mutter wünschten. Nicht irgendeine, sondern sie hatten ziemlich klare Vorstellungen.« Nell sah ihn leicht verwirrt an. »Sie sollte gelbe Haare haben und viel lachen, Kinder und Hunde mögen und Kuchen backen können. Sie wünschten sich zwar auch Fahrräder, aber das war nicht so wichtig. Eigentlich wollten sie nur eine Mutter.«

»Oh.« Nell ließ sich abrupt auf die Sofalehne fallen. »Das erklärt nun einiges.« Sie sah ihn an. »Das hat dich in eine peinliche Situation gebracht, nehme ich an. Ich weiß, dass du die Kinder liebst, Mac, aber mit mir eine Beziehung anzufangen, nur um den Kindern damit eine Freude zu machen, treibt die Vaterliebe dann doch ein bisschen zu weit.«

»Ich wusste nichts davon. Du glaubst doch wohl nicht, ich würde auf diese Weise mit ihren oder deinen Gefühlen spielen?«, fragte er empört.

»Ganz bestimmt nicht mit ihren«, gab sie hohl zurück. »Nicht mit ihren.«

Er dachte daran, wie zart und zerbrechlich sie ihm erschienen war, als sie zusammen geschlafen hatten. Jetzt wirkte sie noch zerbrechlicher ... und sie war blass, kein rosiger Schimmer lag auf ihren Wangen, ihre Augen leuchteten nicht. »Ich weiß, wie schlimm so eine Verletzung sein kann, Nell. Ich hätte dir niemals absichtlich wehtun können. Die Zwillinge haben mir erst von dem Brief erzählt, als ... an dem Abend warst du nicht die Einzige, die meinetwegen geweint hat. Ich versuchte, den beiden zu erklären, dass das mit dem Weihnachtsmann anders funktioniert, aber sie haben sich in den Kopf gesetzt, er hätte dich geschickt.«

»Wenn du willst, rede ich mit ihnen.«

»Ich verdiene nicht, dass du ...«

»Nicht deinetwegen«, unterbrach sie ihn. »Ich tue es für sie.«

Er nickte. »Ich wollte einfach wissen, was du von diesem Weihnachtswunsch hältst.«

»Stell meine Geduld nicht auf die Probe, Mac.«

Er kam näher. »Du solltest auch ein Geschenk für mich sein. Deshalb haben sie mir nichts davon gesagt. Du warst unser aller Weihnachtspräsent.« Er berührte ihr Haar. »Was sagst du dazu?«

»Was soll ich denn dazu sagen?« Sie schlug seine Hand

weg und stand auf, um ans Fenster zu treten. »Ich habe mich fast auf den ersten Blick in euch alle drei verliebt, und es tut weh. Also geh jetzt bitte, und lass mich in Ruhe. Das alles quält mich viel zu sehr.«

Die Brust war ihm eng geworden. »Ich dachte, du würdest von hier weggehen und uns allein lassen. Ich habe einfach nicht gewagt zu glauben, dass du vielleicht unseretwegen bleiben würdest – weil wir dir wichtig sind.«

»Dann warst du ein Idiot«, murmelte sie.

»Du hast recht.« Er sah, wie sich das Licht in ihrem Haar verfing, und gab jeden weiteren Versuch auf, Abstand zu halten. »Ich war der größte Idiot überhaupt, weil ich mich vor deinen und vor meinen Gefühlen fürchtete. Ich habe mich nicht sofort in dich verliebt. Jedenfalls habe ich es nicht gemerkt, erst am Konzertabend. Ich wollte es dir sagen, aber ich wusste nicht, wie. Dann erzählte mir jemand von deiner Stelle in New York und gab mir damit den idealen Vorwand, dich zu verdrängen. Ich dachte, ich schütze damit die Kinder davor, verletzt zu werden.« Nein, dachte er. Ich kann nicht immer die Kinder vorschieben. »Das stimmt nur zum Teil. Ich habe mich selbst schützen wollen. Ich konnte meine Gefühle einfach nicht steuern, und das machte mir Angst.«

»Es hat sich nichts geändert, Mac.«

»Es könnte sich ändern.« Er legte ihr die Hände auf die Schultern und drehte sie zu sich herum. »Meine eigenen Söhne haben mir zeigen müssen, dass man sich manchmal einfach etwas wünschen muss. Verlass mich nicht, Nell. Verlass uns nicht.«

»Ich hatte nicht vor, von hier fortzugehen.«

»Verzeih mir.« Sie wollte den Kopf abwenden, aber er legte die Hand an ihre Wange und hinderte sie daran. »Bitte.

Ich kann das alles nicht mehr ungeschehen machen, aber gib mir noch eine Chance. Ich brauche dich. Wir brauchen dich.«

Nell sah ihn an, und ihr Kummer legte sich. »Ich liebe dich«, sagte sie. »Ich liebe euch alle drei, ob ich will oder nicht.«

Er war unendlich erleichtert und dankbar. »Ich liebe dich«, sagte er und küsste sie zärtlich. »Und ich will es gar nicht ändern.« Er zog sie an sich und bettete ihren Kopf an seiner Schulter. »Wir waren so lange nur zu dritt, und ich wusste einfach nicht, wie ich Platz für dich machen sollte. Aber ich werde es schaffen.« Er schob sie ein kleines Stück von sich und griff in die Tasche. »Ich habe ein Geschenk für dich.«

»Mac!« Nell hatte sich noch nicht ganz von der Achterbahnfahrt ihrer Gefühle erholt und rieb sich die feuchten Wangen. »Es ist doch noch gar nicht Weihnachten.«

»Aber fast. Wenn du es gleich aufmachst, dann bin ich erleichtert.«

Sie wischte sich eine Träne fort. »Dann betrachten wir es als Friedensangebot. Vielleicht beschließe ich sogar …« Die Stimme versagte ihr, als sie das kleine Kästchen öffnete und den Ring sah. Es war ein goldener Ring mit einem kleinen Diamanten.

»Heirate mich, Nell«, sagte Mac ruhig. »Und schenk meinen Kindern die Mom, die sie sich so wünschen.«

Sie sah ihn an. »Das geht ja sehr schnell für jemanden, der sich sonst alles dreimal überlegt.«

Er beobachtete sie, als er den Ring aus dem Etui nahm. »Ich dachte, der Heilige Abend ist vielleicht der richtige Tag, um etwas zu riskieren.«

»Eine gute Idee.« Sie hielt ihm mit einem Lächeln die Hand hin. »Eine sehr gute Idee.« Als der Ring an ihrem Finger steckte, hob sie die Hand an seine Wange. »Wann?«

Er hätte wissen müssen, dass es einfach sein würde. Mit ihr war immer alles einfach. »In einer Woche ist Silvester. Wäre das nicht ein schöner Anfang für das neue Jahr? Für ein neues Leben?«

»Ja.«

»Kommst du heute Abend mit mir nach Hause? Ich habe die Kinder bei Mira gelassen. Wir könnten sie abholen, und dann feierst du Weihnachten dort, wo du hingehörst.« Bevor sie noch antworten konnte, küsste er ihre Hand. »Gepackt hast du ja schon.«

»Vielleicht war doch der Weihnachtsmann im Spiel.«

»Allmählich glaube ich auch daran.« Er nahm ihr Gesicht in beide Hände und küsste sie lange und nachdrücklich. »Ich habe mir vielleicht nicht direkt eine neue Frau gewünscht, aber du bist trotzdem mein allerschönstes Weihnachtsgeschenk, Nell.«

Er rieb die Wange an ihrem Haar und sah durchs Fenster auf die hellen Lichter hinaus. »Hast du das gehört?«

»Ja«, sagte sie verträumt und schmiegte sich lächelnd an ihn. »Weihnachtsglöckchen.«

Nora Roberts

Zauber einer Winternacht

Roman

Aus dem amerikanischen Englisch von
Patrick Hansen

mtb

1. Kapitel

Verdammter Schnee. Gabriel schaltete in den zweiten Gang hinunter, verlangsamte das Tempo des Jeeps auf fünfzehn Meilen pro Stunde und starrte leise fluchend nach vorn, bis ihm die Augen schmerzten. Die Scheibenwischer glitten hektisch hin und her, aber mehr als eine weiße Wand war nicht zu sehen. Kein Winterwunderland. Der Schnee prasselte in Flocken herab, die so groß und gemein aussahen wie eine Männerfaust.

Auf ein Abebben dieses Schneesturms zu warten war sinnlos, das war ihm klar, als er die nächste Kurve im Kriechtempo nahm. Zum Glück kannte er nach sechs Monaten die schmale, windungsreiche Straße aus der Stadt. Er konnte praktisch nach Gefühl fahren, aber ein Neuling wäre chancenlos. Trotzdem schmerzten seine Schultern und sein Nacken vor Anspannung. Hier in Colorado konnten Schneestürme im Frühling nicht weniger heimtückisch sein als mitten im Winter. Und sie konnten eine Stunde oder einen Tag dauern. Dieser hatte jedenfalls alle überrascht – Einheimische, Touristen und den Nationalen Wetterdienst.

Er hatte nur noch fünf Meilen vor sich. Dann würde er seine Vorräte ausladen, das Feuer anzünden und den Aprilschnee von der warmen Hütte aus genießen können, mit einem heißen Kaffee oder einem eiskalten Bier.

Der Jeep erklomm die Steigung wie ein Panzer, und er war seinem Gefährt dankbar, dass es ihn nicht im Stich ließ.

Wegen des unerwarteten Schneefalls würde er für die Zwanzig-Meilen-Strecke von der Stadt nach Hause vielleicht dreimal so lange wie sonst benötigen, aber er würde es mit Sicherheit schaffen.

Die Wischer mühten sich ab, um die Frontscheibe freizuhalten. Sekunden der Sicht auf nichts als Weiß folgten Sekunden der weißen Blindheit. Wenn es so weiterging, würde der Schnee bei Einbruch der Nacht mindestens einen halben Meter hoch liegen. Gabriel tröstete sich mit dem Gedanken, dass er bis dahin längst zu Hause sein würde, hörte aber nicht auf, leise vor sich hin zu fluchen. Wenn er am Tag zuvor nicht vergessen hätte, auf die Uhr zu sehen, dann hätte er heute genügend Vorräte gehabt und hätte über das Wetter nur lachen können.

Die Straße ging in eine gemächliche S-Kurve über, und Gabriel nahm sie vorsichtig. Normalerweise bevorzugte er ein schnelleres Vorankommen, doch der Winter hatte ihm eine gehörige Portion Respekt vor den Bergen und den in sie hineingesprengten Straßen eingeflößt. Das Schutzgeländer war zwar stabil, aber die Felsen, die darunter lagen, verziehen nicht den geringsten Fehler. Er hatte nicht so sehr Angst, selbst einen Fehler zu machen – in dem soliden Jeep konnte ihm nicht viel passieren. Mehr Sorgen machte er sich um die anderen, die möglicherweise zur selben Zeit die Passstraße befahren und an ihrem Rand oder gar in der Mitte gestoppt hatten.

Er brauchte eine Zigarette. Doch er packte das Lenkrad fester und unterdrückte das Verlangen. Den Luxus würde er sich erst später gönnen. Noch drei Meilen bis zur Hütte.

Die Anspannung in den Schultern ließ nach. Seit zwanzig Minuten hatte er keinen anderen Wagen mehr gesehen, und wahrscheinlich würde auf dem Rest der Strecke auch keiner mehr auftauchen. Kein vernünftiger Mensch war unter diesen Bedingungen noch unterwegs. Von jetzt an würde er blind nach Hause finden. Er war froh darüber. Neben ihm krächzte das Radio von gesperrten Straßen und abgesagten Veranstaltungen. Gabriel wunderte sich immer wieder, wie viele Tagungen, Essen, Aufführungen und Vorträge die Leute an einem einzigen Tag organisierten.

Muss wohl in der Natur der Menschen liegen, dachte er. Dauernd zog es sie zueinander, und wenn es nur darum ging, ein paar Kuchen oder Kekse zu verkaufen. Er selbst war lieber allein. Vorläufig jedenfalls. Sonst hätte er sich nicht die Hütte gekauft und sich darin die letzten sechs Monate vergraben.

Die Einsamkeit gab ihm die Freiheit zum Nachdenken, zum Arbeiten, zum Heilen. Und von allen dreien hatte er etwas geschafft.

Fast hätte er geseufzt, als er sah – oder besser fühlte –, wie die Straße wieder anstieg. Dies war die letzte Steigung, bevor er abbiegen musste. Nur noch eine Meile. Sein vor Konzentration hartes und straffes Gesicht entspannte sich. Es war kein gefälliges oder sonderlich gut aussehendes Gesicht. Es war zu schmal und kantig, um einfach nur angenehm zu wirken, und die Nase war leicht schief, was Gabriel einer hitzigen Auseinandersetzung mit seinem Bruder in ihren Teenager-Jahren verdankte. Aber Gabriel war nie nachtragend gewesen.

Weil er vergessen hatte, eine Mütze aufzusetzen, fiel ihm das dunkelblonde Haar etwas unordentlich ums Gesicht. Es war lang, reichte bis über den Kragen des Parka und war vor Stunden mit gespreizten Fingern hastig in Form gebracht worden. Seine dunkelgrünen Augen brannten von dem glitzernden Schnee, in den er unentwegt gestarrt hatte.

Während die Reifen auf dem schneebedeckten Asphalt knirschten, sah er auf das Zählwerk neben dem Tachometer. Eine Viertelmeile bis zum Ziel. Als er wieder auf die Straße blickte, tauchte vor ihm ein offenbar außer Kontrolle geratenes Fahrzeug auf.

Ihm blieb nicht einmal Zeit zum Fluchen. Er riss den Jeep gerade in dem Moment nach rechts, als der entgegenkommende Wagen seinen Schleuderkurs etwas zu verlangsamen schien. Der Jeep glitt über den am Straßenrand aufgetürmten Schnee und schwankte bedrohlich, bevor die Reifen endlich wieder Halt fanden. Sekundenlang hatte er fürchten müssen, dass der Jeep wie eine hilflose Schildkröte auf dem Rücken landen würde. Als der Schreck vorüber war, blieb ihm nichts anderes übrig, als ruhig sitzen zu bleiben und zu hoffen, dass der andere Fahrer ebenso viel Glück haben würde.

Dessen Wagen kam jetzt seitwärts die Straße herab auf den Jeep zu. Gabriel malte sich bereits aus, mit welcher Wucht er auf ihn prallen würde, als der andere Fahrer sein Gefährt buchstäblich in letzter Sekunde wieder unter Kontrolle bekam. Der Wagen drehte sich einmal um seine Achse, bis er nicht mehr mit der Breitseite, sondern mit dem Heck nach vorn über den Schnee glitt. Er verfehlte den Jeep nur um wenige Zentimeter und rutschte auf das Schutzgeländer zu. Gabriel zog die Handbremse an und sprang aus dem Jeep, als der Wagen mit dem stabilen Metall kollidierte.

Fast wäre er aufs Gesicht gefallen, doch die Profilsohlen gruben sich fest in den Schnee, während er über die Straße rannte. Es war ein Kleinwagen, jetzt sogar noch etwas kleiner als vom Hersteller vorgesehen. Die rechte Seite war eingedrückt, die Motorhaube über die gesamte Wagenbreite wie ein Akkordeon zusammengeschoben. Gabriel verzog das Gesicht bei der Vorstellung, was passiert wäre, wenn der Wagen mit der Fahrerseite gegen das Geländer geprallt wäre.

Er kämpfte sich durch den Schnee zu dem demolierten Wagen. Eine Gestalt saß zusammengesunken hinter dem Lenkrad. Er riss an der Tür. Sie war verschlossen. Das Herz schlug ihm bis zum Hals, während er gegen die Scheibe hämmerte.

Die Gestalt bewegte sich. Eine Frau, daran ließ das dichte weizenblonde Haar, das auf den dunklen Mantel fiel, keinerlei Zweifel. Er sah, wie sie eine Hand hob und sich die Skimütze vom Kopf streifte. Dann drehte sie das Gesicht zum Fenster und starrte ihn an.

Sie war weiß, weiß wie Marmor. Selbst ihre Lippen hatten jede Farbe verloren. Ihre Augen waren riesig und dunkel, jede Iris fast schwarz vor Schock. Und sie war schön, geradezu atemberaubend schön. Der Künstler in ihm sah sofort, was für Möglichkeiten ihr Gesicht bot, die makellosen Züge, die hervorstehenden Wangenknochen, die volle Unterlippe. Der Mann in ihm verwarf sie sofort und hämmerte erneut gegen die Scheibe.

Sie blinzelte mit den Augen und schüttelte den Kopf, als ob sie ihn erst wieder klar bekommen müsse. Als der Schock aus ihnen wich, sah er, dass ihre Augen blau waren, mitternachtsblau. Jetzt füllten sie sich mit Besorgnis. Mit rascher Bewegung kurbelte sie die Scheibe hinunter.

»Sind Sie verletzt?«, fragte sie, bevor er etwas sagen konnte. »Habe ich Sie getroffen?«

»Nein, Sie haben das Schutzgeländer getroffen.«

»Dem Himmel sei Dank.« Sie ließ den Kopf kurz gegen die Sitzlehne zurückfallen. Ihr Mund war staubtrocken. Und ihr Herz raste, obwohl sie bereits um Fassung rang. »Oben an der Kuppe bin ich ins Schleudern gekommen. Ich dachte – ich hoffte –, dass ich ihn wieder in den Griff bekomme. Aber dann sah ich Sie und war mir sicher, dass ich mit Ihnen zusammenstoßen würde.«

»Das wären Sie auch, wenn Sie nicht in Richtung auf das Geländer ausgewichen wären.« Er sah nach vorn, zur Motorhaube. Der Schaden hätte größer ausfallen können, viel größer. Wenn sie schneller gefahren wäre … Es hatte keinen Sinn, sich das auszumalen. Er wandte ihr wieder den Blick zu, suchte in ihrem Gesicht nach Anzeichen des Schocks oder einer Gehirnerschütterung. »Sind Sie in Ordnung?«

»Ja, ich glaube schon.« Sie öffnete die Augen und versuchte, ihn anzulächeln. »Es tut mir leid. Ich muss Ihnen ja einen ziemlichen Schrecken eingejagt haben.«

Er nickte nur. Aber jetzt war der Schrecken vorüber. Er war weniger als eine Viertelmeile von Heim und Herd entfernt und steckte mit einer wildfremden Frau und ihrem für mindestens einige Tage fahruntüchtigen Wagen im Schnee. »Was zum Teufel suchen Sie überhaupt hier draußen?«

Seine wütend hervorgestoßenen Worte ließen sie kalt. Ohne Hast löste sie den Sicherheitsgurt. »Vermutlich habe ich in dem Schneesturm die falsche Richtung genommen. Ich wollte nach unten, nach Lonesome Ridge, um dort zu übernachten. Nach der Karte ist das die nächste Stadt, und ich hatte Angst, am Straßenrand zu halten und einzuschneien.« Sie sah zum Geländer hinüber und schüttelte sich. »Ich nehme nicht an, dass wir meinen Wagen wieder freibekommen.«

»Heute nicht mehr.«

Stirnrunzelnd schob Gabriel die Hände in die Taschen. Es schneite noch immer, und die Straße war verlassen. Wenn er sich jetzt umdrehte und zum Jeep zurückging, ohne sich weiter um sie zu kümmern, würde sie möglicherweise erfrieren, bevor ein Einsatzfahrzeug oder Schneepflug sie fand. So lästig ihm die Verpflichtung auch war, er konnte die Frau nicht einfach hilflos im Schnee zurücklassen.

»Mehr als Sie mitzunehmen kann ich nicht für Sie tun.« In seinem Tonfall lag nicht die Spur von Liebenswürdigkeit. Die hatte sie allerdings auch nicht erwartet. Er hatte jedes Recht, wütend und ungeduldig zu sein. Schließlich hatte sie ihn fast gerammt.

»Es tut mir leid.«

Er zuckte mit den Schultern. Ihm war klar, wie unfreundlich er war. »Die Abzweigung zu meiner Hütte ist oben auf dem Hügel. Sie werden Ihren Wagen hierlassen und mit mir im Jeep fahren müssen.«

»Ich weiß Ihre Hilfe zu schätzen.« Der Motor war abgestellt, das Fenster offen, und die Kälte drang langsam durch ihre Kleidung. »Tut mir leid, wenn ich mich aufdränge, Mr. …?«

»Bradley. Gabriel Bradley.«

»Ich bin Laura.« Sie streifte den Sicherheitsgurt ab, der sie zweifellos vor Verletzungen bewahrt hatte. »Im Kofferraum liegt ein Koffer. Würden Sie mir helfen, ihn herauszuholen?«

Gabriel nahm die Schlüssel und stapfte nach hinten. Wenn ich nur eine Stunde früher losgefahren wäre, dachte er, dann wäre ich jetzt zu Hause, und zwar allein.

Der Koffer war nicht sehr groß und alles andere als neu. Die Lady mit nur einem Namen reist mit leichtem Gepäck, ging es ihm durch den Kopf. Es wäre ungerecht, ihr böse zu sein oder sie herablassend zu behandeln. Wenn sie dem Jeep nicht in letzter Sekunde ausgewichen wäre, würden sie beide jetzt statt Kaffee und trockener Sachen wohl einen Arzt brauchen.

Gabriel beschloss, höflicher zu ihr zu sein, und drehte sich um. Sie stand reglos da und sah ihm zu, während der Schnee auf ihrem Haar eine Haube zu formen begann. In diesem Moment entdeckte er, dass sie nicht nur wunderschön, sondern auch sehr, sehr schwanger war.

»Oh Himmel«, war alles, was er herausbrachte.

»Es tut mir wirklich leid, dass ich Ihnen so viel Ärger bereite«, sagte Laura. »Und ich möchte Ihnen jetzt schon danken. Wenn ich von Ihrer Hütte aus telefoniere und einen Abschleppwagen bestelle, brauche ich Ihnen vielleicht nicht länger zur Last zu fallen.«

Er hatte nicht ein Wort verstanden. Kein einziges. Alles, was er tun konnte, war, auf die beträchtliche Wölbung unter ihrem dunklen Mantel zu starren. »Sind Sie sicher, dass alles in Ordnung ist? Sie haben nichts davon gesagt, dass Sie … Werden Sie einen Arzt brauchen?«

»Mir geht es gut.« Diesmal lächelte sie, einigermaßen entspannt. Die Kälte hatte die Farbe in ihr Gesicht zurückkehren lassen. »Wirklich. Dem Baby ist nichts passiert. Es ist nur etwas verärgert, wenn ich die Tritte in meinem Bauch richtig deute. Den Aufprall haben wir beide kaum gespürt. Wir sind ja nicht frontal gegen das Geländer geprallt, sondern hineingeglitten.«

»Aber vielleicht ist das Baby …« Er suchte fieberhaft nach dem richtigen Wort. »Vielleicht ist es durchgerüttelt worden.«

»Es ist alles in Ordnung«, beteuerte sie. »Ich war angeschnallt, und der Schnee ist zwar an allem schuld, aber er hat wenigstens für Dämpfung gesorgt.« Er war noch nicht überzeugt, und sie warf ihr schneebedecktes Haar nach hinten. Trotz der mit Seide gefütterten Lederhandschuhe begannen ihre Finger gefühllos zu werden. »Ich verspreche Ihnen, dass ich das Kind nicht mitten auf der Straße bekommen werde. Es sei denn, Sie haben vor, hier noch ein paar Wochen zu verbringen.«

Hoffentlich hat sie recht, dachte er inständig. So wie sie ihn anlächelte, kam er sich plötzlich idiotisch vor. Er beschloss, ihr zu glauben, und reichte ihr die Hand. »Lassen Sie mich Ihnen helfen.«

Diese Worte, diese simplen Worte, gingen ihr sofort ans Herz. Sie hätte an den Fingern abzählen können, wie oft sie sie gehört hatte.

Er hatte keine Ahnung, wie man mit schwangeren Frauen umgehen musste. Waren sie zerbrechlich? Eigentlich hatte er immer geglaubt, dass das Gegenteil der Fall sein müsste. Schließlich mussten sie einiges durchmachen. Aber jetzt, wo er einer Schwangeren gegenüberstand, hatte er Angst, mit einer Berührung Schaden anzurichten.

Eingedenk der glatten Straße packte Laura seinen Arm mit festem Griff. »Es ist wunderschön hier«, sagte sie, als sie den Jeep erreichten. Sie warf einen raschen Blick auf die hohe Stufe unterhalb der Tür. »Ich glaube, Sie werden mir einen Schubs geben müssen. Ich bin nicht mehr so beweglich wie sonst.«

Gabriel verstaute ihren Koffer und überlegte dabei, wo er sie anfassen sollte. Schließlich hielt er mit der einen Hand ihren Ellbogen und legte die andere auf ihre Hüfte.

Laura glitt mit weniger Mühe in den Sitz, als er erwartet hatte.

»Danke.«

Seine Antwort war mehr geknurrt als gesprochen. Er knallte die Tür hinter ihr ins Schloss, ging um den Jeep herum und setzte sich hinters Steuer. Es bedurfte einiger Manöver, aber wenig später stand der Jeep wieder auf der Straße.

Verlässlich wie immer nahm der allradgetriebene Wagen die Steigung in Angriff. Laura streckte die Finger. Die Hände hatten endlich aufgehört zu zittern. »Ich war mir nicht sicher, ob hier oben jemand lebt. Wenn ich ein Haus gefunden hätte, wäre ich nicht weitergefahren. Mit einem Schneesturm habe ich im April nicht gerechnet.«

»Wir bekommen sogar noch später im Jahr welche.« Er schwieg einen Moment lang. Er respektierte die Privatsphäre anderer Menschen, denn das erwartete er auch von ihnen. Aber dies waren nun einmal ungewöhnliche Umstände. »Sie reisen allein?«

»Ja.«

»Finden Sie das in Ihrem Zustand nicht etwas riskant?«

»Eigentlich wollte ich in ein paar Tagen schon in Denver sein.« Sie legte sich eine Hand auf den Bauch. »Ich bin erst in sechs Wochen so weit.« Laura holte tief Luft. Vielleicht war es gefährlich, ihm zu trauen, aber ihr blieb keine andere Wahl. »Leben Sie allein, Mr. Bradley?«

»Ja.«

Sie drehte den Kopf, bis sie ihn unauffällig mustern konnte. Während sie den schneebedeckten Weg entlangfuhren, jedenfalls nahm sie an, dass es unter all dem Schnee so etwas wie einen Weg gab, betrachtete sie sein Profil. Sein

Gesicht hatte etwas Hartes, Energisches an sich. Nichts Grobes, dachte sie. Dazu war es zu schmal und feinknochig. Es war von einer markanten Kühle, wie geschnitzt, wie das Gesicht eines mythischen Kriegshäuptlings.

Doch dann fiel ihr die männliche Hilflosigkeit in seinen Augen wieder ein, die Verblüffung, als er gesehen hatte, dass sie schwanger war. Bei ihm würde sie sicher sein. Jedenfalls glaubte sie das. Musste es glauben.

Er spürte ihren forschenden Blick und las mühelos ihre Gedanken. »Ich bin kein Irrer, der aus der Anstalt in die Berge geflohen ist«, sagte er mit sanfter Stimme.

»Da bin ich aber froh.« Sie lächelte leicht und sah wieder durch die Windschutzscheibe nach vorn.

Die Hütte war durch den wirbelnden Schnee hindurch kaum zu erkennen. Selbst dann nicht, als er direkt davor hielt. Aber das bisschen, das Laura sah, gefiel ihr ungemein. Es war ein stabiler Kasten aus Holz mit einer überdachten Veranda und Sprossenfenstern. Aus dem Schornstein stieg Rauch.

Vom Weg führten schneebedeckte, glatt behauene Felsplatten zu den Eingangsstufen. Unter dem Schnee lugten an den Ecken immergrüne Ranken hervor. Noch nie war ihr etwas so sicher und warm vorgekommen wie diese kleine Hütte mitten in den Bergen.

»Sie ist hübsch. Sicher sind Sie hier sehr glücklich.«

»Die Hütte erfüllt ihren Zweck.« Gabriel kam um den Jeep herum und half ihr heraus. Sie duftet wie der Schnee, dachte er, oder vielleicht doch mehr wie Wasser. Wie das klare, jungfräuliche Wasser, das im Frühling die Felswände herabgeströmt kam. »Kommen Sie«, sagte er, während er sich noch über seine Reaktion und den unsinnigen Vergleich ärgerte. »Sie können sich am Feuer aufwärmen.« Gabriel hielt ihr die Vordertür auf. »Gehen Sie hinein. Ich hole den Rest aus dem Jeep.«

Er ließ sie allein. Der Schnee tropfte von ihrem Mantel auf den Webteppich, der innen vor der Tür lag.

Die Bilder. Laura stand wie angewurzelt da und starrte mit offenem Mund auf die Bilder. Sie bedeckten die Wände, standen in allen Ecken, stapelten sich auf Tischen. Nur einige von ihnen waren gerahmt. Sie benötigten keine zusätzliche Verzierung. Einige waren halb fertig, als hätte der Künstler das Interesse oder die Motivation verloren. Es gab welche in Öl, in lebendigen grellen Farben, und es gab Aquarelle, in weichen dunstigen Schattierungen wie aus einem Traum entsprungen. Laura schlüpfte aus dem Mantel und besah sie sich genauer.

Sie entdeckte ein Motiv aus Paris, aus dem Bois de Boulogne. Sie erinnerte sich nur zu gut an den Park. In ihren Flitterwochen war sie dort gewesen, und jetzt wurden ihre Augen feucht. Nach einem tiefen Atemzug zwang sie sich, das Bild anzusehen, bis ihre Gefühle sich wieder legten.

Eine Staffelei stand neben dem Fenster, sodass das Licht auf die Leinwand fiel. Sie widerstand der Versuchung, hinüberzugehen und einen Blick auf das Bild zu werfen. Schon jetzt hatte sie das Gefühl, ein Eindringling zu sein.

Was sollte sie bloß tun? Laura presste die Hände gegeneinander, als sie sich der Verzweiflung auslieferte, die in ihr aufstieg. Sie kam sich wie eine Schiffbrüchige vor. Ihr Wagen war hinüber, ihr Geld ging zur Neige. Und das Baby … Das Baby würde nicht warten, bis sie die Dinge wieder in Ordnung gebracht hatte.

Wenn sie sie jetzt fanden …

Sie würden sie nicht finden. Mit einem Blick auf ihre verschränkten Hände löste sie die Finger voneinander. Bis hierher hatte sie es geschafft. Niemand würde ihr das Baby wegnehmen. Jetzt nicht und niemals.

Als die Tür geöffnet wurde, drehte sie sich um. Gabriel wuchtete die Taschen ins Innere der Hütte und ließ sie auf einem Haufen liegen. Dann zog auch er den Mantel aus und hängte ihn über einen Haken neben der Tür.

Seine Figur war so schlank, wie es das Gesicht hatte erwarten lassen. Selbst wenn er nicht ganz eins achtzig groß war, so ließ ihn doch sein athletischer Körperbau hochgewachsen und kraftvoll erscheinen. Mehr wie ein Boxer als wie ein Künstler, ging es Laura durch den Kopf, als er heftig aufstampfte, um die Stiefel vom Schnee zu befreien. Mehr wie ein Mann, der das Leben im Freien gewohnt war, als einer, der in eleganten Landhäusern und den feinsten Kreisen zu Hause war.

Was sie über seine aristokratische Herkunft wusste, passte so gar nicht zu dem, was er trug. Flanellhemd und Cordhose waren das perfekte Outfit für diese rustikale Hütte in den Bergen. Laura stammte aus bescheideneren Verhältnissen und fühlte sich in ihrem dicken irischen Strickpullover irgendwie fehl am Platze.

»Gabriel Bradley«, sagte sie und wies mit weit ausholender Geste auf die Wände. »Natürlich. Warum bin ich nicht früher darauf gekommen? Ich liebe Ihre Werke.«

»Danke.« Er bückte sich und griff nach zwei der Taschen.

»Lassen Sie mich Ihnen …«

»Nein.« Er ging mit schnellen Schritten in die Küche und ließ sie einfach stehen. Sie biss sich auf die Unterlippe.

Meine Gegenwart scheint ihn nicht gerade zu begeistern, dachte sie. Dann zuckte sie mit den Schultern. Es war nicht zu ändern. Sobald das Wetter es zuließ, würde sie wieder aufbrechen. Und bis dahin … Bis dahin würde Gabriel Bradley, Künstler des Jahrzehnts, eben mit der Situation fertig werden müssen.

Sie widerstand der Versuchung, sich hinzusetzen und ihm alles Weitere zu überlassen. Früher hätte sie ihr nachgegeben, aber das Leben hatte sie verändert. Sie folgte ihm in die Küche. Wenn das Baby in ihrem Bauch mitgezählt wurde, befanden sich jetzt drei Personen in dem winzigen Raum, dessen Fassungsvermögen damit erschöpft war.

»Lassen Sie mich Ihnen wenigstens etwas Heißes zu trinken machen.« Der uralte Zwei-Platten-Herd sah problematisch aus, aber sie war entschlossen, etwas zu tun.

Er drehte sich um, streifte dabei ihren runden Bauch und war erstaunt, wie unangenehm es ihm war. Und wie sehr ihn die Berührung zugleich faszinierte. »Hier ist der Kaffee«, murmelte er und gab ihr eine frische Dose.

»Haben Sie eine Kanne?«

Die lag noch im Spülbecken voller Wasser, das schon nicht mehr schäumte. Gabriel hatte versucht, die Kanne von den Flecken zu säubern, die der letzte Gebrauch auf dem Porzellan hinterlassen hatte. Er drehte sich um, kollidierte erneut mit Laura und wich hastig zurück.

»Warum überlassen Sie mir das nicht?«, schlug sie vor. »Ich verstaue die Vorräte und setze den Kaffee auf, während Sie den Abschleppwagen bestellen.«

»Gut. Ich habe Milch mitgebracht. Frische.«

Sie lächelte. »Tee haben Sie wohl keinen?«

»Nein.«

»Dann tut Milch es auch. Danke.«

Nachdem er gegangen war, machte Laura sich an die Arbeit. Die Küche war viel zu klein, um ihr technische Probleme zu bereiten. Sie brachte die Vorräte nach ihrem eigenen System unter, da Gabriel offensichtlich keins hatte. Laura hatte erst eine der Taschen geleert, als Gabriel bereits zurückkehrte.

»Die Leitung ist tot.«

»Tot?«

»Es tut sich nichts. Passiert häufiger bei einem Schneesturm.«

»Oh.« Laura stand da mit einer Suppendose in der Hand. »Und dauert der Ausfall dann länger?«

»Kommt darauf an. Manchmal ein paar Stunden, manchmal eine Woche.«

Sie hob eine Braue. Dann wurde ihr klar, dass er es ernst meinte. »Ich schätze, dann befinde ich mich wohl ganz in Ihren Händen, Mr. Bradley.«

Er hakte die Daumen in die Hosentaschen. »In dem Fall nennen Sie mich besser Gabriel.«

Laura blickte stirnrunzelnd auf die Suppendose hinab. Jetzt kam es darauf an, das Beste aus der verfahrenen Situation zu machen. »Möchten Sie etwas Suppe?«

»Ja. Ich werde … äh … Ihre Sachen ins Schlafzimmer bringen.«

Laura nickte lediglich und begann mit der Suche nach einem Dosenöffner.

Die hat Format, entschied Gabriel, während er Lauras Koffer in sein Zimmer trug. Nicht dass er im Hinblick auf Frauen etwa ein Fachmann war, aber er war auch nicht gerade das, was man einen Anfänger nannte. Sie hatte nicht mit der Wimper gezuckt, als er ihr erzählt hatte, dass das Telefon nicht funktionierte und sie somit praktisch von der Außenwelt abgeschnitten waren. Oder, um es präziser zu formulieren, dass sie von allen Menschen außer ihm abgeschnitten war.

Gabriel blickte in den teilweise blinden Spiegel über seiner schäbigen Kommode. Soweit er wusste, hatte ihn noch niemand zuvor für harmlos gehalten. Ein rasches verwegenes Lächeln huschte über sein Gesicht. Wenn er es sich recht überlegte, war er nicht immer so harmlos gewesen.

Aber dies war natürlich eine völlig andere Situation.

Er wandte seine Überlegungen praktischeren Fragen zu. Schließlich hatte er einen Gast, eine einzelne Frau, die äußerst schwanger war. Und äußerst geheimnisvoll. Ihm war keineswegs entgangen, dass sie ihm nur ihren Vornamen genannt hatte. Wer sie war, woher sie kam und warum sie wohin unterwegs war, das hatte sie ihm bisher verschwiegen. Da es wenig wahrscheinlich war, dass sie eine Bank ausgeraubt oder für die Russen Staatsgeheimnisse ausspioniert hatte, würde er es vorläufig dabei belassen.

Aber angesichts der Stärke des Schneesturms und der abgeschiedenen Lage der Hütte würden sie wohl einige Tage zusammen verbringen müssen. Er nahm sich vor, mehr über diese zurückhaltende und rätselhafte Laura herauszubekommen.

Was sollte sie jetzt nur tun? Laura starrte auf den leeren Teller in ihrer Hand und erkannte darin die Andeutung ihres Spiegelbilds. Wie sollte sie nach Denver oder Los Angeles oder Seattle – oder jede andere Großstadt, die weit genug von Boston entfernt war – gelangen, wenn sie hier eingeschlossen war? Hätte sie doch nur nicht diesen unwiderstehlichen Wunsch verspürt, gleich heute Morgen aufzubrechen. Wenn sie noch einen Tag länger in dem kleinen ruhigen Motelzimmer geblieben wäre, hätte sie die Dinge vielleicht noch unter Kontrolle gehabt.

Stattdessen steckte sie hier in dieser Hütte, mit einem Wildfremden. Nicht irgendein beliebiger Wildfremder. Sondern Gabriel Bradley – wohlhabender, angesehener Künstler aus wohlhabender, angesehener Familie. Aber er hatte sie nicht erkannt. Da war Laura sicher. Jedenfalls noch nicht. Was würde geschehen, wenn er es tat, wenn er herausbekam, vor wem sie auf der Flucht war? Es war keineswegs auszuschließen, dass die Eagletons eng mit den Bradleys befreundet waren. Die schützende Geste, mit der ihre Hand sich auf den Bauch legte, kam ganz automatisch.

Sie würden ihr Baby nicht bekommen. Mochten sie auch noch so viel Geld und Macht dafür einsetzen, ihr Baby würden sie nicht bekommen. Und wenn es nach ihr ging, würden sie niemals herausfinden, wo sie und ihr Baby sich aufhielten.

Sie stellte den Teller ab und drehte sich zum Fenster um. Es war eigenartig, hinauszusehen und nichts erkennen zu können. Irgendwie gab es ihr das beruhigende Gefühl, dass umgekehrt auch niemand hineinsehen konnte. Sie war praktisch aus der Welt. Abgesehen von einem Mann, dachte sie, als ihr Gabriel in den Sinn kam.

Sie hörte ihn im Nebenraum herumrumoren, hörte die Tritte seiner Stiefel auf den Holzdielen, den dumpfen Aufprall, mit dem ein Scheit im Kaminfeuer landete. Nach all den Monaten der Einsamkeit gaben schon diese Geräusche allein ihr so etwas wie Geborgenheit.

»Mr. Bradley ... Gabriel?« Sie trat durch die Tür und

sah, wie er den Kaminschirm vor dem Feuer zurechtrückte. »Könnten Sie den Tisch abräumen?«

»Den Tisch abräumen?«

»Damit wir essen können ... im Sitzen.«

»Klar.«

Sie verschwand wieder in der Küche, und er zerbrach sich den Kopf, wo er all die Farbtuben, Pinsel, Leinwandspanner und anderen Utensilien lassen sollte, von denen der Picknicktisch übersät war. Verärgert über diesen Eingriff in seine gewohnte Unordnung, verteilte er seine Arbeitsmaterialien im Raum.

»Ich habe uns auch einige Sandwiches gemacht.« Sie hatte ein verbogenes Backblech in ein Tablett umfunktioniert und trug darauf Schüsseln, Teller und Tassen herein. Verlegen und gereizt zugleich nahm Gabriel es ihr ab.

»Sie sollten keine schweren Dinge tragen.«

Sie zog die Brauen hoch. Als Erstes empfand sie Überraschung. Noch nie hatte jemand sie umsorgt. Nicht einmal in den letzten sieben Monaten, die ganz gewiss die schwierigste Phase ihres nie einfachen Lebens gewesen waren. Dann stieg die Dankbarkeit in ihr auf, und sie lächelte. »Danke, aber ich passe schon auf.«

»Wenn Sie das wirklich täten, wären Sie jetzt in Ihrem eigenen Bett, mit hochgelegten Beinen. Und nicht hier bei mir im Schnee.«

»Körperliche Betätigung ist wichtig.« Aber sie setzte sich und ließ ihn den Tisch decken. »Und Essen ebenfalls.« Mit geschlossenen Augen sog sie die Düfte ein. Heiß, schlicht, stärkend. »Ich hoffe, ich habe keine allzu große Lücke in Ihre Vorräte gerissen, aber als ich erst einmal losgelegt hatte, konnte ich nicht aufhören.«

Gabriel griff nach einem dick mit Käse, Schinken und Tomatenscheiben belegten Sandwich. »Ich beschwere mich nicht.« In Wahrheit hatte er sich angewöhnt, über der Spüle und direkt aus der Pfanne zu essen. Speisen, die ohne Hast und mit Sorgfalt zubereitet worden waren, schmeckten vom Teller wesentlich besser.

»Ich würde gern bezahlen, fürs Bett und fürs Essen.«

»Machen Sie sich darüber keine Gedanken.« Er musterte sie, während er die dampfende Muschelsuppe löffelte. Ihre Art, das Kinn vorzustrecken, ließ ihn an Stolz und Willenskraft denken. Gegenüber der zarten Haut und dem schlanken Hals gab das einen interessanten Kontrast ab.

»Das ist nett von Ihnen, aber ich möchte nichts umsonst.«

»Dies ist nicht das Hilton.« Sie trug keinen Schmuck, nicht einmal einen Goldring am Finger. »Sie haben das Essen gekocht, also sind wir quitt.«

Sie wollte ihm widersprechen, ihr Stolz wollte es, aber sie besaß kaum noch Bargeld, abgesehen von dem, was sie für das Baby zurückgelegt hatte – versteckt im Futter ihres Koffers. »Ich bin Ihnen sehr dankbar.« Sie nippte an der Milch, obwohl sie sie nicht ausstehen konnte. Der Kaffeeduft war aromatisch und verführerisch, aber sie blieb hart. »Leben Sie schon lange hier in Colorado?«

»Sechs oder sieben Monate, schätze ich.«

Das gab ihr Grund zur Hoffnung. Der Zeitraum war ideal, zu günstig, um wahr zu sein. So wie die Hütte aussah, verbrachte er vermutlich nicht viel Zeit mit Zeitungslektüre, und einen Fernseher hatte sie noch nicht erspäht. »Es muss ein wunderbarer Ort zum Malen sein.«

»Bis jetzt war er das.«

»Ich konnte es gar nicht glauben, als ich hereinkam. Ich habe Ihre Arbeit sofort erkannt. Ich habe sie schon immer bewundert. Mein … Jemand, den ich kannte, hatte einige Ihrer Bilder gekauft. Eins davon zeigt einen riesigen dichten Wald. Man hatte das Gefühl, mitten ins Bild steigen zu können, bis man von den Bäumen verschluckt wird.«

Er erinnerte sich gut an das Bild, und seltsamerweise hatte es bei ihm genau dasselbe ausgelöst. Er war sich nicht sicher, glaubte aber, dass jemand von der Ostküste es gekauft hatte. New York, Boston, vielleicht auch Washington, D. C. Falls seine Neugier anhielt, würde es ihn nicht mehr als einen Anruf kosten, um seine Erinnerung aufzufrischen. Immerhin hatte sie ihm einen Anhaltspunkt geliefert.

»Sie haben mir noch gar nicht gesagt, woher Sie kommen.«

»Nein.« Sie aß weiter, obwohl ihr der Appetit plötzlich vergangen war. Wie hatte sie nur so dumm sein können, ihm das Bild zu beschreiben. Tony hatte es gekauft, vielmehr, er hatte mit den Fingern geschnippt und seine Anwälte mit dem Kauf beauftragt, nachdem Laura es bewundert hatte. »Ich habe eine Weile in Dallas gelebt.«

Nach fast zwei Monaten dort hatte sie herausbekommen, dass die Privatdetektive der Eagletons diskrete Nachforschungen nach ihr betrieben.

»Sie klingen nicht wie eine Texanerin.«

»Nein, das tue ich wohl nicht. Wahrscheinlich weil ich an den unterschiedlichsten Orten gelebt habe.« Das stimmte, und das Lächeln fiel ihr jetzt leichter. »Sie stammen nicht aus Colorado.«

»San Francisco.«

»Ja, jetzt erinnere ich mich. Das stand in einem Artikel über Sie und Ihre Arbeit.« Sie hatte vor, über ihn zu reden. Aus Erfahrung wusste sie, dass man Männer leicht dadurch ablenken konnte, dass man das Thema auf sie selbst brachte. »Ich wollte immer einmal nach San Francisco. Es muss wunderschön sein, mit den Hügeln, den Buchten, den prachtvollen alten Häusern.« Sie stöhnte leise auf und presste die Hand gegen den Bauch.

»Was ist los?«

»Das Baby, es ist unruhig.« Sie lächelte, doch ihm entging nicht, wie erschöpft ihr Blick war und wie blass sie inzwischen wieder geworden war.

»Hören Sie, ich habe keine Ahnung, was Sie durchmachen, aber mein gesunder Menschenverstand sagt mir, dass Sie sich jetzt hinlegen sollten.«

»Sie haben recht. Ich bin wirklich müde. Wenn es Sie nicht stört, würde ich mich gern ein paar Minuten ausruhen.«

»Das Bett ist dort entlang.« Er stand auf, unsicher, ob sie allein würde aufstehen und sich hinlegen können. Nach kurzem Zögern streckte er ihr die Hand entgegen.

»Ich kümmere mich später um das Geschirr, wenn …« Sie verstummte, als ihre Knie nachzugeben begannen.

»Warten Sie, ich helfe Ihnen.« Gabriel legte die Arme um sie und zuckte unmerklich zusammen, als er die Bewegung des Babys an seinem eigenen Körper spürte.

»Es tut mir leid. Es war ein langer Tag, und ich bin wohl schon viel zu lange auf den Beinen.« Sie wusste, dass sie es nicht hätte tun dürfen, aber sich auf die harte, robuste Gestalt eines Mannes zu stützen war ein herrliches Gefühl. »Nach einem kurzen Schlaf geht es mir bestimmt wieder besser.«

Anders als er es sich bislang vorgestellt hatte, zerbrach sie keineswegs unter seiner Berührung. Stattdessen fühlte sie sich so weich, so zart an, dass er fürchtete, sie könne sich in seinen Händen auflösen. Zu gern hätte er sie getröstet, sie an sich gezogen, das Vertrauen erwidert, das sie ihm offenbar schenkte. Er spürte, wie sehr sie jetzt jemanden brauchte, auf den sie sich verlassen konnte. Sei kein Dummkopf, sagte er sich, und hob sie einfach hoch.

Laura wollte protestieren, aber es tat so gut, nicht mehr auf den Füßen zu stehen. »Ich wiege bestimmt eine Tonne.«

»Genau damit habe ich gerechnet, aber das tun Sie nicht.«

Zu ihrer eigenen Überraschung konnte sie plötzlich lachen, obwohl die Erschöpfung sie fast benebelte. Mit halb geschlossenen Augen fühlte sie, wie sie vorsichtig auf ein Bett gelegt wurde. Auch wenn es vielleicht nicht mehr als eine Matratze und ein zerknülltes Laken war, sie kam sich vor wie im Himmel. »Ich möchte Ihnen danken.«

»Das tun Sie schon seit einiger Zeit, ungefähr alle fünf Minuten.« Er zog eine nicht gerade fabrikneu aussehende Tagesdecke über sie. »Wenn Sie mir wirklich danken wollen, dann schlafen Sie jetzt und bekommen keine Wehen.«

»Faires Angebot. Gabriel?«

»Ja?«

»Probieren Sie weiter, ob das Telefon funktioniert?«

»Sicher.« Sie war schon fast eingeschlafen. Er unterdrückte das Schuldgefühl, das sich einstellte, als ihm die Idee kam. Es mochte unfair sein, aber die Gelegenheit war zu günstig, um sie zu verpassen. In diesem Zustand wäre sie zu schwach gewesen, um auch nur eine Fliege fortzuscheuchen. »Soll ich jemanden für Sie anrufen? Ihren Mann vielleicht?«

Sie schlug die Augen auf und sah ihn an. Ihr Blick war schläfrig, aber er erkannte, dass sie genau wusste, was sie sagte.

»Ich bin nicht verheiratet«, erklärte sie mit deutlicher Stimme. »Es gibt niemanden, den Sie für mich anrufen könnten.«

2. Kapitel

In dem Traum war Laura allein. Das machte ihr keine Angst. Sie hatte einen großen Teil ihres Lebens allein verbracht, also fühlte sie sich so wohler als in einer Menschenmenge. Der Traum hatte etwas Weiches, Nebelhaftes an sich – wie das Meeresbild, das sie an der Wand in Gabriels Hütte gesehen hatte.

Eigenartigerweise konnte sie ihn sogar hören, den in der Ferne rauschenden und gegen den Strand brandenden Ozean, obwohl ein Teil von ihr genau wusste, dass sie sich in den Bergen befand.

Sie schritt durch einen perlmuttfarbenen Nebel und lauschte den Wellen. Sie fühlte sich sicher und stark und irgendwie von jeder Last befreit. So frei, so vollkommen entspannt hatte sie sich schon lange nicht mehr gefühlt.

Sie wusste, dass sie träumte. Das war das Beste daran. Wenn es möglich gewesen wäre, hätte sie die Augen geschlossen gehalten, um für immer zu träumen, den Frieden zu genießen, sich der weich gezeichneten Fantasie hinzugeben.

Doch dann weinte das Baby. Es schrie geradezu. An ihrer Schläfe begann eine Ader fast schmerzhaft zu pulsieren, während sie dem schrillen Wehklagen des Kindes lauschte. Der Schweiß brach ihr aus, und der klare weiße Nebel wurde grau, bedrohlich grau. Die Luft war nicht mehr warm, sondern eisig, und drang ihr bis in die Knochen.

Das Weinen schien von überall und nirgends zu kommen. Sie tastete sich verzweifelt durch die widerhallenden Echos, die von allen Seiten auf sie eindrangen. Schluchzend und um Atem ringend kämpfte sie sich durch die Nebelschwaden, die immer dichter und einengender wurden. Das Schreien wurde lauter, dringlicher. Das Herz schlug ihr bis zum Hals, ihr Atem kam rasselnd, und ihre Hände zitterten.

Dann sah sie den Kinderkorb mit dem blütenweißen Stoff, den Stickereien und Rüschen in Pink und Blau. Die Erleichterung war so groß, dass ihr die Knie weich wurden.

»Es ist alles gut«, murmelte sie, als sie das Kind in die Arme nahm. »Es ist ja alles gut. Ich bin jetzt bei dir.« Sie spürte den warmen Atem des Babys an ihrer Wange, fühlte sein Gewicht, während sie es beruhigend und tröstend hin und her schaukelte. Der milde Duft des Puders umfing sie. Liebkosungen flüsternd presste sie das Baby fester an sich. Dann zog sie ihm die Decke vom Gesicht, um es anzusehen.

Und dann hielt sie plötzlich nichts als die leere Decke in den Armen.

Gabriel saß am Picknicktisch und dachte an Laura, während er mit sicheren Strichen ihr Gesicht zeichnete. Als er sie aufschreien hörte, zuckte er zusammen. Der Bleistift zerbrach in zwei Teile, bevor er aufsprang und ins Schlafzimmer raste, wo sie noch immer verzweifelt stöhnte.

»He, kommen Sie.« Er war unsicher, was er tun sollte. Doch dann griff er nach ihren Schultern. Sie wich zurück und wehrte sich so heftig gegen seine Berührung, dass er seine und ihre Panik bekämpfen musste, um nicht vorzeitig aufzugeben. »Immer mit der Ruhe, Laura. Haben Sie Schmerzen? Ist es das Baby? Laura, sagen Sie mir, was los ist.«

»Sie haben mir mein Baby weggenommen!« Ihre Stimme hatte einen hysterischen Unterton, aber es war eine mit Wut vermischte Hysterie. »Helfen Sie mir! Sie haben mein Baby mitgenommen!«

»Niemand hat Ihr Baby mitgenommen.« Sie wehrte sich noch immer, mit einer Kraft, die er ihr nicht zugetraut hätte. Ohne weiter nachzudenken, zog er sie in die Arme. »Sie träumen. Niemand hat Ihr Baby mitgenommen. Hier, sehen Sie.« Er legte die Finger um ihr Handgelenk, in dem der Puls wie ein Presslufthammer schlug, und zog ihre Hand auf ihren Bauch. »Sie sind in Sicherheit, Sie und das Baby. Entspannen Sie sich, sonst tun Sie sich noch weh.«

Als sie das ungeborene Leben unter ihrer Handfläche spürte, sank sie in Gabriels Armen zusammen, entspannte sich. Ihr Baby war in Sicherheit, in ihrem Körper, wo ihm niemand etwas tun konnte. »Es tut mir leid. Ich habe geträumt.«

»Das ist schon in Ordnung.« Ohne dass er sich dessen bewusst war, strich er ihr beruhigend übers Haar, schaukelte sie sanft hin und her, so wie sie es mit dem erträumten Kind getan hatte. »Tun Sie uns beiden den Gefallen und entspannen Sie sich.«

Sie nickte, kam sich jetzt wieder geborgen und beschützt vor. Dieses Gefühl hatte sie in den fünfundzwanzig Jahren ihres Lebens äußerst selten empfunden. »Mir geht es gut. Wirklich. Wahrscheinlich ist es nur der Schock vom Unfall, der mich eingeholt hat.«

Er schob sie behutsam von sich. Vor dem Fenster herrschte noch immer dichtes Schneegestöber, und nur durch die Tür zum Hauptraum drang Licht ins Schlafzimmer. Es war leicht gelblich und nicht sehr hell, aber er sah sie deutlich vor sich. Und er wollte, dass sie ihn ebenfalls sah. Er brauchte Antworten, und er brauchte sie jetzt.

»Lügen Sie mich nicht an. Unter normalen Umständen würde Ihr Privatleben mich überhaupt nichts angehen, aber momentan befinden Sie sich unter meinem Dach. Und wie es aussieht, werden Sie es noch eine Weile bleiben.«

»Ich lüge Sie nicht an.« Ihr Tonfall war so ruhig, so ausgeglichen, dass er ihr fast geglaubt hätte. »Es tut mir leid, wenn ich Sie beunruhigt habe.«

»Vor wem laufen Sie davon, Laura?«

Sie erwiderte nichts, sondern starrte ihn nur aus dunkelblauen Augen an. Er murmelte einen Fluch, aber sie zuckte mit keiner Wimper.

Abrupt ließ er sie aufs Bett zurückfallen und blickte auf sie herunter. Sie erstarrte, und Gabriel hätte schwören können, dass sie sogar sekundenlang zu atmen aufhörte. Es war lächerlich, aber es kam ihm vor, als würde sie sich darauf vorbereiten, jeden Moment geschlagen zu werden.

»Ich weiß, dass Sie Probleme haben. Was ich wissen möchte, ist, wie groß diese Probleme sind. Wer verfolgt Sie, und warum?«

Sie schwieg weiter, aber ihre Hand wanderte automatisch zu ihrem Bauch.

Offenbar hatten ihre Probleme in erster Linie mit dem Baby zu tun. Gabriel beschloss, genau dort anzusetzen. »Das Baby hat einen Vater«, sagte er ruhig. »Ist er es, vor dem Sie fortlaufen?«

Sie schüttelte den Kopf.

»Vor wem dann?«

»Es ist ziemlich kompliziert.«

Er zog eine Braue hoch und wies mit dem Kopf auf das Fenster. »Hier oben haben wir genügend Zeit. Wenn es so weiterschneit, kann es eine Woche dauern, bis die Straßen wieder befahrbar sind.«

»Sobald das der Fall ist, fahre ich. Je weniger Sie wissen, desto besser ist es für uns beide.«

»Die Nummer zieht bei mir nicht.« Er schwieg einen Moment lang, um seine Gedanken zu sortieren. »Mir scheint, das Baby bedeutet Ihnen sehr viel.«

»Nichts könnte mir mehr bedeuten.«

»Meinen Sie, dass der Stress, den Sie offenbar im Kopf mit sich herumschleppen, für das Baby gut ist?«

In ihren Augen sah er die Sorge, die Angst, aber er sah auch, wie sie sich in sich selbst zurückzuziehen begann. »Es gibt Dinge, die nicht zu ändern sind.« Sie holte tief Luft. »Sie haben ein Recht, mir Fragen zu stellen.«

»Aber Sie haben nicht vor, sie mir zu beantworten.«

»Ich kenne Sie nicht. Ich muss Ihnen vertrauen, bis zu einem gewissen Punkt jedenfalls, weil mir keine andere Wahl bleibt. Ich kann Sie bloß bitten, das Gleiche zu tun.«

Er legte kurz seine Hand an ihre Wange. »Warum sollte ich?«

Sie presste die Lippen aufeinander. Sie wusste, dass er recht hatte. Aber recht zu haben reichte manchmal eben nicht. »Ich habe kein Verbrechen begangen und werde nicht polizeilich gesucht. Es gibt keine Familie, keinen Mann, der nach mir sucht. Ist das genug für Sie?«

»Nein. Aber für heute begnüge ich mich damit, denn Sie brauchen Ihren Schlaf. Morgen früh reden wir weiter.«

Es war eine Gnadenfrist, eine kurze nur, aber sie hatte gelernt, auch für kleine Dinge dankbar zu sein. Sie nickte und wartete darauf, dass er ging. Als die Tür sich hinter ihm schloss und das Zimmer wieder im Dunkeln lag, ließ sie sich ins Kissen zurücksinken. Aber es dauerte lange, sehr lange sogar, bis sie endlich einschlief.

Es war ruhig, absolut ruhig, als Laura erwachte. Sie öffnete die Augen und wartete darauf, dass die Erinnerung einsetzte. Sie hatte in so vielen Räumen, an so vielen Orten geschlafen, dass sie sich bereits an die leichte Verwirrung beim Aufwachen gewöhnt hatte.

Jetzt fiel ihr alles wieder ein ... Gabriel Bradley, der Schneesturm, die Hütte, der Albtraum. Und das Gefühl, voller Angst aufzuwachen und sich plötzlich in seinen Armen geborgen zu fühlen. Aber die Geborgenheit war nur vorübergehend, und seine Arme waren nicht für sie gedacht. Seufzend drehte sie den Kopf, um aus dem Fenster zu sehen.

Es schneite noch immer. Sie konnte es kaum glauben und beobachtete, wie die großen Flocken vom Himmel segelten, langsamer zwar und nicht mehr so dick, aber dafür unaufhörlich. Heute würde sie also nicht wegkommen.

Sie stützte das Kinn auf die Hand. Es war so leicht, sich zu wünschen, der Schnee möge niemals aufhören, aber dafür die Zeit. Dann könnte sie hierbleiben, in der sicheren Isolation, wie in einen Kokon eingesponnen. Doch die Zeit stand nicht still, das bewies das Kind, das sie in sich trug. Sie stand auf und öffnete ihren Koffer. Sie würde sich zurechtmachen, bevor sie Gabriel gegenübertrat.

Die Hütte war leer. Eigentlich hätte sie darüber froh sein sollen, doch das gemütlich flackernde Feuer und das polierte Holz gaben ihr ein Gefühl der Einsamkeit. Sie wollte ihn bei sich haben, selbst wenn sie ihn nur im Nebenraum hörte.

Wohin er auch gegangen sein mochte, er würde zurückkommen. Sie machte sich auf den Weg zur Küche, um das Frühstück vorzubereiten.

Dann entdeckte sie die Skizzen, ein halbes Dutzend, verstreut auf dem Picknicktisch. Sein Talent war bei Bleistift- oder Kohlezeichnungen zwar noch nicht so entwickelt, aber auch bei dieser Technik war es nicht zu übersehen. Verunsichert und neugierig zugleich ging sie hinüber, um herauszufinden, wie jemand anderes – nein, Gabriel Bradley – sie wahrnahm.

Die Augen kamen ihr zu groß vor, der Blick zu gehetzt. Ihr Mund war zu weich, zu verletzlich. Stirnrunzelnd rieb sie mit dem Finger über die Zeichnung. Unzählige Male hatte sie ihr Gesicht gesehen, auf Hochglanzfotos, in der Idealpose. Man hatte sie in Seide und Pelz gehüllt, über und über mit Juwelen behängt. Ihr Gesicht, ihre Figur hatten literweise Parfum verkauft, hatten Modeschöpfern und Juwelieren ein Vermögen eingebracht.

Laura Malone. Fast hätte sie sie vergessen, die Frau, von der behauptet worden war, dass ihr Gesicht das Gesicht der Neunzigerjahre sein würde. Die Frau, die kurz, viel zu kurz, ihr Schicksal in den eigenen Händen gehalten hatte. Sie war verschwunden, ausradiert.

Die Frau in den Zeichnungen war sanfter, runder und unendlich zerbrechlicher. Und doch wirkte sie irgendwie stärker. Laura hob eine der Skizzen an und betrachtete sie näher. Oder bildete sie sich die Stärke nur ein, weil sie sie brauchte?

Als die Vordertür sich öffnete, drehte sie sich um, die Zeichnung noch in Händen. Gabriel kam schneebedeckt herein und warf die Tür mit einem Tritt hinter sich zu. Auf seinen Armen türmte sich Holz.

»Guten Morgen. Schon fleißig gewesen?«

Er knurrte und stampfte auf, um sich den gröbsten Schnee von den Stiefeln zu klopfen. Dann ging er, eine Nässespur hinterlassend, zum Kaminkasten und kippte das Holz hinein. »Ich dachte, Sie würden länger schlafen.«

»Das hätte ich auch.« Sie strich sich über den Bauch. »Aber er wollte es nicht. Soll ich Ihnen Frühstück machen?«

Er zog die Handschuhe aus und warf sie auf den Kamin. »Hatte schon was. Aber lassen Sie sich nicht abhalten.«

Laura wartete, bis er aus dem Mantel geschlüpft war. Offenbar war jetzt ein freundlicherer Umgangston angesagt. Freundlich, aber mit leiser Zurückhaltung. »Der Schnee scheint etwas nachzulassen.«

Er setzte sich auf den Kaminsockel, um sich die Stiefel abzustreifen. An den Schnürsenkeln haftete noch Schnee. »Er liegt jetzt fast einen Meter hoch, und wie es aussieht, wird es vor heute Nachmittag wohl nicht aufhören.« Er zog eine Zigarette heraus. »Fühlen Sie sich also hier wie zu Hause.«

»Das bin ich offenbar schon.« Sie hielt die Zeichnung hoch. »Ich fühle mich geschmeichelt.«

»Sie sind schön«, sagte er wie beiläufig und stellte seine Stiefel auf den Kaminrost, um sie trocknen zu lassen. »Bei schönen Dingen kann ich nur selten widerstehen. Ich musste Sie einfach zeichnen.«

»Sie haben Glück.« Sie ließ das Blatt wieder auf den Tisch fallen. »Es ist viel, viel lohnender, Schönheit darstellen zu können, als selbst schön zu sein.« Gabriel sah auf. In ihrem Tonfall lag Bitterkeit. Eine Spur nur, aber doch hörbar. »Es klingt seltsam«, fuhr sie fort, »aber wenn die Menschen einen erst als schön ansehen, dann wird man schnell als Gegenstand betrachtet.«

Sie drehte sich um und ging in die Küche. Er sah ihr stirnrunzelnd nach.

Sie kochte ihm frischen Kaffee und verbrachte den Rest des Morgens damit, die Küche aufzuräumen. Gabriel überließ sie sich selbst. Bis der Abend hereinbrach, würde er die gewünschten Antworten bekommen. Vorläufig gab er sich mit ihrer Gegenwart zufrieden und machte sich an die Arbeit.

Die Beschäftigung schien ihr ein Bedürfnis zu sein. Er hatte geglaubt, eine Frau in ihrem Zustand würde schlafen, sich hinlegen oder wenigstens den ganzen Tag lang sitzen und stricken. Aber vielleicht war sie dazu zu nervös oder gespannt auf die Konfrontation, die er ihr am Abend zuvor angekündigt hatte.

Sie stellte keine Fragen und sah ihm nicht über die Schulter, also ging der Vormittag ziemlich ereignislos vorüber. Als er einmal zu ihr hinüberblickte, saß sie zusammengekauert in einer Ecke des altersschwachen Sofas und las ein Buch über Geburtsvorbereitung. Später mixte sie in der Küche einige Zutaten zusammen und produzierte einen kräftigen, wohlriechenden Eintopf.

Sie sprach wenig. Er wusste, dass sie wartete. Darauf, dass er die Tür öffnete, die er am Abend zuvor schon aufgeschlossen hatte. Auch er wartete. Auf einen günstigen Moment. Es war schon Nachmittag, als er entschied, dass sie ausgeruht und entspannt genug wirkte. Er nahm seinen Zeichenblock und ein Stück Kohle und begann zu arbeiten, während sie ihm gegenübersaß und Äpfel schälte.

»Warum Denver?«

Nur ein leichtes Zucken des Messers verriet, dass sie überrascht war. Sie sah nicht auf und schälte weiter. »Weil ich noch nie dort war.«

»Wäre in Ihrem Zustand nicht eine Stadt, die Sie kennen, besser?«

»Nein.«

»Warum haben Sie Dallas verlassen?«

Sie legte den Apfel hin und nahm sich einen neuen. »Weil es an der Zeit war.«

»Wo ist der Vater des Babys, Laura?«

»Tot.« In ihrer Stimme lag nicht der geringste Hauch einer Gefühlsregung.

»Sehen Sie mich an.«

Ihre Hände stellten die Arbeit ein, als sie langsam den Blick hob. Er sah ihr an, dass sie die Wahrheit gesagt hatte.

»Haben Sie keine Familie, die Ihnen helfen könnte?«

»Nein.«

»Und was ist mit seiner?«

Diesmal zuckten ihre Hände. Die Messerschneide streifte einen Finger, und die Kuppe färbte sich rot. Gabriel ließ den Block fallen und griff nach ihrer Hand. Einmal mehr sah sie ihr aus zügigen Kohlestrichen entstandenes Gesicht.

»Ich hole Ihnen ein Pflaster.«

»Es ist nur ein Kratzer«, begann sie, aber er war schon fort. Als er zurückkam, betupfte er die Wunde mit einem Desinfektionsmittel. Erneut war Laura erstaunt, mit welcher Sorgfalt er vorging. Der Schmerz ließ nach, und sie spürte seine Berührung noch intensiver als zuvor.

Er kniete vor ihr und musterte die Wunde mit gerunzelter Stirn. »Wenn Sie so weitermachen, glaube ich bald, dass Sie Unfälle praktisch anziehen.«

»Und ich glaube bald, dass Sie der wiedergeborene barmherzige Samariter sind.« Sie lächelte, als er aufblickte. »Wir würden uns beide irren.«

Gabriel klebte das Pflaster über den kleinen Schnitt und kehrte zu seinem Stuhl zurück. »Drehen Sie den Kopf etwas zur Seite, nach links.« Sie kam der Bitte nach, er griff nach dem Block und schlug ein neues Blatt auf. »Warum wollen die das Baby?«

Ihr Kopf fuhr herum, aber er zeichnete ungerührt weiter.

»Ich möchte das Profil, Laura.« Seine Stimme war leise, aber energisch. »Drehen Sie den Kopf zurück und versuchen Sie, das Kinn oben zu lassen. Ja, genau so.« Er schwieg, während unter der Kohle ihr Mund Gestalt annahm. »Die Familie des Vaters will das Baby. Ich will wissen, warum.«

»Das habe ich nie behauptet.«

»Doch, das haben Sie.« Er musste sich beeilen, wenn er das zornige Flackern in ihren Augen einfangen wollte. »Lassen Sie uns nicht darüber streiten. Erzählen Sie mir einfach nur, warum.«

Sie presste die Hände gegeneinander, und in ihrer Stimme lag ebenso viel Angst wie Zorn. »Ich muss Ihnen gar nichts erzählen.«

»Nein.« Die Kohle glitt über das Papier, und er spürte dabei einen Anflug von Erregung und, er konnte es kaum glauben, von Verlangen. Das Verlangen verwirrte ihn. Mehr noch, es beunruhigte ihn. Er schob es beiseite und konzentrierte sich wieder darauf, ihr die Antworten zu entlocken. »Aber ich gebe mich damit nicht zufrieden.«

Da er wusste, wie er hinsehen musste, um jede Feinheit zu erkennen, entging ihm das subtile Spiel der Gefühle in ihrem Gesicht nicht. Angst, Zorn, Frustration. Es war die Angst, die ihn anstachelte, das Verhör fortzusetzen.

»Glauben Sie etwa, ich würde Sie und Ihr Baby diesen Leuten ausliefern? Wer immer sie auch sein mögen? Denken

Sie doch einmal nach. Ich hätte überhaupt keinen Grund, das zu tun.«

Er hatte damit gerechnet, dass er sie anschreien würde, wenn sie nicht antwortete. Jedenfalls war er kurz davor. Doch dann tat er etwas, das sie beide überraschte. Er streckte den Arm aus und griff nach ihrer Hand. Dass ihre Finger sich in seine schmiegten, erstaunte ihn mehr als sie. Als sie ihn ansah, stiegen in ihm Gefühle auf, von denen er geglaubt hatte, dass es sie nicht mehr gab.

»Sie haben mich gestern Abend um Hilfe gebeten.«

Ihre Augen blickten voller Dankbarkeit, doch ihre Stimme klang hart und fest. »Sie können mir nicht helfen.«

»Vielleicht kann ich das wirklich nicht. Vielleicht will ich es auch gar nicht.« Obwohl es ihm eigentlich gegen das ging, was er für seinen Charakter hielt, wusste er, dass er es sehr wohl wollte. »Ich bin kein Samariter, Laura, weder ein barmherziger noch sonst einer. Und ich habe genug eigene Probleme, um mir nicht noch die anderer Leute aufzuhalsen. Aber es ist nun einmal eine Tatsache, dass Sie hier bei mir sind, und ich möchte wissen, wer Sie sind.«

Sie war erschöpft, vom Weglaufen, vom Sichverstecken, von all dem, mit dem sie allein fertig werden musste. Sie brauchte jemanden. Jetzt, wo seine Hand auf ihrer lag und er sie ruhig ansah, glaubte sie beinahe, dass er es war, den sie brauchte.

»Der Vater des Babys ist tot«, begann sie, jedes Wort sorgfältig wählend. Sie würde ihm genug erzählen, um ihn zufriedenzustellen, aber keineswegs alles. »Seine Eltern wollen das Kind. Sie wollen … Ich weiß nicht, vielleicht wollen sie auf diese Weise ihren Sohn ersetzen. Um … um die Erbfolge zu sichern oder so etwas. Sie tun mir leid, aber das Baby ist nun einmal nicht ihr Kind.« Da war er wieder, dieser Blick, entschlossen, fast wild. Wie der einer Tigerin, die ihr Junges verteidigte. »Das Baby gehört mir.«

»Das kann doch niemand bestreiten. Warum müssen Sie weglaufen?«

»Sie haben viel Geld, viel Macht.«

»So?«

»So?« Ärgerlich zog sie die Hand zurück. Der Kontakt, der sie beide so sehr besänftigt hatte, war unterbrochen. »Sie können das leicht sagen. Sie stammen aus Ihrer Welt. Sie haben immer alles gehabt, brauchten nie zu staunen und sich etwas vergeblich zu wünschen. Leuten wie Ihnen nimmt niemand etwas weg, Gabriel. Niemand würde es wagen. Sie haben keine Ahnung, wie es ist, wenn das eigene Leben von den Launen anderer abhängt.«

Dass sie das Gefühl nur zu gut kannte war nicht zu übersehen. »Geld zu besitzen bedeutet noch lange nicht, alles zu bekommen, was man will.«

»Tut es das nicht?« Sie wandte ihm ihre eisige Miene zu. »Sie brauchten einen Ort zum Malen, zum Alleinsein. Mussten Sie lange darüber nachdenken, wie Sie einen bekommen? Mussten Sie Geld sparen, sich einschränken, oder haben Sie einfach nur einen Scheck ausgeschrieben und sind hier eingezogen?«

»Eine Hütte zu kaufen ist doch wohl etwas anderes, als einer Mutter ihr Baby wegzunehmen.«

»Für manche Menschen nicht. Eigentum ist schließlich Eigentum«, sagte sie.

»Machen Sie sich nicht lächerlich.«

»Geben Sie sich nicht naiver, als Sie sind.«

Sein Zorn verrauchte, machte Belustigung Platz. »Ein

erstklassiger Konter, das muss ich Ihnen lassen. Aber meinen Sie, es ist dem Baby gegenüber fair, auf der Flucht durchs Land zu reisen?«

»Nein, es ist schrecklich unfair, das weiß ich. Aber es wäre viel schlimmer, aufzugeben und es ihnen auszuliefern. In ein paar Wochen werde ich in Denver in eine Klinik gehen und mein Baby zur Welt bringen. Dann verschwinden wir beide.«

»Warum sind Sie so verdammt sicher, dass die Ihnen das Kind abnehmen würden, dass sie es überhaupt könnten?«

»Weil sie es mir gesagt haben. Sie haben mir erklärt, was ihrer Meinung nach das Beste für mich und das Kind sei, sie haben mir sogar Geld angeboten.« Ihre Bitterkeit war schwarz und beißend. »Sie wollten mir mein Baby abkaufen, und als ich das ablehnte, drohten sie damit, es mir einfach wegzunehmen.« Sie wollte die grauenhafte Szene nicht noch einmal durchleben und verdrängte die böse Erinnerung.

Er spürte, wie sehr ihn diese Menschen, die er nicht einmal kannte, plötzlich anwiderten. Kopfschüttelnd zwang er sich zur Vernunft. »Laura, was immer diese Leute wollen, sie können sich nicht einfach nehmen, was ihnen nicht gehört. Kein Gericht der Welt würde eine Mutter ohne guten Grund ihres Kindes berauben.«

»Allein kann ich gegen sie nicht gewinnen.« Sie schloss kurz die Augen, weil sie am liebsten den Kopf auf den Tisch gelegt und sich die Angst und die Verbitterung aus dem Leib geweint hätte. »Ich kann sie nicht mit ihren eigenen Mitteln schlagen, Gabriel. Und ich will meinem Kind das alles nicht zumuten. Die Sorgerechtsklagen, die Gerichtsverhandlungen, die Sensationsreporter, den Klatsch, die Gerüchte. Ein Kind braucht ein Zuhause und Liebe und Geborgenheit.

Und ich werde dafür sorgen, dass meins das bekommt. Egal, was ich dafür tun muss, egal, wohin ich muss.«

»Ich will nicht darüber diskutieren, was für Sie und das Kind das Richtige ist. Aber früher oder später werden Sie sich all dem stellen müssen.«

»Wenn es so weit ist, werde ich das.«

Er stand auf und ging zum Kamin, um sich eine neue Zigarette anzustecken. Vielleicht sollte er die Sache ruhen lassen, sie und das Baby sich selbst überlassen. Es ging ihn nichts an, war nicht sein Problem. Aber das stimmte nicht. In dem Moment, wo sie seinen Arm ergriffen hatte, um die schneeglatte Straße zu überqueren, war sie zu seiner persönlichen Angelegenheit geworden.

»Haben Sie genug Geld?«

»Etwas. Es reicht für den Arzt und noch etwas mehr.«

Er war dabei, sich in Schwierigkeiten zu bringen. Das wusste er. Zum ersten Mal seit fast einem Jahr gab es etwas, an dem ihm wirklich etwas lag. Auf dem Kaminsockel sitzend, blies er den Rauch aus und musterte sie.

»Ich möchte Sie malen«, sagte er plötzlich. »Ich zahle Ihnen das übliche Honorar fürs Modellsitzen, plus freie Unterkunft und Verpflegung.«

»Ich kann Ihr Geld nicht annehmen.«

»Warum nicht? Sie denken doch ohnehin, ich hätte mehr davon, als für mich gut ist.«

Seine Worte beschämten sie, und ihre Wangen röteten sich. »Das habe ich nicht gemeint. So jedenfalls nicht.«

Er machte eine abwehrende Handbewegung. »Was immer Sie gemeint haben, es bleibt dabei, dass ich Sie malen möchte. Ich habe mein eigenes Arbeitstempo, also werden Sie geduldig sein müssen. Von Kompromissen halte ich zwar nicht viel, aber angesichts Ihres Zustands bin ich zu einigen bereit. Wenn Sie müde sind oder das Sitzen Ihnen zu unbequem wird, legen wir eine Pause ein.«

Es war ein äußerst verlockendes Angebot. Sie versuchte zu vergessen, dass sie früher schon vom Verkauf ihres Aussehens gelebt hatte, und dachte daran, was das zusätzliche Geld für das Baby bedeuten würde. »Ich würde das Angebot gern annehmen, aber Ihre Arbeiten sind zu bekannt. Wenn das Porträt ausgestellt wird, werden sie mich sofort erkennen.«

»Das stimmt. Aber ich bin nicht verpflichtet, irgendjemandem zu erzählen, wo und wann ich Sie kennengelernt habe. Sie haben mein Wort, dass durch mich niemand auf Ihre Spur kommt.«

Schweigend rang sie mit sich. »Würden Sie bitte zu mir kommen?«

Nach kurzem Zögern warf er seine Zigarette ins Feuer. Er stand auf, ging durchs Zimmer und hockte sich vor sie. Nicht nur er, auch sie hatte gelernt, in einem Gesicht zu lesen. »Ihr Ehrenwort?«

»Ja.«

Einige Risiken waren es wert, eingegangen zu werden. Sie streckte ihm beide Hände entgegen und schenkte ihm mit ihnen auch ihr Vertrauen.

Da das Schneegestöber unvermindert anhielt, war es ein Tag ohne Sonnenaufgang oder -untergang, ohne Dämmerung. Er blieb trübe und ging irgendwann fast unmerklich in den Abend über. Schließlich hörte es auf zu schneien.

Laura hätte es vielleicht gar nicht bemerkt, wenn sie nicht am Fenster gestanden hätte. Die Flocken wurden nicht von

Minute zu Minute weniger, sondern verschwanden ganz plötzlich, als hätte jemand einen Schalter betätigt. Irgendwie war sie enttäuscht darüber, wie früher als kleines Mädchen, wenn sie die herumwirbelnde Pracht vermisst hatte. Kurz entschlossen stieg sie in ihre Stiefel und ging nach draußen auf die Veranda.

Obwohl Gabriel die Veranda im Laufe des Tages zweimal freigeschaufelt hatte, reichte der Schnee Laura bis zu den Knien. Ihre Stiefel sanken ein und verschwanden. Sie hatte das Gefühl, von einer weichen, wohltuenden Wolke verschluckt zu werden. Die Luft war dünn und kalt, und sie schlang die Arme um die Brust, bevor sie tief Atem holte.

Es gab keine Sterne. Es gab keinen Mond. Der Schein der Türlaterne reichte nur wenige Meter ins Dunkel hinaus. Sie sah nicht mehr als Weiß und hörte nicht mehr als Stille. Manche hätten die dicke Schneedecke vielleicht als eine Art Gefängnismauer empfunden, die die Hütte und ihre Bewohner einschloss. Laura empfand ihre von den Schneemassen umgebene Behausung eher als eine Festung, die ihr Sicherheit und Schutz gewährte.

Endlich hatte sie sich dazu durchgerungen, jemand anderem als nur sich selbst zu vertrauen. Sie sah in die Dunkelheit hinaus und wusste, dass die Entscheidung richtig gewesen war.

Er war kein sanfter Mann, vielleicht nicht einmal sonderlich ausgeglichen, aber er war freundlich und, da war sie sich sicher, ein Mann, der Wort hielt. Er, die Hütte und die Berge würden ihr ermöglichen, sich wieder einige Energiereserven zuzulegen. Die letzten Monate hatten viel Kraft gekostet. Nicht körperlich. Die Schwangerschaft verlief ohne Komplikationen, und sie war gesund und in guter Verfassung.

Nein, es waren die geistigen und emotionalen Reserven, die aufgezehrt worden waren.

Die musste sie wieder aufbauen.

Gabriel verstand nicht, wozu die Eagletons fähig waren, was sie mit ihrem Geld und ihrer Macht erreichen konnten. Sie hatte es erlebt. Wie sie mit Schecks und Manipulationen die Fehler ihres Sohns vertuscht hatten. Wie sie es mit einigen Anrufen bei Leuten, die ihnen einen Gefallen schuldeten, geschafft hatten, seinen selbst verschuldeten Tod und den seiner Begleiterin in ein tragisches Unglück zu verwandeln.

In der Presse hatte kein Wort über Alkohol und Ehebruch gestanden. Die Zeitungsleser mussten glauben, dass Anthony Eagleton, Alleinerbe des riesigen Eagleton-Vermögens, einer glatten Straße und schadhaften Lenkung zum Opfer gefallen war – und nicht einer verantwortungslosen Trunkenheitsfahrt. Aus der Frau neben ihm, seiner Geliebten, hatten die Zeitungen seine Sekretärin gemacht.

Das Scheidungsverfahren, das Laura eingeleitet hatte, war gestoppt, eingestellt, aus den Akten getilgt worden. Kein Schatten eines Skandals würde auf das Andenken Anthony Eagletons und den Namen seiner Familie fallen. Sie selbst war dazu gebracht worden, die zutiefst erschütterte trauernde Witwe zu spielen.

Sie war erschüttert gewesen. Und sie hatte getrauert. Nicht um das, was auf jener einsamen Landstraße am Rande Bostons für immer aus ihrem Leben verschwunden war, sondern um das, was sie bereits so kurz nach ihrer Hochzeitsnacht verloren hatte.

Es war sinnlos, an die Vergangenheit zu denken. Jetzt, gerade jetzt musste sie sich auf die Zukunft konzentrieren.

Was immer sich auch zwischen ihr und Tony zugetragen hatte, sie hatten zusammen neues Leben erschaffen. Und es war an ihr, dieses Leben zu beschützen und liebevoll für es zu sorgen.

»Woran denken Sie?«

Verdutzt drehte sie sich um und lachte Gabriel an. »Ich habe Sie gar nicht kommen gehört.«

»Sie waren ja mit den Gedanken auch ganz woanders.« Er zog die Tür hinter sich zu. »Es ist kalt hier draußen.«

»Ich finde es wundervoll. Wie hoch liegt der Schnee, was glauben Sie?«

»Einen Meter, vielleicht eineinhalb.«

»Ich habe noch nie so viel Schnee gesehen. Man kann sich gar nicht vorstellen, dass er jemals schmilzt und wieder Gras wachsen lässt.«

Er trug keine Handschuhe und stopfte die Hände in die Jackentaschen. »Als ich im November hier eintraf, lag bereits Schnee. Ich kenne es gar nicht anders.«

Sie versuchte sich auszumalen, wie es sein musste, wenn der Schnee niemals schmolz. Nein, das würde sie nicht aushalten. Sie brauchte den Frühling, die Knospen, das Grün, die Hoffnung. »Wie lange werden Sie hierbleiben?«

»Ich weiß es nicht. Ich habe noch nicht darüber nachgedacht.«

Sie lächelte, obwohl sie ihn ein wenig um sein sorgloses Leben beneidete. »All die Bilder. Sie werden sie ausstellen müssen.«

»Später.« Er zuckte mit den Schultern, fühlte sich plötzlich rastlos. San Francisco, seine Familie, seine Erinnerungen, alles schien so weit entfernt. »Keine Eile.«

»Kunst will betrachtet und anerkannt sein«, murmelte sie,

ihre Gedanken aussprechend. »Es wäre schade, sie hier zu verstecken.«

»Aber Menschen kann man hier ruhig verstecken?«

»Meinen Sie mich damit, oder tun Sie das auch, sich hier verstecken?«

»Ich arbeitete«, erwiderte er ruhig.

»Ein Mann wie Sie könnte überall arbeiten, glaube ich. Sie schieben die Leute einfach beiseite und gehen ans Werk.«

Er musste grinsen. »Kann schon sein. Aber hin und wieder brauche ich meine Ruhe. Wenn man sich erst einmal einen Namen gemacht hat, starren einem die Leute nur zu gern über die Schulter.«

»Nun, ich bin jedenfalls froh, dass Sie hergekommen sind. Aus welchem Grund auch immer.« Sie schob sich das Haar aus dem Gesicht. »Ich sollte wieder hineingehen, aber ich habe keine Lust.« Lächelnd lehnte sie sich gegen den Pfosten.

Seine Augen verengten sich. Als er ihr Gesicht zwischen die Hände nahm, fühlten seine Finger sich kalt und fest an. »Ihre Augen haben etwas an sich«, murmelte er und drehte ihr Gesicht ins Licht. »Sie drücken alles aus, was ein Mann sich von einer Frau ersehnt. Und eine Menge von dem, worauf er lieber verzichten würde. Sie haben alte Augen, Laura. Alte und traurige.«

Sie schwieg. Nicht etwa, weil ihr die Worte fehlten, sondern weil seine Berührung etwas in ihr auslöste, das sie längst verschüttet geglaubt hatte. Nicht nur die rein körperliche Erregung. Auch eine Empfindung, ein Gefühl, gegen das sie sich nicht wehren konnte, es vielleicht auch nicht wollte.

»Ich frage mich, was Sie in Ihrem Leben schon alles gesehen haben.«

Wie aus eigenem Willen strichen seine Finger ihr über die Wange. Sie waren lang, schlank, Künstlerhände. Vielleicht war es auch nur die Art eines Malers, sich mit dem Gesicht seines Modells noch näher vertraut zu machen. Was immer es zu bedeuten hatte, es verstärkte in ihr den Wunsch, geliebt zu werden, begehrt zu werden. Nicht als makellos schönes Gesicht, sondern als die Frau, die dahinter existierte.

»Ich werde langsam müde«, sagte sie betont gleichmütig. »Ich glaube, ich gehe zu Bett.«

Er gab ihr nicht gleich den Weg frei. Und seine Hand blieb, wo sie war. Er hätte nicht erklären können, warum er sich nicht rührte und in die Augen starrte, die ihn so sehr faszinierten. Dann trat er hastig einen Schritt zurück und öffnete ihr die Tür.

»Gute Nacht, Gabriel.«

»Gute Nacht.«

Er blieb draußen in der Kälte und fragte sich, was mit ihm los war. Einen Moment lang hatte er sie begehrt. Nein, verdammt, wesentlich länger als nur einen Moment. Von sich selbst angewidert, zupfte er eine Zigarette aus der Packung. Ein Mann musste ziemlich tief gesunken sein, wenn er an die Liebe mit einer Frau dachte, die im siebten Monat schwanger war, noch dazu von einem anderen Mann …

Er brauchte viel Zeit, um sich davon zu überzeugen, dass er es sich nur eingebildet hatte.

3. Kapitel

Er fragte sich, was wohl in ihrem Kopf vorging. Sie sah so gelassen aus, so ausgeglichen. Der pinkfarbene Pullover schmiegte sich am Kragen sanft an ihren Hals. Ihr Haar fiel schimmernd auf die Schultern herab. Auch jetzt trug sie keinen Schmuck, nichts, das von ihr ablenken konnte, nichts, das die Aufmerksamkeit auf sie lenken konnte.

Gabriel setzte bei der Arbeit nur selten Modelle ein, denn selbst wenn sie es schafften, die Pose so lange wie nötig einzuhalten, wirkten sie nach einer Weile doch gelangweilt oder rastlos. Laura dagegen sah aus, als ob sie mit dem leisen Lächeln auf dem Gesicht endlos dasitzen könnte.

Das war ein Teil dessen, was er in dem Porträt einzufangen hoffte. Diese innere Geduld, dieses ... Nun, dieses gelassene Akzeptieren der Zeit, so könnte er es nennen. Das Akzeptieren dessen, was gewesen war, und dessen, was noch vor ihr lag. Er selbst hatte nie viel Geduld besessen, weder mit Menschen noch mit seiner Arbeit, noch mit sich selbst. Es war ein Charakterzug, den er an ihr bewundern konnte, ohne sie darum zu beneiden.

Und da war noch etwas. Etwas jenseits der ungemein fraulichen Schönheit und der madonnenhaften Gelassenheit. Von Zeit zu Zeit entdeckte er an ihr eine Wildheit, eine fast kriegerische Entschlossenheit.

Sie hatte mehr zu erzählen, als er bisher von ihr erfahren hatte, das stand fest. Die Bruchstücke, die sie ihm bisher anvertraut hatte, sollten ihn lediglich von weiteren Fragen abhalten. Es war nicht seine Art, sich mit Teilantworten zufriedenzugeben. Andererseits wollte er sie auch nicht quälen. Er wusste, wie schwer es ihr fiel, über ihre Vergangenheit zu reden.

Ihm blieb noch etwas Zeit. Aus dem Radio kamen andauernd Meldungen über unpassierbare Straßen und drohende Schneefälle. Die Rockies konnten im Frühling sehr trügerisch sein. Gabriel schätzte, dass es zwei bis drei Wochen dauern würde, bis sie gefahrlos in die Stadt gelangen konnten.

Er verstand es selbst nicht, aber er war froh darüber, dass Laura ihn aus seiner selbst gewählten Isolation befreit hatte. Es war lange her, dass er sich an ein Porträt gewagt hatte. Vielleicht zu lange her. Aber er war nicht in der Lage gewesen, ein Wesen aus Fleisch und Blut zu malen, nicht seit Michael.

In der Hütte, abgeschnitten von seinen Erinnerungen und den Dingen, die sie auslösten, hatte er mit dem Selbstheilungsprozess begonnen. In San Francisco war er unfähig gewesen, einen Pinsel aufzuheben. Die Trauer hatte ihn mehr als schwach gemacht, sie hatte ihn – leer gemacht.

Aber hier, allein, in der Abgeschiedenheit der Berge, hatte er Landschaften gemalt, Stillleben, halberinnerte Träume und Seestücke nach alten Skizzen. Das hatte ihm gereicht. Erst jetzt, bei Laura, empfand er das Bedürfnis, wieder ein menschliches Gesicht zu malen.

Einst hatte er an die Fügung des Schicksals geglaubt, an einen Lebenslauf, der bereits vor der Geburt feststand. Michaels Tod hatte ihm diesen Glauben genommen. Von da an brauchte Gabriel etwas oder jemanden, dem er die Schuld geben konnte. Am einfachsten war es gewesen, die Schuld bei sich selbst zu suchen. Jetzt, wo er Laura zeichnete und über den Zufall nachdachte, durch den sie in sein Leben getreten war, begann er erneut, über die Schicksalhaftigkeit nachzugrübeln.

Und worüber, das fragte er sich einmal mehr, grübelt sie nach?

»Sind Sie müde?«

»Nein.« Sie antwortete, bewegte sich jedoch nicht. Er hatte einen Stuhl ans Fenster gestellt und ihn so ausgerichtet, dass sie ihm das Gesicht zuwandte, aber trotzdem hinaussehen konnte. Das Licht fiel auf sie, ohne einen Schatten zu werfen. »Ich sehe gern auf den Schnee hinaus. Es sind Spuren darin, und ich frage mich, welche Tiere wohl, von uns unbeobachtet, hindurchgelaufen sind. Und ich kann die Berge erkennen. Sie sehen so alt und zornig aus. Bei uns im Osten wirken sie zahmer, gutmütiger.«

Geistesabwesend murmelte er etwas Zustimmendes und musterte die Zeichnung. Sie war gut, stimmte aber irgendwie noch nicht ganz. Er legte den Block zur Seite und sah stirnrunzelnd zu ihr auf. Sie blickte zurück, geduldig und – wenn er den Ausdruck richtig deutete – belustigt. »Haben Sie etwas anderes, das Sie anziehen könnten? Etwas Schulterfreies vielleicht?«

Jetzt war ihre Belustigung kaum noch zu übersehen. »Tut mir leid, aber meine Garderobe ist momentan etwas begrenzt.«

Er stand auf, ging hin und her, zum Kamin, zum Fenster, zurück zum Tisch. Als er zu ihr kam, ihren Kopf mit beiden Händen hin und her drehte, machte sie jede Bewegung folgsam mit. Nach drei Tagen des Posierens war sie daran gewöhnt. Sie kam sich vor wie ein Blumenarrangement oder wie eine Schale mit Obst. Es war, als hätte jener Augenblick der Erkenntnis auf der schneebedeckten Veranda nie existiert. Vermutlich hatte sie sich das, was sie in seinen Augen entdeckt zu haben glaubte, nur eingebildet. Ebenso wie ihre eigene Reaktion darauf.

Er war der Künstler. Sie war die Modelliermasse. Die Situation war für sie nicht neu.

»Sie haben ein absolut feminines Gesicht«, begann er, mehr zu sich selbst als zu ihr. »Verführerisch und doch ernst – und sanft, trotz der leicht kantigen Form und der Wangenknochen. Es wirkt nicht bedrohlich, und dennoch ist es irgendwie – verwirrend. Dies hier …« Sein Daumen rieb wie beiläufig über ihre Unterlippe. »Dies hier bedeutet Sex, während Ihre Augen gleichzeitig Liebe und Zuneigung versprechen. Und die Tatsache, dass Sie reif sind …«

»Reif?« Sie lachte, und die Hände, die zusammengepresst auf ihrem Schoß gelegen hatten, entspannten sich.

»Das ist es doch, was Schwangerschaft in Wirklichkeit ist. Eine Art von Reife, die Sie umso faszinierender erscheinen lässt. Eine Frau, die ein Kind austrägt, hat etwas von Versprechung und Erfüllung an sich und – bei allem Fortschritt und trotz allen Wissens – etwas fesselnd Mysteriöses. Wie ein Engel.«

»Wie denn das?«

Noch während er sprach, experimentierte er mit ihrem Haar. Er legte es nach hinten, türmte es auf, ließ es wieder hinabfallen. »Für uns sind Engel himmlische Wesen, rätselhaft, erhaben über menschliche Begierden und Fehler, aber die Tatsache bleibt bestehen, dass sie einst selbst Menschen waren.«

Seine Worte berührten sie, ließen sie lächeln. »Glauben Sie an Engel?«

Seine Hand befand sich noch zwischen ihren Haaren, aber er hatte vollkommen vergessen, aus welchen praktischen Gründen sie dorthin gelangt war. »Das Leben wäre nicht viel wert, wenn man das nicht täte.« Sie hatte das Haar eines Engels, blond schimmernd, seidig wie eine Wolke. In einem plötzlichen Anflug von Verlegenheit zog er die Hand zurück und steckte sie in die Tasche seiner ausgebeulten Cordhose.

»Möchten Sie eine Pause machen?«, fragte sie ihn. Ihre Hände lagen wieder, zu kleinen Fäusten geballt, auf dem Schoß.

»Ja. Ruhen Sie sich eine Stunde aus. Ich muss das erst noch durchdenken.« Automatisch wich er zurück, als sie aufstand. Außerhalb der Arbeit vermied er sorgfältig jeden körperlichen Kontakt mit ihr. Es war beunruhigend, wie sehr er sie immerzu berühren wollte. »Legen Sie die Beine hoch.« Sie zog eine Augenbraue hoch und verunsicherte ihn damit. »Das empfiehlt jedenfalls das Buch, das Sie immer herumliegen lassen. Ich dachte mir, es schadet nichts, wenn ich einmal hineinsehe.«

»Sie sind sehr freundlich.«

»Reine Selbsterhaltung.« Wenn sie so lächelte, gingen seltsame Dinge in ihm vor. Dinge, die er zwar richtig deutete, die er sich aber nicht eingestehen wollte. »Je mehr ich dafür sorge, dass Sie auf sich aufpassen, desto geringer ist die Gefahr, dass die Wehen kommen, bevor die Straßen wieder frei sind.«

»Ich habe noch über einen Monat Zeit«, erinnerte sie ihn. »Aber ich weiß Ihre Sorge um mich – um uns – zu schätzen.«

»Legen Sie die Beine hoch«, wiederholte er. »Ich hole Ihnen ein Glas Milch.«

»Aber ich ...«

»Sie hatten heute erst ein Glas.« Mit ungeduldiger Geste wies er auf das Sofa, bevor er in der Küche verschwand.

Mit einem erleichterten Seufzer ließ Laura sich in die Polster sinken. Die Beine hochzulegen war nicht mehr so einfach wie früher, aber sie schaffte es, die Füße auf dem Rand des Couchtischs zu platzieren. Vom Kamin drang die Wärme des Feuers zu ihr herüber, und sie sehnte sich danach, sich davor zusammenzurollen. Wenn ich mich dazu verleiten lasse, dachte sie ironisch, komme ich ohne Kran nicht wieder hoch.

Sie musste an Gabriel denken, als aus der Küche Geklapper kam. Noch nie hatte jemand sie so behandelt. Als gleichrangig und doch wie jemand, der schutzbedürftig war. Als Freund. Ohne dass jeder Gefallen erwidert oder gar bezahlt werden musste. Eines Tages würde sie sich bei ihm revanchieren, das nahm sie sich ganz fest vor.

Wenn sie die Augen schloss und sich zur Ruhe zwang, sah sie die Zukunft deutlich vor sich. Sie würde ein kleines Apartment haben in der Stadt. Egal, in welcher. Das Baby würde ein eigenes Zimmer bekommen, in sonnigem Gelb und strahlendem Weiß, mit Märchenmotiven an den Wänden. Nachts, wenn der Rest der Welt schlief, würde sie mit dem Baby im Schaukelstuhl sitzen.

Dann würde sie nicht mehr allein sein.

Als Laura die Augen wieder aufschlug, stand Gabriel vor ihr. Sie träumte davon, einfach die Arme nach ihm auszustrecken und etwas von der Kraft und Zuversicht in sich aufzunehmen, die er ausstrahlte. Stattdessen nahm sie das Glas Milch, das er ihr reichte.

»Wenn das Baby geboren ist und ich es abgestillt habe, trinke ich keinen Tropfen Milch mehr.«

»Mit der frischen Milch ist es jetzt vorbei. Ich kann Ihnen wegen des Schnees leider keine beschaffen. Ab morgen gibt's Trockenmilch oder die aus der Dose.«

»Großartig.« Mit wenig begeistertem Gesichtsausdruck leerte sie das Glas zur Hälfte. »Ich bilde mir immer ein, es wäre Kaffee. Starker schwarzer Kaffee.« Sie nahm wieder einen Schluck. »Oder, wenn mir richtig verwegen zumute ist, Champagner. Französischer, in Kristallflöten.«

»Zu schade, dass ich keine Weingläser habe. Dann wäre die Illusion perfekt. Haben Sie Hunger?«

»Das mit dem Für-zwei-Essen ist ein reines Gerücht. Außerdem, wenn ich noch mehr Gewicht zulege, fange ich bald an zu muhen.« Sie lehnte sich zufrieden zurück. »Das Bild von Paris ... Haben Sie es hier gemalt?«

Er sah zu dem Bild hinüber. Also ist sie schon einmal dort gewesen, dachte er. Es war eine düstere, fast surrealistische Studie des Bois de Boulogne. »Ja, nach alten Zeichnungen und aus dem Gedächtnis. Wann waren Sie dort?«

»Ich habe nicht gesagt, dass ich in Paris war.«

»Sonst hätten Sie es doch nicht erkannt.« Er nahm ihr das leere Glas ab und stellte es zur Seite. »Je geheimnistuerischer Sie sind, desto neugieriger werde ich, Laura.«

»Vor einem Jahr«, sagte sie in nüchternem Tonfall. »Ich habe zwei Wochen dort verbracht.«

»Wie hat es Ihnen gefallen?«

»Paris?« Sie zwang sich zur Entspannung. Es war so lange her, wie in einem anderen Leben. »Paris ist eine wunderschöne Stadt, wie eine sehr alte Frau, die noch immer zu flirten versteht. Alles blühte, und die Düfte waren unglaublich. Es regnete und regnete, drei Tage lang, und man konnte sitzen und sehen, wie die schwarzen Schirme vorbeihuschten und die Blüten sich entfalteten.«

Fast automatisch legte er die Hand auf die nervös zuckenden Finger. »Sie waren nicht sehr glücklich dort, was?«

»In Paris im Frühling?« Ihre Hände entspannten sich, als sie sich darauf konzentrierte. »Nur ein Dummkopf wäre dort unglücklich.«

»Der Vater des Babys … War er mit Ihnen dort?«

»Was spielt das für eine Rolle?«

Eigentlich hätte es ihm gleichgültig sein sollen. Aber nun würde er jedes Mal, wenn er das Bild ansah, an sie denken müssen. Und er musste es wissen. »Haben Sie ihn geliebt?«

Hatte sie das? Laura blickte ins Feuer. Hatte sie Tony geliebt? Ihre Lippen verzogen sich wie von selbst. Ja, das hatte sie. Sie hatte den Tony geliebt, den sie sich in der Fantasie ausgemalt hatte. »Sehr sogar. Ich habe ihn sehr geliebt.«

»Seit wann sind Sie allein?«

»Das bin ich nicht.« Sie legte eine Hand auf den Bauch. Als sie fühlte, wie die Antwort erfolgte, wurde ihr Lächeln breiter. Sie nahm Gabriels Hand und presste sie gegen die Rundung. »Fühlen Sie das? Unglaublich, nicht wahr? Da drin ist jemand.«

Er fühlte, wie das Baby sich bewegte, zunächst vorsichtig, dann mit einer Kraft, die ihn erstaunte. »Das fühlte sich an wie eine linke Gerade. Mir scheint, es will so schnell wie möglich raus.« Er wusste, wie es war, wenn man in einer Welt gefangen war und sich nach der anderen sehnte. »Wie fühlt es sich von der anderen Seite an?«

»Sehr lebendig.« Lachend ließ sie ihre Hand auf seiner. »In Dallas konnte ich während der Untersuchung den Herzschlag des Babys hören. Er war so schnell, so ungeduldig. Es klang so herrlich wie nichts anderes auf der Welt. Und ich glaube …«

Jetzt sah er ihr in die Augen, intensiv, bewusst. Ihre Hände berührten sich noch, ihre Körper waren einander nah. Die Wärme, das Intime des Moments, beides raubte ihr fast den Atem.

Der Wunsch, sie an sich zu ziehen, war so stark, dass es beinahe schmerzte. Jede Nacht, wenn er auf dem Fußboden des Nebenraums um Schlaf kämpfte, träumte er von ihr. Dann lagen sie aneinandergeschmiegt im Bett, und er spürte ihren Atem auf der Wange und ihr Haar zwischen den Fingern. Und wenn er dann aus dem Traum erwachte, erklärte er sich für verrückt. Das tat er auch jetzt und wich zurück.

»Ich möchte noch ein wenig arbeiten, wenn Sie sich wieder fit fühlen.«

»Natürlich.« Sie hätte weinen können. Ganz natürlich, dachte sie, schwangere Frauen weinen leicht.

»Ich habe eine Idee. Einen Augenblick.«

Sie wartete. Kurz darauf kam er aus dem Nebenraum zurück. Mit einem marineblauen Hemd.

»Ziehen Sie das an. Es könnte sein, dass der Kontrast zwischen dem Männerhemd und Ihrem Gesicht das ist, was ich suche.«

»Einverstanden.« Laura ging ins Schlafzimmer und schlüpfte aus dem pinkfarbenen Pullover. Als sie den ersten Ärmel des Hemds überstreifte, stieg ihr sein Duft in die Nase. Unaufdringlich, aber doch auf eine unverschämte Weise sexy, haftete er an der dicken Baumwolle. Sie konnte nicht widerstehen und rieb die Wange über den Stoff. Das Material war weich. Der Duft war es nicht, trotzdem gab er ihr ein Gefühl von Sicherheit. Und zugleich spürte sie in sich eine dumpfe, tief sitzende Erregung.

Als sie ins Wohnzimmer zurückkehrte, ging Gabriel gerade seine Zeichnungen durch, verwarf die eine, sortierte sie aus, zog eine andere hervor, musterte sie kritisch, bis sie schließlich vor seinen Augen Gnade fand. Er sah zu Laura hoch, und sofort wurde ihm klar, dass das, was er sich vorgestellt hatte, von der Realität weit übertroffen wurde.

Sie sah wirklich wie ein Engel aus, mit goldenem Haar, eine Illusion und doch zugleich irdisch.

»Das ist schon eher der Look, den ich will«, sagte er. »Die Farbe steht Ihnen, und der männliche Stil gibt einen schönen Kontrast ab.«

»Das Hemd werden Sie so schnell nicht zurückbekommen. Es ist herrlich bequem.«

»Betrachten Sie es als Leihgabe.«

Nachdem sie sich hingesetzt hatte, ging er zu ihr und brachte sie in genau die Position, die sie vor der Pause schon eingenommen hatte. Nicht zum ersten Mal fragte Gabriel sich, ob sie das Posieren gewohnt war.

»Lassen Sie uns etwas anderes probieren.« Er rückte sie zurecht, änderte ihre Position um wenige Zentimeter, murmelte dabei vor sich hin. Laura hätte fast gelächelt. Jetzt war sie wieder die Obstschale.

»Verdammt, hätten wir doch bloß ein paar Blumen. Eine Rose. Eine einzige Rose.«

»Sie könnten sich eine vorstellen.«

»Vielleicht.« Er neigte ihren Kopf ein wenig nach links, richtete sich auf und betrachtete das Ergebnis seiner Bemühungen aus einiger Entfernung. »So gefällt es mir. Deshalb werde ich gleich auf Leinwand vorzeichnen. Mit den Rohskizzen habe ich schon zu viel Zeit verschwendet.«

»Drei komplette Tage.«

»Ich habe Bilder bereits in der halben Zeit vollendet, wenn es bei mir klickt.«

»Hier sind aber einige erst halb fertig.«

»Stimmungswechsel.« Sein Bleistift glitt bereits zügig über die Leinwand. »Beenden Sie alles, was Sie anfangen?«

Sie dachte darüber nach. »Vermutlich nicht. Aber eigentlich sollte man das immer tun.«

»Warum sollte man etwas, das nicht stimmt, in die Länge ziehen?«

»Manchmal verspricht man es eben«, murmelte sie und dachte an das, was sie bei der Hochzeit gelobt hatte.

Da er sie sorgfältig beobachtete, entging ihm der bedauernde Blick nicht. Wie immer versuchte er sich dagegen abzuschotten, doch ihre Gefühle schlugen in ihm eine Saite an. »Manche Versprechen sind nicht zu halten.«

»Ja, das ist wahr«, erwiderte sie leise und schwieg von da an.

Gabriel arbeitete fast eine Stunde lang, ununterbrochen zwischen ihr und der Leinwand hin und her schauend, das Gezeichnete immer wieder verbessernd, bis es ihm perfekt erschien. Sie gab ihm genau die Stimmung, die er wollte. Nachdenklich, geduldig, sinnlich. Schon jetzt, vor dem ersten Pinselstrich, wusste er, dass das Bild eins seiner besten werden würde. Vielleicht sogar das beste. Und er wusste, dass er sie auch in anderen Stimmungen malen wollte.

Aber das lag in der Zukunft. Heute kam es darauf an,

ihre Art, ihren Stil, ihre Ausstrahlung einzufangen. Schwarz auf weiß, mit wenigen Grauschattierungen. Morgen würde er die Zwischenräume ausfüllen, die Farbe hinzufügen, die Feinheiten herausarbeiten. Wenn er damit fertig war, würde er ihr ganzes Wesen auf die Leinwand gebannt haben und sie besser kennen, als es je ein Mensch getan hatte oder jemals tun würde.

»Darf ich sehen, wie es Gestalt annimmt?«

»Was?«

»Das Bild.« Laura bewegte den Kopf nicht, als sie den Blick vom Fenster weg auf ihn richtete. »Ich weiß, dass Künstler sehr eigenwillig sind, wenn es um ihre unvollendeten Werke geht.«

»Ich bin nicht eigensinnig.« Er hob den Blick, als wollte er ihren Widerspruch herausfordern.

»Also darf ich es sehen?«

»Ist mir egal. Hauptsache Ihnen ist klar, dass ich nichts daran ändern werde, nur weil es Ihnen nicht gefällt.«

Diesmal war das Lachen nicht zu unterdrücken. Es klang befreiter, herzhafter als zuvor. Seine Finger packten den Bleistift fester. »Sie meinen, wenn ich etwas entdecke, das meine Eitelkeit kränkt? Keine Angst, ich bin nicht eitel.«

»Alle schönen Frauen sind eitel. Sie haben das Recht dazu.«

»Die Menschen sind nur dann eitel, wenn ihr Aussehen für sie wichtig ist.«

Das brachte ihn zum Lachen, aber sein Lachen fiel zynisch aus. Er legte den Bleistift hin. »Und Ihr Aussehen ist Ihnen nicht wichtig?«

»Schließlich habe ich nichts getan, um es mir zu verdienen. Eine Fügung des Schicksals. Ein glücklicher Zufall.

Wenn ich schrecklich schlau oder talentiert wäre, würde ich mich wahrscheinlich über mein Aussehen ärgern, weil die Leute nur daran interessiert wären.« Sie zuckte mit den Schultern und nahm dann mühelos wieder die alte Position ein. »Aber da ich keins von beidem bin, habe ich mich damit abgefunden, dass mein Aussehen … ich weiß nicht, eine Eigenschaft ist, die für manches andere, das fehlt, entschädigt.«

»Wogegen würden Sie Ihre Schönheit denn eintauschen?«

»Gegen alle möglichen Dinge. Aber andererseits bedeutet ein Tausch ja nicht, dass man sich die neue Eigenschaft ehrlich verdient hat. In dem Fall zählt es irgendwie nicht richtig. Würden Sie mir etwas sagen?«

»Kommt darauf an.« Er zog einen Lappen aus der Gesäßtasche und wischte sich die Hände daran ab.

»Worauf bilden Sie sich mehr ein? Auf Ihr Aussehen oder auf Ihre Arbeit?«

Er warf den Lappen beiseite. Wie konnte sie nur so traurig, so ernst aussehen und ihn trotzdem zum Lachen bringen? »Mich hat noch niemand beschuldigt, gut auszusehen, also besteht da keinerlei Konkurrenz.« Er machte sich daran, die Staffelei herumzurücken. Als sie aufstehen wollte, machte er eine abwehrende Handbewegung. »Nein, entspannen Sie sich. Betrachten Sie es von dort, und sagen Sie mir, was Sie davon halten.«

Laura lehnte sich zurück und studierte die Zeichnung. Sie war weniger detailliert als viele seiner anderen. Ihr Gesicht und Torso, mit der rechten Hand locker unterhalb der linken Schulter ruhend. Aus irgendeinem Grund kam ihr die Pose schützend vor, nicht abwehrend, aber wachsam.

Was das Hemd betraf, so hatte er recht gehabt. Es ließ sie tatsächlich fraulicher erscheinen, als jede Menge Spitzen oder Seide es hätten tun können. Ihr Haar fiel lang und lose, in schweren, ungeordneten Locken, die im Widerspruch zur strengen Körperhaltung standen. Sie war überrascht, was er aus ihrem Gesicht gemacht hatte.

»Ich bin nicht so traurig, wie Sie mich aussehen lassen.«

»Ich habe Sie gewarnt. Erwarten Sie nicht, dass ich etwas ändere.«

»Es steht Ihnen frei, so zu malen, wie es Ihnen gefällt. Ich meine lediglich, dass Sie mich nicht richtig getroffen haben.«

Ihr leicht beleidigter Tonfall amüsierte ihn. Er drehte die Staffelei wieder zu sich herum, gönnte seinem Werk jedoch keinen einzigen Blick. »Da bin ich anderer Ansicht.«

»Ich wirke doch wohl kaum so tragisch.«

»Tragisch?« Er wippte auf den Absätzen vor und zurück, während er sie musterte. »Die Frau auf dem Bild ist alles andere als tragisch. Tapfer, das ist das richtige Wort.«

Sie stand etwas mühsam auf. »Tapfer bin ich ebenfalls nicht, aber schließlich ist es Ihr Bild.«

»Darin sind wir uns einig.«

»Gabriel!«

Ihr gestreckter Arm schoss hoch. Ihr eindringlicher Ton ließ ihn zu ihr hinübereilen. Besorgt ergriff er ihre Hand. »Was ist los?«

»Schauen Sie, dort draußen.« Sie wies mit dem freien Arm durchs Fenster. Keine zwei Meter von der Hütte entfernt stand ein einzelner Rehbock. Die Läufe tief im Schnee, hob er witternd den Kopf. Ohne jede Spur von Angst, fast arrogant, starrte er durch die Scheibe ins Innere der Hütte.

»Er ist wundervoll. Ich habe noch nie einen so gewaltigen Bock gesehen, schon gar nicht aus einer so geringen Entfernung.«

Es fiel ihm leicht, ihre Begeisterung zu teilen. Ein Reh, ein Fuchs, ein über ihm kreisender Habicht, das waren die Dinge, die mitgeholfen hatten, die Trauer zu überwinden.

»Vor einigen Wochen bin ich zu einem Bach gewandert, der eine Meile südlich von hier liegt. Auf dem Weg bin ich einem kompletten Rudel begegnet. Der Wind wehte in meine Richtung, und ich schaffte drei Skizzen, bevor die Ricke mich bemerkte.«

»Er wirkt so majestätisch. Die ganze Gegend gehört ihm, und er weiß es. Vermutlich blickt er deshalb so selbstsicher drein.« Sie lachte leise und presste die Hand gegen das vereiste Glas. »Es ist, als ob wir zur Schau gestellt werden und er einmal kurz zu einem Besuch im Zoo vorbeigekommen ist.«

Der Bock schnupperte an der Schneedecke, als suche er das darunter verborgene Gras. Vielleicht witterte er auch ein anderes Tier. Um ihn herum tropften das tauende Eis und der schmelzende Schnee von den Bäumen.

Urplötzlich hob er den Kopf, und sein Geweih schien durch die klare Luft zu sausen. Mit weiten Sprüngen raste er über die weiße Lichtung und verschwand im Wald.

Lachend drehte Laura sich um, und schon war der einzigartige Anblick vergessen.

Sie hatte gar nicht bemerkt, wie nah sie und Gabriel einander gekommen waren. Er auch nicht. Ihre Hände berührten einander noch. Von draußen strömte das Sonnenlicht herein, das bereits seine Kraft verlor, während der Nachmittag in den Abend überging. Und in der Hütte war es wie in dem Wald, der sie zum Teil umgab, vollkommen still.

Seine Finger glitten über ihre Wangen. Er hatte nicht gewusst, dass er es tun wollte, aber jetzt wurde ihm klar, wie sehr er es brauchte. Sie zuckte nicht zurück. Vielleicht hätte er sich damit abgefunden, wenn sie es getan hätte. Aber sie tat es nicht.

Er war nervös. Und sie auch, das fühlte er an ihrer Hand, die er noch immer hielt. Wie sollte er dem widerstehen, was sein gesunder Menschenverstand ihm strikt verbot?

Aber ihre Haut fühlte sich warm an. Lebendig. Nicht ein Porträt, sondern eine Frau. Was auch immer in ihrem Leben geschehen war, was auch immer sie zu der Frau gemacht hatte, die sie jetzt war, es gehörte der Vergangenheit an. Dies war die Gegenwart. In ihren leicht geweiteten Augen las er mehr als nur einen Anflug von Angst. Sie rührte sich nicht. Sie wartete.

Er verfluchte sich innerlich, als er den Kopf senkte.

Es war Wahnsinn, ihm das zu gestatten. Es war mehr als Wahnsinn, es überhaupt zu wollen. Noch bevor sie seine Lippen auf ihren spürte, merkte sie, wie sie ihm nachgab. Und gleichzeitig wappnete sie sich gegen das, was kommen mochte, obwohl sie nicht wusste, was es sein würde.

Der erste. Das war Lauras einziger Gedanke, als Gabriel sie küsste. Nicht nur der erste Kuss von ihm, sondern der erste überhaupt. Niemand hatte sie je so geküsst. Sie kannte die Leidenschaft, jenes hastige, fast schmerzhafte Verlangen, das ebenso ungestüm wie kurzlebig war. Sie kannte die Anforderungen, die Männer stellten, und konnte einige davon erfüllen, andere nicht. Sie kannte das jähe Verlangen, das ein Mann für eine Frau empfinden konnte. Was sie nicht kannte, was sie sich nie hatte vorstellen können, war diese behutsame, geradezu ehrfürchtige Art von Zärtlichkeit.

Und dennoch spürte sie, dass dahinter noch etwas war.

Etwas, das in Ketten lag, nur mühsam gebändigt wurde. Und das zu spüren machte die Umarmung noch erregender, noch inniger als jede andere, die sie erlebt hatte. Seine Hände fuhren ihr durchs Haar, suchend, erkundend, während seine Lippen scheinbar endlos über ihr Gesicht wanderten. Sie fühlte die Welt aus den Fugen geraten und wusste instinktiv, dass er sie wieder in Ordnung bringen würde.

Er musste aufhören. Er konnte nicht aufhören. Nur eine Kostprobe, sagte er sich. Nur noch eine einzige. Aber er beließ es nicht dabei, sondern wollte immer mehr davon. Es war, als ob er leer gewesen wäre und in diese Leere jetzt etwas Ungeahntes strömte. Und zwar mit einer Wucht, die ihn erschreckte.

Zögernd, irgendwie voller Unschuld, glitten ihre Hände an seinen Armen hinauf zu den Schultern. Als sie die Lippen öffnete, geschah es mit derselben eigenartigen Scheu. Er roch den Frühling, der noch unter dem Schnee begraben lag. Er roch ihn in ihrem Haar, auf ihrer Haut. Selbst der rauchige Geruch, der sonst immer die Hütte füllte, schaffte es nicht, ihn zu überdecken. Im Kamin verschoben sich knackend und knisternd einige Holzscheite, und die abendliche Brise fing sich wie mit einem klagenden Laut im Gebälk.

Nur zu gern hätte er seine Fantasien ausgelebt, sie hochgehoben und ins Schlafzimmer getragen. Um dort mit ihr auf dem Bett zu liegen, ihr das Hemd abzustreifen und ihre Haut an seiner zu spüren. Damit sie ihn berührte, sich an ihn klammerte, ihm vertraute.

In ihm wütete der Krieg. Sie war nicht bloß eine Frau, sie war eine Frau, die ein Kind in sich trug. Und in ihr wuchs nicht nur ein Kind, sondern das Kind eines anderen Mannes, eines Mannes, den sie geliebt hatte.

Sie war nicht für seine Liebe da. Und er nicht für ihr Vertrauen. Dennoch zog sie ihn an. Ihre Geheimnisse taten es. Ihre Augen, die so viel mehr als Worte sagten, und ihre Schönheit, die weit mehr umfasste als die Form und Beschaffenheit ihres makellosen Gesichts.

Also musste er sich Einhalt gebieten, bis er sich darüber klar war, was er eigentlich wollte, und bis sie ihm genug vertraute, um ihm die ganze Wahrheit zu sagen.

Er hätte sie von sich geschoben, aber sie presste ihr Gesicht gegen seine Schulter. »Bitte, sag jetzt nichts, nur eine Minute lang.«

Ihre Stimme klang nach Tränen und berührte ihn mehr, als es der Kuss getan hatte. Das Kriegsgetümmel in seinem Inneren wurde stärker. Schließlich hob er die Hand, um ihr übers Haar zu streichen. Er fühlte, wie das Baby sich in ihr bewegte. Was um alles in der Welt sollte er bloß tun?

»Es tut mir leid.« Sie hatte sich jetzt wieder unter Kontrolle, ließ ihn aber nicht los. Wie hätte sie auch ahnen können, wie sehr sie sich danach sehnte, festgehalten zu werden? Es war zu selten gewesen, dass jemand darauf Rücksicht genommen hatte. »Ich will mich nicht anklammern.«

»Das tust du auch nicht.«

Sie straffte sich und machte einen Schritt zurück. Tränen waren nicht zu sehen, aber ihre Augen schimmerten und ließen erkennen, wie mühsam sie sie unterdrückt hatte. »Du wirst jetzt sicher sagen, dass du nicht wolltest, dass das passiert. Aber das brauchst du nicht.«

»Ich wollte nicht, dass das passiert«, sagte er ruhig. »Aber das soll keine Entschuldigung sein.«

»Oh.« Etwas verdutzt tastete sie nach der Stuhllehne. »Ich meinte, ich möchte nicht, dass du das Gefühl hast …

Ich möchte nicht, dass du denkst ... Ach, was soll's.« Sie setzte sich. »Ich versuche, dir zu sagen, dass ich nicht böse über den Kuss bin und es verstehe.«

»Gut.« Er zog sich einen Stuhl heran und setzte sich so, dass er die Arme auf die Lehne legen konnte. »Was verstehst du, Laura?«

Eigentlich hatte sie damit gerechnet, dass er es sich leichter machen und nicht weiter darüber reden würde. »Dass ich dir ein bisschen leidtat. Und irgendwie sind wir uns ja auch nähergekommen. Kein Wunder, in unserer Lage. Und dann das Bild, das du von mir malst.« Warum beruhigte sich ihr Herzschlag nicht? Und warum sah er sie so an? »Du sollst nicht denken, ich hätte es missverstanden. Ich kann ja wohl kaum erwarten, dass du ...« Sie bewegte sich jetzt auf immer unsichererem Boden. Fast wäre sie verstummt, aber er hob herausfordernd eine Augenbraue und wedelte mit der Hand.

»Mir ist klar, dass du mich momentan nicht sehr attraktiv findest. Körperlich, meine ich. Und ich möchte das, was gerade zwischen uns passiert ist, nur als – eine Art Freundschaftsbeweis werten.«

»Eigenartig.« Mit gespielter Nachdenklichkeit kratzte er sich am Kinn. »So dumm siehst du gar nicht aus. Natürlich wirkst du auf mich attraktiv, sehr sogar. Mit dir zu schlafen mag gegenwärtig nicht möglich sein, aber das heißt doch nicht, dass ich dich nicht begehrenswert finde.«

Sie öffnete den Mund, um zu sprechen. Doch dann hob sie nur die Hände und ließ sie wieder sinken.

»Die Tatsache, dass du ein Kind in dir trägst, ist nur ein Grund, warum ich nicht mit dir schlafen kann. Der andere ist vielleicht nicht so offensichtlich, aber ebenso wichtig. Ich brauche deine Geschichte, Laura. Und zwar die ganze.«

»Ich kann nicht.«

»Angst?«

Sie schüttelte den Kopf. Ihre Augen schimmerten verdächtig, aber sie reckte das Kinn. »Scham.«

Mit jeder anderen Antwort hatte er gerechnet, mit der nicht. »Wieso? Weil du nicht mit dem Vater des Babys verheiratet warst?«

»Nein, das ist es nicht. Bitte, hör auf zu fragen.«

Er wollte weiterbohren, zügelte sich jedoch. Sie sah blass und erschöpft aus. Und viel zu zerbrechlich. »Also gut. Lassen wir es vorläufig dabei. Aber denk einmal über das nach, was ich dir jetzt sage. Ich habe Gefühle für dich, und die wachsen schneller, als uns beiden vielleicht lieb ist. Und im Augenblick weiß ich verdammt noch mal nicht, was ich dagegen tun soll.«

Als er aufstand, streckte sie die Hand aus und berührte ihn. »Gabriel, es gibt nichts, was du tun kannst. Du glaubst nicht, wie sehr ich mir wünsche, dass es anders wäre.«

»Das Leben ist das, was man daraus macht, Engel.« Er strich ihr übers Haar und drehte sich abrupt um. »Wir brauchen noch Holz.«

Laura saß in der leeren Hütte und hoffte inständig, inständiger, als sie je etwas erhofft hatte, dass sie aus ihrem Leben endlich das machen würde, was sie sich ersehnte.

4. Kapitel

Während der Nacht war neuer Schnee gefallen. Verglichen mit der Menge, die in den letzten Tagen vom Himmel gefallen war, glich er diesmal einer Schicht Puderzucker. Der Wind hatte ihn stellenweise zu kleinen Hügeln und Rillen zusammengetrieben. Vereinzelt lag er mannshoch. Miniaturgebirge drängten sich an die Fensterscheiben und veränderten bei jedem Windstoß ihre Gestalt.

Schon ließ die Sonne den Neuschnee schmelzen, und Laura konnte, wenn sie die Ohren spitzte, das Wasser wie Regen durch die Rinnen rauschen hören. Es war ein angenehmes Geräusch und ließ sie an heißen Tee am Kamin, ein gutes Buch am Nachmittag oder ein Schläfchen am frühen Abend denken.

Aber jetzt war es Morgen, erst ein oder zwei Stunden nach Tagesanbruch. Wie üblich hatte sie die Hütte für sich.

Gabriel hackte Holz. Von draußen drang das dumpfe Geräusch der Axt in die Küche, wo Laura Milch und eine Tafel Schokolade in der Pfanne erhitzte. Sie wusste, dass die Holzkiste wohlgefüllt und der Stapel an der Hüttenwand noch hoch war. Selbst wenn es bis Juni schneien sollte, an Holz würde es ihnen nicht mangeln. Künstler oder nicht, er war ein athletischer Mann, und sie konnte nachempfinden, dass er sich körperlich verausgaben wollte.

Alles kam ihr so – normal vor. Sie in der Küche, am Herd, er draußen, mit der Axt in der Hand, und am Dachvorsprung über den Fenstern lange glitzernde Eiszapfen. So war es jeden Morgen. Wenn sie aufstand, hatte er die Hütte schon verlassen, um Axt oder Schaufel zu schwingen. Sie kochte frischen Kaffee oder wärmte auf, was er in der Kanne gelassen hatte. Das Kofferradio brachte ihr die letzten Neuigkeiten aus der Außenwelt, aber irgendwie fand sie sie nie sehr wichtig. Nach einer Weile kam er herein, klopfte sich den Schnee vom Parka und den Stiefeln und nahm die Tasse Kaffee entgegen, die sie ihm reichte. Anschließend setzte er sich an seine Staffelei, und Laura setzte sich auf ihren Platz am Fenster.

Manchmal unterhielten sie sich. Manchmal nicht.

Hinter der Routine spürte sie bei ihm eine Art von Eile, deren Motiv sie nicht verstand. Obwohl er stundenlang, mit ruhigen kontrollierten Strichen malte, schien er die Fertigstellung des Bildes kaum abwarten zu können. Und tatsächlich näherte das Porträt sich immer schneller seinem Ende. Sie nahm auf der Leinwand Gestalt an. Genauer gesagt, die Frau, die er in ihr sah. Laura konnte beim besten Willen nicht verstehen, warum er sie so weltfern, so verträumt wirken ließ. Schließlich lebte sie in dieser Welt, sehr sogar, denn dafür sorgte das Baby, das in ihr wuchs.

Aber sie beschwerte sich nicht. Er reagierte ohnehin nicht auf ihren Protest.

Er hatte andere Skizzen angefertigt. Einige zeigten sie in voller Größe, andere nur ihr Gesicht. Es war sein gutes Recht, sie als Modell zu nutzen, schließlich hatte sie sonst nichts, was sie ihm für das Dach über dem Kopf geben konnte. Einige der Skizzen machten sie unruhig, wie diejenige, die er gezeichnet hatte, als sie eines Nachmittags auf dem Sofa eingeschlafen war. Sie hatte so – wehrlos ausgesehen. Und so hatte sie sich auch gefühlt, als ihr klar geworden war, dass er sie ohne ihr Wissen beobachtet und zu Papier gebracht hatte.

Nicht dass sie sich vor ihm fürchtete. Laura stocherte halbherzig in der Mischung aus Wasser, Trockenmilch und Schokolade herum. Er war zu ihr freundlicher gewesen, als sie es unter den Umständen hätte erwarten dürfen. Und obwohl er ab und zu brüsk und gereizt sein konnte, war er der sanfteste Mann, den sie kannte.

Vielleicht fand er sie wirklich attraktiv. Ihr Gesicht hatte auf viele Männer anziehend gewirkt. Aber ob das nun bei ihm der Fall war oder nicht, er behandelte sie jedenfalls mit Respekt und Fürsorge.

Mit einem Schulterzucken goss sie die Flüssigkeit in einen Becher. Jetzt war nicht der richtige Zeitpunkt, sich über Gabriels Gefühle Gedanken zu machen. Sie schloss die Augen, stellte sich eine cremige heiße Schokolade vor und kippte den Inhalt des Bechers hinunter. In einigen Tagen würde sie sich wieder auf den Weg nach Denver machen.

Ein plötzlicher Schmerz ließ sie nach dem Rand der Arbeitsplatte greifen. Sie biss die Zähne zusammen und unterdrückte den Impuls, Gabriel zu rufen. Es war nichts, sagte sie sich, als der Schmerz nachließ. Vorsichtig ging sie ins Wohnzimmer. Gabriels Axt sauste nicht mehr auf das Holz herab. In der Stille hörte sie das andere Geräusch. Ein Motor? Panik stieg in ihr auf, und sie wehrte sich dagegen. Es konnte nicht sein, dass sie sie gefunden hatten. Die Vorstellung war absurd. Trotzdem ging sie rasch nach vorn und sah durchs Fenster.

Ein Schneemobil. Der Anblick des blitzenden, spielzeugartigen Gefährts hätte sie vielleicht amüsiert, wenn sie nicht den Fahrer gesehen hätte. Es war ein uniformierter Beamter der Staatspolizei. Laura machte sich auf alles gefasst und öffnete die Tür einen Spalt.

Gabriel war ins Schwitzen geraten. Er liebte es, an der frischen Luft zu sein und sich zu bewegen. Es brachte ihn zwar nicht auf andere Gedanken – die drehten sich immer nur um Laura –, aber wenigstens half es ihm, einen klaren Kopf zu bekommen.

Sie brauchte Hilfe. Und die würde er ihr verschaffen.

Einige Leute, die ihn kannten, hätten auf diese Entscheidung ziemlich erstaunt reagiert. Sicher, niemand hätte ihn der Gefühllosigkeit beschuldigt. Dazu waren seine Bilder viel zu einfühlsam und ausdrucksstark. Aber es gab nur wenige, die ihn für einen großherzigen Menschen hielten.

Michael war derjenige mit dem großen Herzen gewesen.

Gabriel war immer in sich selbst vertieft gewesen. Genauer gesagt in seine Kunst, angetrieben von dem Bedürfnis, das Leben in all seinen Nuancen wiederzugeben. Michael dagegen hatte das Leben einfach ausgekostet.

Jetzt war er fort. Gabriel ließ die Axt hinuntersausen. Sein Atem stieß pfeifend durch die Zähne und produzierte eine weiße Wolke in der dünnen Luft. Und Michaels Verschwinden hatte eine so große Lücke hinterlassen, dass Gabriel nicht sicher war, ob sie je gefüllt werden könnte.

Er hatte die Axt gerade wieder gehoben, und sie befand sich auf dem höchsten Punkt ihrer Bahn, als er das Motorengeräusch hörte. Er ließ die Axt auf den Block fallen, sodass sie sich mit der Schneide ins Holz grub. Splitter flogen davon und gesellten sich zu den anderen auf dem festgetrampelten Schnee. Mit einem raschen Blick zum Küchenfenster hinüber ging er um die Hütte herum, um den Besucher zu empfangen.

Die Entscheidung, die Frau in der Hütte zu beschützen, traf er nicht bewusst. Das brauchte er nicht. Es war die natürlichste Sache der Welt.

»Wie geht's?« Der Polizist, dessen Wangen vom Wind und der Kälte gerötet waren, stellte den Motor ab und nickte Gabriel zu.

»Nicht schlecht.« Der junge Beamte musste etwa fünfundzwanzig und halb erfroren sein. »Wie ist die Straße?«

Der Uniformierte lachte auf und stieg vom Schneemobil. »Sagen wir mal, ich hoffe, Sie haben keine dringenden Verabredungen.«

»Nichts, das nicht warten könnte.«

»Ihr Glück.« Er streckte die behandschuhte Hand aus. »Scott Beecham.«

»Gabriel Bradley.«

»Ich habe schon gehört, dass jemand die alte McCampbell-Hütte gekauft hat.« Die Hände in die Hüften gestemmt, musterte er das Holzhaus. »Da haben Sie sich ja den idealen Winter für den Einzug ausgesucht. Wir sind dabei, den Höhenzug abzuklappern, falls jemand Vorräte braucht oder krank geworden ist.«

»Ich habe meine gerade aufgefrischt, als der Schneesturm losbrach.«

»Gut für Sie.« Er wies auf den Jeep. »Mit Ihrem Allrad kommen Sie ja einigermaßen durch. Mit dem, was wir in den letzten Tagen eingeschleppt haben, könnten wir einen Autofriedhof füllen. Übrigens ist ungefähr 'ne Viertelmeile von hier ein 84er Chevy in das Schutzgitter geschleudert. Vom Fahrer ist nichts zu sehen. Vielleicht hat er sich im Schneesturm verirrt.«

»Meine Frau«, sagte Gabriel. Laura stand in der Tür und riss die Augen auf. »Sie hatte Angst, dass mir etwas passiert sein könnte, und wollte mir entgegenfahren.« Gabriel zog grinsend eine Zigarette aus der Packung. »Hätte mich fast gerammt. Wie die Dinge lagen, dachte ich mir, es sei das Beste, den Wagen stehen zu lassen und hier auf günstigeres Wetter zu warten. Bin noch nicht dazu gekommen, mir den Schaden genauer anzusehen.«

»Hab in den letzten Tagen welche gesehen, die's schlimmer erwischt hat. Ist sie verletzt worden?«

»Nein. Aber die Sache hat uns beide um zehn Jahre altern lassen.«

»Kann ich mir vorstellen. Fürchte, wir werden das Fahrzeug abschleppen lassen müssen, Mr. Bradley.« Er sah zur Hütte hinüber. Seine Stimme klang beiläufig, aber Gabriel spürte, dass er wachsam war. »Ihre Frau, sagen Sie?«

»Das stimmt.«

»Der Wagen ist auf eine Malone zugelassen, Laura Malone.«

»Der Mädchenname meiner Frau«, erwiderte Gabriel ungerührt.

Aus einem Impuls heraus schob Laura die Tür auf. »Gabriel?«

Die beiden Männer drehten sich zu ihr um. Der Polizist zog sich die Mütze vom Kopf. Gabriel runzelte die Stirn.

»Tut mir leid, euch zu unterbrechen«, sie lächelte, »aber ich dachte mir, der Officer würde vielleicht einen heißen Kaffee mögen.«

Der Beamte setzte die Mütze wieder auf. »Klingt äußerst verlockend, Ma'am, und ich danke Ihnen. Aber ich muss weiter. Das mit Ihrem Wagen tut mir leid.«

»War meine eigene Schuld. Können Sie uns sagen, wann die Straße wieder frei ist?«

»Ihr Mann müsste es in ein oder zwei Tagen in die Stadt schaffen«, erwiderte Beecham. »Ihnen würde ich eine Fahrt allerdings nicht empfehlen, Ma'am. Jedenfalls vorläufig nicht.«

»Nein.« Sie lächelte ihn an und verschränkte fröstelnd die Arme vor der Brust. »Schätze, ich werde wohl noch eine Weile bleiben, wo ich bin.«

»Dann werde ich mal wieder.« Beecham bestieg sein Schneemobil. »Haben Sie 'ne Kurzwelle, Mr. Bradley?«

»Nein.«

»Wäre vielleicht keine schlechte Idee, sich eine zu holen, wenn Sie das nächste Mal in der Stadt sind. Die sind einfach zuverlässiger als das Telefon. Wann kommt Ihr Baby?«

Gabriel starrte ihn einen Moment lang an. »Ihr Baby« hatte er gesagt. »In vier oder fünf Wochen.«

»Na, dann haben Sie ja noch 'ne Menge Zeit.« Grinsend startete Beecham den Motor. »Ihr Erstes?«

»Ja«, murmelte Gabriel. »Das ist es.«

»Tolle Sache. Hab selbst zwei Mädchen. Das letzte wollte unbedingt an Thanksgiving geboren werden. Hatte gerade erst zwei Bissen Pumpkin Pie gehabt, als ich auch schon ins Krankenhaus fahren musste. Meine Frau behauptet steif und fest, dass es an der Füllung lag, die meine Mutter gemacht hat.« Er hob eine Hand und seine Stimme. »Geben Sie auf sich acht, Mrs. Bradley.«

Sie sahen ihm nach, als das Schneemobil den Weg entlangtuckerte. Und dann waren sie plötzlich wieder allein.

Gabriel räusperte sich und stieg die Stufen zur Hütte hinauf. Laura gab ihm wortlos den Weg frei und schloss die

Tür hinter ihnen. Sie wartete, bis er auf dem Kaminsockel saß und sich die Stiefel aufschnürte.

»Danke.«

»Wofür denn?«

»Dafür, dass du ihm gesagt hast, ich sei deine Frau.«

Stirnrunzelnd streifte er sich einen Stiefel vom Fuß. »Dachte mir, auf die Art gibt es weniger Komplikationen.«

»Für mich«, stimmte Laura ihm zu. »Nicht für dich.«

Schulterzuckend stand er auf, um in die Küche zu gehen. »Gibt's noch Kaffee?«

»Ja.« Sie hörte, wie er die Glaskanne an den Becher hielt, wie die Flüssigkeit hineinströmte. Er hatte für sie gelogen, sie beschützt, und sie hatte bisher nur genommen, nicht gegeben. »Gabriel.« Sie hoffte inständig, dass ihr Instinkt sie nicht trog, und ging zur Küchentür.

»Was zum Teufel ist das denn?« Er hielt die Pfanne in der Hand, in der sie die Milch erhitzt hatte.

Ihre Anspannung legte sich für einen Moment. »Heiße Schokolade. Man muss nur fest genug daran glauben.«

»Es sieht aus wie ... Ist ja auch egal, wonach es aussieht.« Er stellte die Pfanne auf den Herd zurück. »Dieses Trockenzeug schmeckt grauenhaft, was?«

»Ein wahres Wort. Ich werde nicht widersprechen.«

»Ich versuche morgen, es in die Stadt zu schaffen.«

»Wenn du es schaffst, könntest du ...« Plötzlich war es ihr peinlich, und sie verstummte.

»Was brauchst du?«

»Nichts. Nur eine dumme Idee. Hör mal, könnten wir uns eine Minute hinsetzen?«

Er ergriff ihre Hand, bevor sie zurückweichen konnte. »Was brauchst du aus der Stadt, Laura?«

»Marshmallows, um sie im Kamin zu rösten. Ich habe doch gesagt, es ist eine dumme Idee«, murmelte sie und versuchte, ihre Hand wegzuziehen.

Er sehnte sich danach, sie einfach in die Arme zu nehmen. Es war unglaublich, wie sehr er sich danach sehnte. »Sind das echte Gelüste, oder ist das nur so ein spontaner Einfall?«

»Keine Ahnung. Es ist nur, dass ich den Kamin sehe und automatisch an Marshmallows denken muss.« Weil er nicht über sie lachte, konnte sie unbeschwert lächeln. »Manchmal rieche ich sie förmlich.«

»Marshmallows. Willst du denn nichts dazu? Meerrettich zum Beispiel?«

Sie zog eine Grimasse. »Auch so ein albernes Gerücht.«

»Du bringst mich um sämtliche Vorurteile.« Er hob ihre Hand an die Lippen und küsste sie. »Und du trägst das Hemd nicht mehr.«

Jetzt dachte er wieder an das Bild, nicht an sie. Er war wieder der Künstler, sie sein Modell. »Ich ziehe mich um.«

»Schön.« Die kurze Berührung hatte ihn erneut spüren lassen, wie sehr er sie begehrte, und er drehte sich abrupt zur Arbeitsplatte und seinem Kaffee um.

Die Entscheidung fiel Laura plötzlich leicht. Vielleicht war sie auch schon in dem Moment getroffen worden, als sie ihn für sie lügen hörte. »Gabriel, ich weiß, dass du jetzt malen willst, aber ich möchte … Ich finde, ich sollte … Ich will dir jetzt alles erzählen, falls du es überhaupt noch hören willst.«

Er drehte sich wieder um. Sein Blick war auffallend klar und intensiv. »Warum?«

»Weil es falsch wäre, dir nicht zu vertrauen. Und weil ich jemanden brauche. Wir beide brauchen jemanden.«

»Setz dich bitte«, sagte er schlicht und führte sie sanft zur Couch.

»Ich weiß nicht, womit ich beginnen soll.«

Wahrscheinlich ist es für sie einfacher, wenn sie ganz von vorn anfängt, überlegte er sich, während er Holz aufs Feuer legte. »Woher stammst du?«, fragte er, als er sich zu ihr auf die Couch setzte.

»Ich habe an vielen Orten gelebt. New York, Pennsylvania, Maryland. Meine Tante hatte eine kleine Farm im Osten. Bei ihr habe ich am längsten gelebt.«

»Und deine Eltern?«

»Meine Mutter war sehr jung, als ich geboren wurde. Unverheiratet. Sie ... Ich habe dann bei meiner Tante gewohnt, bis ... sie Probleme bekam, in finanzieller Hinsicht. Danach kamen Pflegeeltern. Aber das ist nicht so wichtig.«

»Nein?«

»Ich will nicht, dass du Mitleid für mich empfindest. Dazu erzähle ich dir das nicht.«

Ihr Stolz war offensichtlich. In der Art, wie sie den Kopf neigte, in ihrem Tonfall. Es war genau der ruhige Stolz, den er auf die Leinwand bannen wollte. Seine Finger juckten nach dem Zeichenblock, so sehr wie danach, ihr Gesicht zu berühren. »Also gut, kein Mitleid.«

Mit einem Nicken fuhr sie fort. »Nach dem, was ich später gehört habe, hat meine Mutter es nicht einfach gehabt. Sie war noch ein Kind. Möglicherweise wollte sie mich behalten, aber es klappte nicht. Meine Tante war älter, aber sie hatte eigene Kinder. Im Grunde genommen war ich nur ein weiteres Maul, das gestopft werden musste. Und als es zu kostspielig wurde, kam ich zu Pflegeeltern.«

»Wie alt warst du?«

»Sechs, beim ersten Mal. Irgendwie hat es nie richtig hingehauen. Bei den einen blieb ich ein Jahr, bei den nächsten zwei. Es war schrecklich, nie dazuzugehören, nie das zu haben, was für andere ganz selbstverständlich schien. Als ich ungefähr zwölf war, bin ich für kurze Zeit zu meiner Tante zurückgekehrt. Aber ihr Mann hatte seine eigenen Probleme, und ich blieb nicht lange.«

Irgendetwas in ihrer Stimme ließ ihn aufhorchen. »Was für Probleme?«

»Ist nicht mehr wichtig.« Sie schüttelte den Kopf und wollte aufstehen, aber Gabriel ergriff ihre Hand und hielt sie fest.

»Du hast angefangen, Laura, jetzt bring es auch zu Ende.«

»Er hat getrunken«, sagte sie hastig. »Und dann wurde er immer gemein.«

»Gemein? Soll das heißen, er wurde gewalttätig?«

»Ja. Wenn er nüchtern war, war er unzufrieden und nörglerisch. Betrunken war er ... konnte er bösartig sein.« Sie rieb sich die Schulter, als ob sich dort eine alte Wunde befände. »Normalerweise war meine Tante sein Opfer, aber oft ließ er es auch an den Kindern aus.«

»Hat er dich geschlagen?«

»Nur wenn ich ihm nicht schnell genug aus dem Weg ging.« Ihr gelang ein zaghaftes Lächeln. »Und ich habe gelernt, schnell zu sein. Es klingt schlimmer, als es in Wirklichkeit war.«

Das bezweifelte er stark. »Erzähl weiter.«

»Das Jugendamt hat mich wieder weggeholt und bei neuen Pflegeeltern abgeliefert. Es war, als ob ich irgendwo geparkt würde. Ich weiß noch, wie ich sechzehn war und die Tage bis zu meiner Volljährigkeit zählte. Ich konnte es nicht abwarten, für mich selbst zu sorgen, meine eigenen Entscheidungen zu treffen. Dann war es endlich so weit. Ich zog nach Pennsylvania und suchte mir einen Job. Ich arbeitete als Verkäuferin in einem Kaufhaus in Philadelphia. Da war eine Kundin, die regelmäßig bei mir einkaufte. Wir freundeten uns etwas an, und eines Tages brachte sie einen Mann mit. Er war klein und fast kahlköpfig – wie eine Bulldogge. Er sah mich an, nickte der Frau zu und sagte, sie habe recht gehabt. Dann gab er mir eine Visitenkarte und bat mich, am nächsten Tag in sein Studio zu kommen. Natürlich hatte ich nicht vor, hinzugehen. Ich dachte ... Nun ja, ich hatte so meine Erfahrungen mit Männern ...«

»Das glaube ich«, sagte Gabriel trocken.

Es war ihr noch immer unangenehm, und da er nicht nachfragte, vertiefte sie das Thema auch nicht. »Jedenfalls legte ich die Karte beiseite und hätte die ganze Sache vermutlich vergessen, wenn nicht eine junge Kollegin mir ganz begeistert erzählt hätte, wer der Mann war. Vielleicht kennst du den Namen. Geoffrey Wright.«

Gabriel zog eine Augenbraue hoch. Wright war einer der renommiertesten Modefotografen der gesamten Branche. Nein, der renommierteste. Gabriel kannte sich in der Modebranche nicht aus, aber der Name Geoffrey Wright war über sie hinaus bekannt. »Kommt mir bekannt vor.«

»Als ich erfuhr, dass er ein Profi ist, ein angesehener Fotograf, da beschloss ich, es einfach zu wagen. Kaum war ich in seinem Studio, ging alles auch schon ganz schnell. Er war ziemlich kurz angebunden, und bevor ich etwas sagen konnte, stand ich schon perfekt geschminkt im Scheinwerferlicht. Ich kam mir so deplatziert vor, doch er schien es nicht zu merken. Er brüllte mir seine Anweisungen zu, wie ich stehen, sitzen, mich bücken und drehen sollte. Dann holte er ein Zobelfell heraus, einen fast bis zum Boden reichenden Zobelmantel. Den legte er mir um die Schultern. Ich dachte, ich träume. Vermutlich habe ich es laut gesagt, denn er lachte, während er die Fotos schoss, und versprach mir, dass ich in einem Jahr schon zum Frühstück Zobel tragen würde.«

Gabriel lehnte sich wortlos zurück. Er konnte sie sich in Pelze eingehüllt vorstellen. Es war wie ein Tritt in die Magengrube, als er sich ausmalte, wie sie eine von Wrights jungen und nach Gebrauch ausgemusterten Gespielinnen wurde.

»Binnen eines Monats hatte ich eine Fotoserie für ›Mode‹ gemacht. Dann kam eine für ›Her‹, dann eine für ›Charm‹. Es war unglaublich. Den einen Tag verkaufte ich Stoffe im Kaufhaus, am nächsten aß ich mit Modeschöpfern zu Abend.«

»Und Wright?«

»Noch nie in meinem Leben war jemand so gut zu mir gewesen wie Geoffrey. Sicher, ich weiß, dass ich für ihn mindestens die halbe Zeit nicht mehr als eine – Ware gewesen bin, aber irgendwie war er für mich auch, ich weiß nicht, wie ein Wachhund. Er erzählte immer von seinen Plänen für mich. Ich sollte nicht zu schnell in zu vielen Hochglanzmagazinen erscheinen. Und dann, nach zwei Jahren, wäre mein Gesicht in der gesamten westlichen Welt bekannt. Es klang alles so aufregend. Den größten Teil meines Lebens war ich im Grunde anonym. Und das gefiel ihm. Dass ich aus dem Nichts, aus dem Nirgendwo gekommen war. Ich weiß, dass einige seiner Models ihn für kalt und gefühllos hielten. Oft war er das auch. Aber er kam dem am nächsten, was ich mir immer unter einem Vater vorgestellt hatte.«

»Hast du ihn so gesehen?«

»Ich glaube schon. Und dann, nach all dem, was er für mich getan hatte, nach all der Zeit, die er in mich investiert hatte, ließ ich ihn im Stich.« Sie wollte aufstehen, aber Gabriel hinderte sie erneut daran.

»Wohin willst du?«

»Ich möchte einen Schluck Wasser.«

»Bleib sitzen. Ich hole ihn dir.«

Laura nutzte die Unterbrechung, um Kraft zu sammeln. Ihre Geschichte war erst zur Hälfte erzählt, und der schlimmste, schmerzlichste Teil kam noch. Gabriel brachte ihr ein Glas Wasser mit Eis. Laura nahm zwei Schluck und fuhr fort.

»Wir flogen nach Paris. Ich kam mir vor wie Aschenputtel, und zwar ohne dass ich Angst vor Mitternacht zu haben brauchte. Wir wollten einen Monat dortbleiben, und weil Geoffrey seinen Fotos eine sehr französische Note geben wollte, klapperten wir ganz Paris ab. Eines Abends gingen wir auf eine Party. Es war eine dieser traumhaften Frühlingsnächte, in denen alle Frauen wunderschön und alle Männer attraktiv aussehen. Und da traf ich Tony.«

Ihm entging weder das leichte Zittern ihrer Stimme noch der leise Schatten in ihren Augen, und er wusste, dass sie jetzt über den Vater des Babys sprach.

»Er war so galant, so charmant. Ein Märchenprinz, wie geschaffen für Aschenputtel. In den folgenden zwei Wochen verbrachte ich jede freie Minute mit Tony. Wir gingen tanzen, wir aßen in kleinen Cafés und spazierten durch die Parks. Er war alles, wonach ich mich gesehnt hatte und von dem ich wusste, dass ich es nie bekommen würde. Er behandelte mich wie etwas Seltenes und Wertvolles, wie ein

Diamanthalsband. Es gab eine Zeit, da glaubte ich, mich in ihn verliebt zu haben.«

Sie schwieg, schien zu brüten. Genau das war ihr Fehler gewesen, ihre Sünde, ihre Eitelkeit. Selbst jetzt, ein Jahr danach, nagte das in ihr.

»Geoffrey murrte, redete von reichen Playboys, die sich junge Dinger zum Zeitvertreib hielten, aber ich hörte nicht auf ihn. Ich wollte endlich einmal geliebt werden, wollte jemanden, der sich um mich kümmerte, dem ich etwas bedeutete. Als Tony um meine Hand anhielt, habe ich nicht lange überlegt.«

»Du hast ihn geheiratet?«

»Ja.« Sie sah ihn an. »Ich weiß, du musstest glauben, dass ich den Vater des Babys nicht geheiratet habe. Das schien mir die einfachste Erklärung zu sein.«

»Du trägst keinen Ring.«

Ihr Gesicht färbte sich rot. Vor Scham. »Ich habe ihn verkauft.«

»Ich verstehe.« In den beiden Worten schwang nichts von Verurteilung mit, aber sie empfand sie trotzdem.

»Wir verbrachten die Flitterwochen in Paris. Ich wollte in die Staaten fahren und seine Familie kennenlernen, aber er meinte, wir sollten dort bleiben, wo wir glücklich sind. Es klang vernünftig. Geoffrey war fuchsteufelswild, hielt mir Strafpredigten, schrie mich an, ich würde alles wegwerfen. Damals glaubte ich, er meinte meine Karriere, und ich ignorierte seine Warnung. Erst später ging mir auf, dass er mein Leben gemeint hatte.«

Sie zuckte zusammen, als im Kamin ein glühender Scheit vom Stapel rutschte. Doch dann stellte sie fest, dass das Erzählen ihr leichter fiel, wenn sie dabei ins Feuer starrte.

»Ich glaubte, ich hätte alles gefunden, was ich je wollte. Wenn ich zurückdenke, kommen mir die Wochen in Paris wie ein Zauber vor, wie etwas, das nicht ganz wirklich ist, das man aber für wirklich hält, weil man nicht klug genug ist, um die Illusion dabei zu durchschauen. Dann war es an der Zeit, nach Hause zu fahren.«

Sie verschränkte die Hände und bewegte die Finger nervös hin und her. Diesmal griff er nicht nach ihnen, um sie zu beruhigen. »Am Abend vor unserer Abreise ging Tony weg. Angeblich, um irgendwelche Geschäfte zu erledigen. Ich wartete auf ihn und bemitleidete mich, weil mein frischgebackener Ehemann mich ausgerechnet am letzten Abend in Paris allein ließ. Dann, als es immer später wurde, verschwand das Selbstmitleid, und ich begann, mir Sorgen um ihn zu machen. Als er endlich zurückkam, war es bereits drei Uhr, und ich machte ihm Vorwürfe.«

Als sie schwieg, zog er die Decke von der Sofalehne und legte sie ihr über den Schoß. »Ihr habt euch gestritten.«

»Ja. Er war sehr betrunken und aggressiv. So hatte ich ihn noch nie erlebt, aber es sollte nicht das letzte Mal sein, dass ich ihn so sah. Ich fragte ihn, wo er gewesen sei, und er sagte ... Nun, er ließ mich wissen, dass es mich nichts anging. Wir schrien uns an, und er erklärte mir, dass er mit einer anderen Frau zusammen gewesen wäre. Erst dachte ich, er behauptete das nur, um mich zu verletzen, doch dann sah ich ihm an, dass es stimmte. Ich fing an zu weinen.«

Das war das Schlimmste, dachte sie. Wie sie buchstäblich zusammengebrochen war und geweint hatte. »Das machte ihn nur noch wütender. Er warf Dinge durch die Suite, wie ein trotziger kleiner Junge. Er sagte alles Mögliche, aber es lief darauf hinaus, dass ich mich daran gewöhnen müsste, wie er sein Leben führte. Ich hätte kein Recht, mich darüber aufzuregen, schließlich sei ich Geoffreys Hure gewesen.«

Das letzte Wort brachte sie nur mit Mühe heraus, und sie hob das Glas, um sich die Kehle mit Wasser zu kühlen. »Das hat am meisten geschmerzt«, stieß sie hervor. »Geoffrey war für mich wie ein Vater gewesen, nichts anderes. Und Tony wusste ... er wusste genau, dass ich vor unserer Hochzeitsnacht noch mit keinem Mann geschlafen hatte. Ich war so verletzt, dass ich aufstand und ihn anschrie. Ich weiß nicht mehr, was ich gesagt habe, aber ich war außer mir. Und dann hat er ...«

Gabriel sah, wie ihre Finger sich wie Drähte über der weichen Decke spannten. Und dann sah er, wie sie sie langsam, Schritt für Schritt, wieder entspannte. Es kostete ihn Mühe, seine Stimme ruhig klingen zu lassen. »Hat er dich geschlagen, Laura?«

Sie antwortete nicht, schien die nächsten Worte nicht aussprechen zu können. Er berührte ihre Wange und drehte ihr Gesicht zu sich herum. Ihre Augen waren voller Tränen.

»Es war viel schlimmer als bei meinem Onkel. Bei dem konnte ich immer weglaufen. Aber Tony war kräftiger und schneller. Mein Onkel schlug einfach auf jeden ein, der ihm über den Weg lief. Aber Tony tat es mit Absicht, voller Bosheit. Er wollte mir wehtun. Und dann ...« Aber sie konnte sich nicht dazu bringen, ihm das auch noch zu erzählen.

Es dauerte eine Weile, bis sie weitersprach. Gabriel saß schweigend da, während der Zorn in ihm wuchs und sich aufstaute, bis er glaubte, er müsse gleich explodieren. Er wusste, was Temperament bedeutete, hatte selbst eins, das leicht erregbar war. Nie würde er jedoch verstehen oder gar verzeihen, wenn jemand einem schwächeren, kleineren Menschen absichtlich Schmerz zufügte.

»Als es vorbei war«, fuhr sie mit wieder ruhigerer Stimme fort, »ging er einfach schlafen. Ich lag da und wusste nicht, was ich tun sollte. Es ist komisch, aber später, als ich mit Frauen darüber sprach, die das Gleiche erlebt hatten, da fand ich etwas heraus. Nämlich, dass fast jede von uns sich selbst ein Stück Schuld an dem gab, was passiert war. Und sei es auch nur, weil wir es hätten vorausahnen müssen ...« Sie schüttelte den Kopf.

»Am nächsten Morgen weinte er und bat mich um Vergebung. Er versprach, dass es nie wieder geschehen würde. Nach dem Muster lief es ab, solange wir zusammenblieben.«

»Du hast dich nicht von ihm getrennt?«

Auch diesmal sah er ihr an, dass sie sich schämte. »Wir waren immerhin verheiratet, und ich glaubte, es würde besser werden. Dann kehrten wir in das Haus seiner Eltern zurück. Sie hassten mich von Anfang an. Ihr Sohn, ihr Thronerbe, hatte hinter ihrem Rücken eine Bürgerliche geheiratet. Wir lebten bei ihnen, und es war zwar dauernd die Rede von unserem eigenen Haus, aber nichts tat sich. Man konnte mit ihnen an einem Tisch sitzen, eine Unterhaltung mit ihnen führen und trotzdem total ignoriert werden. Sie waren wirklich erstaunlich. Tony wurde immer unerträglicher. Er begann, sich mit anderen Frauen zu treffen, und machte keinen Hehl daraus. Seine Eltern wussten, was er tat, wie er sich mir gegenüber benahm, und sie verachteten mich umso mehr. Es war ein Teufelskreis. Ich wusste, dass ich dort rausmusste. Ich sagte ihm, dass ich die Scheidung wollte.

Das schien ihn für eine kurze Zeit zur Besinnung zu bringen. Er machte Versprechungen, schwor, er würde sich einer Therapie unterziehen, einen Eheberater aufsuchen, alles Mögliche. Wir sahen uns sogar nach einem Haus um. Ich muss zugeben, dass ich ihn zu dem Zeitpunkt nicht mehr liebte und dass es falsch war, trotzdem bei ihm zu bleiben. Was ich allerdings nicht wusste, war, dass seine Eltern die Fäden in der Hand hielten und in eine andere Richtung zogen. Sie machten es ihm schwer, von zu Hause wegzuziehen. Dann merkte ich, dass ich schwanger war.«

Sie legte die Hand auf den Bauch, spreizte die Finger. »Tony war, nun, mindestens unentschieden, was das Kind betraf. Seine Eltern waren begeistert. Seine Mutter fing sofort an, eine Art Nobelkinderzimmer einzurichten. Sie kaufte antike Kindermöbel, Krippen und Wiegen, silberne Löffel, feinstes irisches Leinen. Es machte mich nervös, wie sie alles in die Hand nahm, aber ich hoffte, dass das Kind uns irgendwie aussöhnen würde. Aber für sie war ich gar nicht die Mutter des Babys, ebenso wenig wie ich die Frau von Tony war. Es war ihr Enkelkind, ihr Erbe, ihr Familienstammbaum. Ich kam darin gar nicht vor. Wir hörten auf, nach einem eigenen Haus zu suchen, und Tony begann wieder zu trinken. Als er eines Abends betrunken heimkam und mich schlug, bin ich gegangen.«

Laura holte tief Luft und starrte weiter ins Feuer. »Jetzt hatte er nicht mehr nur mich geschlagen, sondern auch das Kind. Das machte es mir unglaublich leicht, ihn zu verlassen. Ich schluckte meinen Stolz hinunter, rief Geoffrey an und bat ihn um ein Darlehen. Er wies mir telegrafisch zweitausend Dollar an. Ich besorgte mir eine eigene Wohnung, suchte mir einen Job und reichte die Scheidung ein. Zehn Tage später war Tony tot.«

Der Schmerz kam dumpf und schleichend. Laura schloss die Augen und ertrug ihn. »Seine Mutter besuchte mich, flehte mich an, den Scheidungsantrag zurückzuziehen und als Tonys Witwe zur Beerdigung zu kommen. Ich tat, was sie von mir verlangte. Vielleicht auch deshalb, weil ich an jene ersten Tage in Paris dachte. Nach der Beerdigung fuhr ich mit ihnen in ihr Haus. Sie hatten gesagt, es gebe noch Dinge zu besprechen. Und dann erfuhr ich, worum es ihnen ging. Sie wollten sämtliche Kosten der Geburt bezahlen, mich in einer der besten Kliniken unterbringen. Und wenn das Baby auf der Welt war, wollten sie mir hunderttausend Dollar geben, damit ich auf alle Rechte verzichte. Als ich mich weigerte und ihnen entrüstet sagte, was ich von dem Vorschlag hielt, erklärten sie mir, dass sie sich das Baby einfach nehmen würden. Tonys Baby. Sie ließen keinen Zweifel daran, dass sie genug Geld und Einfluss haben, um sich das Sorgerecht vor Gericht zu erkämpfen.«

Sie strich sich über den Bauch. »Sie drohten damit, meine angebliche Vergangenheit zur Sprache zu bringen. Mein ›Verhältnis‹ mit Geoffrey. Sie hatten Nachforschungen anstellen lassen und wollten vor Gericht nachweisen, dass ich als einstiges Pflegekind keine geeignete Mutter für ihr Enkelkind sein würde. Sie als Großeltern würden dem Baby die angemessene Umgebung sichern. Sie gaben mir vierundzwanzig Stunden Bedenkzeit. Da bin ich davongelaufen.«

Minutenlang sagte Gabriel nichts. Lauras Erzählung hatte einen bitteren Geschmack in seinem Mund hinterlassen. Er hatte ihre Geschichte hören wollen. Jetzt hatte er sie gehört, war sich aber nicht mehr sicher, ob er damit umgehen konnte.

»Laura, was immer sie dir erzählt haben, womit sie dir auch gedroht haben, ich glaube nicht, dass sie dir das Kind wegnehmen können.«

»Reicht das denn nicht? Verstehst du mich denn nicht? Ich kann es nicht riskieren, solange sie auch nur die geringste Chance haben. Ich kann sie nicht mit ihren Mitteln bekämpfen. Mir fehlt das Geld, mir fehlen die Beziehungen.«

»Wer sind sie?« Als sie zögerte, nahm er ihre Hand. »Das kannst du mir jetzt auch noch anvertrauen.«

»Ihr Name ist Eagleton«, sagte sie. »Thomas und Lorraine Eagleton aus Boston.«

Er legte die Stirn in Falten. Den Namen kannte er. Wer kannte ihn nicht? Aber angesichts seiner eigenen Herkunft war es für ihn mehr als nur ein Name oder ein Bild aus den Gesellschaftskolumnen. »Du warst mit Anthony Eagleton verheiratet?«

»Ja.« Sie sah ihn an. »Du kanntest ihn, nicht wahr?«

»Nicht sehr gut. Flüchtig. Er war mehr …« ›Mehr in Michaels Alter‹ hatte er sagen wollen. »Er war jünger. Ich habe ihn ein- oder zweimal getroffen, als er an der Westküste war.« Und was er gesehen hatte, war nicht eindrucksvoll genug gewesen, um sich darüber ein Urteil zu bilden. »Ich habe gelesen, dass er bei einem Autounfall ums Leben gekommen ist. Vermutlich stand da auch etwas von einer Ehefrau, aber das letzte Jahr war für mich etwas schwierig, und ich habe nicht darauf geachtet. Meine Familie verkehrt ab und zu gesellschaftlich mit den Eagletons, ist aber nicht gut mit ihnen bekannt.«

»Dann weißt du ja, dass es sich um eine alte, etablierte Familie mit altem, etabliertem Reichtum handelt. Und für sie ist dieses Kind ein Teil ihres – Vermögens. Sie haben mich quer durch das Land verfolgen lassen. Jedes Mal, wenn ich irgendwo von vorn anfangen wollte, merkte ich, dass mir die Privatdetektive auf den Fersen waren. Sie dürfen mich nicht finden. Sie werden mich nicht finden.«

Er stand auf, ging hin und her, steckte sich eine Zigarette an. Er musste das Gehörte verarbeiten. Und seine Gefühle. »Ich möchte dich etwas fragen.«

Sie seufzte müde. »Bitte.«

»Einmal, als ich dich fragte, ob du dich fürchtest, sagtest du, nein, du schämtest dich. Ich möchte wissen, warum.«

»Ich habe nicht zurückgekämpft, habe mich nicht gewehrt, habe alles über mich ergehen lassen. Ich habe mich missbrauchen und schlagen lassen. Es ist ungeheuer schwer, sich das einzugestehen. Dass man so sehr erniedrigt worden ist, dass man sich alles gefallen lassen hat.«

»Fühlst du dich noch immer so?«

»Nein.« Ihr Kinn hob sich. »Niemand wird jemals wieder die Kontrolle über mein Leben bekommen.«

»Gut.« Er setzte sich auf den Kaminsockel. Der Rauch aus seiner Zigarette driftete nach oben. »Ich finde, du bist durch die Hölle gegangen, Engel. Eine schlimmere Hölle, als irgendjemand sie verdient hat. Ob du dir das zum Teil selbst eingebrockt hast, was du offenbar glaubst, oder ob es an den Umständen lag, spielt jetzt keine Rolle mehr. Es ist vorbei.«

»So einfach ist das nicht, Gabriel. Ich bin es nicht mehr allein, für die ich verantwortlich bin.«

»Wie weit würdest du gehen, um die Eagletons zu bekämpfen?«

»Ich habe dir doch schon gesagt, dass ich nicht …«

Er unterbrach sie mit einer Handbewegung. »Wenn du die Mittel hättest. Wie weit?«

»Bis zum Ende. So weit und so lange es gehen muss. Aber darauf kommt es nicht an, denn ich habe die Mittel nicht.«

Er zog an seiner Zigarette, musterte sie mit offenkundigem Interesse und warf sie schließlich ins Feuer. »Du hättest sie, wenn du mit mir verheiratet wärst.«

5. Kapitel

Laura sagte nichts, konnte nichts sagen. Er saß auf dem Kaminsockel, die Knie angezogen, die Augen sehr kühl, sehr ruhig, den Blick auf ihr Gesicht gerichtet. Ein Teil seines enormen Talents bestand darin, sich auf einen Ausdruck zu konzentrieren und die sich dahinter verbergenden Gefühle herauszudestillieren. Vielleicht lag es daran, dass er seine eigenen Gefühle hinter einer Maske scheinbarer Ausdruckslosigkeit verstecken konnte.

Sie konnte hören, wie hinter ihm die Holzscheite zischten und knisterten. Die Morgensonne drang funkelnd durch die vereisten Fenster und beschien den Boden vor seinen Füßen. Er wirkte vollkommen entspannt, so als hätte er gerade vorgeschlagen, zum Lunch eine Suppe zu essen. Laura hätte beim besten Willen nicht sagen können, ob es mehr als das bedeutete.

Sie stützte sich auf den Tisch und erhob sich schwerfällig. »Ich bin müde. Ich werde mich hinlegen.«

»Na schön. Wir können später darüber reden.«

Sie wirbelte herum, so gut es ging. Und was er in ihrem Gesicht sah, war nicht Sorge oder Angst, es war Zorn, heftig und ungebändigt. »Wie kannst du nur dasitzen und mir nach all dem, was ich dir erzählt habe, so etwas sagen?«

»Vielleicht gerade deshalb, weil du mir all das erzählt hast.«

»Oh, da ist er wieder, der barmherzige Samariter.« Die Bitterkeit in ihrer Stimme passte ihr nicht, aber sie konnte nichts dagegen tun. »Der weiße Ritter kommt angeritten, um die hilflose, unfähige Frau zu retten. Soll ich dir auf den Knien danken? Meinst du das? Dass ich mein Leben zum zweiten Mal aus den Händen gebe, erneut diesen erbärmlichen, selbstzerstörerischen Fehler begehe, nur weil ein Mann mir einen Ausweg bietet?«

Erst wollte er sich beherrschen, doch dann sprang er auf und ließ seinen Gefühlen freien Lauf. »Mir liegt absolut nichts daran, dein Leben in meine Hände zu nehmen. Außerdem, wie kommst du eigentlich dazu, mich mit einem jämmerlichen Alkoholiker zu vergleichen, der seine Frau verprügelt?«

»Mit wem dann? Mit dem Ritter auf dem Schimmel, der selbstlos in Not geratene Maiden vor Unheil bewahrt?«

»Auf die Idee ist nun wirklich noch niemand gekommen. Ich bin ziemlich eigensinnig, sonst hätte ich den Vorschlag vielleicht gar nicht gemacht. Ich bin launisch, was du ja wohl schon gemerkt haben dürftest. Ich bin temperamentvoll und kann wütend werden. Aber ich schlage keine Frauen, und ich missbrauche sie auch nicht.«

Nur mühsam zügelte sie sich. »Das wollte ich auch nicht andeuten. Und ich wollte dich auch nicht mit irgendjemandem vergleichen. Es ist die Situation, die vergleichbar ist.«

»Das eine hat mit dem anderen nichts zu tun. Die Tatsache, dass ich Geld habe, kann dir doch nur nützen.«

»Ich habe Tony nicht wegen seines Geldes geheiratet.«

»Nein.« Sein Tonfall verlor an Schärfe. »Nein, das hast du sicher nicht. Aber in diesem Fall bin ich bereit, zu akzeptieren, dass du mich wegen meines Geldes heiratest.«

»Warum?«

In seinen Augen blitzte etwas auf und verschwand wieder, bevor sie es entschlüsseln konnte. »Vielleicht ist das die Frage, die du zuallererst hättest stellen sollen?«

»Da hast du möglicherweise recht.« Sie bereute ihren Ausbruch bereits. Das tat sie hinterher immer. »Aber ich stelle sie jetzt.«

Mit einem Nicken stemmte er sich hoch und ging durchs Zimmer zu dem fast fertigen Porträt. Wie unzählige Male zuvor, so starrte er auch jetzt auf die Leinwand, um sich nicht nur über Laura, sondern auch über sich selbst klar zu werden.

»Ich empfinde etwas für dich. Ich weiß nicht genau, was es ist, aber es ist sehr stark. Stärker als alles, was ich je gefühlt habe.« Er legte einen Finger auf das Gesicht vor ihm. »Ich fühle mich von dir angezogen, Laura, und mir ist aufgegangen, dass ich lange genug allein gewesen bin.«

»Das mag ausreichend, gerade eben ausreichend für eine Heirat sein. Aber nicht für mich, nicht mit mir. Nicht mit all dem, was du damit auf dich nehmen würdest.«

»Ich habe einiges an Schulden zurückzuzahlen«, murmelte er und drehte sich wieder zu ihr um. »Dir zu helfen, dir und dem Kind, das könnte mein Schuldenkonto bereinigen.«

Ihr Zorn war verflogen. Sie konnte der Trauer und der Zuneigung in seinen Augen nicht widerstehen. »Du hast uns schon geholfen. Mehr, als ich jemals zurückzahlen kann.«

»Ich will keine Bezahlung.« Er klang erneut unduldsam, gereizt. »Was ich will, bist du. Auf welche Art soll ich es dir denn noch sagen?«

»Ich glaube, ich will gar nicht, dass du es sagst.« Sie zweifelte nicht daran, dass er meinte, was er sagte. Die Vorstellung, dass er sie wollte, faszinierte und ängstigte sie zugleich. »Verstehst du denn nicht? Ich habe schon einmal einen schrecklichen Fehler gemacht.«

Er ging zu ihr hinüber, löste sanft ihre ineinander verschränkten Hände und legte sie in seine. »Ich bin dir nicht gleichgültig?«

»Nein, aber …«

»Du hast keine Angst vor mir?«

»Nein.«

»Dann lass mich dir helfen.«

»Ich bekomme das Kind eines anderen Mannes.«

»Nein.« Er nahm ihr Gesicht in die Hände, weil er wollte, dass ihre Blicke sich trafen. »Heirate mich, und das Kind ist unseres. In jeder Hinsicht. Zwischen uns, in der Öffentlichkeit, völlig.«

Die Tränen kehrten in ihre Augen zurück. »Sie werden kommen.«

»Sollen sie. Sie werden dir nichts tun können, und sie werden das Baby nicht bekommen.«

Sicherheit. War das, was sie sich immer ersehnt hatte, nur ein weit entferntes Versprechen? Sie öffnete den Mund, wusste, dass ihr das Ja auf der Zunge lag. Plötzlich wurde ihr das Herz schwer, und sie hob die Hand an seine Wange. »Wie konnte ich dir das alles nur antun?«

Seine Lippen gaben ihr die Antwort. Das Verlangen war da, das konnte sie nicht bestreiten. Sie schmeckte es, als er sie küsste. Sie fühlte es, als seine Hand ihr durchs Haar fuhr und sich beschützend und besitzergreifend in ihren Nacken legte.

Ich bin nicht die Einzige, die von der Vergangenheit gejagt wird, schoss es Laura durch den Kopf. Nicht die

Einzige, die Liebe und Verständnis braucht. Weil er so stark war, merkte man ihm den Schmerz vielleicht nicht so leicht an. Um ihm Wärme und Geborgenheit zu geben, zog sie ihn fester an sich.

Das war es, was er auf die Leinwand hatte bannen wollen. Ihre Menschlichkeit, ihr Wesen. Und das war es auch, was er niemals in ein Bild würde übersetzen können. Er gestand es sich ein. Dieser Teil ihrer Schönheit, dieser wichtigste Teil, war nicht zu malen. Aber er war zu erleben.

»Du brauchst mich«, murmelte er. »Und ich brauche dich.«

Sie nickte und legte den Kopf gegen seine Schulter, weil sich damit alles ausdrücken ließ.

Es hatte wieder zu schneien begonnen, und erst drei Tage später war an eine Fahrt in die Stadt zu denken. Laura sah Gabriel zu, wie er den letzten Becher Kaffee leerte und sich den Parka anzog.

»Ich komme so schnell wie möglich zurück.«

»Es wäre mir lieber, du lässt dir Zeit und achtest auf die Straße.«

»Der Jeep fährt wie ein Panzer.« Er nahm die Handschuhe, die sie ihm reichte, streifte sie jedoch nicht über. »Ich lasse dich äußerst ungern allein.«

»Gabriel, ich passe schon ziemlich lange allein auf mich auf.«

»Die Dinge haben sich geändert. Meine Anwälte haben die Heiratslizenz wahrscheinlich schon geschickt.«

Sofort widmete sie sich dem Frühstücksgeschirr. »Das wäre ja schnelle Arbeit.«

»Sie werden für schnelles Arbeiten bezahlt und hatten

immerhin drei Tage Zeit. Falls ich es schaffe, bringe ich aus der Stadt einen Friedensrichter mit.«

Laura entglitt eine Tasse, und sie fiel ins Seifenwasser. »Heute?«

»Du hast es dir doch nicht etwa anders überlegt?«

»Nein, aber …«

»Ich will, dass mein Name auf der Geburtsurkunde steht.« Ihr Zögern ließ ihn sekundenlang in Panik geraten. »Es wäre alles wesentlich unkomplizierter, wenn wir vor der Geburt verheiratet sind.«

»Ja, das macht Sinn.« Es kam ihr so überstürzt vor. Sie steckte die Hände ins Wasser und begann mit dem Abwasch. Auch die erste Hochzeit hatte überstürzt stattgefunden, ein Wirbelwind aus Blumen und Champagner und weißer Seide.

»Mir ist klar, dass du es vielleicht etwas festlicher lieber hättest, aber unter den Umständen …«

»Nein.« Sie drehte sich lächelnd um. »Nein, das ist mir nicht wichtig. Wenn du es für heute arrangieren kannst, ist das in Ordnung.«

»Ich werde es jedenfalls versuchen. Warum legst du dich nicht hin, bis ich zurückkomme? Du hast nicht sehr gut geschlafen.«

Nein, das hatte sie wirklich nicht. Der Albtraum war zurückgekehrt, und sie hatte sich erst beruhigt, als Gabriel zu ihr ins Bett geschlüpft war. »Keine Sorge, ich passe schon auf mich auf.«

»Ein Abschiedskuss wird dich sicher nicht überanstrengen.«

Das ließ sie lächeln. Mit tropfenden Händen drehte sie sich um und reckte ihm die Lippen entgegen.

»Noch nicht einmal verheiratet, und du küsst mich schon, als wären wir seit zwanzig Jahren zusammen.« Ihre Stimmung besserte sich schlagartig, als er einfach nur an ihrer Unterlippe knabberte. Sekunden später war sie in seinen Armen, und der folgende Kuss fiel alles andere als flüchtig aus.

»Schon besser«, flüsterte er. »Jetzt leg dich hin. Ich bin in spätestens zwei Stunden zurück.«

»Fahr vorsichtig.«

Er schloss die Tür. Kurz darauf hörte sie den Motor des Jeeps anspringen. Sie ging ins Wohnzimmer, um ihm nachzusehen.

Seltsamerweise fühlte sie sich nicht einsam, als sich die Stille über die Hütte senkte. Aber nervös, das musste sie sich eingestehen. Bräute haben das Recht, nervös zu sein, dachte sie mit leisem Lachen. Wenn es nach Gabriel ginge, würden sie heute Nachmittag heiraten. Und es ging meistens nach ihm.

Ihr Leben würde sich erneut ändern.

Diesmal zum Besseren. Sie würde es besser machen.

Als der Schmerz in ihrem Rücken stärker wurde, presste sie eine Hand dagegen. Sie gab der unruhigen Nacht die Schuld daran und ging, um sich abzulenken, zum Porträt hinüber.

Gabriel hatte es am Tag zuvor vollendet. Sie wusste, dass die Farbe noch mehrere Tage brauchen würde, um zu trocknen und sich abzulagern, also berührte sie es nicht. Stattdessen setzte sie sich auf den Hocker, den Gabriel manchmal benutzte, und studierte ihr Ebenbild.

So sieht er mich also, dachte sie. Ihre Haut war bleich, mit nur einem Hauch von Farbe an den Wangenknochen. Es war dieses fast durchsichtige Weiß, das sie wie ein Engel wirken ließ. Und so nannte er sie auch ab und zu. Die Laura auf dem Bild wirkte verträumt, und genau das hatte sie getan, in den vielen Stunden, in denen Gabriel sie gemalt hatte – geträumt. In den Augen und um den Mund herum lag mehr Verletzlichkeit, als ihr lieb sein konnte. Die Art, wie sie den Kopf hielt, symbolisierte Stärke und Unabhängigkeit, aber der traurige Ausdruck in den Augen schien die Stärke wieder zunichtezumachen.

Ich interpretiere zu viel hinein, entschied Laura und rieb sich erneut den schmerzenden Rücken.

In wenigen Stunden würde sie heiraten. Ohne Hochzeitsgäste, ohne Glückwünsche, ohne einen Klavierspieler mit romantischen Stücken, ohne einen Teppich aus Rosenblüten. Aber auch so, ohne diese Äußerlichkeiten, würde sie eine Braut sein. Vielleicht würde es nicht sonderlich festlich aussehen, aber wenigstens aufgeräumt sollte es sein.

Sie wollte sich an die Arbeit machen, doch der Schmerz ließ es nicht zu. Sie legte sich hin. Zwei Stunden später hörte sie den Jeep die Auffahrt herunterkommen. Sie blieb noch einen Moment liegen, verdrängte den Schmerz und sehnte sich nach einem heißen Bad. Als sie das Wohnzimmer betrat, führte Gabriel gerade ein älteres Paar in die Hütte.

»Laura, dies sind Mr. und Mrs. Witherby. Mr. Witherby ist Friedensrichter.«

»Hallo. Es ist nett, dass Sie den weiten Weg gemacht haben.«

»Gehört zum Job«, erwiderte Mr. Witherby und rückte seine schon leicht beschlagene Brille zurecht. »Außerdem war Ihr junger Mann hier ziemlich hartnäckig.«

»Machen Sie sich um diesen alten Mann hier keine Sorgen.« Mrs. Witherby streichelte ihrem Mann den Arm und musterte Laura. »Er ist ein richtiger Jammerlappen.«

»Kann ich Ihnen etwas anbieten? Kaffee vielleicht?«

»Lassen Sie nur. Mr. Bradley hat den Wagen voller Vorräte. Setzen Sie sich und überlassen Sie das ihm.«

Schon legte sie Laura die zerbrechlich wirkenden Hände auf den Arm und führte sie zum Sofa. »Der Mann ist so nervös wie eine Gans zu Weihnachten«, flüsterte sie. »Es tut ihm gut, wenn er eine Weile beschäftigt ist.«

Laura glaubte zwar nicht, dass Gabriel sonderlich nervös war, aber vielleicht hatten die beiden Witherbys ja den geschulteren Blick. Sie hörte, wie er in der Küche mit Tüten und Dosen hantierte. »Ich sollte ihm wohl lieber helfen.«

»Sie setzen sich jetzt hier hin.« Mrs. Witherby winkte ihren Mann herüber. »Eine schwangere Frau hat das Recht, sich bedienen zu lassen. Wenn das Baby erst da ist, werden Sie kaum noch zum Sitzen kommen, das können Sie mir glauben.«

Dankbar ließ Laura sich aufs Polster sinken. »Haben Sie Kinder?«

»Sechs davon. Und jetzt haben wir zweiundzwanzig Enkel und fünf Urenkel.«

»Und eins ist noch unterwegs«, fügte Mr. Witherby hinzu und zog seine Pfeife heraus.

»Das stinkende Ding steckst du gleich wieder weg«, ermahnte ihn seine Frau. »Die junge Lady erwartet ein Kind, und du wirst ihr nicht das Zimmer verpesten.«

»Ich will sie ja gar nicht anstecken.« Er begann auf dem Mundstück herumzukauen.

Zufrieden, dass sie ihren Mann in die Schranken gewiesen hatte, wandte sie sich wieder Laura zu. »Das ist aber ein hübsches Bild.« Sie zeigte auf eine großflächig gestaltete Landschaft, die durchaus einen sechsstelligen Preis erzielen konnte. »Ist Ihr Mann so 'n Künstlertyp?«

Ihr Mann. Die Formulierung rief bei Laura zugleich einen Anflug von Panik und eine freudige Erregung hervor. »Ja, Gabriel ist Künstler.«

»Ich mag Gemälde«, gab Mrs. Witherby im Plauderton zurück. »Hab mir eins übers Sofa gehängt. Ein schönes Meeresufer.«

Gabriel kam mit dem Arm voller Blumen aus der Küche. Er räusperte sich verlegen. »Die gab's auf dem Markt.«

»Und er hat den ganzen Stand leer gekauft«, bemerkte Mrs. Witherby schmunzelnd. Dann hievte sie sich mit pfeifendem Atem aus dem Sofa. »Haben Sie denn keine Vase? Sie kann doch nicht alle davon tragen.«

»Nein, wenigstens ... Ich weiß nicht.«

»Männer.« Seufzend zwinkerte sie Laura zu. »Kommen Sie, ich kümmere mich schon darum. Sie könnten etwas Sinnvolles tun. Zum Beispiel mehr Holz aufs Feuer legen. Wir wollen doch nicht, dass Ihre Lady sich erkältet.«

»Ja, Ma'am.« Gehorsam ging Gabriel zum Kamin hinüber.

»Lassen Sie sich nicht herumscheuchen, mein Junge«, riet Mr. Witherby. »Mich kommandiert sie seit fünfundzwanzig Jahren herum.«

»Sonst würdest du Faulpelz doch überhaupt nichts mehr tun«, rief Mrs. Witherby von der Küche her. Er schmunzelte.

»Ihr beide wisst hoffentlich, worauf ihr euch einlasst.«

Gabriel wischte sich die Hände an den Jeans ab und grinste. »Nein.«

»Das ist die richtige Einstellung.« Witherby lachte und legte den Kopf an die Rückenlehne. »Essie, nun setz dein klappriges Knochengerüst, das du Körper nennst, schon in Bewegung. Diese beiden hier möchten heiraten, solange sie noch jung sind.«

»Hüte deine Zunge«, murmelte sie. »Zähne hast du ja schon fast keine mehr«, fügte sie hinzu, als sie mit einer Gießkanne voller Blumen ins Zimmer kam. Sie stellte sie mitten auf den Couchtisch, nickte zufrieden und reichte Laura eine einzelne weiße Nelke.

»Danke schön. Sie sehen wunderbar aus.« Laura wollte aufstehen und verzog das Gesicht, als der Schmerz sie zu durchbohren schien. Gabriel eilte an ihre Seite und half ihr hoch.

Dann standen sie vor dem Kamin. Hinter ihnen prasselte das Feuer, und der Duft der Blumen vermischte sich mit dem würzigen Geruch des brennenden Holzes. Die Worte waren schlicht und uralt. Mrs. Witherby hatte unzählige Hochzeiten erlebt, betupfte sich aber dennoch mit dem Taschentuch die Augen.

Zu lieben. Zu ehren. In guten wie in schlechten Zeiten.

Der Ring, den Gabriel Laura über den Finger streifte, war einfach, nur ein goldener Reif, der eine Nummer zu groß war. Sie sah auf ihre Hand hinab und spürte etwas in sich wachsen. Es war warm und eindringlich und atemberaubend. Sie ließ ihre Hand in seine gleiten, sprach die Worte nach, und jedes einzelne davon kam von Herzen.

Das soll der Mensch nicht scheiden …

»Sie dürfen die Braut jetzt küssen«, forderte Witherby ihn auf, doch Gabriel hörte es nicht.

Es war vollbracht. Es war nicht mehr rückgängig zu machen. Bis zu diesem Moment war ihm nicht recht klar gewesen, wie viel es ihm bedeuten würde.

Ohne ihre Hand loszulassen, küsste er Laura und besiegelte das Versprechen.

»Herzlichen Glückwünsch.« Mrs. Witherby presste ihren Mund erst auf Gabriels, dann auf Lauras Wange. »Jetzt setzen Sie sich wieder hin, Mrs. Bradley. Ich mache Ihnen eine schöne Tasse Tee, bevor wir Ihren Mann wieder entführen.«

»Vielen Dank, aber wir haben keinen Tee.«

»Ich habe welchen gekauft«, warf Gabriel ein.

»Und alles, was er sonst noch zwischen die Finger bekam. Komm schon, Ethan, hilf mir mal.«

»Eine Tasse Tee solltest du doch allein hinbekommen.«

Mrs. Witherby verdrehte die Augen. »Man sollte meinen, der alte Ziegenbock hätte etwas mehr Sinn für Romantik. Schließlich hat er in seinem Leben mehr als fünfhundert Paare getraut. Los jetzt, Ethan, ab in die Küche. Lass die beiden jungen Leute mal für fünf Minuten allein.«

Er brummte etwas vom Abendbrot, das er jetzt haben wollte, und folgte ihr widerstrebend.

»Sie sind wunderbar«, murmelte Laura.

»Es war ein hartes Stück Arbeit, ihn vom Fernseher wegzubekommen. Sie musste ihn buchstäblich aus dem Haus zerren.«

Ein verlegenes Schweigen folgte. »Es war nett von dir, an die Blumen zu denken … und an den Ring.«

Er hob ihre Hand und musterte ihn. »In Lonesome Ridge gibt es keinen Juwelier. Solche wie diesen kann man im Eisenwarengeschäft kaufen. Sie liegen gleich neben den Nägeln. Kann sein, dass dein Finger sich davon grün färbt.«

Sie lachte. Jetzt würde sie den Ring umso mehr schätzen. »Ob du es glaubst oder nicht, aber dadurch, dass du Tee gekauft hast, hast du vielleicht mein Leben gerettet.«

»Ich habe auch Marshmallows gekauft.«

Gegen ihren Willen begann sie zu weinen. »Tut mir leid. Irgendwie kann ich nicht anders.«

»Ich weiß, es war nicht gerade die Hochzeit des Jahrhunderts. Wenn wir wieder in San Francisco sind, veranstalten wir eine Party oder einen Empfang oder so was.«

»Nein, nein, das ist es nicht.« Obwohl sie die Hände vor das Gesicht schlug, waren die Tränen nicht aufzuhalten. »Es war wunderschön, und ich weiß gar nicht, wie ich dir danken soll.«

»Mit dem Weinen aufzuhören wäre ein guter Start.« In seiner Tasche hatte er ein verschlissenes Halstuch, das er beim Malen häufiger als Lappen benutzte. Er zog es heraus und bot es ihr an. »Laura, wir sind jetzt rechtmäßig verheiratet. Das bedeutet, dass du mir nicht mehr für jeden Strauß Gänseblümchen dankbar sein musst.«

Sie schluchzte in den Lappen und versuchte zu lächeln. »Ich glaube, es waren die Marshmallows.«

»Mach so weiter, und du bekommst nie mehr welche.«

»Ich möchte, dass du weißt …« Sie trocknete sich das Gesicht ab. »Du sollst wissen, dass ich alles tun werde, um dich glücklich zu machen. Damit du nie bereuen musst, was du heute getan hast.«

»Ich werde es bereuen«, erwiderte er ungeduldig, »wenn du weiterhin so tust, als hätte ich dir auf einem sinkenden Schiff die einzige Schwimmweste gegeben. Ich habe dich geheiratet, weil ich es wollte, nicht um den edlen Retter zu markieren.«

»Ja, aber ich …«

»Halt den Mund, Laura.« Um ganz sicherzugehen, hielt er ihn ihr selbst zu. Mit den Lippen. Und zum ersten Mal fühlte sie die wahre Wucht seiner Leidenschaft, seines Verlangens, seines Begehrens. Mit einem Überraschungslaut zog sie ihn fester an sich.

»Bald reicht mir das nicht mehr«, sagte er, und sie fühlte, wie seine Lippen sich bewegten. »Ich möchte mit dir schlafen, Laura. Und danach wirst du gar nicht mehr die Kraft haben, um mir zu danken.«

Bevor ihr eine Antwort einfiel, erschien Mrs. Witherby mit dem Tee. »Nun gönnen Sie dem armen Ding 'ne Erholungspause. Hier, trinken Sie das, solange es noch heiß ist.« Sie stellte die Tasse vor Laura auf den Tisch. »Ich störe Sie an Ihrem Hochzeitstag nur ungern, Mr. Bradley, aber je früher Sie uns wieder in die Stadt fahren, desto früher sind Sie auch wieder hier und können Ihrer Frau das prächtige Steak machen, das Sie gekauft haben.«

Sie griff nach ihrem Mantel. Laura konnte nicht anders, sie musste der alten Dame einfach eine Blume schenken. Sie zupfte eine aus der Gießkanne und brachte sie ihr. »Ich werde Sie nie vergessen, Mrs. Witherby«, sagte sie.

Mrs. Witherby schnüffelte gerührt an der Blüte. »Passen Sie gut auf sich und das Baby auf. Beweg dich, Ethan.«

»Es wird nicht länger als eine Stunde dauern«, versicherte Gabriel ihr. »Die Straßen sind ziemlich passierbar. Ich finde wirklich, du solltest dich ausruhen, Laura. Du siehst erschöpft aus.«

»Eigentlich sollte ich ja strahlen. Aber ich verspreche dir, bis du zurückkommst, werde ich nichts Schwereres heben als eine Teetasse.«

Als sie diesmal dem Jeep nachsah, rieb sie mit dem Finger über ihren Ehering. So wenig Aufwand, um ihr Leben so sehr zu ändern.

Sie krümmte sich, um den Schmerz im Rücken zu lindern, und ging durchs Zimmer, um ihren Tee zu trinken.

Noch nie hatte ihr der Rücken so wehgetan, nicht einmal, als sie auf der Farm ihrer Tante einen ganzen Tag lang gearbeitet hatte. Der Schmerz war dauerhaft und tief. Sie versuchte es mit einer Streckbewegung, kauerte sich zusammen, streckte sich wieder. Dann konzentrierte sie sich darauf, den Tee aufzuwärmen und Marshmallows zu rösten.

Sie war noch keine zehn Minuten allein, als die ersten Wehen einsetzten.

Es war nicht der vage Schmerz, von dem sie gelesen hatte. Es war intensiv und unablässig. Sie war nicht darauf vorbereitet gewesen und schaffte es nicht, sich mit ruhigem Atmen darüber hinwegzuretten. Stattdessen verkrampfte sie sich, kämpfte dagegen an und sank schließlich auf dem Sofa zusammen, als der Schmerz endlich etwas nachließ.

Das konnten nicht die Geburtswehen sein. Ihr brach der Schweiß aus, als sie den Gedanken verwarf. Es war viel zu früh, einen ganzen Monat zu früh, und es war viel zu plötzlich gekommen. Das müssen die einsetzenden Vorwehen sein, redete sie sich ein. Ausgelöst durch ihre Nervosität und die ganze Aufregung.

Aber da waren die Rückenschmerzen. Sie bemühte sich, ruhig zu bleiben, und setzte sich wieder gerade hin. War es möglich, dass sie den ganzen Morgen hindurch Senkwehen gehabt hatte?

Nein, es mussten die Vorwehen sein. Es mussten sie einfach sein.

Aber als sie zum zweiten Mal einsetzten, begann sie die Zeit zu nehmen.

Sie lag im Bett, als Gabriel zurückkehrte, konnte ihn aber nicht rufen, weil gerade erneut die Wehen eingesetzt hatten. Die Furcht, die sie vor einer Stunde gepackt hatte, war etwas schwächer geworden. Jetzt war er wieder da, und das bedeutete, dass alles gut werden würde. Sie hörte, wie er Holz aufs Feuer legte, holte nochmals tief Luft, als der Schmerz nachließ, und rief nach ihm.

Die Dringlichkeit in ihrer Stimme ließ ihn das Zimmer mit drei raschen Schritten durchqueren. An der Schlafzimmertür blieb er stehen. Das Herz schlug ihm bis zum Hals.

Halb liegend, halb sitzend lehnte sie sich gegen die Kissen in ihrem Rücken. Ihr Gesicht war schweißnass. Ihre ohnehin schon dunklen Augen waren fast schwarz.

»Ich werde unser Abkommen nicht ganz einhalten können«, stieß sie hervor und bemühte sich um ein Lächeln, weil sie in seinem Gesicht dieselbe Angst erkannte, die sie selbst fühlte. »Das Baby hat beschlossen, etwas früher zu kommen.«

Er stellte keine Fragen, und für seinen gewohnten trockenen Humor war jetzt auch nicht die Zeit, das wusste er. Er eilte zu ihr, ergriff ihre Hand. »Mach dir keine Sorgen. Ich rufe einen Arzt.«

»Gabriel, das Telefon funktioniert nicht.« Ihre Stimme klang mal brüchig, mal ruhig. »Ich habe es schon probiert.«

»Okay.« Er zwang sich zur Ruhe und schob ihr das feuchte Haar aus dem Gesicht. »Auf der Straße hat es einen

Unfall gegeben. Vermutlich ist eine Leitung gerissen. Ich hole ein paar zusätzliche Decken und bringe dich in die Stadt.«

Sie presste die Lippen zusammen. »Gabriel, es ist zu spät. Ich schaffe es nicht mehr.« Sie wollte schlucken, aber die Furcht hatte ihr Mund und Kehle ausgetrocknet. »Ich liege seit Stunden in den Wehen, den ganzen Morgen schon, und wusste es nicht. Es sind Geburtswehen, aber ich habe nicht darauf geachtet, weil ich dachte, dass es an den Nerven und dem fehlenden Schlaf liegt.«

»Seit Stunden«, murmelte er und setzte sich behutsam auf die Bettkante. Ihre Finger krallten sich in seine Hand. »Wie weit liegen sie auseinander?«

»Fünf Minuten. Ich bin ...« Sie ließ den Kopf zurückfallen und begann, kurz und hastig zu atmen. Gabriel legte die Hand auf und fühlte, wie ihr Unterleib sich verhärtete.

Er hatte Lauras Bücher über Geburtsvorbereitung und Babypflege durchgeblättert. Um sich die Zeit zu vertreiben, so hatte er es für sich begründet, aber es hatte mehr dahintergesteckt. Er hatte wissen und verstehen wollen, was sie durchmachte. Vielleicht war es reiner Instinkt gewesen, dass er sich jedes Detail, jede Anweisung gemerkt hatte. Doch jetzt, wo sie mit schmerzverzerrtem Gesicht vor ihm lag, schien ihm das Gelesene nicht wieder einzufallen.

Als die Kontraktion vorüberging, schimmerte ihr Gesicht vor frischem Schweiß. »Sie kommen jetzt schneller«, flüsterte sie. »Es ist bald so weit.« Obwohl sie sich auf die Lippe biss, entrang sich ihr ein Schluchzen. »Ich darf das Baby nicht verlieren.«

»Dem Baby wird nichts passieren – und dir auch nicht.« Er drückte ihr beruhigend die Hand. Sie würden Handtücher brauchen, eine Menge. Faden und Schere mussten sterilisiert werden. In den Büchern hatte alles so einfach ausgesehen. Er hoffte nur, dass es sich auch so einfach in die Tat umsetzen ließ.

»Ich bin gleich wieder da. Ich muss ein paar Sachen holen.« Er sah, wie in ihren Augen der Zweifel aufblitzte, und beugte sich über sie. »Ich lasse dich nicht allein. Ich kümmere mich um dich, Laura. Vertrau mir.«

Sie nickte und schloss die Augen.

Als er wieder ins Schlafzimmer kam, starrte sie gegen die Decke und atmete stoßartig. Nachdem er die frischen Handtücher ans Fußende gelegt hatte, breitete er eine weitere Decke über ihr aus. »Ist dir kalt?«

Sie schüttelte den Kopf. »Aber das Baby wird warm gehalten werden müssen. Es kommt zu früh.«

»Der Kamin heizt kräftig, und wir haben eine Menge Decken.« Behutsam wischte er ihr mit einem kühlen Tuch das Gesicht ab. »Du hast mit den Ärzten geredet, du hast die Bücher gelesen. Also weißt du, was auf dich zukommt.«

Sie sah zu ihm hoch. Ja, sie wusste es, aber nur theoretisch. Mit der Realität hatte das wenig zu tun.

»Die haben gelogen.« Als er die Stirn runzelte, verzogen sich ihre Mundwinkel zu einem schwachen Lächeln. »Die wollen einem weismachen, dass der Schmerz erträglich wird, wenn man ihn akzeptiert.«

Er hob ihre Hand an den Mund und ließ sie dort. »Schrei, so viel du willst. Schrei, bis das Dach wegfliegt. Niemand wird es hören.«

»Ich will das Baby nicht auf die Welt schreien.« Keuchend grub sie die Finger in seine Hand. »Ich kann nicht …«

»Doch, du kannst. Hechle. Hechle, Laura. Drück meine

Hand. Fester. Konzentriere dich nur darauf.« Er sah ihr in die Augen, während sie den Atem herausstieß. »So ist es richtig. Du machst das hervorragend.« Als ihr Körper sich entspannte, ging er ans Fußende. »Der Abstand ist geringer geworden, ja?« Noch während er sprach, kniete er sich aufs Bett und schob die Decke fort.

»Es ist fast keiner mehr zu merken.«

»Dann hast du es bald geschafft. Denk dran.«

Sie wollte sich die Lippen befeuchten, doch ihre Zunge war geschwollen. »Falls mir etwas passiert, versprich, dass …«

»Nichts wird dir passieren«, fiel er ihr ins Wort. Ihre Blicke begegneten sich erneut, ihrer fast glasig vor Schmerz, seiner dunkel vor Entschlossenheit. »Verdammt, ich werde keinen von euch beiden verlieren, verstanden? Wir drei schaffen das. Und jetzt wirst du arbeiten müssen, Engel.«

Jedes Mal, wenn die Schmerzen sie durchströmten, litt er mit. Die Zeit zog sich zäh dahin, während sie Welle auf Welle überstand. Doch dann, wenn sie sich erschöpft ausruhte, schien die Zeit zu rasen. Gabriel wechselte permanent den Standort, arrangierte die Kissen, wischte ihr den Schweiß aus dem Gesicht, kniete sich ans Fußende, um den Fortgang der Geburt zu überprüfen.

Er hörte das Feuer im Kamin prasseln, machte sich aber noch immer Sorgen, es könnte in der Hütte zu kalt sein. Dann wiederum war es die Hitze, die ihm zu schaffen machte, denn Lauras von Wehen geschüttelter Körper schien wie ein Ofen zu glühen.

Er hatte nicht gewusst, was eine Geburt der Frau abverlangte. Er wusste, dass Laura total erschöpft und fast am Ende ihrer Kraft war. Dennoch hielt sie durch, nutzte die kurzen Pausen, um ihre schwindenden Energiereserven anzuzapfen. Der Schmerz schien sie auseinanderzureißen. Sein Hemd war schweißdurchtränkt, und immer wieder feuerte er sie an zu atmen, zu hecheln, sich zu konzentrieren. Sein ganzer Ehrgeiz, seine Freude, seine Trauer, alles in ihm verdichtete sich zu dem einen Wunsch, Laura zu helfen. Sein komplettes Leben schrumpfte auf diesen einen Moment, auf dieses Zimmer, auf die Frau vor ihm zusammen.

Er bewunderte ihren Mut, ihre Tapferkeit, ihre Kraft.

»Hast du schon einen Namen ausgesucht?«, fragte er, um sie abzulenken.

»Ich habe Listen geschrieben. Manchmal versuche ich mir nachts vorzustellen, wie es wohl aussieht, und dann … Oh Gott.«

»Halte durch. Atme tief durch, Engel. Atme ganz ruhig.«

»Ich kann nicht. Ich muss pressen.«

»Noch nicht, noch nicht. Warte noch.« Er beugte sich vor und ließ die Hände über ihren Bauch gleiten. »Hechle, Laura.«

Ihre Konzentration schwand und kehrte wieder. Wenn sie ihm in die Augen starrte, aus ihnen die nötige Kraft sog, dann würde sie es schaffen. »Ich halte es nicht mehr länger aus.«

»Das brauchst du auch nicht. Ich sehe schon den Kopf.« In seiner Stimme lag Faszination, als er wieder zu ihr hochsah. »Ich kann es sehen. Presse mit der nächsten.«

Fast besinnungslos vor Anstrengung gab sie alles an Kraft, was sie noch besaß. Sie hörte das tiefe, lang gezogene Aufstöhnen, ohne zu wissen, dass sie es war. Gabriel rief ihr etwas zu, und automatisch begann sie wieder zu hecheln.

»So ist es gut, wunderbar.« Nur mit Mühe erkannte er

seine eigene Stimme, seine eigenen Hände. Beide zitterten. »Ich habe den Kopf. Dein Baby ist wunderschön. Als Nächstes kommen die Schultern.«

Sie stemmte den Oberkörper hoch, wollte es sehen. »Oh Gott.« Tränen vermischten sich mit Schweiß, als sie die Hände vor den Mund schlug. »Es ist so winzig.«

»Und stark wie ein Ochse. Du musst die Schultern herauspressen.« Der Schweiß tropfte ihm von der Stirn, während er den Kopf des Babys von hinten mit den Händen umfasste und sich darüberbeugte. »Komm schon, Laura, ich will den Rest auch noch zu sehen bekommen.«

Ihre Finger krallten sich in die Decke, und ihr Kopf fiel zurück. Dann gebar sie. Über ihrem eigenen keuchenden Atem hörte sie den ersten Schrei.

»Ein Junge.« Gabriel wurden die Augen feucht, als er das zappelnde neue Leben in den Händen hielt. »Du hast einen Sohn.«

Die Tränen liefen ihr übers Gesicht, und sie begann zu lachen. Der Schmerz und die Angst waren vergessen. »Ein Junge. Ein kleiner Junge.«

»Mit einem lauten Mundwerk, zehn Fingern und zehn Zehen.« Er griff nach ihrer Hand und drückte sie fest. »Er ist perfekt, Engel.«

Ihre Finger verschränkten sich über dem Baby, und die Hütte hallte wider vom schrillen, protestierenden Geschrei des Neugeborenen.

Sie fand keine Ruhe. Laura wusste, dass Gabriel ihr gesagt hatte, sie solle schlafen, aber es gelang ihr nicht, die Augen zu schließen. Das Baby, beinahe eine Stunde alt, war in Decken eingehüllt, und sie hielt es in den Armen. Er schläft, dachte sie, aber sie musste ihm einfach mit der Fingerspitze übers Gesicht fahren.

So winzig. Vier Pfund und 466 Gramm auf der Küchenwaage, die Gabriel im Abstellraum gefunden und abgeschrubbt hatte. Vierundvierzigeinhalb Zentimeter groß, mit einem blassblonden Flaum auf dem Kopf. Sie musste ihn immerzu ansehen.

»Er verschwindet nicht, weißt du, wenn du wegschaust.«

Laura sah zur Tür hinüber und lächelte. Die Erschöpfung hatte sie so blass werden lassen, dass ihre Haut fast durchsichtig wirkte. Ihre Augen glühten triumphierend. »Ich weiß.« Sie streckte ihm eine Hand entgegen. »Ich freue mich, dass du gekommen bist«, sagte sie, als er sich aufs Bett setzte. »Ich weiß, wie kaputt du sein musst, aber bleib doch eine Minute.«

»Du hast die ganze Arbeit gemacht«, murmelte er und rieb dem Baby mit dem Daumen über die Wange.

»Das ist nicht wahr. Und das möchte ich dir sagen. Ohne dich hätten wir es nicht geschafft.«

»Natürlich hättet ihr das. Ich war eigentlich nur so eine Art Cheerleader.«

»Nein.« Ihre Hand schloss sich fester um seine, bis er sie ansah. »Du bist für dieses Leben so verantwortlich wie ich. Nicht nur, weil dein Name auf der Geburtsurkunde stehen wird, weil du uns helfen willst. Es ist mehr als das. Du hast ihn auf die Welt geholt. Nichts, was ich sagen oder tun könnte, wäre Dank genug. Guck nicht so.« Sie lachte leise und ließ sich in die Kissen zurücksinken. »Ich weiß, du kannst es nicht ausstehen, wenn man dir dankt, aber das tue ich ja auch gar nicht.«

»Nein?«

»Nein.« Sie legte das Baby aus ihren Armen in seine. Es war eine Geste, die weit mehr aussagte als die Worte, die ihr folgten. »Ich will dir sagen, dass du heute mehr als eine Ehefrau bekommen hast.« Das Baby schlief zwischen ihnen friedlich weiter. Er wusste nicht, was er antworten sollte. Er berührte die winzige Hand und sah zu, wie sie sich automatisch zusammenzog. Als Künstler hatte er gedacht, die Schönheit in ihrer ganzen Breite zu kennen. Aber bis heute hatte er das nicht wirklich getan.

»Ich habe über Frühgeborene nachgelesen«, begann er. »Sein Gewicht ist in Ordnung, und in dem Buch stand, dass ein nach der vierunddreißigsten Woche geborenes Baby in ziemlich guter Verfassung ist. Trotzdem möchte ich euch beide in ein Krankenhaus bringen. Meinst du, du bist kräftig genug, um morgen nach Colorado Springs zu fahren?«

»Wir sind beide kräftig genug.«

»Dann brechen wir gleich morgens auf. Möchtest du jetzt etwas essen?«

»Nur ein Pferd, mehr nicht.«

Er grinste, aber es fiel ihm schwer, ihr das Baby wiederzugeben. »Du wirst dich mit einem Beefsteak zufriedengeben müssen. Hat er denn keinen Hunger?«

»Ich könnte mir vorstellen, dass er uns das schon merken lässt.«

Wie zuvor Laura, so gab auch er dem unwiderstehlichen Drang nach, das Gesicht des Kindes nachzuzeichnen. »Was ist mit dem Namen? Wir können ihn doch nicht immer ›er‹ nennen.«

»Nein, das können wir nicht.« Laura strich dem Baby über den weichen Flaum. »Ich dachte mir, du würdest vielleicht gern den Namen aussuchen.«

»Ich?«

»Ja, du hast doch bestimmt einen Lieblingsnamen oder den einer Person, die dir wichtig ist. Ich möchte, dass du einen aussuchst.«

»Michael«, murmelte er und sah auf den schlafenden Säugling hinab.

6. Kapitel

San Francisco. Es stimmte, dass Laura die Stadt schon immer hatte sehen wollen. Aber sie hatte nie erwartet, dass sie mit einem zwei Wochen alten Sohn und einem Ehemann dort ankommen würde. Und sie hatte auch nie erwartet, in ein großes würdevolles Haus an der Bucht gebeten zu werden.

Gabriels Haus. Und meins, dachte sie voller Nervosität, während sie mit dem Daumen über ihren Ehering rieb. Es war kindisch, so aufgeregt zu sein, nur weil das Haus so schön und gewaltig war. Es war lächerlich, sich so klein und unsicher zu fühlen, nur weil Reichtum und Prominenz in der Luft lagen und man sie bei jedem Atemzug zu riechen glaubte.

Sie tat es trotzdem.

Sie betrat die gekachelte Eingangshalle und sehnte sich sofort wieder nach der kleinen Hütte in den Bergen. Als sie Colorado verließen, hatte es erneut zu schneien begonnen, und obwohl die milde Frühlingsbrise und die winzigen Knospen wundervoll waren, wünschte sie sich in die Kälte und Wildheit der Rocky Mountains zurück.

»Es ist wunderschön«, sagte sie leise und sah zu der sanft geschwungenen Treppe hinauf.

»Es hat meiner Großmutter gehört.« Gabriel stellte das Gepäck ab und betrachtete seine gewohnte Umgebung. Es war ein Haus, dessen zurückhaltende Schönheit und ausgewogenen Stil er immer geschätzt hatte. »Sie hat es nach ihrer

Heirat behalten. Soll ich dich herumführen, oder möchtest du dich lieber ausruhen?«

Fast hätte sie das Gesicht verzogen. Es war, als spräche er mit einem Gast. »Wenn ich mich so oft ausruhen würde, wie du möchtest, würde ich den Rest des Jahres im Schlaf verbringen.«

»Dann zeige ich dir den oberen Stock.« Er wusste, dass er höflich klang, übertrieben höflich, aber seit sie aus dem Flugzeug gestiegen waren, war seine Nervosität stetig gewachsen. Je weiter sie sich von Colorado entfernt hatten, desto weiter hatte Laura sich von ihm zurückgezogen. Es war nichts, worauf er den Finger hätte legen können, nichts Konkretes, aber es war da.

Er griff nach den beiden Koffern und ging zur Treppe. Er brachte seine Frau und seinen Sohn nach Hause. Und wusste nicht richtig, was er ihnen sagen sollte. »Ich habe dieses Schlafzimmer benutzt.« Er betrat den Raum und stellte die Koffer ans Fußende eines großen Eichenholzbetts. »Falls du lieber ein anderes möchtest, können wir das arrangieren.«

Laura nickte. Sie hatten zwar ein Motelzimmer geteilt, während das Baby im Krankenhaus untersucht wurde, und ein Bett in der Hütte, in der Nacht vor Michaels Geburt. Aber hier war das anders. Alles war hier anders.

»Es ist ein wunderschönes Zimmer.«

Das war es wirklich. Mit der hohen Decke und den auf Hochglanz restaurierten Antiquitäten. Es gab eine Terrasse, und durch die Glastür konnte sie den Garten mit seinen grünen Blättern sehen. Der Fußboden glänzte dunkel und ließ wie der Orientteppich mit seinen blassen Farben erkennen, wie alt und selbstverständlich der Wohlstand in diesem Haus war.

»Dort geht es zum Bad«, erklärte Gabriel, während sie mit dem Finger über die geschnitzten Verzierungen einer schmalen Kommode fuhr. »Mein Atelier liegt am Ende des Flurs. Dort ist das Licht am besten. Gleich neben diesem ist ein Raum, der als Kinderzimmer dienen kann.«

Wenn sie über das Baby sprachen, entspannte sich die Atmosphäre zwischen ihnen. »Ich möchte es sehen. Nach all den Tagen im Brutkasten hat Michael ein eigenes Zimmer verdient.«

Sie folgte Gabriel ins benachbarte Zimmer. Es war in Blau und Grau gehalten, mit einem majestätischen Vier-Pfosten-Bett und einem mit vielen Kissen gepolsterten Erkersitz. Wie in den anderen Räumen, die sie eben gesehen hatte, so hingen auch hier Bilder an den Wänden, manche von Gabriel, andere von Malern, deren Arbeit er respektierte.

»Es ist schön, aber wo willst du all diese Sachen lassen?«

»Die können gelagert werden.« Mit einem Schulterzucken tat er die wertvollen Möbel ab. »Michael kann in unserem Zimmer bleiben, bis es fertig ist.«

»Macht dir das auch nichts aus? Es wird noch Wochen dauern, bis er nachts durchschläft.«

»Wenn es für euch beide bequemer ist, kann ich euch in einem Hotel unterbringen, bis hier alles erledigt ist.«

Sie wollte etwas sagen, doch dann sah sie den Ausdruck in seinen Augen. »Tut mir leid. Ich kann mich an das alles noch nicht gewöhnen.«

»Gewöhne dich daran.« Er legte ihr eine Hand unters Kinn. Wenn er das tat, war sie fast bereit zu glauben, dass ein Traum Wirklichkeit geworden war. »Mir fehlt vielleicht die Ausstattung, um ihn zu füttern, aber ich werde lernen, wie man Windeln wechselt. Man sagt mir geschickte Hände nach.«

Bevor sie sich entscheiden konnte, ob sie sich umarmen lassen oder sich von ihm lösen sollte, schrie das Baby und ließ ihr keine Wahl mehr. »Wo wir gerade vom Füttern reden ...«

»Im Schlafzimmer, dort ist es am bequemsten. Ich erledige inzwischen ein paar Anrufe.«

Sie wusste, was kommen würde. »Deine Familie?«

»Sie werden dich treffen wollen. Kann ich dir das schon heute Abend zumuten?«

Sie wollte ihn anfahren, ihm sagen, dass sie keine Invalidin sei. Aber sie wusste, dass er nicht ihren körperlichen Zustand meinte. »Ja, natürlich.«

»Schön. Ich kümmere mich um die Kinderzimmereinrichtung. Hast du dir bestimmte Farben gedacht?«

»Nun, ich ...« Sie hatte erwartet, das Zimmer selbst zu streichen, und sich irgendwie darauf gefreut. Aber jetzt war alles anders. Die Hütte war rasch ihr gemeinsames Zuhause geworden, doch dieses Haus gehörte ihm allein. »Gelb würde mir gefallen«, sagte sie. »Und weiß.«

Sie saß in einem Sessel am Fenster, während Michael seinen Hunger stillte. Endlich hatte sie ihn immer bei sich, konnte ihn dauernd ansehen und berühren. Es war ihr schwergefallen, ihn im Krankenhaus zurückzulassen und im Motel auf seine Entlassung zu warten. Auch wenn sie ihn so oft wie möglich besucht hatte.

Lächelnd sah sie auf ihn hinab. Seine Augen waren geschlossen, und seine Hand lag an ihrer Brust.

Er nahm bereits zu. Gesund, hatte der Arzt in Colorado Springs gesagt. Kerngesund. Und auf der Banderole um sein Handgelenk hatte Michael Monroe Bradley gestanden.

Sie fragte sich, wer dieser Michael wohl sein mochte. Gabriels Michael. Sie hatte ihn nicht gefragt, wusste jedoch, dass der Name, die Person ihm viel bedeutete.

»Jetzt bist du Michael«, murmelte sie, als das Baby an ihrer Brust zu schlummern begann.

Später legte sie ihn aufs Bett und umgab ihn mit Kissen, obwohl sie wusste, dass er noch nicht krabbeln konnte. Dann holte sie eine Haarbürste aus ihrem Koffer. Es kam ihr unsinnig vor, aber sie wollte dem Raum ihre persönliche Note geben und legte die Bürste auf Gabriels Kommode, bevor sie hinausging.

Sie fand ihn unten, in einer dunkel getäfelten Bibliothek mit weichem grauen Teppichboden. Er telefonierte gerade, und sie wollte sich rasch zurückziehen, doch er winkte sie herein und sprach weiter.

»Die Bilder müssten Ende der Woche hier sein. Ja, ich bin wieder im Geschäft. Du solltest sie dir erst einmal ansehen. Nein, ich werde hier ein paar Tage zu tun haben, aber trotzdem danke. Ich lasse es dich wissen.« Er legte auf und warf Laura einen fragenden Blick zu. »Michael?«

»Er schläft. Ich weiß, bisher war keine Zeit dazu, aber er wird ein eigenes Bett brauchen. Ich dachte mir, ich gehe eins kaufen, wenn du inzwischen auf ihn aufpasst.«

»Mach dir darum keine Gedanken. Meine Eltern kommen bald herüber.«

»Oh.«

Er setzte sich auf die Schreibtischkante und runzelte die Stirn. »Sie sind keine Ungeheuer, Laura.«

»Natürlich nicht. Es ist nur, dass … Es kommt mir nur so riskant vor«, platzte sie heraus. »Je mehr Leute von Michael wissen, desto gefährlicher wird es.«

»Du kannst ihn doch nicht in eine Glaskugel sperren. Ich dachte, du vertraust mir.«

»Das tue ich«, versicherte sie rasch, aber nicht rasch genug für ihn.

»Du hast eine Entscheidung getroffen, Laura. An dem Tag, an dem er geboren wurde, hast du ihn mir gegeben. Nimmst du ihn jetzt wieder zurück?«

»Nein. Aber hier ist alles anders. Die Hütte war ...«

»Ein ideales Versteck. Für uns beide. Hier und jetzt müssen wir uns dem stellen, was als Nächstes passiert.«

»Was passiert als Nächstes?«

Er griff nach einem Briefbeschwerer, einer Bernsteinkugel mit goldfarbenen Fäden im Inneren. Er legte ihn wieder hin und ging zu ihr. Sie hatte schnell an Gewicht verloren. Ihr Bauch war fast wieder flach, ihre Brüste straff und wohlgeformt, ihre Taille unglaublich schmal. Er fragte sich, wie es wäre, sie in den Armen zu halten, jetzt, wo das Warten vorüber war.

»Wir könnten hiermit anfangen.«

Er küsste sie, erst behutsam, dann, als er ihre Reaktion spürte, wilder. Danach hatte er sich so sehr gesehnt, nach dieser Nähe, dieser Zärtlichkeit. Als er sie an sich zog, schmiegte sie sich an ihn, als wären ihre Körper füreinander geschaffen. Genau so hatte er es sich ausgemalt. Ihr Haar war hochgebunden, und es bedurfte nur einer kurzen Handbewegung, um es auf ihre Schultern hinabfließen zu lassen. Sie murmelte etwas, einen Laut der Überraschung oder der Zustimmung, und schlang die Arme um ihn.

Leidenschaft, kaum gebändigt, und Verlangen, auf Erfüllung drängend, ging von ihm auf sie über. In ihr kam etwas an die Oberfläche, das lange vergraben gewesen war, und es nahm zu, bis sie sich an ihn presste und seinen Namen flüsterte.

Dann glitten seine Lippen über ihr Gesicht. Sie tasteten sich über ihren Hals, schienen die Haut zunächst zu versengen, dann zu kühlen, während seine Hände die neu gewonnene Freiheit nutzten und ihren Körper erkundeten.

Zu früh. Ein Teil seines Ichs bewahrte die Vernunft und wusste, dass es zu früh war für mehr als einen Kuss, eine Berührung. Aber je mehr er sich gestattete, desto ungeduldiger wurde er. Er schob sie an den Schultern von sich und rang um Atem.

»Vielleicht vertraust du mir nicht mehr so wie früher, Engel. Aber diesem hier kannst du vertrauen. Ich will dich.«

Sie presste das Gesicht gegen seine Schulter. »Gabriel, ist es falsch, wenn ich mir wünsche, dass es nur uns drei gibt?«

»Nicht falsch.« Er starrte über ihren Kopf hinweg, während er ihr übers Haar strich. »Aber nicht möglich und nicht sehr fair Michael gegenüber.«

»Du hast recht.« Sie holte tief Luft und machte einen Schritt zurück. »Ich werde nach ihm sehen.«

Die Gefühle, die Gabriel in ihr hervorgerufen hatte, wirkten noch nach, als Laura die Treppe hinaufging. Auf halbem Weg blieb sie wie angewurzelt stehen.

Sie war in ihn verliebt. Es war nicht die Art von Liebe, die sie bereits akzeptiert hatte, die sich aus Dankbarkeit und Abhängigkeit ergab. Es war nicht einmal das starke wunderbare Band, das sie vereinte, als sie gemeinsam Michael zur Welt gebracht hatten. Es war viel simpler, viel natürlicher, viel elementarer. Es war die Liebe, die eine Frau für einen Mann empfand. Und zugleich machte diese Liebe ihr Angst.

Ihre Finger klammerten sich um das Geländer. Diese Frau durfte sie nicht wieder werden, wollte sie nicht wieder werden. Das war es, was dieses Haus in ihr ausgelöst hatte. In ein solches Haus war sie schon einmal gekommen, in ein Haus, in dem sie fehl am Platze war und sich ständig hilflos gefühlt hatte.

Nicht schon wieder, sagte sie sich und schloss die Augen. Nie wieder.

Was immer sie für Gabriel empfand, es durfte sie nicht in die Art von Frau zurückverwandeln. Sie hatte ein Kind, das ihren Schutz brauchte.

Es läutete an der Tür. Laura warf einen kurzen Blick über die Schulter und floh die Stufen hinauf.

Als Gabriel öffnete, umgaben ihn sofort die Weichheit eines Pelzes und der Duft eines starken Parfums. Es war seine Mutter, eine Frau von unerschütterlicher Schönheit und unerschütterlichen Ansichten. Von flüchtigen Wangenküssen hatte sie noch nie etwas gehalten, sie pflegte zu umarmen, lang und fest.

»Ich habe dich vermisst. Dass es einen wichtigen Grund gab, der dich aus den Bergen gelockt hat, habe ich mir gedacht. Aber darauf, dass es eine Ehefrau und ein Baby sein würden, wäre ich nie gekommen.«

»Hallo, Mutter.« Er begrüßte sie lächelnd, und sein prüfender Blick erfasste ihr beharrlich blondes Haar und die glatten Wangen. Sie hatte Michaels Augen. Das Grün war dunkler als seins, mit Spuren von Grau. Sie zu sehen brachte Schmerz und Freude zugleich. »Du siehst großartig aus.«

»Du auch. Abgesehen davon, dass du ungefähr zehn Pfund verloren hast und dir das nicht leisten kannst. Also, wo sind sie?« Mit diesen Worten marschierte Amanda Bradley ins Haus.

»Gönne dem Jungen doch eine Atempause, Mandy.« Gabriel ließ sich von seinem Vater umarmen, einem hochgewachsenen schlanken Mann mit stetig betrübt wirkender Miene und rasiermesserscharfem Verstand. »Bin froh, dass du wieder zurück bist. Jetzt kann sie endlich wieder an deinem Käfig rütteln und lässt meinen in Ruhe.«

»Ich werde mit euch beiden fertig.« Sie streifte sich bereits mit raschen, sparsamen Bewegungen die Handschuhe ab. »Wir haben eine Flasche Champagner mitgebracht. Wenn wir schon die Hochzeit, die Geburt und alles versäumt haben, sollten wir wenigstens auf die Heimkehr anstoßen. Um Himmels willen, Gabriel, steh doch nicht so herum. Ich sterbe vor Neugier.«

»Laura ist nach oben gegangen, um nach dem Baby zu sehen. Setzen wir uns doch erst einmal hin.«

»Hier entlang, Mandy«, sagte Cliff Bradley und ergriff den Arm seiner Frau, als sie protestieren wollte.

»Also gut. Ich gebe dir fünf Minuten, in denen du mir über deine Arbeit erzählen kannst. Aber danach will ich sie sehen.«

»Nun.« Er sah zu, wie seine Eltern sich setzten, konnte sich jedoch nicht genug entspannen, um es ihnen gleichzutun. »Ich habe Marion bereits angerufen. Die Bilder, die ich in Colorado gemalt habe, müssten Ende der Woche in ihrer Galerie angeliefert werden.«

»Das ist wunderbar. Ich kann es kaum abwarten, sie zu sehen.«

Mit den Händen in den Taschen ging er im Raum auf und ab. Seinen Eltern entging nicht, wie rastlos er war. »Ein Bild gefällt mir besonders gut. Ich habe vor, es dort aufzuhängen, über dem Kamin.«

Amanda hob eine Braue und schaute zur leeren Wand über dem Sims hinüber. »Es muss wirklich etwas Besonderes sein.«

»Das wirst du selbst beurteilen müssen.« Er zog eine Zigarette heraus, legte sie jedoch wieder hin, als Laura in den Türrahmen trat.

Sie sagte einen Moment lang nichts, sondern musterte das Paar auf der Couch. Seine Eltern. Seine Mutter war hübsch, ihre glatte Haut fast faltenlos, das Haar nach hinten gekämmt, sodass es ihre aristokratischen Züge und den feinen Knochenbau betonte. Am Hals und an den Ohren trug sie Smaragde. Über den Schultern des rosefarbenen Seidenkostüms lag, wie achtlos hingeworfen, eine Fuchsstola.

Sein Vater war groß und schlank, wie Gabriel. Laura entging nicht, dass an seinem kleinen Finger ein Diamant funkelte. Er sah traurig und in sich gekehrt aus, aber der Blick, den er auf sie richtete, war scharf und prüfend.

»Dies sind meine Frau Laura und unser Sohn.«

Gegen alles gewappnet, was kommen mochte, betrat Laura das Zimmer, ihr Baby schützend an die Brust gepresst. Amanda erhob sich als Erste, aber nur weil sie sich stets rascher als andere zu bewegen schien.

»Ich freue mich, dass wir uns endlich kennenlernen.« Amanda war skeptisch, sehr sogar, aber sie lächelte höflich. »Gabriel hat uns gar nicht erzählt, wie hübsch du bist.«

»Danke.« Laura spürte ein ängstliches Hämmern im Hals. Die Frau hatte Format und war alles andere als harmlos. Instinktiv hob Laura das Kinn. »Ich bin froh, dass ihr kommen konntet. Alle beide.«

Amanda registrierte die kleine Geste des Stolzes und der Selbstbehauptung. Was sie sah, gefiel ihr. »Wir wollten euch vom Flughafen abholen, aber Gabriel hat uns einen Korb gegeben.«

»Zu Recht«, warf Cliff in seinem gewohnt gemächlichen und besänftigenden Tonfall ein. »Wenn es nach mir gegangen wäre, hätten wir euch noch einen Tag Erholung gegönnt, aber Mandy war nicht zu bremsen.«

»Unsinn. Ich will meinen Enkel sehen. Darf ich?«

Lauras Arme legten sich automatisch fester um das Baby. Dann sah sie zu Gabriel hinüber und lockerte ihren Griff. »Natürlich.« Sehr behutsam legte sie Amanda das kleine Wesen in die Arme.

»Oh, wie hübsch er ist.« Die kühle, feine Stimme zitterte vor Rührung. »Wie wundervoll.« Der Duft von Puder und Seife und zarter Babyhaut ließ sie seufzen. »Gabriel sagte, er sei eine Frühgeburt. Keine Probleme?«

»Nein, es geht ihm gut.«

Als ob er es beweisen wollte, öffnete Michael die Augen und starrte eulenhaft nach oben. »Da, er hat mich angesehen.« Die Smaragde funkelten auf ihrer Haut, als Amanda beglückt lächelte und sich mit einem Koselaut nach vorn beugte. »Du hast deiner Granny direkt in die Augen geschaut, stimmt's?«

»Mich hat er angesehen.« Cliff beugte sich näher heran, um den Daumen unter das winzige Kinn zu legen.

»Unsinn. Warum sollte er dich wohl ansehen wollen? Mach dich nützlich, Cliff, und öffne den Champagner.« Sie schnalzte und gurrte, während Laura danebenstand und nicht wusste, wo sie die Hände lassen sollte. »Ich hoffe, du darfst ihn trinken. Ich habe gar nicht gefragt, ob du stillst.«

»Das tue ich, aber ich glaube nicht, dass ein kleiner Schluck einem von uns schaden würde.«

Zum zweiten Mal gefiel Amanda, wie Laura reagierte. Sie ging zur Couch, und Laura machte instinktiv einen Schritt nach vorn. Doch dann zügelte sie sich. Dies war nicht Lorraine Eagleton, und sie selbst war nicht mehr die Frau, die sich einschüchtern ließ. Und doch wurde sie das Gefühl nicht los, am Rande zu stehen und nicht so richtig zur Familie zu gehören.

»Ich würde ja Gläser holen«, sagte sie lahm, »aber ich weiß nicht, wo sie sind.«

Gabriel ging wortlos zu einer Schrankkommode und holte vier Champagnerflöten heraus.

Cliff nahm Lauras Arm. »Warum setzt du dich nicht, Liebes? Du musst doch müde sein nach der Reise.«

»Das klingt wie Gabriel.« Laura ertappte sich bei einem Lächeln, als sie sich auf einem Sessel niederließ.

Die Gläser wurden herumgereicht. Amanda hob ihres. »Wir trinken auf … Du meine Güte, ich weiß gar nicht, wie das Kind heißt.«

»Er heißt Michael«, sagte Laura. Sie sah den Schmerz, der in Amandas Augen aufblitzte, bevor sie sie schloss. Als sie die Augen öffnete, glitzerten sie feucht.

»Auf Michael«, murmelte sie, nippte am Glas und beugte sich vor, um die Wange des Babys zu küssen. Sie sah wieder auf und lächelte Gabriel zu. »Dein Vater und ich haben dem Baby etwas mitgebracht. Würdest du es aus dem Wagen holen?«

Sie berührten sich nicht, und der Blick dauerte nur einen Moment, aber Laura entging nicht, dass zwischen ihnen etwas ausgetauscht wurde. »Es dauert nur eine Minute.«

»Wir fressen sie schon nicht, um Himmels willen«, murmelte Amanda, als ihr Sohn das Zimmer verließ.

Cliff rieb Laura lachend über die Schulter. Die Geste kam ihr irgendwie bekannt vor. Genau, Gabriel tat das auch immer. Es war dieselbe unbeschwerte Nähe, die sich darin ausdrückte.

»Bist du schon einmal zuvor in San Francisco gewesen?«, fragte er Laura und riss sie damit aus ihren Gedanken.

»Nein, ich ... Nein. Ich würde euch gern etwas anbieten, aber ich weiß nicht, was wir haben.« Ich weiß nicht einmal, wo die Küche ist, dachte sie betrübt.

»Das macht nichts.« Cliff legte den Arm auf die Rückenlehne. »Wir verdienen ohnehin keine Bewirtung, nachdem wir gleich am ersten Tag angestürmt kamen.«

»Familien stürmen nicht heran«, warf Amanda ein.

»Unsere ja.« Verschmitzt lächelnd beugte er sich herüber und stupste dem Baby erneut das Kinn. »Hat mich angestrahlt.«

»Hat eine Grimasse gezogen, meinst du.« Jetzt musste auch Amanda lachen. Sie küsste ihrem Mann die Wange. »Großvater.«

»Ich nehme an, die Wiege ist für Michael, und die Rosen sind für mich.« Gabriel kam herein. In den Armen hielt er eine Wiege aus dunklem Pinienholz, auf der ein Stapel rüschenverzierter Decken und, ganz oben, ein Strauß pinkfarbener Rosen lagen.

»Oh, die Blumen. Die hatte ich ganz vergessen. Nein, die sind ganz bestimmt nicht für dich, sondern für Laura.« Amanda reichte ihrem Mann das Baby und stand auf. Laura zuckte hoch, doch dann sah sie, wie Cliff sich das Baby unbekümmert, aber behutsam in die Armbeuge legte. »Wir müssen sie ins Wasser stellen«, entschied Amanda. »Nein, nein, ich kümmere mich schon darum.«

Niemand widersprach, als sie mit den Blumen hinausmarschierte.

»Sie ist sehr hübsch«, begann Laura und fuhr mit dem Finger über das glatte Holz der Wiege. »Gerade vorhin haben wir darüber gesprochen, dass das Baby ein eigenes Bett braucht.«

»Das Bradley-Bett«, bemerkte Cliff. »Mach sie ihm zurecht, Gabriel, und lass uns sehen, was der Kleine von ihr hält.«

»Diese Wiege ist eine Familientradition.« Gehorsam nahm Gabriel die zusätzlichen Decken heraus und strich das weiße Leinen glatt. »Mein Urgroßvater hat sie gebaut, und seitdem sind alle Bradley-Kinder darin geschaukelt worden.« Er nahm seinem Vater das Baby ab. »So, mal sehen, ob du hineinpasst, alter Bursche.«

Laura sah ihm zu, wie er das Baby hineinlegte und der Wiege einen sanften Schubs gab. In ihr schien etwas zu zerbrechen. »Gabriel, ich kann nicht«, flüsterte sie.

Er kniete ihr zu Füßen neben der Wiege und sah hoch. In seinem Blick lag eine Warnung und, da war sie sicher, ein vergrabener Zorn. »Was kannst du nicht?«

»Es ist nicht richtig, nicht fair.« Sie nahm das Baby aus der Wiege und auf den Arm. »Sie müssen es erfahren.« Sie wäre auf der Stelle geflüchtet, wenn Amanda nicht mit einer Kristallvase voller Rosen zurückgekehrt wäre.

»Wo möchtest du sie haben, Laura?«

»Ich weiß nicht, ich kann nicht … Gabriel, bitte.«

»Ich glaube, dort am Fenster würden sie schön aussehen«, erwiderte Amanda mit milder Stimme, ging zum Fenster und arrangierte die Blumen zu ihrer Zufriedenheit. »Also, meint ihr drei Gentlemen nicht auch, ihr solltet euch eine Weile beschäftigen, während Laura und ich uns in Ruhe unterhalten?«

Panik stieg in Laura auf, und sie sah von einem zum anderen, dann zurück zu ihrem Ehemann. »Gabriel, du musst es ihnen sagen.«

Er nahm das Baby und bettete es in seine Armbeuge. Als ihre Blicke sich trafen, funkelten seine Augen klar und zornig. »Das habe ich bereits.« Dann ließ er sie mit seiner Mutter allein.

Amanda machte es sich wieder auf dem Sofa bequem. Sie schlug die Beine übereinander und strich den Rock glatt. »Zu schade, dass kein Feuer brennt. Für diese Jahreszeit ist es noch kühl.«

»Wir sind noch nicht dazu …«

»Oh, Liebes, du musst dich doch nicht entschuldigen.« Sie wedelte mit der Hand. »Möchtest du dich nicht lieber setzen?« Als Laura es wortlos tat, hob sie eine Augenbraue. »Bist du immer so folgsam? Das hoffe ich doch nicht, denn du hast mir besser gefallen, als du mir das Kinn entgegengestreckt hast.«

Laura faltete die Hände auf dem Schoß. »Ich weiß nicht, was ich sagen soll. Mir war nicht klar, dass Gabriel es euch schon mitgeteilt hatte. So wie ihr euch benommen habt …« Sie verstummte. Als Amanda geduldig abwartete, versuchte sie es erneut. »Ich dachte, ihr glaubtet, Michael wäre, nun, biologisch gesehen, Gabriels Sohn.«

»Sollte das einen so großen Unterschied machen?«

Jetzt war sie wieder ruhig, wenigstens äußerlich, und in

der Lage, Amandas fragendem Blick zu begegnen. »Das hatte ich erwartet, jedenfalls bei einer Familie wie eurer.«

Amanda legte nachdenklich die Stirn in Falten. »Soll ich dir sagen, dass Lorraine Eagleton eine Bekannte von mir ist?« Sie sah die Angst, die unvermittelt und voller Wucht in Laura aufstieg, und bremste sich. Ihr Taktgefühl ließ häufig zu wünschen übrig, aber grausam war sie nicht. »Wir reden ein anderes Mal über sie. Jetzt, finde ich, sollte ich dir etwas über mich erzählen. Ich bin eine befehlsgewohnte Frau, Laura, aber es stört mich nicht, wenn man meine Befehle verweigert oder mir welche erteilt.«

»Darin bin ich nicht sehr gut.«

»Dann wirst du es lernen müssen, nicht wahr? Ob wir Freundinnen werden oder nicht, kann ich noch nicht beurteilen, aber ich liebe meinen Sohn. Als er vor Monaten verschwand, war ich nicht sicher, ob ich ihn je wiedersehen würde. Du hast ihn mir, aus welchen Gründen auch immer, zurückgebracht, und dafür bin ich dankbar.«

Laura schwieg.

»Und was Michael betrifft, so sieht Gabriel ihn als seinen Sohn an. Tust du das ebenfalls?«

»Ja.«

»Es freut mich, dass du mit der Antwort keine Sekunde gezögert hast. Also, wenn ihr beide Michael als Gabriels Sohn anseht, warum sollten Cliff und ich es nicht tun?«

»Blutsbande.«

»Lassen wir die Eagletons vorläufig einmal außen vor«, erwiderte Amanda. Laura starrte sie wortlos an. »Angenommen, Gabriel hätte keine eigenen Kinder haben können und deshalb eines adoptiert, würde ich es doch auch lieben und als mein Enkelkind ansehen. Meinst du nicht, du solltest also mit dem Unsinn aufhören und die Dinge so akzeptieren, wie sie sind?«

»So wie du es sagst, klingt es so einfach.«

»Für mich klingt es so, als ob dein Leben bisher schon kompliziert genug gewesen wäre.« Amanda griff nach dem Glas Champagner, das sie zuvor abgestellt hatte. »Hast du etwas dagegen einzuwenden, dass wir Michaels Großeltern sind?«

»Ich weiß nicht.«

»Eine ehrliche Frau.« Amanda nahm einen Schluck.

»Hast du etwas dagegen einzuwenden, dass ich Gabriels Frau bin?«

Mit der leisesten Andeutung eines Lächelns prostete Amanda Laura zu. »Ich weiß nicht. Wir werden wohl beide abwarten müssen. Bis dahin fände ich es schrecklich, wenn ich Gabriel oder Michael nicht sehen dürfte, weil wir uns noch nicht entschieden haben.«

»Nein, natürlich nicht. Das würde ich dir nie antun. Schon wegen Gabriel. Ich würde ihm nie wehtun, das schwöre ich.«

»Liebst du ihn?«

»Wir haben … Gabriel und ich haben noch nicht darüber gesprochen. Ich brauchte Hilfe, und für ihn war es wichtig, sie geben zu können.«

Amanda verzog den Mund und musterte ihr Glas. »Ich glaube nicht, dass das meine Frage beantwortet.«

Das Kinn ging wieder in die Höhe. »Darüber sollte ich erst mit Gabriel reden, glaube ich.«

»Du bist zäher als du aussiehst. Dem Himmel sei Dank.« Sie leerte ihr Glas und stellte es ab. »Vielleicht werde ich dich gerade deshalb mögen, Laura. Aber es ist auch möglich, dass wir uns eines Tages nicht mehr ausstehen können. Wie auch immer, Gabriel hat sich für dich und das Kind entschieden, und damit gehört ihr zur Familie.« Sie lehnte sich zurück, zog beide Brauen hoch und spürte, wie die Zuneigung in ihr aufkeimte. »So wie du dreinschaust, begeistert der Gedanke dich offenbar nicht sonderlich.«

»Es tut mir leid. Ich bin es nicht gewohnt, zu einer Familie zu gehören.«

»Du hast eine schwere Zeit durchgemacht, nicht wahr?« Das Mitgefühl war zu hören, aber es war nicht übertrieben. Amanda nahm sich insgeheim vor, ein paar Nachforschungen über die Eagletons anzustellen.

»Ich hoffe, sie bald vergessen zu können.«

»Viel Erfolg. Manche Dinge sollten im Gedächtnis bleiben, andere vergisst man besser.«

»Darf ich etwas fragen?«

»Natürlich.«

»Nach wem hat Michael seinen Namen bekommen?« Amandas Blick schweifte zur Wiege hinüber und verharrte dort. Ihr Gesicht wurde plötzlich traurig, ihre Miene sanft, und Laura konnte nicht anders, als die Hand auf ihre zu legen. »Nach meinem Sohn, Gabriels jüngerem Bruder. Er starb vor etwas mehr als einem Jahr.« Mit einem langen Seufzen erhob sie sich. »So, wir gehen jetzt lieber, damit ihr euch in Ruhe hier einrichten könnt.«

»Vielen Dank fürs Kommen.«

»Um eins möchte ich dich noch bitten, Laura.« Amanda lächelte. »Nenn mich bitte Amanda oder Mandy oder sonst etwas, aber um Himmels willen nicht Mutter Bradley. Es hört sich scheußlich an.«

»Einverstanden.« Sie zögerte, weil sie nie genau wusste, was von ihr erwartet wurde. Dann gab sie dem nach, was sie im Herzen empfand, und küsste Amanda auf die Wange. »Vielen Dank für die Wiege. Es bedeutet mir viel, dass wir sie benutzen dürfen.«

»Mir auch.« Sie strich mit der Hand darüber, bevor sie den Raum verließ. »Clifton, hast du nicht gesagt, wir sollten höchstens eine halbe Stunde bleiben?«, rief sie in der Halle.

Von oben kam eine unverständliche Antwort. »Dauernd schnüffelt er in Gabriels Atelier herum, dabei kann der arme Kerl einen Monet nicht von einem Picasso unterscheiden. Aber er liebt Gabriels Arbeiten.«

»Er hat in Colorado einige wunderschöne Bilder gemalt. Du musst sehr stolz auf ihn sein.«

»Jeden Tag mehr.« Sie hörte ihren Mann herunterkommen und sah zur Treppe hinüber. »Lass mich wissen, wenn ich dir helfen kann, das Kinderzimmer einzurichten oder einen guten Kinderarzt zu finden. Außerdem wirst du wohl Verständnis dafür haben, wenn ich die Baby-Boutiquen leer kaufe.«

»Ich möchte nicht …«

»Gut, dann verstehst du es eben nicht. Aber du wirst es erdulden müssen. Gib deiner neuen Schwiegertochter einen Abschiedskuss, Cliff.«

»Dazu brauchst du mich nicht erst aufzufordern.« Statt einen förmlichen, bedeutungslosen Kuss auf die Wange zu bekommen, wurde Laura voller Herzlichkeit in die Arme genommen. »Willkommen bei den Bradleys, Laura.«

»Danke.« Sie unterdrückte den Wunsch, die Umarmung zu erwidern. »Ich hoffe, ihr lasst euch wieder sehen. Vielleicht nächste Woche, zum Dinner, wenn ich mich hier zurechtgefunden habe.«

»Kochen kann sie auch?« Er kniff ihr scherzhaft in die Wange. »Saubere Leistung, Gabriel.«

Nachdem sie gegangen war, stand Laura in der Halle und rieb sich die Wange. »Sie sind sehr nett.«

»Ja, das habe ich schon immer gefunden.«

Seine Stimme klang noch immer etwas gekränkt, also nahm sie ihren Mut zusammen und sah ihn ernst an. »Ich muss mich bei dir entschuldigen.«

»Vergiss es.« Er machte sich auf den Weg zur Bibliothek, blieb jedoch stehen und drehte sich um. »Hast du geglaubt, ich würde ihnen über Michael etwas vorlügen? Hast du wirklich geglaubt, ich würde das tun müssen?«

Sie hielt seinem Zorn stand. »Ja.«

Er öffnete den Mund, ohne etwas zu sagen. Ihre schlichte Antwort hatte ihm die Sprache verschlagen.

»Ich habe es wirklich geglaubt«, fuhr sie fort. »Aber ich bin froh, dass ich mich geirrt habe. Deine Mutter war sehr freundlich zu mir, und dein Vater ...«

»Was ist mit meinem Vater?«

Er hat mich in die Arme genommen, wollte sie sagen. Aber sie glaubte nicht, dass er verstehen würde, wie nah ihr das gegangen war. »Er ist dir so ähnlich. Ich werde versuchen, sie nicht zu enttäuschen. Und dich auch nicht.«

»Vor allem solltest du dich selbst nicht enttäuschen.« Gabriel fuhr sich mit der Hand durchs Haar. Es war durcheinander und gefiel ihr so am besten. »Verdammt, Laura, du stehst hier nicht vor Gericht. Du bist meine Frau, dies ist dein Zuhause, und die Bradleys sind deine Familie, ob ihr euch nun vertragt oder nicht.«

»Du musst mir Zeit lassen, mich an den Gedanken zu gewöhnen«, erwiderte sie ruhig. »Die einzigen Familien, die ich je kannte, haben mich bloß geduldet. Davon habe ich endgültig genug.« Mit einem Ruck drehte sie sich um und ging zur Treppe. »Und Michaels Zimmer werde ich selbst streichen.«

Nicht wissend, ob er fluchen oder lachen sollte, stand Gabriel am Fuß der Treppe und starrte ihr nach.

7. Kapitel

Laura strich die Fußbodenleisten in strahlendem Weiß. In der einen Hand hielt sie ein Stück Pappe und deckte damit die gelben Wände ab, mit der anderen trug sie den umweltfreundlichen Emaillelack vorsichtig auf. Aus einem Kofferradio in der Zimmerdecke drang Rockmusik. Sie hatte es leise eingestellt, um Michael sofort hören zu können, wenn er aufwachte. Es war das Radio, das in der Hütte auf der Arbeitsplatte gestanden hatte.

Gabriel war noch immer böse auf sie. Laura tauchte den Pinsel schulterzuckend wieder in den Topf. Vielleicht waren sie zu verschieden. Sie war noch immer Laura Malone, die von der falschen Seite der Bahnlinie stammte, die von Pflegefamilie zu Pflegefamilie weitergereicht worden war.

Und er war Gabriel Bradley, dessen Platz in der Gesellschaft in dem Moment festgestanden hatte, wo er geboren wurde. Ein Mann, der sich nie würde fragen müssen, ob er diesen Platz auch morgen noch innehatte.

Das war es, was sie für Michael wollte. Nur das. Das Geld, den Namen, das große geräumige Haus mit den breiten Fenstern und ausladenden Terrassen, darauf kam es gar nicht so sehr an. Viel wichtiger war es, irgendwo dazuzugehören. Und weil sie das wollte, wartete sie darauf, selbst jemandem zu gehören. Gabriel.

Aber er hielt sich von ihr fern. Er hatte sich angewöhnt nachts zu arbeiten und verbrachte seine Freizeit entweder ebenfalls im Atelier oder in der Galerie. Auch er konnte geduldig sein, ihr die Zeit lassen, die ihr Körper brauchte, um sich von den Strapazen der Schwangerschaft und der Geburt zu erholen.

»Immer noch dabei?«

Laura zuckte zusammen, und die Farbe tropfte ihr auf die Hand. Sie ließ sich auf die Absätze zurückfallen. »Ich habe dich gar nicht gehört.«

»Bleib da hocken«, bat er. »Du gibst ein prächtiges Bild ab.« Er trat ins Zimmer, sah erst auf die sonnigen Wände, dann zu ihr hinunter. Sie trug ein altes Paar Jeans, das offenbar aus seinen Beständen stammte, denn der viel zu weite Bund wurde von einer Wäscheleine zusammengehalten. Darüber flatterte eines seiner Hemden.

»Meins?«

»Ich hoffe, du hast nichts dagegen.« Sie wischte sich die Hand an einem Lappen ab. »Es waren schon Farbflecken darauf.«

»Vielleicht kennst du den Unterschied zwischen Malerei und ...« er zeigte auf die frisch gestrichene Wand, »Malen nicht.«

Sie war kurz davor, sich zu entschuldigen, doch dann ging ihr auf, dass er scherzte. Vielleicht war die kritische Stimmung jetzt vorüber, vielleicht waren sie jetzt wieder Freunde. »Im Gegenteil. Ich habe mir von der Hose künstlerische Inspiration erhofft.«

»Du hättest sie dir direkt von der Quelle holen können.«

Sie legte den Pinsel quer über die offene Farbdose. »Ich hätte niemals vorzuschlagen gewagt, dass der berühmte Gabriel Bradley sein geniales Talent an eine mickrige Fußbodenleiste verschwendet.«

Alles schien so einfach, wenn sie so war, entspannt, mit einem Anflug von Belustigung in den Augen. »Du hattest einfach nur Angst, dich vor mir zu blamieren.«

Sie lächelte ein wenig zögerlich. So hatte er sie seit Tagen nicht mehr angesehen. Hastig richtete sie sich halb auf, als er neben ihr in die Knie ging. »Oh, Gabriel, nicht. Du wirst dich mit Farbe bekleckern, dabei siehst du gerade so gut aus.«

Er hielt den Pinsel schon in der Hand. »Tue ich das?«

»Ja.« Sie wollte ihn ihm abnehmen, aber er ließ nicht los. »Du siehst immer so elegant aus, wenn du zur Galerie fährst.«

Seine Miene wirkte wenig begeistert.

»Doch«, fuhr sie fort und unterdrückte den Wunsch, ihm das Haar aus der Stirn zu streichen. »So ganz anders als in Colorado. Dort warst du ein richtig rauer Freilufttyp. Aber das gefiel mir auch.«

»Ein rauer Freilufttyp?«

»Genau. Cord und Flanell, das zerzauste Haar und das unrasierte Gesicht. Mit einer Axt in der Hand wärst du das ideale Motiv für Geoffrey gewesen …« Plötzlich merkte sie, dass ihre Hand seine auf dem Pinselstiel bedeckte. Schnell zog sie sie fort. »Ich war lange genug in der Modebranche, um zu sehen, dass deine Sachen für die Arbeit viel zu schade sind.«

Auch ihm war der plötzliche Stimmungswechsel nicht entgangen. Er sah ihr in die Augen. Es war, als wären sie wieder in der Hütte.

Sie beugte sich zu ihm hinüber. Der Lappen glitt ihr aus der Hand.

Und dann begann das Baby zu schreien.

Sie zuckten beide zusammen, wie Kinder, die dabei erwischt wurden, wie sie an die Keksdose gingen.

»Er wird hungrig sein … und nass, nehme ich an«, sagte sie beim Aufstehen. Gabriel hielt ihre Hand fest.

»Komm wieder her, wenn du dich um ihn gekümmert hast.«

Verlangen und Nervosität vermischten sich in ihr und verwirrten sie. »Ja. Und mach dir keine Gedanken wegen der Unordnung hier. Ich bringe das nachher in Ordnung.«

Sie blieb über eine Stunde bei Michael und war etwas enttäuscht, dass Gabriel nicht kam, wie er es sonst häufiger tat. Dann nahm er das Baby auf den Arm oder spielte mit ihm, bevor es wieder einschlief. Sie liebte diese Gelegenheiten, die kurzen Zeiten des Familienlebens.

Nachdem sie Michael versorgt hatte, ging sie ins angrenzende Bad und wusch sich die Farbe aus dem Gesicht. Sonderlich verführerisch sah sie in der Männerkleidung und mit dem Pferdeschwanz nicht aus. Trotzdem hatte sie vorhin im Kinderzimmer auf Gabriel gewirkt, daran hatten seine Blicke keine Zweifel gelassen.

War es das, was sie wollte? Auf ihn wirken, ihn verführen?

Und was dann?

Unwillkürlich dachte sie daran, wie es einmal gewesen war. Einseitig, ohne Liebe, die doch eigentlich dazugehörte.

Es war falsch, sich dauernd daran zu erinnern. Sie hatte eine Therapie gemacht, mit Beratern gesprochen. Und mit anderen Frauen, denen das Gleiche passiert war. Aber da sie immer unterwegs gewesen war, um von einem Fototermin zum nächsten zu ziehen, hatte sie die Gruppe immer wieder wechseln müssen. Trotzdem hatten die Gespräche ihr geholfen, denn sie hatten ihr das Gefühl gegeben, nicht allein zu sein, nicht die Einzige, die so etwas hatte durchleiden müssen.

Sie musste die bösen Erinnerungen überwinden, wieder zu einer ganz normalen Frau mit ganz normalen Wünschen und Sehnsüchten werden.

Sie sah sich in dem luxuriösen Bad um. Es war so groß wie manches der Zimmer, in denen sie gelebt hatte. Weiß und strahlend lud es dazu ein, sich in der gefüllten Wanne zu entspannen und sich dann ein edel duftendes Parfum auf die rosige Haut zu tupfen. Sie hatte noch die Flasche, die Geoffrey ihr in Paris gekauft hatte. Und was dann?

Außer der Umstandskleidung besaß sie kaum etwas. Ihre schönen Sachen hatte sie auf der Flucht quer durch die Staaten nach und nach versetzen müssen. Was machte das schon? Es war lange her, dass sie sich als Frau gefühlt hatte. Irgendwie wusste sie schon gar nicht mehr, was ein Mann an Weiblichkeit von ihr erwarten konnte.

Abrupt wandte sie sich vom Spiegel ab und ging hinaus, um Gabriel zu suchen.

Sie betrat das Kinderzimmer und blieb wie angewurzelt stehen. Wände und Fußbodenleisten waren fertig gestrichen, die Farbdosen wieder verschlossen, die Pinsel gereinigt. Gabriel blickte hoch und faltete den farbbeschmierten Lappen zusammen.

»Du hast zu Ende gestrichen«, stieß sie ungläubig hervor.

»Und zwar ohne allzu viel Schaden anzurichten.«

»Es ist wunderschön. Genau so, wie ich es mir immer vorgestellt habe.« Im Geiste richtete sie das leere Zimmer bereits ein. »Wir brauchen noch Vorhänge, weiße, vielleicht gepunktet, aber das wäre wohl nicht das Richtige für einen Jungen.«

»Das weiß ich nicht, aber es klingt jedenfalls so. Es ist warm, daher habe ich das Fenster offen gelassen.« Er warf den Lappen auf die Trittleiter. »Wir bringen Michael erst her, wenn der Farbgeruch völlig verschwunden ist.«

»Gut«, stimmte sie mit abwesendem Blick zu, denn sie überlegte bereits, ob sie das Kinderbett zwischen die Fenster stellen sollte.

»So, jetzt wo das erledigt wäre, habe ich etwas für dich. Ein verspätetes Muttertagsgeschenk.«

»Aber du hast mir doch schon Blumen geschenkt.«

Er zog eine kleine Schachtel aus der Tasche. »Die waren von Michael. Außerdem blieb zwischen Motel und Krankenhaus nicht viel Zeit. Dies hier ist von mir.«

»Du brauchst mir nichts zu geben.«

»Du wirst lernen müssen, Geschenke anzunehmen.«

Natürlich, er hatte recht. Aber Tony war mit seinen Geschenken immer so verschwenderisch, so beiläufig und ohne tieferen Sinn gewesen. Sie hatten ihr kaum etwas bedeutet. »Danke.« Sie nahm die Schachtel, öffnete sie und starrte hinein.

Der Ring sah aus wie ein Kreis aus Feuer. Die Diamanten funkelten in ihrem goldenen Bett. Automatisch strich sie mit der Fingerspitze darüber.

»Er ist wunderschön. Aber …«

»Du brauchst einen.«

»Aber es ist ein Ehering, und ich habe doch schon einen.«

Er nahm ihre linke Hand und musterte sie. »Ich wundere mich, dass dir bei diesem Ding noch nicht der Finger abgefallen ist.«

»Mir gefällt er«, erwiderte sie und zog ihre Hand fort.

»So sentimental, Engel?« Er griff wieder nach ihrer Hand und hielt sie diesmal fester als zuvor. Jetzt würde er vielleicht endlich herausfinden, was sie wirklich für ihn empfand. »Hängst du so sehr an einem kleinen Stück Metall?«

»In den Bergen war es uns gut genug. Ich brauche nichts anderes.«

»Es war nur eine Übergangslösung. Ich verlange ja nicht von dir, ihn aus dem Fenster zu werfen. Aber denk einmal ein wenig praktisch. Du musst dauernd aufpassen, dass das Ding dir nicht vom Finger rutscht.«

»Ich könnte ihn enger machen lassen.«

»Wie du meinst.« Er streifte ihn ihr ab und ersetzte ihn durch den Diamantring. »Dann hast du eben zwei Eheringe.« Er gab ihr den schlichten Metallring, und Laura ballte die Hand darum. »Der neue hat dieselbe Bedeutung.«

»Er ist wunderschön.« Trotzdem schob sie den alten Ring auf ihren rechten Zeigefinger, wo er fester saß. »Danke, Gabriel.«

»Das haben wir schon einmal besser gekonnt.«

Er brauchte sie nicht daran zu erinnern. Die Bilder stiegen in ihr auf, als er die Arme um sie legte. Und mit den Erinnerungen kamen die Emotionen, kaum dass sie seinen Mund auf ihrem spürte. Seine Lippen waren fest und warm und verrieten seine Ungeduld. Obwohl seine Arme sie locker und behutsam hielten, erahnte sie, welch Vulkan in ihm brodelte und auf den Ausbruch wartete.

Wie um ihn zu besänftigen, hob sie die Hand und streichelte ihm die Wange.

Die Berührung steigerte sein Verlangen. Seine Arme legten sich fester um ihren Körper, der Mund verstärkte seinen

Druck, sie reagierte mit einem leisen Aufstöhnen, das er kaum hörte, und einem Erschauern, das er kaum fühlte.

Er war kein unerfahrener Mann. Warum kam ihm dies wie eine vollkommen neue Erfahrung vor? Laura war nicht die erste Frau, die er in den Armen hielt, und doch hatte er eine solche Sanftheit, eine solche Zartheit noch nie erlebt.

Er schickte seinen Mund auf eine Erkundungstour über ihr Gesicht, das Kinn entlang, den Hals hinab, jeden Flecken ihrer Haut auskostend. Seine Hände glitten unter ihr Hemd, wanderten nach oben. Erst genügte ihm ihr schlanker Rücken, das kurze Erzittern, doch dann steigerte sich der Drang, sie zu berühren, sie zu besitzen. Als sein Mund wieder zu ihrem zurückkehrte, schloss seine Hand sich zunächst leicht, dann fordernder um ihre Brust.

Die erste Berührung raubte ihr den Atem. Hastig sog sie die Luft ein und stieß sie langsam wieder aus. Wie hätte sie wissen sollen, wie verzweifelt sie sich nach seinen Händen sehnte? Dies war es, was sie wollte. Ihm zu gehören, auf jede denkbare Weise. Die Konfusion, die Zweifel, die Ängste, alles wich von ihr. Keine bösen Erinnerungen drängten sich zwischen sie und ihn. Keine Einflüsterungen aus der Vergangenheit verfolgten sie. Es gab nur ihn und das Versprechen eines neuen Lebens und dauernder Liebe.

Ihre Knie zitterten, und sie suchte an ihm Halt. Ihr Körper bog sich ihm einladend entgegen, und die Versuchung, sie anzunehmen, war groß.

Der Raum duftete nach Farbe, und durch die leeren Fenster strömte das Sonnenlicht herein. Er war leer und ruhig. Gabriel malte sich aus, wie er sie mit sich auf den Boden zog, an ihrer Kleidung zerrte und schließlich ihre Haut an seiner spürte. Die Vorstellung, sie hier und jetzt, auf dem polierten Parkett, zu nehmen, folgte von ganz allein.

Mit jeder anderen Frau hätte er diese Vorstellung in die Tat umgesetzt, ohne an das Wo und Wann zu denken, und nur wenig mehr an das Wie. Aber nicht mit Laura.

Innerlich aufgewühlt, schob er sie von sich. Ihre Augen waren dunkel, ihr Mund weich und voll. Mit einer Selbstbeherrschung, die er sich kaum zugetraut hatte, fluchte er nur in Gedanken.

»Ich muss arbeiten.«

Sie schien zu schweben, auf einem Nebel, der so fein war, dass er nur zu fühlen, nicht zu sehen war. Seine Worte brachten sie mit Gewalt auf den festen Boden zurück. »Wie bitte?«

»Ich muss arbeiten«, wiederholte er und löste sich von ihr. Er verachtete sich dafür, dass er so weit gegangen war, obwohl sie körperlich noch gar nicht imstande war, seine Wünsche zu erfüllen. »Ich bin im Atelier, falls du mich brauchst.«

Falls ich ihn brauchte? Laura dachte über seine Worte nach, während seine Schritte draußen verhallten. Hatte sie ihm nicht gerade gezeigt, wie sehr sie ihn brauchte? Er musste es doch gefühlt und verstanden haben. Sie murmelte etwas wenig Damenhaftes und ging ans Fenster, um in den Garten hinabzusehen, wo es bereits zu blühen begann.

Sie schüttelte den Kopf. Zu lange war sie passiv gewesen, zu oft hatte sie sich ihren ständig wechselnden Umgebungen angepasst, wie eine Puppe, deren Glieder sich in die gewünschte Position biegen ließen. Erst das Baby hatte sie aktiv werden lassen. Sie hatte es schützen müssen und sich zur Wehr gesetzt. Und dabei hatte sie eine innere Kraft gespürt, von deren Existenz sie nichts geahnt hatte, weil all die Jahre des Gehorsams sie verschüttet hatten.

Ruckartig drehte sie sich um und ging hinaus. Mit jedem Schritt wuchs ihre Entschlossenheit. Doch an der Tür zu seinem Atelier zögerte sie und rieb sich mit dem Handballen über die Brust, in der der Schmerz der Unsicherheit saß. Dann holte sie tief Luft und ging hinein.

Gabriel stand an der langen Fensterreihe, mit dem Pinsel in der Hand, und arbeitete an einem der halb vollendeten Bilder, die in der Hütte an der Wand gelehnt hatten. Es war eine Schneelandschaft, kahl und einsam und gerade dadurch faszinierend. Das Weiß, das kalte Blau und die Silbertöne gaben dem Ganzen etwas Herausforderndes.

Laura war froh darüber. Eine Herausforderung war genau das, was sie jetzt brauchte.

Vertieft in seine Arbeit, hatte er sie nicht hereinkommen gehört. In diesem Stadium ging es nicht um grobe Striche oder kühne Akzente. Jetzt kam es auf jede Einzelheit an, und er war dabei, winzige Details hinzuzufügen. Er tat es mit einer solchen Exaktheit, dass sie fast den Winterwind hören konnte.

»Gabriel?« Es war erstaunlich, welch Mut dazu gehörte, seinen Namen auszusprechen.

Sofort unterbrach er die Arbeit, und als er sich umdrehte, war die Verärgerung deutlich an seinem Gesicht abzulesen. In seinem Atelier duldete er keine Störungen. Allein in diesem Haus lebend, hatte er das auch nie nötig gehabt.

»Was ist?« Die Frage kam kurz und scharf, und er blieb vor der Staffelei stehen, ohne den Pinsel hinzulegen.

»Ich muss mit dir reden.«

»Kann das nicht warten?«

Fast hätte sie die Frage bejaht, doch dann riss sie sich zusammen. »Nein.« Sie ließ die Tür offen, um das Baby hören zu können, und ging zur Zimmermitte. Im Magen breitete sich ein flaues Gefühl aus. Unbewusst hob sie das Kinn. »Genauer gesagt, selbst wenn es warten könnte, will ich es nicht warten lassen.«

Er hob eine Augenbraue. Den Tonfall hatte er von ihr bisher nur selten zu hören bekommen. »Also gut, aber beeile dich, ja? Ich will das hier noch fertig bekommen.«

»Dann formuliere ich es in einem einzigen Satz. Wenn ich deine Frau sein soll, dann behandle mich gefälligst auch so.«

»Entschuldige, ich verstehe nicht, was du meinst.«

Sie war zu wütend, um zu erkennen, wie verblüfft und verwirrt er war. »Das tust du sehr wohl, und entschuldigt hast du dich noch nie im Leben. Jedenfalls nicht ernsthaft. Das hast du nie nötig gehabt. Du tust nur das, was dir passt. Wenn es dir passt, freundlich zu sein, kannst du der freundlichste Mann der Welt sein. Aber wenn es dir in den Kram passt, arrogant zu sein, bist du unausstehlich.«

Betont vorsichtig legte er den Pinsel hin. »Ich weiß nicht, worauf du hinauswillst, Laura.«

»Willst du mich oder willst du mich nicht?«

Er starrte sie wortlos an. Wenn sie weiter dort stehen blieb, in den strahlenden Sonnenschein gehüllt, die Augen dunkel und herausfordernd, die Wangen gerötet, dann würde vielleicht sogar er betteln. »Ist das der Punkt?«, fragte er ruhig.

»Du sagst mir, du willst mich, und dann ignorierst du mich. Du küsst mich, dann gehst du einfach weg.« Sie fuhr sich mit der Hand durchs Haar, und als ein Finger sich im Band verfing, streifte sie es verärgert ab. Fein und hell fiel ihr das Haar auf die Schultern. »Ich weiß, dass Michael der Hauptgrund für unsere Ehe ist, aber ich möchte trotzdem erfahren, woran ich bin. Bin ich in diesem Haus als Gast, der entweder geduldet oder ignoriert wird, oder bin ich als deine Frau hier?«

»Du bist meine Frau.« Mit wachsender Erregung glitt er von seinem Hocker. »Mit Ignorieren hat das nichts zu tun. Ich habe einfach nur viel Arbeit nachzuholen.«

»Du arbeitest keine vierundzwanzig Stunden am Tag. Und nachts ...« Ihr Mut ließ nach. Wie gehetzt stieß sie die restlichen Worte hervor. »Warum schläfst du nicht mit mir?«

Er war froh, den Pinsel hingelegt zu haben. Anderenfalls hätte er ihn vermutlich in zwei Teile zerbrochen. »Erwartest du, dass ich dir auf Befehl zur Verfügung stehe, Laura?«

Seine Antwort schockierte sie. Denn genau das war einst von ihr erwartet worden, und sie schämte sich über alle Maßen, dass er ihr zutraute, was sie damals hatte erleiden müssen. »Nein, so habe ich es nicht gemeint. Ich dachte nur, du solltest wissen, wie ich mich fühle.« Sie drehte sich um. »Ich überlasse dich wieder deiner Arbeit.«

»Laura!« Ihr Zorn war ihm sehr viel lieber als die Erniedrigung, die er in ihrer Miene gesehen hatte. »Warte!« Noch während sie herumwirbelte, ging er auf sie zu.

»Du brauchst dich nicht zu entschuldigen.«

»Also gut.« Erleichterung stieg in ihm auf, aber er war nicht sicher, ob sie schon gerechtfertigt war. »Ich liefere dir einfach nur eine ehrliche Erklärung.«

»Das ist nicht nötig.« Sie wollte zur Tür gehen, doch er

packte sie beim Arm und riss sie herum. Die Angst, die er dabei in ihren Augen sah, traf ihn wie ein Keulenschlag.

»Verdammt, sieh mich nicht so an. Sieh mich nie wieder so an.« Ohne dass er es merkte, schlossen seine Finger sich fester um ihren Arm. Als sie das Gesicht verzog, ließ er sie los. »Ich kann deinetwegen keinen anderen Menschen aus mir machen, Laura. Wenn ich schreien muss, schreie ich, und ich kämpfe, wenn ich kämpfen muss. Aber ich habe es dir schon einmal gesagt, und ich sage es dir jetzt wieder. Ich schlage keine Frauen.«

»Ich weiß, dass du du selbst bleiben willst und musst. Aber ich kann mich ebenfalls nicht ändern. Selbst wenn ich es könnte, wüsste ich nicht, wie, denn ich habe keine Ahnung, was du willst. Ich weiß, dass ich dir dankbar sein sollte.«

»Zur Hölle damit!«

»Ich sollte dankbar sein«, wiederholte sie. »Und das bin ich auch. Aber in diesem letzten Jahr ist mir eines klar geworden: Ich will nie wieder für jemanden den Fußabtreter spielen. Selbst für dich nicht.«

»Glaubst du, dass ich das will?«

»Ich kann nicht wissen, was du willst, Gabriel, solange du es selbst nicht weißt.« Jetzt würde sie die Sache auch zu Ende bringen. »Hör endlich auf, mich als deine lebende gute Tat anzusehen. Sieh mich als Person, denn nur so wird diese Ehe funktionieren.«

»Du hast keine Ahnung, wie ich dich sehe.«

»Nein, vermutlich nicht.« Sie lächelte. »Vielleicht wäre dann alles leichter. Für uns beide.« Das Baby schrie, und sie schaute den Flur hinunter. »Irgendwie kommt er heute nicht zur Ruhe.«

»Ich hole ihn gleich. Er kann doch nicht schon wieder Hunger haben.« Wenn sie ehrlich sein konnte, konnte er es auch. Er legte ihr die Hand auf den Arm und hielt sie zurück. »Ein Missverständnis lässt sich leicht aufklären. Wenn ich bisher nicht mit dir geschlafen habe, dann nicht, weil ich es nicht wollte, sondern weil es dazu zu früh ist.«

»Zu früh?«

»Für dich.«

Sie begann den Kopf zu schütteln. Dann verstand sie. »Gabriel, Michael ist über vier Wochen alt.«

»Ich weiß, wie alt er ist. Ich war dabei.« Er hob die Hand, bevor sie etwas sagen konnte. »Verdammt, Laura, ich habe gesehen, was du durchmachen musstest. Was immer ich für dich empfinde, ich kann erst danach handeln, wenn ich sicher bin, dass du dich völlig erholt hast.«

»Ich habe ein Baby bekommen, keine tödliche Krankheit.« Sie atmete geräuschvoll aus. Nicht aus Ärger oder gar Belustigung, sondern aus Freude. Aus jener seltenen unvermittelten Freude, die sich einstellte, wenn man umsorgt wurde. »Mir geht es gut. So gut wie noch nie in meinem Leben.«

»Trotzdem. Du hast gerade erst ein Baby zur Welt gebracht. Nach dem, was ich gelesen habe …«

»Das hast du auch nachgelesen?«

Ihr ungläubiges Staunen und der Anflug von Belustigung in den weit aufgerissenen Augen provozierten ihn. »Ich werde dich nicht anrühren«, sagte er förmlich, »bis ich sicher bin, dass du dich vollständig erholt hast.«

»Was willst du, ein ärztliches Attest?«

»So ungefähr.« Er wollte ihre Wange berühren, und seine Hand zuckte schon hoch, da überlegte er es sich anders. »Ich sehe nach Michael.«

Er ließ sie auf dem Flur zurück. Sie schwankte zwischen Verärgerung und Belustigung und Freude. Nur eins war ihr klar, und das war die Tatsache, dass sie fühlte. Und im Mittelpunkt ihrer Gefühle stand Gabriel.

8. Kapitel

»Ich kann gar nicht glauben, wie schnell er wächst.« Sich sehr großmütterlich fühlend, aber mit hochmodisch gestyltem Haar, saß Amanda in dem Bugholz-Schaukelstuhl in Michaels neuem Kinderzimmer. Auf ihrem Schoß saß das Baby.

»Er holt auf, was ihm durch die Frühgeburt gefehlt hat.« Laura war sich noch nicht sicher, was sie für ihre Schwiegermutter empfand, und konzentrierte sich darauf, die winzigen Kleidungsstücke zusammenzulegen, die gerade aus der Wäscherei gekommen waren. »Wir haben uns heute durchchecken lassen, und die Ärztin meinte, Michael sei gesund wie ein Pferd.« Sie hielt sich einen Schlafanzug an die Wange. Er war weich, fast so weich wie die Haut ihres Sohns. »Vielen Dank, dass du mir Dr. Sloane empfohlen hast. Sie ist wunderbar.«

»Gut. Aber ich weiß auch ohne Kinderärztin, dass dieses Kind gesund ist. Sieh dir bloß diesen Griff an.« Amanda schmunzelte, als Michael mit seinen Fingern nach ihren fasste. Aber dass er an ihrem Saphirring nuckeln wollte, ging ihr dann doch zu weit. »Er hat deine Augen, weißt du das?«

»Wirklich?« Erfreut baute Laura sich vor den beiden auf. Das Baby duftete nach Puder, Amanda nach Paris. »Es dauert noch eine Weile, bis es endgültig feststeht, aber gehofft habe ich es.«

»Kein Zweifel.« Amanda musterte ihre Schwiegertochter,

ohne mit dem Schaukeln aufzuhören. »Und was hat dein Durchchecken ergeben? Wie geht es dir?«

»Mir geht es gut.« Laura dachte an das Stück Papier, das sie in die oberste Schublade ihrer Kommode gelegt hatte.

»Du siehst etwas müde aus.« Es war keine Mitleidsbezeugung, sondern eine sachliche Feststellung, und so klang es auch. »Hast du dir denn noch niemanden besorgt, der dir hilft?«

Lauras Rückgrat straffte sich automatisch. »Ich brauche keine Hilfe.«

»Das ist natürlich absurd. Ein Haus in dieser Größe, ein anspruchsvoller Ehemann und ein neugeborenes Baby, da brauchst du sämtliche Hilfe, die du bekommen kannst. Aber du musst es ja wissen.« Michael begann zu gurren, und Amanda strahlte. »Sprich mit Gran, mein Herz. Erzähl deiner Gran, wie es dir geht.« Das Baby antwortete ihr mit einem gurgelnden Geräusch. »Hör sich einer das an. Bald wirst du eine Menge zu sagen haben. Und zu den ersten Sätzen, die du lernst, muss ›Meine Gran ist hübsch‹ gehören. Versprichst du mir das, du süßer Bursche?« Sie küsste ihn auf die Augenbraue, bevor sie zu Laura hochsah. »Ich würde sagen, hier ist ein Windelwechsel angesagt, und den überlasse ich dir nur zu gern.« Mit einem Gesichtsausdruck, der verriet, dass sie das als großmütterliches Privileg ansah, reichte sie Laura das nasse Baby. Sie blieb sitzen, während Laura mit Michael zum Wickeltisch ging.

Es gab eine Menge, was Amanda ihr gern gesagt hätte. Normalerweise hielt sie mit ihrer Meinung nicht hinter dem Berg, aber sie hatte in den letzten paar Wochen viel über die Eagletons und Lauras Aufenthalt bei ihnen erfahren. Sie probierte eine neue Taktik.

»Gabriel verbringt viel Zeit in der Galerie.«

»Ja. Ich glaube, er hat sich schon fast zu einer neuen Ausstellung entschieden.« Sie presste die Nase gegen Michaels Hals.

»Bist du schon mal dort gewesen?«

»In der Galerie? Nein, noch nicht.«

Amanda klopfte mit einem perfekt gepflegten Fingernagel auf die Lehne des Schaukelstuhls. »Ich hätte gedacht, du würdest dich für Gabriels Arbeit interessieren.«

»Das tue ich.« Sie hielt Michael über den Kopf, und er blubberte lächelnd. »Ich wollte nur nicht mit Michael dort auftauchen und stören.«

Amanda lag auf der Zunge, dass Michael Großeltern besaß, die ihn nur zu gern einige Stunden für sich gehabt hätten, aber sie schluckte die Antwort hinunter. »Ich bin sicher, Gabriel hätte nichts dagegen. Er liebt den Jungen über alles.«

»Ja, das tut er.« Laura schnürte Michael die blauen Minischuhe wieder zu. »Aber ich verstehe, dass er während der Arbeit seine Ruhe braucht.« Sie gab ihrem Sohn einen kleinen Stoffhasen, und der stopfte sich sofort ein Schlappohr in den Mund. »Hast du eine Ahnung, warum Gabriel so sehr mit der Ausstellung zögert?«

»Hast du ihn danach gefragt?«

Laura drehte sich stirnrunzelnd um. »Nein, ich will ihn nicht unter Druck setzen.«

»Etwas Druck ist vielleicht genau das, was er braucht.«

Lauras Stirnrunzeln vertiefte sich. »Wieso?«

»Es hat mit Michael zu tun, mit meinem Sohn Michael. Ich würde es vorziehen, wenn du Weiteres von Gabriel erfragtest.«

»Standen die beiden sich sehr nahe?«

»Ja.« Amanda lächelte. Sich zu erinnern schmerzte weniger als der Versuch zu vergessen. »Sie waren sich sehr nah, aber sehr verschieden. Gabriel war tief erschüttert, als Michael getötet wurde. Die Zeit in den Bergen hat ihm seine Kunst wiedergegeben. Und ich glaube, du und das Baby haben ihm sein Herz wiedergegeben.«

»Das würde mich freuen. Er hat mir mehr geholfen, als ich je zurückzahlen kann.«

Amanda warf ihr einen scharfen Blick zu. »Zwischen einem Ehemann und seiner Frau sind keine Zahlungen nötig.«

»Vielleicht nicht.«

»Bist du glücklich?«

Um Zeit zu gewinnen, legte Laura das Baby ins Bett und zog die darüber aufgehängte Spieluhr auf, damit ihr Sohn danach greifen konnte. »Natürlich. Warum sollte ich es nicht sein?«

»Das ist meine nächste Frage.«

»Ich bin sehr glücklich.« Sie machte sich wieder daran, die Babysachen zusammenzulegen. »Es war nett von dir, mich zu besuchen, Amanda. Ich weiß, wie beschäftigt du bist.«

»Glaub ja nicht, dass du mich hinauskomplimentieren kannst, bevor ich dazu bereit bin.«

Laura drehte sich um und sah das amüsierte Lächeln, das um Amandas Mundwinkel spielte. Sie errötete. »Entschuldigung«, sagte sie.

»Kein Grund. Ich kann kaum erwarten, dass du dich in meiner Gegenwart schon wohlfühlst. Ich bin mir noch nicht ganz sicher, ob es mir bei dir nicht ebenso geht.«

Laura lächelte zurück. »Ich bin überzeugt, du fühlst dich in jeder Situation wohl. Darum beneide ich dich. Und es tut mir wirklich sehr leid, Amanda.«

Amanda winkte ab und stand auf, um sich im Zimmer umzusehen. Ihr gefiel, wie ihre Schwiegertochter es eingerichtet hatte.

»Es ist ein bezauberndes Zimmer. Das denke ich jedes Mal, wenn ich hereinkomme.« Sie strich dem riesigen Teddybären über den flauschigen Kopf. »Aber du kannst dich hier nicht für immer verstecken.«

»Ich weiß nicht, was du meinst.« Sie wusste es ganz genau.

»Du bist noch nie zuvor in San Francisco gewesen. Und was hast du dir schon angesehen? Nichts. Bist du ins Museum gegangen oder ins Theater? Bist du zu Fisherman's Wharf hinunterspaziert oder durch Chinatown?«

»Nein«, erwiderte Laura kühl. »Aber ich bin auch erst wenige Wochen hier, vergiss das nicht.«

Amanda entschied, dass es an der Zeit sei, mit dem Herantasten aufzuhören und zur Sache zu kommen. »Lass uns einmal von Frau zu Frau reden, Laura. Vergiss einfach, dass ich Gabriels Mutter bin. Wir sind unter uns. Und dort bleibt auch alles, worüber wir sprechen.«

»Ich weiß nicht, was du von mir hören willst.«

»Was immer gesagt werden muss.« Als Laura schwieg, nickte Amanda. »Also gut, dann fange ich an. Du hast in deinem Leben einige kritische Phasen gehabt, einige waren sogar tragisch. Gabriel hat uns das Nötigste erzählt, aber ich habe eine ganze Menge mehr erfahren, indem ich den richtigen Leuten die richtigen Fragen gestellt habe.« Sie setzte sich wieder und schlug die Beine übereinander. Das Aufblitzen in Lauras Augen entging ihr nicht. »Warte, bis ich fertig bin. Danach kannst du so wütend auf mich sein, wie du möchtest.«

»Ich bin nicht wütend«, erwiderte Laura kühl. »Aber ich sehe keinen Sinn darin, die Vergangenheit aufzuwärmen.«

»Wenn man das Vergangene nicht richtig bewältigt hat, kommt man vielleicht auch mit dem Zukünftigen nicht zurecht.« Amanda versuchte, forsch und sachlich zu klingen, aber auch ihre Fassung hatte Grenzen. »Ich weiß, dass Tony Eagleton dich missbraucht hat und dass seine Eltern das ungeheuerliche, ja kriminelle Verhalten ihres Sohnes nicht zur Kenntnis nehmen wollten. Es tut mir von ganzem Herzen leid, dass du das durchmachen musstest.«

»Bitte …« Lauras Stimme klang erstickt. Sie schüttelte den Kopf. »Hör auf.«

»Willst du kein Mitgefühl, nicht einmal von Frau zu Frau?«, wollte Amanda wissen.

Sie schüttelte erneut den Kopf. Aus Angst, es zu akzeptieren, und, noch schlimmer, es zu brauchen. »Ich kann Mitleid nicht ertragen.«

»Mitgefühl und Mitleid sind zwei vollkommen unterschiedliche Dinge.«

»Das liegt alles hinter mir. Ich bin jetzt jemand anders.«

»Da ich dich erst seit Kurzem kenne, kann ich das nicht beurteilen. Aber so, wie du die letzten Monate durchgestanden hast, musst du über große Reserven an Kraft und Entschlossenheit verfügen. Meinst du nicht, es wäre an der Zeit, sie einzusetzen und zurückzukämpfen?«

»Ich habe zurückgekämpft.«

»Du hast dir eine Zuflucht gesucht, eine, die du dringend nötig hattest. Ich bestreite nicht, dass das Mut und Durchhaltevermögen gekostet hat. Aber irgendwann kommt der Zeitpunkt, an dem man sich entscheiden muss.«

»Wozu? Dazu, vor Gericht zu gehen, in die Schlagzeilen

zu kommen und den ganzen hässlichen Schmutz vor aller Welt auszubreiten?«

»Falls das nötig ist, ja.« In Amandas Stimme schwang ein Stolz mit, der in keiner Ecke des Zimmers zu überhören gewesen wäre. »Die Bradleys fürchten sich nicht vor einem Skandal.«

»Ich bin keine …«

»Natürlich bist du das«, erklärte Amanda bestimmt. »Du bist eine Bradley und das Kind auch. Es ist vor allem Michael, an den ich denke, und zwar auf längere Sicht. Aber auch an dich. Was macht es schon aus, was jemand über dich weiß? Es gibt nichts, dessen du dich schämen müsstest.«

»Ich habe es zugelassen«, sagte Laura mit einer Art von dumpfem Zorn. »Dafür werde ich mich immer schämen.«

»Mein liebes Kind.« Amanda konnte nicht anders, sie musste aufstehen und die Arme um Laura legen. Nach dem ersten Schock ließ Laura sich gehen. Vielleicht lag es daran, dass der Trost von einer Frau kam, jedenfalls riss er die bereits angeknackste Fassade vollends ein.

Amanda ließ sie weinen, weinte sogar mit. Dass sie es tat, dass sie es konnte, war tröstender, als alle Worte es je hätten sein können. Wange an Wange, Frau an Frau, hielten sie einander umarmt, bis der Sturm der Emotionen sich gelegt hatte.

Das Band, das Laura zwischen ihnen für unmöglich gehalten hatte, kam unter Tränen zustande. Den Arm um ihre Schulter gelegt, führte Amanda sie zur Liege.

»So, das brauchten wir wohl beide«, sagte sie sanft und wischte sich mit einem spitzenbesetzten Taschentuch über die Augen. »Und jetzt hör mir mal zu«, fuhr sie mit gefestigter Stimme fort. »Du warst jung und allein, und es gibt nichts, nicht das Geringste, dessen du dich schämen müsstest. Das wird dir eines Tages auch noch klar werden, aber vorläufig mag es genügen zu wissen, dass du nicht mehr allein bist.«

»Manchmal bin ich so wütend, weil ich so lange als eine Art Zubehör, als Sandsack oder Statussymbol benutzt wurde.« Es war erstaunlich, wie ruhig diese Wut sie machte. »Heute weiß ich, dass ich mir das nie wieder bieten lassen würde.«

»Dann bleib wütend.«

»Aber die Wut ist meine persönliche Angelegenheit.« Sie sah zum Kinderbett hinüber. »Erst wenn ich an Michael denke und daran, dass sie ihn mir wegnehmen wollen, kommt die Angst.«

»Jetzt haben sie es nicht mehr allein mit dir zu tun, nicht wahr?« Laura sah wieder zu Amanda zurück. Ihre Miene war entschlossen. Ihre Augen glitzerten. Daher hat Gabriel also seine Kämpfernatur, dachte Laura und fühlte, wie eine neue Liebe sich in ihr zu regen begann. Amandas Hand in ihre zu nehmen kam ihr plötzlich wie die natürlichste Sache der Welt vor. »Nein, das haben sie nicht.«

Sie hörten beide, wie unten die Tür geöffnet und wieder geschlossen wurde. Laura fuhr sich sofort mit beiden Händen übers Gesicht. »Das muss Gabriel sein. Er kommt aus der Galerie. Ich will nicht, dass er mich so sieht.«

»Ich gehe nach unten und beschäftige ihn.« Amanda gab einem Impuls nach und sah auf ihre Armbanduhr. »Hast du heute Nachmittag schon etwas vor?«

»Nein. Nur …«

»Gut. Komm herunter, nachdem du dich zurechtgemacht hast.«

Zehn Minuten später betrat Laura das Wohnzimmer. Gabriel saß etwas eingeschüchtert in einem Sessel und starrte in ein Glas Club-Soda.

»So, das wäre erledigt.« Amanda brachte ihre Frisur in Form und lächelte zufrieden. »Laura. Gut. Bist du bereit?«

»Bereit? Wozu?«

»Ich habe Gabriel gerade gesagt, dass wir beide einen Einkaufsbummel machen werden. Und von meiner Idee, dass ihr in zwei Wochen einen Empfang geben werdet, war er geradezu begeistert.« Die Idee mit dem Empfang war ihr auf dem Weg nach unten gekommen.

»Er hat sich damit abgefunden«, verbesserte er, aber nicht ohne seiner Mutter zuzulächeln. Das Lächeln verging ihm, als er zu Laura hinübersah. »Was ist los?«

»Nichts.« Hatte sie wirklich geglaubt, ihn mit einem Schwall kalten Wassers und frischem Make-up täuschen zu können? »Deine Mutter und ich haben uns etwas Rührung über deinen Sohn gegönnt.«

»Was deine Frau braucht, ist ein Nachmittag in der City.« Amanda stand auf und gab Gabriel einen Kuss. »Eigentlich müsste ich mit dir schimpfen, weil du sie hier einsperrst, aber dazu liebe ich dich viel zu sehr.«

»Ich habe sie nie …«

»Sie nie nach draußen geschickt«, beendete seine Mutter den Satz. »Also muss ich das tun. Hol deine Handtasche, Liebes. Wir werden dir etwas Prächtiges für den Empfang aussuchen. Gabriel, ich könnte mir vorstellen, dass sie deine Kreditkarten braucht.«

»Meine … Ach so.« Er griff nach seiner Brieftasche.

»Die müssten reichen.« Amanda zupfte zwei heraus und reichte sie Laura. »Bist du bereit?«

»Nun, ich … Ja. Michael ist frisch gefüttert und gewickelt. Er dürfte dir keine Mühe machen.«

»Ich komme schon klar.« Gabriel kam sich irgendwie ausgeschlossen vor, sehr sogar. Und bei dem Gedanken, ganz allein mit dem Kind zu sein, wurde ihm doch etwas mulmig. Was, wenn es plötzlich Hunger bekam?

Amanda sah ihm an, was er dachte, und küsste ihn erneut. »Sei brav, dann bringen wir dir vielleicht ein Geschenk mit.«

Er konnte ein Grinsen nicht unterdrücken. »Raus«, befahl er.

Niemand konnte etwas dafür, dass Michael ausgerechnet an diesem Nachmittag alles an Zeit und Aufmerksamkeit forderte, was ein Säugling nur fordern konnte. Gabriel trug ihn umher, schaukelte ihn, legte ihn trocken, liebkoste ihn, und zur Not hätte er sogar einen Handstand vorgeführt. Michael seinerseits blubberte, starrte Gabriel beglückt an – und weinte jedes Mal herzzerreißend, wenn er wieder hingelegt wurde. Bloß schlafen, das tat er nicht.

Schließlich gab Gabriel die Hoffnung auf, an diesem Tag noch arbeiten zu können, und trug Michael mit sich herum. Das Baby lag friedlich in seiner Armbeuge, während er eine Hähnchenkeule verspeiste und die Zeitung durchblätterte. Da niemand da war, der sich über ihn hätte amüsieren konnte, ging er mit Michael die Weltpolitik und die Ergebnisse der Football-Liga durch.

Nachdem es ihm gelungen war, eine der kleinen Strickmützen zu finden, spazierte er mit Michael durch den Garten. Begeistert sah er zu, wie die Wangen des Babys sich rosig färbten und seine Augen voller Interesse die Umwelt wahrnahmen.

Er hat Lauras Augen, dachte Gabriel. Die gleiche Form, die gleiche Farbe, aber ohne die Schatten, die ihre Augen zugleich traurig und faszinierend wirken ließen.

Zunächst begann Michael zu wimmern, doch dann fand er sich mit seinem Schicksal ab, als Gabriel ihn in die kleine Babyschaukel setzte. Nachdem er das Baby warm in Decken gepackt hatte, streckte er sich vor der Schaukel aus und machte Stretching-Übungen.

Um ihn herum begann sich ein buntes Blütenmeer zu entfalten, und zum ersten Mal seit seiner eigenen Tragödie empfand Gabriel so etwas wie inneren Frieden.

Den Winter hindurch, in den Bergen, hatte die Wunde zu heilen begonnen. Aber hier, zu Hause, umgeben vom Frühling, akzeptierte er endgültig, dass das Leben weiterging.

Er sah zu dem Baby hinüber, das fröhlich schaukelte und mit den winzigen Händen in der warmen Luft herumwedelte. Sein kleines Gesicht nahm bereits feste Form an und verriet die junge Persönlichkeit, die da heranwuchs.

»Ich liebe dich, Michael.«

Und als er das sagte, sagte er es sowohl zu dem, der nicht mehr war, als auch zu dem, der zufrieden vor ihm schaukelte.

Eigentlich hatte sie nicht so lange fortbleiben wollen. Doch die wenigen chaotischen Stunden, in denen sie die Geschäfte abklapperten, hatten sie ein bisschen in die Zeit zurückversetzt, in der sie allein, unabhängig und neugierig auf das Leben gewesen war.

Ein- oder zweimal hatte sie ein schlechtes Gewissen verspürt, weil sie Gabriels Kreditkarten so unbekümmert nutzte. Doch dann, mit Amandas Hilfe, war es ihr immer leichter gefallen, die Einkäufe zu rechtfertigen. Sie war jetzt Laura Bradley.

Sie besaß ein natürliches Empfinden für Farben und Stil, das durch ihre Arbeit als Model noch geschärft worden war. Also fiel das, was sie aussuchten, weder extravagant noch bieder aus. Laura hatte zufrieden registriert, dass Amanda bei jeder Wahl zustimmend nickte.

Es ist ein Schritt, dachte Laura, als sie die Tüten und Kartons zur Haustür trug. Ein Schritt, dessen Bedeutung vielleicht nur eine Frau verstehen konnte, aber ein wichtiger Schritt. Sie war dabei, ihr Leben wieder in die eigenen Hände zu nehmen, und sei es auch nur, indem sie das Bedürfnis nach neuer Kleidung empfand und dem nachging. Summend ging sie nach oben.

Und dort fand sie die beiden. Gabriel lang ausgestreckt auf dem Bett, Michael in seinen gekrümmten Arm geschmiegt. Ihr Mann schlief fest. Ihr Sohn hatte sich aus der leichten Decke freigestrampelt und streckte seine Rassel in die Luft.

Leise stellte sie die Taschen ab und ging zu ihnen hinüber. Es war eine ungemein männliche Szene. Der Mann auf dem Bett, die Schuhe noch an, ein Spionage-Thriller mit dem Buchrücken nach oben auf der Tagesdecke, auf dem antiken Nachttisch ein Ring, den ein einstmals eiskaltes Glas dort hinterlassen hatte.

Das Kind schien zu verstehen, dass es ein Bestandteil dieser männlichen Welt war, und lag ruhig da, in seine eigenen Gedanken vertieft.

Hätte sie nur etwas von Gabriels Talent! Dann hätte sie die beiden gezeichnet, und die Schönheit dieser Szene wäre für immer festgehalten.

Einen schlafenden Mann zu beobachten hatte etwas Intimes. Zu gern hätte sie das dunkelblonde Haar auf seiner Stirn berührt oder die markanten Züge seines Gesichts nachgezogen, doch sie hatte Angst, ihn aufzuwecken. Dann würde er nicht mehr so verletzlich wirken, und der Blick auf seine verborgene Seite wäre wieder versperrt.

Michael stieg der Duft seiner Mutter in die Nase, und er beschloss, dass jetzt eine Mahlzeit angesagt war. Er wurde unruhig, und Laura beugte sich über ihn. Sie öffnete zwei Knöpfe ihrer Bluse. Michael bekam seinen Willen.

»Tut mir leid, wenn ich dich geweckt habe«, flüsterte sie, als Gabriel sich neben ihnen regte und sie aus schläfrigen Augen, aber lächelnd ansah.

»Hat er dich so sehr ermüdet?« Sie erwiderte das Lächeln.

»Wir haben nur einmal eine Pause eingelegt.« Es faszinierte ihn immer wieder, von welch perfekter Schönheit Laura war, wenn sie das Baby stillte. »Ich wusste gar nicht, dass ein so kleines Wesen einem so viel Energie abverlangen kann.«

»Es wird noch schlimmer. Beim Einkaufen habe ich eine Mutter mit einem Kleinkind gesehen. Sie war permanent dabei, ihren davongelaufenen Sprössling wieder einzufangen. Und deine Mutter hat nur erzählt, wie kaputt sie nachmittags war, wenn du endlich Ruhe gabst.«

»Alles Lügen!« Er schob sich einige Kissen in den Rücken. »Ich war ein äußerst wohlerzogenes Kind.«

»Dann muss es ein anderes Kind gewesen sein, das mit Buntstiften über die Seidentapete hergefallen ist.«

»Künstlerische Ausdruckskraft. Ich war ein Wunderkind.«

»Ohne Zweifel.«

Er hob eine Augenbraue. Dann entdeckte er die Taschen. »Ich wollte fragen, ob du dich mit meiner Mutter amüsiert hast, aber die Antwort dürfte wohl klar sein.«

Fast hätte sie sich entschuldigt. Damit ist jetzt Schluss, sagte sie sich. »Es war toll, Schuhe zu kaufen und sie im Stehen sehen zu können. Und ein Kleid mit enger Taille.«

»Es muss schwer sein, während der Schwangerschaft seine Figur immer mehr zu verändern.«

»Ganz im Gegenteil. Als ich das erste Mal eine Hose nicht mehr zubekam, war ich geradezu ekstatisch. Trotzdem bin ich froh, dass ich nicht mehr wie ein Flugzeugträger aussehe.«

»Wie ein Luftschiff, meinst du wohl.«

»Du wieder mit einem deiner bezaubernden Komplimente!«

Er wartete, bis sie Michael an die andere Brust gelegt hatte. In ihm war plötzlich der Wunsch erwacht, den Finger dorthin zu legen, über die Stelle, an der Michael genuckelt hatte. Mit Sex oder gar Romantik hatte das nichts zu tun, mehr mit unbändigem Staunen. Doch dann verschränkte er die Hände hinter dem Kopf.

»Ich habe uns ein paar Reste zusammengemixt. Keine Ahnung, ob es genießbar ist.«

Erneut unterdrückte sie den Impuls, sich zu entschuldigen, und lächelte nur. »Bei meinem Hunger esse ich alles, was auch nur annähernd genießbar ist.«

»Gut.« Jetzt beugte er sich doch vor, aber nur, um Michael mit der Fingerspitze über den Kopf zu streichen. »Komm runter, sobald er seinen Appetit gestillt hat. Irgendwie habe ich nach diesem Nachmittag das Gefühl, er wird wie ein Stein schlafen, wenn er sich erst das Bäuchlein vollgeschlagen hat.«

»Ich komme gleich runter.« Als Gabriel gegangen war, schloss sie die Augen und hoffte inständig, dass sie den Mut haben würde, das zu tun, was sie sich für den Rest des Abends vorgenommen hatte.

Laura stand vor der verspiegelten Wand, die von ihrem Bad noch beschlagen war. Endlich sah sie wieder wie eine Frau aus. Ihr Nachthemd war von einem blassen Blau, fast weiß. Sie hatte es ausgesucht, weil es sie an den Schnee in den Bergen Colorados erinnerte. Spitzenverziert strömte es unterhalb der dünnen Träger an ihrem Körper hinab. Sie strich mit der Hand darüber. Der Stoff war sehr zart und sehr weich.

Gabriel streifte sich gerade das Hemd ab, als sie die Tür zum angrenzenden Schlafzimmer öffnete. Einen Moment lang fiel das von hinten kommende Licht auf ihr Haar und schimmerte durch das dünne Material ihres Nachthemds. Atemlos starrte er zu ihr hinüber. Es war wie eine lang ersehnte Premiere, über der sich gerade der Vorhang erhob. Er spürte die Hitze und die Anspannung in der Magengrube.

Dann löschte er das Badezimmerlicht und zog sich das Hemd ganz aus.

»Ich habe nach Michael gesehen.« Gabriel war erstaunt, dass er überhaupt Worte herausbrachte, aber sie klangen normal genug. »Er schläft. Ich dachte, ich arbeite noch eine Stunde oder zwei.«

»Oh.« Ihre Hände zuckten, und fast hätte sie wieder ihre Finger geknetet. Sie war eine erwachsene Frau. Eine erwachsene Frau, die eigentlich wissen sollte, wie sie ihren Ehemann verführen konnte. »Du hast einiges an Zeit verloren, weil ich ausgegangen bin.«

»Es hat mir Freude gemacht, auf ihn aufzupassen.« Sie war so schlank, so wunderschön zart, mit ihrer milchigen weißen Haut und dem blauweißen Nachthemd. Vor ihm stand wieder der Engel, diesmal mit blonder Lockenpracht statt des Heiligenscheins.

»Du bist ein wunderbarer Vater, Gabriel.« Sie machte einen Schritt auf ihn zu.

»Michael macht es mir sehr leicht.«

Hätte sie wissen können, wie schwer es war, einfach nur einen Raum zu durchqueren? »Mache ich es dir schwer, ein Ehemann zu sein?«

»Nein.« Er hob den Handrücken an ihre Wange. Ihre Augen waren um etliche Schattierungen dunkler als die Seide auf ihrer Haut. Überrascht, wie nervös er war, wich er zurück. »Du musst müde sein.«

Sie verschluckte ein Seufzen und wandte sich ab. »Offenbar kann ich das hier nicht sehr gut. Dich zu verführen klappt nicht so recht, also gehen wir es sachlicher an.«

»War es das, was du versucht hast?« Er wollte sich darüber amüsieren, doch seine Muskeln waren zu gespannt. »Mich zu verführen?«

»Ohne Erfolg.« Sie zog die Schublade auf und holte einen kleinen Zettel heraus. »Dies ist die Bescheinigung meiner Ärztin. Darin steht, dass ich eine normale gesunde Frau bin. Möchtest du es lesen?«

Diesmal zuckten seine Lippen. »Du denkst an alles, was?«

»Du hast gesagt, du willst mich.« Sie zerknüllte das Papier in ihrer Hand. »Ich dachte, du meinst es ernst.«

Bevor sie zurückweichen konnte, hatte er schon die Arme um sie gelegt. Ihre Augen waren trocken, doch ihr ins Wanken geratener Stolz entging ihm auch so nicht. Was sie mit ihm verband, war erst ein zartes Pflänzchen. Er durfte keinen Fehler machen, sonst würde es eingehen, bevor es überhaupt erblüht war.

»Ich habe es ernst gemeint, Laura. Das habe ich vom ersten Tag an getan. Es war nicht leicht für mich, mit dir zusammen zu sein, dich so sehr zu brauchen und dich nicht berühren zu können.«

Sie legte ihm eine Hand auf die Brust. »Jetzt kannst du es.«

Er ließ die Hände nach oben, zu ihren Schultern gleiten, bis er mit den Fingern die dünnen Träger ertastete. Vielleicht war es ein Fehler, aber ihm blieb keine andere Wahl, als ihn zu begehen. »Jedenfalls spricht kein körperlicher Grund dagegen«, sagte er. »Wenn ich mit dir ins Bett gehe, darf es nur uns beide geben. Keine Gespenster aus der Vergangenheit. Keine Erinnerungen.« Als sie den Blick senkte, zog er sie fester an sich, bis sie ihn wieder hob. »Du wirst an niemanden anderen als an mich denken.«

Ohne zu wissen, ob er das nun als Drohung oder als Versprechen gemeint hatte, senkte er seinen Mund auf ihren. Ihre Hände zuckten, bis ihre beiden Körper sie gefangen hielten.

Es waren bloß seine Lippen, die sie fühlte, und doch begann ihr Herz heftig zu schlagen. Die Erregung, die er so mühelos in ihr auslöste, breitete sich, vom Bauch ausgehend, in ihr aus. Lange bevor ihre Lippen sich ihm öffneten, hatte sie von ihrem gesamten Körper Besitz ergriffen.

Obwohl sie die Hände kaum bewegen konnte, fühlte sie sich nicht wehrlos. Sein Mund war stürmisch, aber er ängstigte sie nicht. Je tiefer und fordernder der Kuss wurde, desto ausschließlicher dachte sie an ihn und sonst niemanden.

Diesmal gibt es kein Zurück, dachte er, während ihr heftiger werdender Atem das Ticken der Wanduhr im Flur zu übertönen begann.

Es war dunkel, es war ruhig, sie waren allein. In dieser Nacht würde er Laura zur Frau nehmen.

Er spürte ihren Herzschlag an seiner nackten Brust, und durch den zarten Stoff ertastete er jedes Seufzen und jedes Zittern, zu dem er sie brachte.

Während seine Hände abwärtswanderten, sog er ihre Lippe zwischen die Zähne. In einer Geste äußersten Vertrauens signalisierte ihr Körper ihm, wozu sie bereit war, und rief damit in ihm Emotionen hervor, die sein Verlangen milderten. Eine unbändige Zärtlichkeit trat an seine Stelle.

Ihre Hände waren frei. Das zerknüllte Papier schwebte zu Boden, als sie die Arme um ihn legte. Zaghaft noch.

Sie fühlte seine Rückenmuskeln, seine Kraft. Es faszinierte sie, wie ein so starker athletischer Mann so sanft und zärtlich sein konnte. Seine Lippen glitten einladend, fast herausfordernd über ihre Haut, als wollten sie es ihr überlassen, das Tempo zu bestimmen.

Es war wie ein Hunger, was sie jetzt packte. Ihr Kuss wurde heftiger, ungeduldiger. Dann hob er sie auf die Arme. Im Halbdunkel sah sie seine Augen, nur seine Augen, in deren klarem Grün das Verlangen deutlich zu erkennen war. Ihre Blicke ließen einander nicht los, als er sie behutsam aufs Bett legte.

Hast war es, womit sie rechnete. Begierde, Wildheit. Sie hätte es ihm nicht verdenken können. An ihrer Liebe zu ihm hätte sich auch dadurch nichts geändert. Sein Körper drängte sich an ihren, sie fühlte, wie erregt er war. Sie schlang die Arme um ihn, bereit, ihm zu geben, was er brauchte.

Aber Hast war nicht, woran ihm lag. Und seine Begierde bestand darin, nicht nur zu nehmen, sondern auch zu geben.

Als er ihren Hals mit Küssen bedeckte, straffte auch sie sich. Sie flüsterte immer wieder seinen Namen, während sein Mund über ihre Schultern glitt, dann hinab zu den Brüsten, um schließlich zum Hals und zu den Lippen zurückzukehren.

Er musste behutsam vorgehen. Ihretwegen. Die erste Berührung hatte ihn vor Angst zittern lassen. Sie war mit einem anderen Mann zusammen gewesen, sie hatte ein Kind bekommen, und doch wusste er, wie unschuldig sie im Grunde noch immer war. Er hatte es gesehen, Stunde um Stunde, während er sie malte. Er hatte es gefühlt, wann immer er sie an sich zog. Ihr diese Unschuld zu nehmen musste ein Akt vollkommener Schönheit und grenzenloser Zärtlichkeit sein.

Sie war so – einfühlsam. Ihr Körper reagierte auf jede einzelne seiner Berührungen. Wo immer er ihre Haut schmeckte, erwärmte sie sich. Doch selbst darin lag noch immer eine Scheu, ein kaum merkliches Zögern. Er wollte ihr helfen, das zu überwinden.

Langsam, mit Bewegungen, die wenig mehr als ein Flüstern auf ihrer Haut waren, schob er das Nachthemd nach unten und folgte dem spitzenverzierten Ausschnitt mit den Lippen. Ihr erstes leises Aufstöhnen raubte ihm fast die Sinne. Er hatte nicht geahnt, dass ein Laut, nicht mehr als ein Laut, so erregend, so verführerisch sein konnte. Mit zarten Küssen erweckte er ihre Haut vollends zum Leben, bis er das Prickeln spüren zu können glaubte. Im Schein der Lampe war sie makellos, die Haut wie Marmor, das Haar wie Silber. In ihren Augen lagen Verlangen und Verunsicherung zugleich.

So wie er einst sein Talent, sein Einfühlungsvermögen eingesetzt hatte, ihre Gefühle auf die Leinwand zu bannen, so nutzte er sie jetzt, um ebendiese Gefühle freizusetzen.

Nie hatte sie geahnt, dass es zwischen einem Mann und einer Frau ein solches Maß an Sensibilität geben konnte. Selbst durch die Nebel der Erregung hindurch spürte sie seine Geduld. Nie war in ihr der Wunsch, der Drang, einen Mann zu berühren, so stark gewesen. Mit den Fingerspitzen und den Handflächen, mit den Lippen und der Zunge entdeckte sie ihn. Das Bedürfnis, ihn einfach nur festzuhalten, sich um ihn zu wickeln, wurde stärker.

Dann, ohne Vorwarnung, steigerte er ihre Erregung ins Unermessliche, bis sie sich ihm entgegenbog und vor Spannung den Atem anhielt. Geist und Körper waren nun nichts als pure Empfindung. Für Bruchteile von Sekunden spürte sie die plötzliche Angst, die Kontrolle über sich zu verlieren. Sein Name entrang sich ihren Lippen, als die angestaute Erregung sich explosionsartig Erlösung verschuf und sie entspannt und benommen aus dem Taumel der Leidenschaft zurückfinden ließ.

»Bitte, ich kann nicht … Ich habe noch nie …«

»Ich weiß.« Ihr Eingeständnis rührte ihn mehr, als er gedacht hatte. Er hatte geben wollen, aber er hatte nicht gewusst, dass er so viel dafür zurückerhalten würde. »Entspann dich. Kein Grund zur Eile.«

»Aber du bist noch nicht …«

Er lachte gegen ihren Hals. »Das werde ich schon noch. Wir haben viel Zeit. Ich will dich berühren«, murmelte er und machte sich erneut auf die langsame, verführerische Reise.

Es war nicht möglich. Sie hätte es nicht für möglich gehalten, dass ihr Körper sofort wieder so ungestüm auf seine

Berührungen reagierte. Doch binnen weniger Momente zitterte sie bereits wieder voller Erregung und Verlangen. Seine Zunge strich über ihren Bauch, tauchte zu den Schenkeln hinab, bis sie sich wand, das Erlebte noch immer auskostend, das Kommende voller Spannung erwartend.

Dann, und sie konnte es kaum glauben, erreichte die Erregung erneut den Punkt, an dem es keine Umkehr mehr gab. Als sie diesmal aufstöhnte und sich ihm entgegenbog, kam er zu ihr.

Sein Aufstöhnen verschmolz mit ihrem.

Haut rieb sich an Haut, während sie sich bewegten. Noch nie hatte sie sich so stark, so vollkommen befreit gefühlt wie jetzt, als die Nähe zu Gabriel nicht mehr größer werden konnte.

Sie war alles, was er je gewollt, sich je erträumt hatte. Auch jetzt war es wie ein Traum, was mit ihm geschah. Er presste das Gesicht gegen ihren Hals und sog den Duft ein, den leicht provozierenden ihres Parfums und den schweren, erdigen der Leidenschaft.

Ihr Atem drang heftig und ekstatisch in sein Ohr. Und ihr Körper tat es ihm gleich. Er spürte, wie ihre Fingernägel sich in seinen Rücken gruben.

Nie würde er auch nur die geringste Einzelheit vergessen.

Und dann vergaß er alles um sich herum und ließ sich gehen.

9. Kapitel

Es hatte eine Zeit gegeben, eine kurze Zeit, als Laura sich elegant gekleidet hatte und auf elegante Partys gegangen war. Sie hatte Leute getroffen, deren Namen in schicken Magazinen standen und die Schlagzeilen der Boulevardblätter zierten. Sie hatte mit Berühmtheiten getanzt und mit Modezaren diniert.

Sie hatte es genossen, für Geoffrey Modell zu stehen. Sicher, die Arbeit war hart gewesen, aber sie war jung und unerfahren genug gewesen, um sich von dem Glamour blenden zu lassen – auch dann noch, wenn sie zehn Stunden auf den Beinen gestanden hatte.

Geoffrey hatte ihr beigebracht, wie sie stehen und gehen musste, hatte sie sogar gelehrt, interessiert auszusehen, obwohl ihr fast die Augen zufielen. Er hatte ihr gezeigt, welche Wirkung sich mit Make-up erzielen und welche Stimmung sich mit einer Frisur ausdrücken ließ.

All das hatte ihr geholfen, ihr Image aufrechtzuerhalten, wenn sie sich mit den Eagletons in der Öffentlichkeit zeigte. Es war ihr gelungen, sich kühl und unbeschwert zugleich zu geben. Manchmal boten Äußerlichkeiten einen großen Schutz.

Sie hatte keine Angst, sich oder Gabriel auf dem Empfang zu blamieren, den seine Eltern auf ihrem Anwesen in Nob Hill gaben. Aber sie wollte auch keinen Rückschritt in ihrem Leben machen.

Laura steckte sich die Ohrringe an, prachtvoll glitzernde Geschmeide aus blauen Steinen, die sie die Woche zuvor gekauft hatte.

Als die Tür geöffnet wurde, drehte sie sich um.

»Wenn du so weit bist, können wir …«

Gabriel verstummte und starrte sie an. Das war die Frau, von der sie ihm bisher nur erzählt hatte, die die Titelblätter der Hochglanzmagazine geschmückt und dem Publikum Zobel und Nerze präsentiert hatte. Langgliedrig und schlank stand sie in einem mitternachtsblauen Abendkleid vor dem großen, mit Facettenschliff versehenen Spiegel. Was sie trug, war äußerst schlicht und ließ Halspartie und Schultern frei, um dann von der Taille abwärts ganz gerade bis zu den Füßen herunterzufallen.

Sie hatte das Haar nach hinten gekämmt und es hochgesteckt, sodass lediglich einige weizenblonde Locken ihre Schläfen umspielten.

Sie war schön, atemberaubend schön, doch obwohl er sich von ihrem Anblick angezogen fühlte, kam sie ihm wie eine Fremde vor.

»Du siehst wundervoll aus.« Aber er ließ die Hand auf dem Türgriff und etwas Distanz zwischen ihnen. »Ich muss dich unbedingt so malen.« Schönheit aus Eis, dachte er, kühl, distanziert und unnahbar.

Das Einzige, was noch fehlte, waren Saphire um den Hals. »Es ist noch frisch draußen. Hast du eine Stola?«

»Ja.« Von seinem Tonfall irritiert, ging sie zum Bett und riss den breiten Seidenschal mit seinen juwelenhaften, ins Auge stechenden Farben an sich. Erst jetzt fiel ihm auf, dass das Kleid einen raffinierten, wenn nicht gewagten Schlitz aufwies.

»Ich könnte mir vorstellen, dass du in dem Ding ganz schön Aufsehen erregst.«

Sie zuckte innerlich zusammen, verzog jedoch keine Miene. »Sag's doch einfach, wenn es dir nicht gefällt.« Sie warf sich den Schal über die Schultern. »Zum Umziehen ist es jetzt zu spät, aber glaub mir, ich werde es nie wieder tragen.«

»Augenblick mal.« Er griff nach ihrer Hand. Am Zeigefinger fühlte er den schlichten Ehering. Sie ist noch immer meine Laura, dachte er. Er brauchte nur in ihre Augen zu sehen, um sich davon zu überzeugen.

»Ich muss Michael fertig machen«, murmelte sie und wollte an ihm vorbei hinausgehen.

»Erwartest du von mir eine Entschuldigung, bloß weil ich ehrlich genug bin, dir meine Eifersucht zu zeigen?«

Ihr Blick wurde ausdruckslos. »Ich trage es nicht, um andere Männer anzulocken. Ich habe es gekauft, weil es mir gefiel, und ich dachte, es würde mir stehen.«

Er berührte ihr Gesicht und knurrte unwillig, als sie zurückzuckte. »Sieh mich an. Nein, verdammt noch mal, mich, nicht ihn.« Laura funkelte ihn an. »Erinnere dich daran, wer ich bin, Laura. Und eins solltest du nicht vergessen. Ich bin es leid, dass jede meiner Stimmungen, jedes meiner Worte mit denen eines anderen verglichen wird.«

»Ich versuche ja, es nicht zu tun.«

»Vielleicht versuchst du es, aber es gelingt dir nicht.«

»Du erwartest von mir, dass ich mein Leben über Nacht vollkommen umkrempele. Aber das kann ich nicht.«

»Nein.« Erneut strich er mit dem Daumen über den Ring. »Das kannst du wohl wirklich nicht. Aber du kannst daran denken, dass ich ein Teil deines neuen Lebens bin und mit dem alten nichts zu tun habe.«

»Du bist mit ihm nicht zu vergleichen, das weiß ich. Manchmal ist es eben leichter, das Schlimmste zu erwarten, als das Beste zu erhoffen.«

»Das Beste kann ich dir nicht versprechen.«

Nein, Versprechungen, die er nicht halten konnte, machte er nicht. Das liebte sie an ihm. »Halt mich einfach nur fest. Das reicht mir schon.«

Als er die Arme um sie legte, presste er ihre Wange gegen die Schulter seines schwarzen Dinnerjackets. Es duftete nach ihm, und das nahm ihr auch den letzten Rest an Anspannung.

»Wahrscheinlich war ich ebenfalls eifersüchtig.«

»So?«

Lächelnd bog sie sich nach hinten, um ihm ins Gesicht zu sehen. »Du siehst heute Abend so gut aus.«

»Wirklich?« Es klang, als wäre es ihm fast peinlich.

»Ich habe dich noch nie so festlich gesehen.« Sie fuhr mit dem Finger an dem dunklen Revers hinunter, das ein strahlend weißes Hemd bedeckte.

»Lange werde ich es in diesem Kostüm nicht aushalten.« Er strich ihr über die Nase. »Lass uns das Baby holen. Meine Mutter mag es nicht, wenn man zu spät kommt, und das lässt sie einen merken.«

Michael hatte sich in einem solchen Aufzug wohlgefühlt, und er hatte Partys wie diese in vollen Zügen ausgekostet. Er liebte das Lachen, die Leute und den Klatsch, dachte Gabriel, während er an dem scheinbar endlos fließenden Champagner nippte. Gerüchte waren für seinen Bruder wie ein Lebenselixier gewesen. Eigentlich hatte es kaum jemanden gegeben, der Michael nicht mochte. Dazu war er zu lebenslustig, zu offenherzig, zu kontaktfreudig gewesen.

Gabriel vermisste ihn noch immer so sehr, dass er es manchmal kaum aushielt.

Auch an diesem Abend kamen wieder Gäste zu ihm, die Michael gekannt hatten. Vielleicht kam es ihm deshalb so schlimm vor. Weil es sein Elternhaus war, in dem er und Michael aufgewachsen waren und in dem sie so vieles gemeinsam gehabt hatten.

Aber irgendwie ging das Leben weiter. Als ob ein Teil der Existenz einfach stillgelegt und ein neuer dafür eröffnet wurde. Gabriel sah durch den Raum dorthin, wo Laura sich mit seinem Vater unterhielt.

Falls es so etwas wie Engel gab, dann hatte einer von ihnen an ihn gedacht und ihm Laura geschickt, als er sie am nötigsten brauchte.

Irgendwo ertönte ein helles Lachen. Gläser klirrten. In der Luft lag eine Komposition aus Champagnerduft, Blumen und edlen Parfums. Die Nacht hatte der Party einen Vollmond beschert, der hinter den weit geöffneten Türen die Terrasse in schimmerndes Licht tauchte. Der Raum selbst war in strahlende Helligkeit getaucht. Gabriel sehnte sich plötzlich nach Ruhe und Einsamkeit. Unauffällig ging er nach oben, um nach seinem Sohn zu sehen. »Jedes Mal wenn ich ihn sehe, sieht der Junge dir ein Stück ähnlicher«, sagte Cliff.

»Meinst du wirklich?« Lauras Augen funkelten. Vielleicht war sie doch nicht so uneitel, wie sie immer gedacht hatte.

»Absolut. Obwohl niemand auf die Idee kommen würde, dass du eine frischgebackene Mutter bist. So wie du aussiehst.«

Er streichelte ihr die Wange auf eine Weise, die sie immer scheu und glücklich zugleich machte. »Mein Sohn hat einen exzellenten Geschmack.«

»Schäm dich, Cliff, mit einer schönen Frau zu flirten, wenn deine Frau nicht herübersieht«, ertönte plötzlich eine Stimme.

»Marion.« Cliff knickte aus seiner beträchtlichen Höhe ein, um der neu Hinzugekommenen einen Kuss zu geben. »Wie immer zu spät.«

»Amanda hat mich bereits getadelt.« An ihrem Champagner nippend, drehte sie sich um und musterte Laura gründlich. »Das ist also die mysteriöse Laura.«

»Meine neue Tochter.« Cliff drückte Laura kurz die Schulter. »Eine alte Freundin, Marion Trussault. Die Galerie Trussault betreut Gabriels Bilder.«

»Ja, ich weiß. Ich freue mich, Sie kennenzulernen.« Sie ist keine schöne Frau, dachte Laura, aber trotzdem auf seltsame Weise aufsehenerregend. Sie hatte kurz geschnittenes dunkles Haar und ebenso dunkle, forschend blickende Augen. Das perfekt sitzende Kleid floss an ihrer schlanken Figur herab und wirkte mit seinen Regenbogenfarben zugleich künstlerisch und edel.

»Ich ebenfalls, denn schließlich haben wir beide etwas gemeinsam, nicht wahr?« Sie klopfte mit dem Finger an den Rand ihres Glases und lächelte, ohne dass ihr Blick sich dabei erwärmte. »Sie haben Gabriels Herz und ich seine Seele, um es einmal so zu formulieren.«

»Dann wollen wir sicher beide das Beste für ihn.«

»Oh.« Marion hob das Glas. »Ganz gewiss. Cliff, Amanda hat mich gebeten, dir etwas zu sagen: Vom Gastgeber wird erwartet, dass er sich unter die Gäste mischt.«

Er zog eine Grimasse. »Sklavenantreiberin. Laura, du musst dich auf jeden Fall zum Büfett durchkämpfen. Du wirst mir schon zu dünn.« Lächelnd drehte er sich um, um seinen Pflichten nachzugehen.

»In der Tat. Für jemanden, der gerade ein Kind bekommen hat, sind Sie erstaunlich schlank. Wie lange ist es jetzt her? Einen Monat?«

»Fast zwei.« Laura nahm ihr mit kohlensäurehaltigem Mineralwasser gefülltes Glas in die andere Hand. Mit dieser Art von verdeckten Attacken hatte sie noch nie gut umgehen können.

»Die Zeit verfliegt.« Marion berührte ihre Oberlippe mit der Zungenspitze. »Ich wundere mich, dass Sie noch gar nicht in der Galerie vorbeigeschaut haben.«

»Stimmt. Ich muss mir Gabriels Arbeiten einmal in der angemessenen Umgebung ansehen.« Sie durfte sich nicht einschüchtern lassen oder anfangen, zwischen den Zeilen zu lesen. Falls es zwischen Gabriel und Marion jemals irgendwelche romantischen Bande gegeben haben sollte, gehörte das der Vergangenheit an. »Er verlässt sich auf Sie, wissen Sie. Ich hoffe, Sie werden ihn dazu bringen, einer neuen Ausstellung zuzustimmen.«

»Ich bin mir noch nicht sicher, ob dass zu diesem Zeitpunkt eine so gute Idee wäre.« Marion lächelte quer durch den Raum jemandem zu, der ihren Namen gerufen hatte.

»Wieso? Die Bilder sind großartig.«

»Es geht nicht nur darum.« Sie warf Laura einen raschen glitzernden Blick zu. Zwischen ihr und Gabriel hatte es nie etwas gegeben. Jedenfalls nichts Körperliches. Ihre Gefühle für Gabriel Bradley gingen darüber weit hinaus. Gabriel war ein Künstler, ein begnadeter sogar, und sie wollte ihm zum Erfolg verhelfen. Und so sollte es auch bleiben.

Wenn er bei seiner Heirat in den gewohnten Kreisen geblieben wäre oder sich jemanden gesucht hätte, der seiner Karriere förderlich wäre, hätte sie nichts dagegen gehabt. Aber dass er sich, und damit auch ihre ehrgeizigen Pläne, weggeworfen hatte, um ein schönes Gesicht mit zweifelhaftem Ruf zu heiraten, war mehr, als Marion ertragen konnte.

»Hab ich schon erwähnt, dass ich Ihren ersten Mann kannte?«

Laura hätte nicht schockierter sein können, wenn Marion ihr den Drink ins Gesicht gekippt hätte. Die schützende Hülle, die sie um sich und Michael gelegt hatte, bekam den ersten Riss.

»Nein. Wenn Sie mich jetzt bitte entschuldigen …«

»Ein faszinierender Mann. Das habe ich immer gedacht. Sicher, jung und etwas wild, aber faszinierend. Wie tragisch, dass er sterben musste, ohne sein Kind zu sehen.« Sie leerte ihr Glas bis auf einen winzigen Rest, der schäumend vor sich hin prickelte.

»Michael ist Gabriels Kind«, erwiderte Laura ruhig.

»So hat man mir gesagt.« Sie lächelte erneut. »Kurz vor und nach Tonys Tod gab es die wildesten Gerüchte. Angeblich war er drauf und dran, sich von Ihnen scheiden zu lassen, und er hatte Sie bereits aus dem Stammsitz der Familie entfernt, weil Sie, nun, indiskret waren.« Mit einem Schulterzucken stellte Marion ihr Glas ab. »Aber das ist ja jetzt alles Vergangenheit. Sagen Sie, wie geht es eigentlich den Eagletons? Es ist ewig her, dass ich mit Lorraine gesprochen habe.«

Wenn es ihr nicht gelang, die in ihr aufsteigende Übelkeit

zu unterdrücken, würde sie den illustren Gästen der Bradleys ein erniedrigendes Spektakel bieten. »Warum tun Sie das?«, flüsterte sie. »Was geht Sie das überhaupt an?«

»Oh, meine Liebe, mich geht alles an, was Gabriel betrifft. Ich will, dass er ganz nach oben kommt, und lasse es nicht zu, dass er hinabgezogen wird. Das ist ein hübsches Kleid«, fügte sie rasch hinzu und schwebte davon, als sie Amanda näher kommen sah.

»Laura, geht es dir gut? Du bist weiß wie ein Laken. Komm, ich suche dir einen Stuhl.«

»Nein, ich brauche frische Luft.« Laura flüchtete durch die offenen Glastüren auf die Marmorterrasse.

»Setz dich.« Amanda war ihr gefolgt und nahm ihren Arm, um sie zu einem Stuhl zu führen. »Gabriel wird gleich hier sein. Wenn er dich in diesem Zustand sieht, wird er mir die Hölle heißmachen, weil ich dich all diesen Leuten ausgesetzt habe.«

»Damit hat es nichts zu tun.«

»Aber mit Marion.« Amanda nahm ihr das Wasserglas aus der sich immer fester darum schließenden Hand. »Falls sie den Eindruck erweckt hat, dass es zwischen ihr und Gabriel etwas gegeben hat, so kann ich dir versichern, dass daran kein Wort wahr ist.«

»Das ist nicht wichtig.«

Mit einem leisen Auflachen warf Amanda einen Blick zurück in den Raum. »Wenn das dein Ernst ist, bist du eine bessere Frau als ich. Eine der einstigen Bekannten meines Mannes kenne ich jetzt seit über fünfunddreißig Jahren. Ich könnte ihr noch immer ins Gesicht spucken.«

Laura sog die mild duftende Abendluft ein. »Ich weiß, dass Gabriel mir treu ist.«

»Das solltest du auch. Und du solltest ebenfalls wissen, dass Marion niemals Gabriels Geliebte war. Ich kann nicht behaupten, dass ich über sämtliche von Gabriels Affären Bescheid weiß, aber ich weiß genau, dass er und Marion als einzige Gemeinsamkeit die Kunst haben. Was hat sie denn gesagt, um dich so sehr aufzuregen?«

»Es war nichts.« Laura rieb sich flüchtig über die Schläfen. »Eigentlich bin ich selbst schuld. Ich habe einfach überreagiert. Sie hat erwähnt, dass sie meinen ersten Mann kannte.«

»Ich verstehe.« Amanda schaute verärgert zum Salon hinüber. »Nun, ich muss schon sagen, ich finde es äußerst taktlos, das Thema ausgerechnet auf eurem Hochzeitsempfang anzuschneiden. Man sollte meinen, eine Frau wie Marion hätte mehr Geschmack.«

Laura straffte die Schultern. »Ich wäre dir dankbar, wenn du Gabriel gegenüber nichts davon erwähntest. Es gibt keinen Grund, ihn auch noch aufzuregen.«

»Du hast recht. Ich werde selbst mit Marion sprechen.«

»Nein.« Laura griff nach ihrem Glas und nippte bedächtig. »Falls es etwas zu besprechen gibt, werde ich das selbst tun. Könntest du an einem der nächsten Tage auf Michael aufpassen? Ich möchte mir in der Galerie Gabriels Bilder ansehen.«

Laura erwachte atemlos und fröstelnd. Sie hatte sich einen Weg aus dem Albtraum erkämpft und schlug in Gabriels Armen die Augen auf.

»Beruhige dich. Es ist alles in Ordnung.«

Sie schnappte nach Luft und atmete langsam wieder aus. »Tut mir leid«, murmelte sie und fuhr sich mit der Hand durchs Haar.

»Möchtest du etwas? Ein Glas Wasser vielleicht?«

»Nein danke.« Die Angst war fort, jetzt kam die Verärgerung. Die leuchtende Digitalanzeige des Weckers stand auf vier Uhr fünfzehn. Erst vor drei Stunden waren sie zu Bett gegangen, und jetzt lag sie unruhig und hellwach da.

Ohne seinen Arm von ihren Schultern zu nehmen, ließ Gabriel sich aufs Kissen zurücksinken. »Seit Michaels Geburt ist das der erste Albtraum. Ist auf der Party etwas passiert?«

Sie dachte an Marion und biss die Zähne zusammen. »Wie kommst du darauf?«

»Mir fiel auf, dass du ziemlich aufgeregt warst. Und meine Mutter reichlich verärgert.«

»Hast du angenommen, ich hätte mich mit ihr gestritten?« Sie musste lächeln und schmiegte sich enger an ihn. »Nein, ganz im Gegenteil. Wir beide verstehen uns prächtig.«

»Das klingt, als würde dich das überraschen.«

»Ich habe nicht erwartet, dass wir Freundinnen werden würden. Irgendwie habe ich immer damit gerechnet, dass sie ihren spitzen Hut und den Besen herausholt.«

Lachend küsste er ihr die Schulter. »Versuch nur mal, in ihrem Beisein an meiner Arbeit herumzumäkeln.«

»Das würde ich nie wagen.« Ohne dass es ihr bewusst wurde, fuhr sie ihm mit den Fingern durchs Haar. In solchen Situationen hatte sie immer das Gefühl, mit allem fertig zu werden, was ihre neue Familie bedrohte. »Sie hat mir das Wandgemälde im Salon gezeigt. Das mit all den Sagengestalten.«

»Ich war zwanzig und sehr romantisch.« Und er hatte seine Mutter ein Dutzend Mal gebeten, es überstreichen zu lassen.

»Es gefällt mir.«

»Kein Wunder, dass du dich mit ihr verstehst.«

»Es gefällt mir wirklich.« Sie veränderte ihre Lage, bis sie den Arm auf seine Brust legen konnte. Dass sie das ohne zu überlegen, ganz automatisch getan hatte, war ihr nicht bewusst. »Was hast du gegen Einhörner und Pferde mit Menschenköpfen und Feen?«

»Die muss es vermutlich auch geben.« Aber momentan interessierte ihn nur eines, nämlich sie zu lieben.

»Gut. Dann meinst du doch sicher auch, dass die Seitenwand in Michaels Zimmer der ideale Ort für ein Wandgemälde ist.«

Er zupfte an einer Locke, die ihr auf die Wange fiel. »Soll das ein Auftrag sein?«

»Nun, ich habe ein paar deiner Arbeiten gesehen, und die waren nicht schlecht.«

Er zog fester. »Nicht schlecht?«

»Vielversprechend.« Lachend duckte sie sich, bevor er erneut an ihrem Haar ziehen konnte. »Warum legst du mir nicht einige Entwürfe vor?«, fragte sie ihn.

»Und mein Honorar?«

Laura begann zu dämmern, dass der Albtraum auch seine guten Seiten hatte. »Das ist verhandelbar.«

»Ich sag dir etwas. Ich male das Wandgemälde, aber nur unter einer Bedingung.«

»Und die wäre?«

»Dass du dich noch einmal von mir malen lässt. Nackt.«

Ihre Augen weiteten sich. Das musste ein Scherz sein. Sie lachte. »Lass mich wenigstens eine Baskenmütze tragen.«

»Du hast zu viele alte Filme gesehen. Also gut, du kannst eine Baskenmütze tragen, aber sonst nichts.«

»Das kann ich nicht.«

»Na schön, streichen wir die Baskenmütze.«

»Gabriel, du machst dich über mich lustig.«

»Das tue ich nicht.« Um es ihr zu beweisen und weil ihm danach war, ließ er eine Hand über ihren Körper gleiten. »Du hast eine wunderschöne Figur ... wie eine Tänzerin, mit sanfter weißer Haut und einer Wespentaille.«

»Gabriel.« Er sollte nur mit dem Reden aufhören, nicht mit dem Streicheln. Er machte mit beidem weiter.

»Seit wir das erste Mal zusammen geschlafen haben, will ich dich nackt malen. Ich habe noch immer vor Augen, wie du aussahst, als ich dir das Nachthemd herunterstreifte. Diese Weiblichkeit, diese unterschwellige Erotik einzufangen wäre ein Triumph.«

Sie legte ihre Wange auf sein Herz. »Ich würde mich genieren.«

»Warum? Ich kenne deinen Körper, jeden Zentimeter davon.« Er umfasste ihre Brüste, strich mit den Daumen behutsam über die Spitzen. Ihre Erregung sprang auf ihn über.

»Aber sonst niemand.« Ihre Stimme klang jetzt heiser. Fast wie von selbst glitten ihre Hände über seine Haut.

Die Vorstellung hatte etwas unglaublich Aufregendes an sich. Niemand sonst kannte die Geheimnisse ihres Körpers, die kleinen versteckten Einzelheiten. Niemand sonst wusste, wie eine Berührung hier, eine Liebkosung dort ihre Scheu in Leidenschaftlichkeit verwandeln konnte. Das wollte er auf die Leinwand bannen, ihre Schönheit, die Anmut ihrer Hemmungen. Die gerade erst entdeckte Leidenschaft. Aber er konnte warten.

»Ich könnte auch ein Modell engagieren.«

Ihr Kopf fuhr hoch. »Du …« Die Eifersucht raubte ihr die Sprache.

»Es geht um Kunst, Engel«, sagte er belustigt und kein bisschen verärgert. »Nicht um ein ausklappbares Foto in einem Männermagazin.«

»Du willst mich erpressen.«

»Schlaues Kind.«

Ihre Augen verengten sich. Sie veränderte ihre Position, sodass ihr Körper verlockend über seinen rieb. »Aber ich suche das Modell aus.«

Sein Puls dröhnte. Als sie den Kopf senkte, um seine Brust mit Küssen zu bedecken, schloss er die Augen. »Laura.«

»Nein, Mrs. Drumberry. Ich habe sie vorhin kennengelernt.«

Er schlug die Augen auf. Sie streifte mit den Zähnen eine Brustwarze, und er bäumte sich unter ihr auf. »Mabel Drumberry ist hundertfünf.«

»Genau.« Schmunzelnd setzte sie ihre Erkundung fort, mit wachsender Entdeckerlust und einem Gefühl von Macht. »Glaubst du etwa, ich würde dich mit einer kurvenreichen rothaarigen Sexbombe in deinem Atelier allein lassen?«

Er wollte lachen, doch heraus kam ein Stöhnen, denn ihre Hand wanderte jetzt abwärts. »Meinst du nicht, ich könnte einer rothaarigen Sexbombe widerstehen?«

»Natürlich, aber sie dir nicht.« Sie rieb ihre Wange über sein Kinn, an dem sich bereits die ersten Morgenstoppeln zeigten. »Du bist so schön, Gabriel. Wenn ich malen könnte, würde ich es dir beweisen.«

»Was du da tust, treibt mich in den Wahnsinn.«

»Das hoffe ich«, murmelte sie und legte die Lippen auf seinen Mund.

Sie hatte nie den Mut besessen, die Initiative zu übernehmen, war sich ihrer Fähigkeiten und Vorzüge nie sicher gewesen. Doch jetzt genoss sie es, ihn herauszufordern, mit ihm zu spielen.

Ihre Selbstsicherheit wuchs, und indem sie ihn entdeckte, entdeckte sie auch sich selbst. Hier und jetzt war sie seine Partnerin, gleichberechtigt in jeder Hinsicht. Trotz ihrer Erregung nahm sie mit bestechender Deutlichkeit wahr, wie sie ihn schwach machen, ihn zur Verzweiflung bringen, ihn erzittern lassen konnte.

Auf dem Flur schlug die Wanduhr gerade fünf, als sich ihr ein leises triumphierendes Lachen entrang. Dann schlang er die Arme um ihren Hals. Er spürte, dass dies nicht mehr die scheue, unschuldige Frau war, die er geheiratet hatte. Dies war eine Frau, die ihm alles an wilder Leidenschaft entlockte, wozu er fähig war. Sein Mund presste sich ungestüm, fast schmerzhaft auf ihre Lippen. Was sie dabei durchzuckte, war keine Angst, nicht die leiseste Spur davon, sondern ein atemberaubendes Gefühl des Sieges.

Wie im Rausch rollten sie über das Bett, fordernd, nehmend, mit einer Begierde, die sie an nichts anderes denken ließ als daran, einander Lust zu bereiten. Laura fühlte gar nicht, wie er ihr hastig, ohne Rücksicht auf den zarten Stoff und die feinen Spitzen, das Nachthemd vom Körper streifte. Seine Hände waren überall, und sie nahmen sich, was sie wollten.

Es gab keine Scham. Es gab keine Scheu. Dafür gab es Freiheit, eine andere Art von Freiheit als die, die er ihr bereits gezeigt hatte. Als er zu ihr kam, durchliefen Vibrationen ihren Körper, schockartig, Welle auf Welle.

Als sie sich ihm hingab, mehr forderte und mehr bekam, wurde Laura endgültig klar, dass es tatsächlich ein Glück gab, das die Zeit zum Stehenbleiben bringen konnte.

10. Kapitel

Als der Himmel sich verdunkelte, war Laura im Garten. Sie hatte es sich zur Gewohnheit gemacht, dort den Morgen zu verbringen, während das Baby im Sonnenschein schlief oder in seiner Schaukel saß. Irgendwie fand sie drinnen nur selten etwas zu tun, denn das Haus schien sich selbst in Ordnung zu halten, und Gabriel neigte nur im Atelier zu Schlampigkeit, was sie ihn bereits hatte wissen lassen.

Außerdem gab es zu viele Räume, in denen sie sich noch nicht zu Hause fühlte. Im Kinderzimmer, das sie selbst eingerichtet hatte und in dem sie Tag und Nacht eine Menge Stunden verbrachte, fühlte sie sich wohl. Der Rest des Hauses, mit seinen Erbstücken, prachtvollen alten Teppichen, polierten Parkettböden und verblichenen Tapeten, blieb ihr fremd.

Aber im Laufe des Frühlings hatte sie eine Begeisterung und ein Talent fürs Gärtnern entdeckt, für die Weite und Frische des Gartens. Sie mochte den Sonnenschein und die Art, wie die Erde in ihren Händen duftete und sich anfühlte. Sie verschlang Bücher über Pflanzen, so wie sie es über Schwangerschaft und Geburt getan hatte. Bald waren ihr die Blumen und Sträucher und die Pflege, die sie brauchten, wohlvertraut.

Die Tulpen begannen zu blühen, und die Azaleen trugen schon schwer an ihren Blüten. Zwar hatte jemand anders sie gepflanzt, aber Laura schloss sie alle dennoch ins Herz.

Schließlich blühten sie jedes Jahr aufs Neue. Unbekümmert setzte sie mit Löwenmäulern und Beetrosen ihre eigenen gärtnerischen Akzente.

Schon plante sie, im Herbst neue Zwiebeln und Knollen zu setzen, Taglilien, Klatschmohn und Krokusse. Dann, im Winter, wollte sie ihre eigenen Frühjahrsblumen aussäen und in kleinen Tontöpfen aufziehen. Wozu gab es schließlich den Wintergarten an der Ostseite des Hauses?

»Nächstes Jahr zeige ich dir, wie man sie pflanzt«, versprach sie Michael. Sie malte sich bereits aus, wie er auf seinen kurzen Beinchen durch den Garten tobte, auf die Erde klopfte und nach Schmetterlingen schnappte.

Dann würde er lachen. Es würde vieles geben, über das er lachen könnte. Und sie würde ihn hochnehmen und durch die Luft wirbeln können, bis seine Augen, die noch immer so blau waren wie ihre, leuchteten und sein freudiges Lachen die Luft erfüllte. Dann würde Gabriel den Kopf durchs Atelierfenster stecken und fragen, was es zu lachen gab.

»Ich liebe deinen Daddy«, erklärte sie Michael. Das tat sie mindestens einmal am Tag. »Ich liebe ihn so sehr, dass es mich an Happy Ends glauben lässt.«

Als der Schatten auf sie fiel, sah Laura auf. Die ersten dunklen Wolken schoben sich vor die Sonne. Sie war versucht, sie zu ignorieren. Und das hätte sie auch getan, wenn sie nicht genau gewusst hätte, dass es länger dauern würde, die Gartengeräte, Michaels Sachen und das Baby selbst zusammenzusammeln.

»Nun, wenigstens freuen die Blumen sich über den Regen, was?« Sie verstaute die Geräte, den Torf und den Dünger in dem kleinen Schuppen neben dem Hintereingang und holte anschließend Michael. Mit der Routine einer geschulten Mutter trug sie das Baby, die kleine Kiste mit Spielzeugen und die zusammengeklappte Schaukel ins Haus.

Kaum hatte sie den Fuß auf die erste Stufe nach oben gesetzt, da ließ der erste Donnerschlag sie und Michael auch schon zusammenzucken. Als er zu wimmern begann, unterdrückte sie ihre eigene Angst vor dem Gewitter und tröstete ihn.

Er beruhigte sich schneller wieder als sie, während sie ihn durchs Haus trug und besänftigend auf ihn einsprach. Obwohl der Regen noch auf sich warten ließ, konnte sie durch Michaels Fenster erkennen, was für ein Unwetter sich am Himmel zusammenbraute. Blitze zuckten auf und ließen das Grau malvenfarben erscheinen.

Schließlich begann Michael zu dösen, aber sie behielt ihn auf dem Arm. Irgendwie gab er ihr denselben Halt, den sie ihm gab.

»Dumm, was?«, murmelte sie. »Eine erwachsene Frau fürchtet sich mehr vor einem Gewitter als ein winziges Baby.« Als der Regen gegen das Haus zu prasseln begann, legte sie ihn in sein Bettchen, um die Fenster schließen zu können.

Ihr fielen Gabriels Bilder ein, und sie eilte als Erstes ins Atelier. Sie war froh, dass das Gewitter die Stromversorgung nicht unterbrochen hatte. Das Licht flackerte auf, als sie den Schalter betätigte. Vor den Fenstern war der Fußboden feucht, aber dort standen glücklicherweise keine Bilder.

Sie wollte schon einen Wischlappen holen, da ging ihr auf, dass sie zum ersten Mal vollkommen allein in Gabriels Allerheiligstem war. Er hatte ihr den Zutritt nie verboten, aber gerade weil sie selbst in ihrem Leben so wenig davon gehabt hatte, respektierte sie die Privatsphäre anderer.

Der Raum duftete nach ihm. Es war jene Kombination aus Farbe und Terpentin und einem Hauch Kreide, die häufig an seiner Kleidung und seinen Händen haftete. Ein Duft, der sie immer wieder beruhigte, der sie aber auch erregte.

Sie ging zur Staffelei hinüber, um nachzusehen, woran er gerade malte. Es war ein Bild von Michael. Oberhalb der Leinwand war eine grobe Skizze befestigt, und das Porträt nahm gerade erst Gestalt an. Die Skizze war vielleicht eine Woche alt. Mit einem prüfenden Blick stellte Laura fest, dass Michael in der kurzen Zeit bereits sichtlich gewachsen war. Aber es war schön zu wissen, dass dieser eine Moment in seinem so jungen Leben für immer festgehalten worden war.

Sie drehte sich um und musterte den Raum. Ohne Gabriel hatte er nicht dieselbe Wirkung. Weniger – dramatisch, dachte sie. Dann musste sie lachen, denn ihr war klar, wie sehr ihm diese Beschreibung missfallen würde.

Warum hatte sie ihn eigentlich noch nicht nach einem Bild für Michaels Zimmer gefragt? Die Poster, die sie ausgesucht hatte, waren farbenfroh, aber eins von Gabriels Bildern hätte eine größere Bedeutung. Das war es, was sie im Hinterkopf hatte, als sie sich bückte und die Leinwände durchging.

Mit welcher Leichtigkeit er dem Betrachter Gefühle entlockte. Eine in Pastelltönen gehaltene Landschaft ließ einen träumen. Eine hart gezeichnete, realistische Ansicht eines Slums ließ einen erschauern. Und dann die Porträts. Das eines uralten Mannes, der sich an einer Bushaltestelle auf seinen Stock stützte. Das dreier junger Mädchen, die kichernd vor einer Boutique standen. Die spektakuläre Aktstudie einer auf weißem Satin ausgebreiteten Brünetten. Laura betrachtete das Bild nicht voller Eifersucht, sondern geradezu ehrfürchtig.

Sie ging noch ein Dutzend weiterer Bilder durch und fragte sich, warum er sie so sorglos hingestellt hatte. Viele waren ungerahmt, alle wandten der Wand die Vorderseite zu. Sie gehören nicht hierher, dachte sie, sie sind viel zu schön, um hier in einem Raum zu stehen, wo niemand sie sehen, bewundern und sich von ihnen rühren lassen konnte.

Jedes Bild trug in einer Ecke seine Signatur, darunter das Jahr. Und alle, die sie gefunden hatte, waren vor mindestens einem Jahr gemalt worden, aber keins war älter als zwei Jahre.

Sie drehte die letzte Leinwand um und hielt unwillkürlich den Atem an. Es war ein weiteres Porträt, aber eins, das mit Liebe gemalt worden war.

Es zeigte einen jungen Mann, höchstens dreißig, mit einem leicht verwegenen Lächeln, als hätte er alle Zeit der Welt, das zu verwirklichen, was er sich vorgenommen hatte. Sein Haar blond, um einige Nuancen heller als Gabriels und nach hinten, aus einem schmalen gut aussehenden Gesicht gekämmt. Es war eine ungezwungen wirkende Studie, die den Mann in voller Größe zeigte, in einem Sessel, die Beine von sich gestreckt und unten übereinandergelegt. Aber trotz der lässigen Pose strahlte der Mann Dynamik und Energie aus.

Sie kannte den Sessel. Er stand im Salon der Bradley-Villa in Nob Hill. Und sie kannte das Gesicht, denn es glich dem ihres Mannes. Dies war Gabriels Bruder. Dies war Michael.

Ihr ging auf, dass es durchaus möglich war, um jemanden zu trauern, den man nie gekannt hatte. Dass man auch so den Verlust und den Schmerz empfinden konnte. Dass Gabriel seinen Bruder sehr geliebt hatte, machte jeder Pinselstrich deutlich. Nicht nur geliebt, sondern auch respektiert. Mehr als zuvor hoffte sie jetzt, dass er das Vertrauen aufbrächte, mit ihr über Michael, sein Leben und seinen Tod zu reden. In der Skizze des Babys, die Gabriel an seiner großen Staffelei befestigt hatte, war die gleiche bedingungslose Liebe zu spüren gewesen.

Behutsam drehte sie die Leinwand wieder zur Wand und stellte die anderen davor.

Nachdem der Regen aufgehört hatte, beschloss Laura, Amanda anzurufen und den beabsichtigten Besuch in der Galerie auch tatsächlich zu unternehmen. Wenn sie wollte, dass Gabriel einen weiteren Schritt auf sie zumachte, musste sie einen auf ihn zumachen. Sie hatte die Galerie bisher absichtlich gemieden, weil sie sich in der Rolle der Frau des prominenten Künstlers unwohl gefühlt hatte. Unsicherheit, das wusste sie, war nur durch einen zuversichtlichen Schritt nach vorn zu überwinden. Auch wenn dieser Schritt alles an Mut erforderte, was man aufbringen konnte.

Sie hatte sich im letzten Jahr verändert. Sie war nicht nur stärker geworden, sondern so stark, wie sie es sein musste. Vielleicht hatte sie den Gipfel noch nicht erreicht, aber wenigstens mühte sie sich nicht mehr am Fuß des Berges ab.

Es kostete sie nur eine Frage. Nachdem ihr Dank abgewehrt worden war, legte Laura den Hörer auf und sah auf die Uhr. Wenn Michael sich an seinen gewohnten Tagesablauf hielt, würde er spätestens in einer Stunde aufwachen und gefüttert werden wollen. Anschließend würde sie ihn zu Amanda bringen, das war der erste große Schritt, und dann zur Galerie fahren. Sie sah auf ihre an den Knien verschmutzten Jeans hinab. Als Erstes würde sie sich umziehen.

Sie war halb die Treppe hinauf, als es an der Haustür läutete. Ihre Stimmung war zu optimistisch, als dass sie sich über die Störung geärgert hätte, und sie öffnete.

Und dann brach in ihr eine Welt zusammen.

»Laura.« Lorraine Eagleton nickte forsch und betrat mit großen Schritten die Halle. Dort blieb sie stehen und sah sich betont beiläufig um, während sie sich die Handschuhe auszog. »Donnerwetter, du hast ja das große Los gezogen, was?« Sie steckte die Handschuhe in eine gelbbraune Krokohandtasche. »Wo ist das Kind?«

Laura brachte kein Wort heraus. Ihre Zunge war wie gelähmt, und die Luft schien sich in der Lunge zu stauen, bis ihr der Brustkorb schmerzte. Ihre Hand, noch immer auf dem Türgriff, war eiskalt, obwohl sie den panikartigen Rhythmus ihres Herzens in jeder Fingerspitze spürte. Ganz plötzlich blitzte in ihr die Erinnerung an die letzte, schreckliche Begegnung mit dieser Frau auf. Als ob sie gerade erst ausgesprochen worden wären, kamen ihr die Drohungen, die Forderungen und die Erniedrigungen in den Sinn. Sie fand ihre Stimme wieder.

»Michael schläft.«

»Umso besser. Wir haben etwas zu besprechen.«

Der Regen hatte die Luft kühler werden lassen, und sie duftete noch nach ihm. Wässriges Sonnenlicht kroch durch die Tür, die Laura noch immer nicht geschlossen hatte. Die Vögel begannen schon wieder zuversichtlich zu zwitschern. Ganz normal. Alles ist so normal, schoss es ihr durch den Kopf. Die Welt hörte nicht auf zu existieren, wenn das Leben eines Menschen in die Krise geriet.

Obwohl ihre Finger sich noch immer um den Türgriff klammerten, schaffte sie es, Blick und Stimme ruhig wirken zu lassen.

»Sie befinden sich jetzt in meinem Haus, Mrs. Eagleton.«

»Frauen wie dir gelingt es immer wieder, reiche, leichtgläubige Ehemänner zu finden.« Sie zog eine Augenbraue hoch, offenbar befriedigt, dass Laura noch immer blass und verkrampft an der Tür stand. »Aber das ändert nichts daran, wer du bist, was du bist. Und die Tatsache, dass du dir schlauerweise Gabriel Bradley geangelt hast, wird mich nicht daran hindern, mir das zu holen, was mir gehört.«

»Ich habe nichts, was Ihnen gehört. Ich möchte, dass Sie jetzt gehen«, sagte Laura.

»Das kann ich mir denken«, erwiderte Lorraine lächelnd. Sie war eine hochgewachsene, eindrucksvolle Frau mit dunklem, sorgfältig frisiertem Haar und einem faltenlosen Gesicht. »Glaube mir, ich habe weder den Wunsch noch die Absicht, länger als nötig zu bleiben. Ich will das Kind haben.«

Laura hatte plötzlich die Vorstellung, im Nebel zu stehen, mit einer leeren Decke auf dem Arm. »Nein.«

Lorraine wischte die Weigerung wie einen Fussel auf ihrem Revers beiseite. »Ich besorge mir einfach einen Gerichtsbeschluss.«

An die Stelle der eisigen Furcht trat heißer Zorn, und Laura konnte sich wieder bewegen. Wenn auch nur, um eine straffere Haltung einzunehmen. »Dann tun Sie das. Aber bis dahin lassen Sie uns in Ruhe.«

Noch immer dieselbe, dachte Lorraine, etwas widerspenstiger vielleicht, wenn sie mit dem Rücken an der Wand steht, aber immer noch leicht zu manipulieren. Selbst wenn sie wütend war, hob Lorraine nie die Stimme. Schon seit Langem hielt sie Verachtung für eine schlagkräftigere Waffe als Lautstärke.

»Du hättest das Angebot akzeptieren sollen, das mein Mann und ich dir gemacht haben. Es war großzügig, und wir werden es nicht wiederholen.«

»Sie können mein Baby nicht kaufen. Ebenso wenig, wie Sie Tony zurückkaufen können.«

Schmerz zuckte über Lorraines Gesicht. Ein Schmerz, der so real und so schneidend war, dass Laura automatisch Worte des Mitgefühls formulierte. Sie konnten jetzt reden, mussten jetzt reden, von Mutter zu Mutter. »Mrs. Eagleton …«

»Mit dir rede ich nicht über meinen Sohn«, gab Lorraine zurück, während sich der Schmerz in Bitterkeit verwandelte. »Wenn du gewesen wärst, was er brauchte, würde er noch leben. Das werde ich dir nie verzeihen.«

Es hatte eine Zeit gegeben, da hätten diese Worte sie zutiefst erschüttert, und sie hätte sich sofort wieder schuldig gefühlt. Aber Lorraine hatte sich geirrt. Sie war nicht mehr dieselbe. »Wollen Sie mir das Baby wegnehmen, um mich zu bestrafen oder einfach nur, um Ihren Willen durchzusetzen? Warum auch immer, es ist falsch, das müssen Sie wissen.«

»Ich kann und werde beweisen, dass du ungeeignet bist, das Kind aufzuziehen. Ich werde Material vorlegen, nach dem du dich vor und nach der Ehe mit meinem Sohn anderen Männern zur Verfügung gestellt hast.«

»Sie wissen, dass das nicht wahr ist.«

Lorraine fuhr fort, als hätte Laura nicht gesprochen. »Hinzu kommt dein zerrütteter Familienhintergrund. Falls sich herausstellt, dass das Kind von Tony ist, wird es wegen des Sorgerechts eine gerichtliche Anhörung geben. Und deren Ergebnis dürfte ja wohl außer Frage stehen.«

»Sie werden Michael nicht bekommen, nicht mit Geld, nicht mit Lügen.« Ihre Stimme hob sich von selbst, und sie senkte sie wieder. Jetzt die Fassung zu verlieren würde nichts einbringen. Laura wusste nur zu gut, wie lässig Lorraine Gefühle mit einem einzigen kalten, vernichtenden Blick zur Seite fegen konnte. Sie glaubte, musste glauben, dass es einen Weg gab, auf vernünftige Weise mit ihr zu reden. »Wenn Sie Tony je geliebt haben, werden Sie wissen, wie weit ich gehen werde, um meinen Sohn zu behalten.«

»Und du solltest wissen, wie weit ich gehen werde, um zu verhindern, dass ein Eagleton auch nur in deiner Nähe aufwächst.«

»Mehr ist er für Sie nicht, ein Name, ein Symbol für Unsterblichkeit.« Sie konnte ihre Stimme nicht mehr davon abhalten, verzweifelt zu klingen, und die Knie nicht davon, ins Zittern zu geraten. »Sie lieben ihn nicht.«

»Gefühle haben damit nichts zu tun. Ich wohne im Fairmont. Du hast zwei Tage, dich zu entscheiden, ob du einen öffentlichen Skandal willst oder nicht.« Lorraine zog ihre Handschuhe wieder heraus. Sie war sicher, dass es dazu nicht kommen würde. Lauras schreckensbleiche Miene gab ihr diese Zuversicht. »Ich glaube kaum, dass die Bradleys sehr begeistert wären, von deinen vergangenen Indiskretionen zu erfahren. Daher zweifle ich nicht daran, dass du vernünftig sein wirst, Laura. Du wirst doch nicht gefährden, was du dir bequemerweise verschafft hast.« Sie ging durch die Tür und die Stufen hinab, wo eine graue Limousine auf sie wartete.

Laura wartete nicht, bis sie losfuhr, sondern warf die Tür zu und verriegelte sie. Sie war atemlos, als hätte sie einen Dauerlauf hinter sich. Und Weglaufen war das Erste, woran sie dachte. Sie raste die Treppe hinauf in Michaels Zimmer und begann, seine Sachen in eine Tasche zu werfen.

Sie würde mit leichtem Gepäck reisen. Nur das Nötigste würde sie mitnehmen. Noch vor Sonnenuntergang konnten sie mehrere Meilen entfernt sein. In nördlicher Richtung, dachte sie. Vielleicht nach Kanada.

Sie hatte noch genügend Geld, um zu entkommen, um mit Michael zu verschwinden. Eine Rassel glitt ihr aus der Hand und fiel klappernd zu Boden. Sie ließ sich von der Verzweiflung überwältigen, setzte sich auf die Liege und schlug die Hände vors Gesicht.

Sie konnten nicht davonlaufen. Selbst wenn sie die finanziellen Möglichkeiten gehabt hätten, sich ein Leben lang zu verstecken, wäre Davonlaufen unmöglich gewesen. Es wäre ungerecht. Ungerecht gegenüber Michael, gegenüber Gabriel und auch gegenüber ihr selbst. Sie durften das Leben hier nicht einfach aufgeben, das Leben, das sie sich immer gewünscht hatte, das sie ihrem Sohn bieten wollte.

Aber wie konnte sie es davor bewahren, zerstört zu werden?

Indem sie sich wehrte, dem Angriff standhielt. Und nicht nachgab. Aber Nachgeben war das, was sie immer am besten gekonnt hatte. Sie hob den Kopf und wartete darauf, dass ihre Atmung sich beruhigte. Aber das war die Einstellung der alten Laura, und genau darauf verließ sich Lorraine. Die Eagletons wussten, wie leicht sie sich hatte manipulieren lassen. Sie rechneten damit, dass sie davonlaufen würde, und würden dieses impulsive, verzweifelte Verhalten gegen sie verwenden. Vielleicht erwarteten sie auch, dass sie ihr Baby opfern würde, um ihren Ruf bei den Bradleys nicht zu gefährden.

Aber die Eagletons kannten sie nicht gut genug. Sie hatten es nie für nötig befunden, ihre Schwiegertochter wirklich kennenzulernen. Diesmal würde sie nicht nachgeben, nicht mit ihrem Sohn davonlaufen. Diesmal würde sie um ihn kämpfen.

Der Zorn stieg in ihr auf, und es war ein wunderbares Gefühl. Zorn war eine hitzige, lebendige Empfindung, ganz anders als die lähmende Kälte der Angst. Sie würde zornig bleiben, wie Amanda es ihr geraten hatte. Denn voller Zorn würde sie nicht nur einfach kämpfen, sondern mit allen Tricks und Raffinessen kämpfen. Den Eagletons stand eine gewaltige Überraschung bevor.

Als Laura vor der Galerie eintraf, hatte sie sich wieder unter Kontrolle. Michael war bei Amanda in Sicherheit, und Laura war dabei, den ersten Schritt auf dem Weg zu unternehmen, an dessen Ende es für ihn keine Gefahr mehr geben würde.

Die Trussault-Galerie befand sich in einem geschmackvoll restaurierten alten Gebäude. Die sorgfältig gepflegten Blumen, die den Haupteingang säumten, waren noch feucht vom Regen. Der Duft der Rosen stieg Laura in die Nase, als sie die Tür aufzog. Innen war durch Oberlichter der noch immer bewölkte Himmel zu erkennen, aber die Galerie selbst war dank der versteckt angebrachten Beleuchtung hell wie ein strahlender Sommertag. Es war so still wie in einer Kirche. Und als Laura sich umschaute, kam es ihr tatsächlich wie ein Andachtsort vor. Diese Galerie diente der geradezu ehrfürchtigen Bewunderung von Kunst. Skulpturen aus Marmor und Holz, aus Eisen und Bronze waren geschickt platziert. Sie konkurrierten nicht miteinander, sondern harmonierten. Genau wie die geschmackvoll arrangierten Bilder an den Wänden.

Sie erkannte eines von Gabriels, eine besonders ruhige, fast schwermütige Ansicht eines ergrünenden Gartens. Es war nicht hübsch und schon gar nicht fröhlich. Während sie es betrachtete, musste sie an das Wandgemälde denken, das er seiner Mutter gemalt hatte. Derselbe Mann, der Fantasien für wichtig genug hielt, um sie zum Leben zu erwecken, war auch Realist, manchmal vielleicht zu sehr. Auch das hatten sie gemeinsam.

An diesem verregneten Nachmittag in der Woche waren nur wenige Kunden in der Galerie. Die hatten Zeit, sich in Ruhe umzusehen. Sie selbst nicht. Als sie einen Wächter entdeckte, ging sie zu ihm.

»Entschuldigung, ich suche Gabriel Bradley.«

»Tut mir leid, Miss. Er ist nicht zu sprechen. Falls Sie eine Frage zu einem seiner Bilder haben, sollten Sie sich an Mrs. Trussault wenden.«

»Nein. Sehen Sie, ich …«

»Laura.« Marion kam aus einer Nische geschwebt. Heute trug sie zarte Pastelltöne, einen langen schmal geschnittenen Rock in Hellblau, der ihr bis zu den Knöcheln reichte, und einen hüftlangen Pullover in sanftem Pink. Die ruhigen Farben unterstrichen ihr exotisches Aussehen. »Also haben Sie sich doch noch zu einem Besuch durchgerungen.«

»Ich möchte Gabriel sprechen.«

»Wie schade.« Mit einer knappen Handbewegung schickte Marion den Wächter fort. »Er ist momentan nicht hier.«

Lauras Finger schlossen sich noch fester um den Verschluss ihrer Handtasche. Die Lage war so kritisch, dass sie sich hier ganz bestimmt nicht mehr einschüchtern lassen würde. »Wann erwarten Sie ihn zurück?«

»Eigentlich müsste er bald wieder hier sein. Wir sind in …«, sie schaute auf die Uhr, »einer halben Stunde zum Drink verabredet.«

Sowohl der Blick als auch der Tonfall waren dazu gedacht, sie abzuwimmeln, aber Laura war über derartige Spielchen längst hinaus. »Dann warte ich.«

»Das können Sie natürlich gern tun, aber ich fürchte, Gabriel und ich haben geschäftliche Dinge zu besprechen. Es würde Sie nur langweilen.«

In ihrem Kopf verspürte sie einen dumpf pochenden Schmerz, und sie war viel zu erschöpft, um mit Marion die Klingen zu kreuzen. Sie musste sich ihre Energie für einen wesentlich wichtigeren Kampf aufsparen. »Ich weiß Ihre Aufmerksamkeit zu schätzen, aber an Gabriels Arbeit gibt es nichts, was mich langweilen könnte.«

»So spricht die treu sorgende Ehefrau.« Marion legte den Kopf auf die Seite. Ihr Lächeln hatte nichts von Wärme an sich. »Sie sehen so blass aus. Ärger im Paradies?«

Da dämmerte es Laura. Als ob Marion es laut und deutlich ausgesprochen hätte, wusste sie plötzlich, wie Lorraine sie gefunden hatte. »Nichts, womit ich nicht fertig werden würde. Warum haben Sie sie angerufen, Marion?«

Das Lächeln blieb unverändert, kühl und zuversichtlich. »Wie bitte?«

»Sie gab doch schon eine Menge Geld für Privatdetektive aus. Mehr als eine Woche oder zwei wäre mir doch ohnehin nicht geblieben.«

Marion dachte einen Moment lang nach, drehte sich dann zu einem Bild um und machte sich am Rahmen zu schaffen.

»Ich habe noch nie etwas von Zeitverschwendung gehalten. Je schneller Lorraine mit Ihnen fertig wird, desto früher kann ich Gabriel wieder aufs richtige Gleis setzen. Lassen Sie mich Ihnen etwas zeigen.«

Marion durchquerte die Galerie und betrat vor Laura einen separaten Raum, dessen Wände und Boden ganz in Weiß gehalten waren. In der Ecke führte eine ebenfalls weiße Wendeltreppe nach oben, auf eine runde Galerie. Unter der Treppe wuchsen drei geschickt arrangierte Zierbäume, vor denen eine Ebenholzskulptur aufragte, ein Mann und eine Frau in leidenschaftlicher, aber dennoch irgendwie verzweifelt wirkender Umarmung.

Es war das Porträt, das ihre Aufmerksamkeit erregte, sie geradezu forderte. Von der Leinwand blickte Laura ihr eigenes Gesicht an, von der Leinwand, die Gabriel in jenen langen ruhigen Tagen in Colorado bemalt hatte.

»Ja, es ist wirklich atemberaubend.« Marion rieb sich mit dem Finger über die Lippe, während sie es studierte. Als Gabriel es ausgepackt hatte, war sie versucht gewesen, es in Stücke zu schneiden. Doch die Versuchung war rasch wieder verschwunden, denn ihre Kunstbegeisterung war viel zu groß, als dass persönliche Gefühle dabei eine Rolle hätten spielen können. »Es ist eins seiner besten und romantischsten Werke. Es hängt erst seit drei Wochen, und ich habe bereits sechs ernsthafte Angebote dafür bekommen.«

»Ich habe das Bild schon gesehen, Marion.«

»Ja, aber ich bezweifle, dass Sie es verstehen. Er hat es ›Engel‹ genannt. Das müsste Ihnen doch etwas sagen.«

»Gabriels Engel«, murmelte Laura. Die Wärme breitete sich in ihr aus, als sie einen Schritt darauf zumachte. »Was müsste es mir denn sagen?«

»Dass er sich, wie Pygmalion in der griechischen Sage, als Künstler etwas in sein Modell verliebt hat. Damit ist hin und wieder zu rechnen, manchmal wird es sogar gefördert, weil es zu Meisterwerken wie diesem inspiriert.« Sie pochte mit dem Finger gegen den Rahmen. »Aber Gabriel ist ein viel zu praktischer Mann, um eine solche Fantasie lange auszuspinnen. Das Porträt ist fertig, Laura. Er braucht Sie nicht mehr.«

Laura drehte den Kopf, um Marion direkt ansehen zu können. Was die Galeristin gerade gesagt hatte, war ihr selbst unzählige Male in den Sinn gekommen. Sie erklärte Marion, was sie auch sich selbst bereits erklärt hatte. »Dann wird er es mir sagen müssen.«

»Er ist ein ehrenwerter Mann. Auch das gehört zu seinem Charme. Aber wenn ihm klar wird, dass er einen Fehler gemacht hat, versucht er natürlich, den Schaden möglichst gering zu halten. Ein Mann glaubt nur an ein Image«, sagte sie, auf das Porträt zeigend, »solange dieses Image unbeschmutzt ist. Nach dem, was Lorraine mir erzählt hat, bleibt Ihnen nicht mehr viel Zeit.«

Einmal mehr wehrte sie den Wunsch ab, einfach davonzulaufen. Eigenartigerweise fiel ihr das viel leichter als zuvor. »Wenn Sie davon so überzeugt sind, warum geben Sie sich dann so große Mühe, mich loszuwerden?«

»Es kostet mich keine große Mühe.« Marion lächelte erneut und nahm die Hand vom Bild. »Ich betrachte es als Teil meines Berufs, dafür zu sorgen, dass Gabriel sich auf seine Karriere konzentriert und Auseinandersetzungen aus dem Wege geht, die ihn bloß ablenken würden. Wie ich bereits erklärt habe, ist die Beziehung mit Ihnen unakzeptabel. Das wird er bald selbst einsehen.«

Kein Wunder, dass sie Lorraine angerufen hat, dachte Laura. Die beiden sind vom gleichen Schlag.

»Sie vergessen etwas, Marion. Michael. Was immer Gabriel für mich empfindet oder nicht empfindet, er liebt Michael.«

»Eine Frau, die ein Kind als Waffe einsetzt, ist schon sehr bedauernswert.«

»Da haben Sie recht.« Laura wich Marions arrogantem Blick nicht aus. »Sie haben sogar sehr recht.« Als sie sah, dass sie mit dieser Antwort einen Nerv getroffen hatte, fuhr sie ruhig fort: »Ich werde hier auf Gabriel warten. Ich wäre Ihnen dankbar, wenn Sie es ihm sagen würden, sobald er zurückkommt.«

»Damit Sie sich hinter seinem Rücken verstecken können?«

»Ich glaube nicht, dass Lauras Gründe, mich zu sehen, dich etwas angehen.«

Gabriel stand im Durchgang. Beide Frauen drehten sich zu ihm um. Auf Marions Gesicht sah er Wut, auf Lauras Verzweiflung. Vor seinen Augen gewannen sie ihre Fassung wieder. Jede auf ihre Art. Marion zog eine Braue hoch und lächelte. Laura faltete die Hände und hob das Kinn.

»Darling. Du weißt, es gehört zu meinem Beruf, die Künstler vor übernervösen Ehepartnern und Liebhabern zu schützen.« Sie ging zu ihm hinüber und legte ihm eine Hand auf den Arm. »Wir sind in ein paar Minuten mit den Bridgetons verabredet, wegen der drei Bilder. Ich will nicht, dass du abgelenkt oder rastlos bist.«

Der Blick, den er ihr zuwarf, war flüchtig, aber Marion entnahm ihm, dass er zu viel gehört hatte. »Um meine

Stimmungen kümmere ich mich schon selbst. Und jetzt entschuldige uns bitte.«

»Die Bridgetons …«

»Sollen Bilder kaufen oder zur Hölle gehen. Lass uns allein, Marion.«

Sie warf Laura einen hinterhältigen Blick zu und verließ den Raum. Ihre Absätze klapperten auf den Fliesen. »Tut mir leid«, sagte Laura nach einem tiefen Atemzug, »ich bin nicht gekommen, um für Aufregung zu sorgen.«

»Warum dann? So wie du aussiehst, bist du gewiss nicht hier, um den Nachmittag mit Kunstbetrachtung zu verbringen.« Bevor sie antworten konnte, stand er schon vor ihr. »Verdammt, Laura, es gefällt mir nicht, wenn ihr beide über mich streitet, als wäre ich ein Objekt bei einer Versteigerung. Marion ist eine Geschäftspartnerin, du bist meine Frau. Damit werdet ihr euch beide abfinden müssen.«

»Das verstehe ich völlig.« Ihr Tonfall war härter geworden, hatte sich seinem angepasst. »Und du solltest verstehen, dass ich dich längst verlassen hätte, wenn ich glauben würde, dass ihr zwei ein Verhältnis habt.«

Was immer er hatte sagen wollen, es blieb ihm förmlich im Halse stecken. Ihre Entschlossenheit faszinierte ihn. »Einfach so?«

»Einfach so. Ich habe schon einmal eine Ehe durchgemacht, in der Treue nichts bedeutete. Ich werde nicht noch eine durchmachen.«

»Ich verstehe.« Schon wieder die Vergleiche, dachte er. Am liebsten hätte er sie angeschrien. Stattdessen antwortete er mit sanfter, zu sanfter Stimme. »Dann bin ich also gewarnt.«

Sie wandte sich ab, um einen Moment lang die Augen zu schließen. In ihrem Kopf dröhnte es unbarmherzig. Sie musste sich wieder unter Kontrolle bekommen, sonst würde sie sich ihm in die Arme werfen und um Hilfe betteln. »Ich bin nicht hergekommen, um über die Regeln unserer Ehe zu diskutieren.«

»Vielleicht wäre das aber besser. Möglicherweise ist es an der Zeit, an den Ausgangspunkt zurückzukehren und sie ein für alle Mal festzulegen.«

Kopfschüttelnd drehte sie sich wieder zu ihm um. »Ich wollte dir nur mitteilen, dass ich morgen früh einen Anwalt konsultieren werde.«

Er fühlte, wie eine Art von Lähmung in ihm hochkroch. Sie wollte die Scheidung. Dann stieg der Zorn in ihm auf. Anders als Laura hatte er sich nie künstlich kampfbereit machen müssen. »Wovon redest du, zum Teufel?«

»Es lässt sich nicht mehr aufschieben. Ich kann nicht mehr so tun, als wäre es unnötig.« Erneut sehnte sie sich danach, seine Arme um sich zu spüren. Doch sie trat einen Schritt zurück. »Jetzt beginnt eine schwierige und hässliche Phase, und ich wollte sie nicht einleiten, ohne es dir vorher zu sagen.«

»Sehr edel von dir.« Er wirbelte herum und fuhr sich mit der Hand durchs Haar. Über ihm lächelte ihr Porträt milde auf ihn herab. Es kam ihm vor, als stünde er zwischen zwei Frauen, zwischen zwei Bedürfnissen. »Was um alles in der Welt ist los? Glaubst du, du könntest mir an der Haustür einen Abschiedskuss geben und ein paar Stunden später mit Anwälten drohen? Warum hast du es mir nicht gesagt, wenn du unglücklich bist?«

»Ich weiß nicht, wovon du redest, Gabriel. Wir wussten beide, dass es irgendwann dazu kommen würde. Du warst es doch, der mir gesagt hat, ich müsste mich wehren. Dazu bin ich jetzt bereit. Ich möchte dir lediglich die Chance geben, auszusteigen, bevor es zu spät ist.«

Ihm ging auf, dass das, woran er gedacht hatte, mit dem, worüber sie sprach, nichts zu tun hatte. »Warum willst du morgen früh einen Anwalt aufsuchen?«

»Lorraine Eagleton war vorhin bei mir. Sie will Michael.«

Obwohl jetzt endgültig klar war, dass sie sich nicht scheiden lassen wollte, stieg keine Erleichterung in ihm auf. Für die war jetzt kein Raum mehr. Stattdessen kam erst Panik, dann der Zorn. »Meinetwegen kann sie den Mond wollen, denn den wird sie ebenso wenig bekommen.« Er strich ihr über die Wange. »Bist du in Ordnung?«

Sie nickte. »Vorhin nicht, aber jetzt bin ich in Ordnung. Sie droht mit einer Vormundschaftsklage.«

»Mit welcher Begründung?«

Sie presste die Lippen aufeinander, doch ihr Blick blieb fest. »Mit der Begründung, dass ich ungeeignet sei, für ihn zu sorgen. Sie will beweisen, dass ... es vor und während der Ehe mit Tony andere Männer gegeben hat.«

»Wie kann sie etwas beweisen, das nicht wahr ist?«

Also glaubte er an sie. So einfach war es. Laura griff nach seiner Hand. »Menschen tun oder sagen eine Menge, wenn man sie gut genug bezahlt. Ich habe selbst miterlebt, wie die Eagletons so etwas arrangieren.«

»Hat sie dir gesagt, wo sie in San Francisco wohnt?«

»Ja.«

»Dann ist es an der Zeit, dass wir mit ihr reden.«

»Nein.« Sie nahm seine Hand, bevor er davongehen konnte. »Bitte, ich möchte noch nicht, dass du sie triffst. Ich muss erst mit einem Anwalt sprechen, um herauszufinden, was möglich ist und was nicht. Wir können uns nicht den Luxus erlauben, aus Wut einen Fehler zu machen.«

»Ich brauche keinen Anwalt, um zu wissen, dass sie nicht einfach in mein Haus marschiert kommen und damit drohen kann, uns Michael wegzunehmen.«

»Gabriel, bitte!« Ihre Finger klammerten sich um seinen Arm, und sie spürte, dass er vor Zorn bebte. »Hör mir zu. Du bist wütend. Das war ich auch, und verängstigt. Mein erster Gedanke war Davonlaufen. Ich habe sogar angefangen zu packen.«

Er dachte daran, wie es gewesen wäre, ein leeres Haus vorzufinden. Die Rechnung, die er mit den Eagletons zu begleichen hatte, wurde immer höher. »Warum bist du nicht davongelaufen?«

»Weil es nicht richtig gewesen wäre. Nicht für Michael, nicht für dich oder mich. Weil ich euch beide viel zu sehr liebe.«

Er nahm ihr Gesicht zwischen die Hände und bemühte sich, in ihren Augen zu lesen. »Du wärest nicht sehr weit gekommen.«

Das Lächeln breitete sich langsam auf ihrem Gesicht aus. »Ich hoffe nicht. Gabriel, ich weiß, was ich tun muss, und ich weiß auch, dass ich es tun kann.«

Er schwieg, dachte über ihre Worte nach. Erst redete sie von Liebe und gleich danach davon, was sie allein tun würde, nicht davon, was sie beide tun würden. »Allein?«

»Falls nötig. Ich weiß, du siehst Michael auch als dein Kind an. Dennoch musst du wissen, dass es ziemlich mies und schmutzig werden wird, wenn Lorraine wirklich ihre Klage durchzieht. Und was dabei über mich behauptet werden wird, wird auch dich und deine Familie betreffen.«

Sie zögerte, während sie all ihren Mut zusammennahm, um ihm die Wahl zu lassen. »Wenn du mit dem, was mir jetzt bevorsteht, lieber nichts zu tun haben möchtest, so verstehe ich das.«

Seit er sie zum ersten Mal gesehen hatte, waren seine Wahlmöglichkeiten beständig geringer geworden. Als sie ihm Michael in die Arme gelegt hatte, waren sie gleich null geworden. Weil er nicht wusste, wie er es ihr erklären sollte, ging er die Sache einfach ganz konkret an.

»Wo ist Michael?«

Die Erleichterung ließ sie fast schwindlig werden. »Er ist bei deiner Mutter.«

»Dann holen wir ihn jetzt ab und nehmen ihn mit nach Hause.«

11. Kapitel

Schlafen konnte sie nicht. Erinnerung und Fantasie, beide arbeiteten gegen Laura, während sie Revue passieren ließ, was geschehen war und was noch geschehen konnte. Es war jetzt fast ein Jahr her, dass sie aus Boston geflohen war. Und nun, Tausende von Meilen entfernt, hatte sie beschlossen, den Kampf aufzunehmen. Aber sie war nicht mehr allein.

Gabriel hatte sich nicht damit begnügt, um einen Sprechstundentermin bei seinem Anwalt zu bitten. Er hatte angerufen und noch für den Abend ein Treffen arrangiert.

Ihr Leben, ihr Kind, ihre Ehe und ihre Zukunft waren bei Kaffee und Keksen im Salon durchdiskutiert worden, während sich von der Bucht her eine tief liegende Nebelbank über das Land geschoben hatte. Die anfängliche Peinlichkeit, mit einem Fremden über ihr Leben, ihre erste Ehe und ihre Fehler zu sprechen, war fast unerträglich geworden und hatte sich dann gelegt. Es kam ihr vor, als redete sie über die Erfahrungen eines anderen Menschen, je offener darüber gesprochen wurde, je genauer die Details geklärt wurden, desto weniger Scham empfand sie.

Matthew Quartermain war seit vierzig Jahren der Anwalt der Bradleys. Er war ein barscher, mit allen Wassern gewaschener Mann und, trotz seiner übertrieben konservativen Aufmachung, nicht so leicht zu schockieren. Er nickte, machte sich Notizen und stellte Fragen, bis Laura der Mund vor lauter Antworten trocken wurde.

Quartermains unbeteiligte, sachliche Art machte es ihr leichter, darüber zu reden. Und als die Wahrheit endlich heraus war, fühlte sie sich wie nach einem inneren Reinigungsprozess.

Endlich hatte sie alles ausgesprochen, all den Schmerz und das Elend in Worte gefasst. Sie hatte sich die Vergangenheit buchstäblich von der Seele geredet.

Quartermain war von ihrem Entschluss wenig begeistert gewesen, aber sie hatte sich nicht davon abbringen lassen. Bevor irgendwelche juristischen Schritte unternommen würden, würde sie noch einmal mit Lorraine sprechen, von Angesicht zu Angesicht.

Neben Laura lag Gabriel, ohne einschlafen zu können. Wie ihr, so ging auch ihm das Gespräch mit dem Anwalt nicht aus dem Kopf. Jedes Wort, das ihm wieder in den Sinn kam, steigerte seinen Zorn. Laura hatte Dinge erwähnt, die sie ihm nie erzählt hatte, und Details, die sie ihm zuvor erspart hatte.

Er hatte nichts von dem blauen Auge gewusst, das sie fast eine Woche lang ans Haus fesselte, nichts von der aufgerissenen Lippe, die Lorraine Gästen gegenüber mit der angeblichen Ungeschicklichkeit ihrer Schwiegertochter erklärte. Laura hatte ihm nichts von den Schlägen erzählt, die es setzte, wenn Tony mitten in der Nacht betrunken nach Hause kam. Nichts von seinen Eifersuchtsanfällen, wenn sie einmal mit einem anderen Mann sprach. Und nichts von der angedrohten Rache und Gewalt, mit der er auf ihren Entschluss, ihn zu verlassen, reagierte.

Jetzt kannte er jede Einzelheit, jede Grausamkeit, jede Qual.

Er hatte sie nicht berührt, als sie zu Bett gegangen waren.

Er fragte sich, wie sie seine Berührungen überhaupt ertragen konnte.

Egal, wie behutsam er mit ihr umging, wie zärtlich er zu ihr war, zwischen ihnen lag der Schatten eines anderen Mannes und einer anderen Zeit.

Sie hatte ihm gesagt, sie liebe ihn. Sosehr er das auch glauben wollte, er konnte nicht verstehen, wie jemand, der eine solche Hölle durchgemacht hatte, je wieder einem Mann trauen, ihn sogar lieben konnte.

Dankbarkeit, Respekt, mit Michael als einigendem Band, das konnte er nachvollziehen. Und das, dachte Gabriel, während er ins Dunkel starrte, ist mehr, als manche Menschen jemals bekommen.

Er wollte mehr für sie, hatte fast geglaubt, dass es zwischen ihnen schon mehr gab. Aber das war gewesen, bevor all die Worte ausgesprochen wurden, unten im Salon, während die laue Frühlingsbrise die Vorhänge hin und her wehte.

Dann drehte Laura sich zu ihm um. Ihre Körper berührten einander. Er erstarrte.

»Entschuldigung. Habe ich dich geweckt?«

»Nein.« Er wollte von ihr abrücken, doch sie schob sich näher, bis ihr Kopf an seiner Schulter lag.

Ihre natürliche unkomplizierte Geste riss ihn innerlich in zwei Teile. In den, der brauchte, und den, der Angst hatte zu fragen.

»Ich kann auch nicht schlafen. Ich fühle mich, als ob ich einen Hindernislauf hinter mir hätte und mein Körper völlig erschöpft ist. Nur der Kopf ist topfit und gibt keine Ruhe.«

»Du solltest aufhören, dauernd an morgen zu denken.«

»Ich weiß.« Laura schob ihr Haar beiseite und machte es sich noch bequemer als zuvor. Sie schloss die Augen und fragte sich, ob er jetzt, wo er alles wusste, weniger von ihr hielt.

»Mach dir keine Sorgen. Es wird schon klappen.«

Würde es das wirklich? Sie tastete im Dunkeln nach seiner Hand. »Das Problem ist, mir gehen ständig die verschiedensten Szenen durch den Kopf. Was ich sage, was sie sagt. Wenn ich nicht …« Sie ließ den Satz unvollendet, da das Baby zu weinen begann. »Klingt, als könnte noch jemand nicht schlafen.«

»Ich hole ihn.«

Obwohl sie die Decke bereits zurückgeschlagen hatte, nickte sie. »Tu das. Ich stille ihn dann hier, falls er Hunger hat.«

Sie setzte sich auf und zog die Knie an die Brust, während Gabriel sich einen Bademantel überwarf und ins Kinderzimmer ging. Wenig später verstummte das Weinen, um gleich darauf wieder einzusetzen. Damit vermischt hörte sie Gabriels Stimme, tröstend und besänftigend.

Aus dem Kinderzimmer fiel ein Lichtschein auf den Flur, und darin sah sie, wie Gabriels Schatten sich bewegte. Das Weinen wurde gedämpfter, steigerte sich dann zu einem herzzerreißenden Geschrei.

»Er zahnt«, murmelte sie, als Gabriel den schluchzenden Michael ins Schlafzimmer trug. Sie schaltete die Nachttischlampe ein und lächelte ihm zu. »Ich werde ihn stillen, vielleicht hilft ihm das ein wenig.«

»So, alter Junge, jetzt bekommst du den besten Platz im Haus.« Behutsam legte er ihn in Lauras Arme. Das Weinen ging in ein leises Wimmern über und hörte dann ganz auf, als das Baby zu nuckeln begann. »Ich hole mir einen Brandy. Möchtest du etwas?«

»Nein. Oder doch, einen Saft. Was immer da ist.«

Als Gabriel zurückkam, stellte er ihr das Glas mit Saft hin. Sie berührte seinen Arm. »Kann ich an deinem Brandy schnuppern?«

Er hielt ihr den Schwenker unter die Nase und sie atmete genüsslich den Duft ein.

»Danke.« Sie hob ihr Saftglas und stieß mit ihm an. »Cheers.« Anstatt, wie sie gehofft hatte, zu ihr ins Bett zu kommen, ging er ans Fenster. »Gabriel?«

»Ja?«

»Lass uns eine Abmachung treffen. Du sagst mir, was du denkst, und dann beantworte ich deine Fragen, falls du welche hast.«

»Meinst du nicht, du hast für heute genügend Fragen beantwortet?«

Also das war es. Laura stellte ihr Glas ab und legte Michael an die andere Brust. »Dir gehen die Sachen nicht aus dem Kopf, die ich Mr. Quartermain erzählt habe.«

»Wundert dich das?« Er wirbelte herum, und der Brandy schwappte bis dicht unter den Rand des Schwenkers. Laura sagte nichts, als er die Hälfte davon hinunterkippte und auf und ab zu gehen begann.

»Es tut mir leid, dass das alles angesprochen werden musste. Ich hätte selbst gern darauf verzichtet.«

Er nahm noch einen Schluck Brandy. »Daran zu denken, es mir vorzustellen, bringt mich um. Ich habe Angst, dich anzufassen.«

»Es gab eine Zeit, da hätte ich keinen Mann auch nur drei Meter an mich herangelassen. Aber das habe ich überwunden, durch eine Therapie, dadurch, dass ich mit anderen Frauen gesprochen habe, die das auch geschafft hatten.« Sie sah zu ihm hinüber. Die Hände zu Fäusten geballt und in den Taschen vergraben, stand er im Schatten. »Wenn du mich berührst, wenn du mich festhältst, dann bringt das nichts von der Vergangenheit zurück. Dann fühle ich mich so, wie ich mich immer fühlen wollte.«

»Wenn er noch leben würde«, sagte Gabriel ruhig, »würde ich ihn umbringen wollen. Irgendwie bedauere ich, dass er schon tot ist.«

»Das darfst du nicht denken.« Sie streckte die Hand nach ihm aus, doch er schüttelte nur den Kopf und ging wieder ans Fenster. »Er war krank. Das wusste ich damals nicht, jedenfalls war es mir nicht bewusst. Und ich habe es noch verlängert, weil ich nicht sofort gegangen bin.«

»Du hattest Angst. Und niemanden, zu dem du hättest gehen können.«

»Ich hätte zu Geoffrey gehen können. Aber daran lag es nicht. Ich bin geblieben, weil ich mich schämte und unsicher war. Als ich dann schließlich doch ging, war es wegen des Babys. Aber von da fand ich zu mir selbst. Und dich zu finden war für mich die beste Medizin, denn durch dich konnte ich mich wieder als Frau fühlen.«

Er schwenkte sein Glas und starrte aus dem Fenster. »Als du heute in der Galerie von den Anwälten anfingst, dachte ich, du wolltest dich scheiden lassen. Ich habe mich fast zu Tode erschreckt. Du standest in dem Raum, vor dem Porträt, und ich konnte mir nicht vorstellen, wie mein Leben ohne dich aussehen würde.«

Pygmalion, dachte sie. Wenn er das Bild liebt, wird er vielleicht bald auch die Frau lieben. »Ich verlasse dich nicht,

Gabriel. Ich liebe dich. Du und Michael, ihr seid mein gesamtes Leben.«

Er setzte sich zu ihr auf die Bettkante und nahm ihre Hand. »Ich werde es nicht zulassen, dass irgendjemand euch etwas tut.«

Ihre Finger schlossen sich fester um seine. »Ich muss wissen, dass wir das, was wir tun, zusammen tun.«

»Das haben wir von der ersten Minute an getan.« Er beugte sich vor und küsste sie. Das Baby schlummerte zwischen ihnen. »Ich brauche dich, Laura, vielleicht sogar zu sehr.«

»Zu sehr kann es nicht geben.«

»Lass mich ihn wieder hinlegen«, murmelte er. »Dann können wir fortsetzen, was wir gerade angefangen haben.«

Er nahm das Baby, doch kaum hatte er ihn angehoben, fing Michael wieder an zu weinen.

Abwechselnd gingen sie mit ihm auf und ab, wiegten ihn in den Armen und rieben ihm den zarten Gaumen. Jedes Mal, wenn Michael in sein Bettchen gelegt wurde, wachte er schreiend auf. Vor Erschöpfung fast schwindlig, beugte Laura sich übers Gitter und streichelte ihm den Rücken. Jedes Mal, wenn sie die Hand fortnahm, fing er wieder an zu weinen.

»Ich schätze, wir verziehen ihn«, murmelte sie.

Gabriel saß im Schaukelstuhl. Ihm fielen fast die Augen zu. »Das ist unser gutes Recht. Außerdem schläft er die meiste Zeit wie ein Murmeltier.«

»Ich weiß. Das Zahnen macht ihm zu schaffen. Warum legst du dich nicht hin? Wir müssen doch nicht beide auf sein.«

»Dies ist meine Schicht.« Er stand auf und fand heraus, dass man sich um fünf Uhr morgens um Jahrhunderte älter fühlen konnte, als man war. »Du gehst zu Bett.«

»Nein …« Sie unterbrach ihn gähnend. »Wir stehen das zusammen durch, wie abgemacht.«

»Jedenfalls bis einer von uns einschläft.«

Sie wollte lachen, doch ihr fehlte die Kraft dazu. »Vielleicht setze ich mich einfach nur hin.«

»Weißt du, ich habe ja schon so manchen Sonnenaufgang beobachtet, nach einer durchzechten Nacht oder einem ausgedehnten Kartenspiel oder – einer anderen Art von Freizeitvergnügen.« Er streichelte Michael den Rücken, während Laura sich in den Schaukelstuhl fallen ließ. »Aber noch nie habe ich mich gefühlt, als hätte mich ein Lastwagen überfahren.«

»Das ist eine der Freuden des Elternseins.« Sie schloss die Augen. »Eigentlich erleben wir gerade einen der Höhepunkte unserer Ehe.«

»Gut, dass du mich daran erinnerst. Ich glaube, er beruhigt sich.«

»Das liegt an deiner Art, ihn zu streicheln«, murmelte sie, schon halb im Schlaf.

Ganz vorsichtig, Zentimeter um Zentimeter, zog Gabriel seine Hand fort. Ein Mann, der sich aus einem Tigerkäfig schleicht, hätte nicht vorsichtiger sein können. Als er einen Meter vom Kinderbett entfernt war, hätte er gern erleichtert aufgeatmet, ließ es jedoch lieber sein.

Er sah zu Laura hinüber, die in äußerst unbequemer Haltung auf dem Schaukelstuhl schlief. Hoffend, dass seine Energie noch für weitere fünf Minuten reichen würde, hob er sie in die Arme. Sie schmiegte sich automatisch an ihn.

»Michael?«, murmelte sie, als er sie aus dem Kinderzimmer trug.

»Der ist ausgezählt.« Er ging mit ihr ins Schlafzimmer, legte sie jedoch nicht aufs Bett, sondern trug sie ans Fenster. »Sieh mal, die Sonne geht schon auf.«

Laura öffnete blinzelnd die Augen. Durchs Fenster konnte sie den östlichen Himmel erkennen, und wenn sie genau genug hinschaute, sogar das Wasser der Bucht, das wie ein Nebel in der Ferne lag. Die Sonne schien zu vibrieren, während sie langsam höher kletterte. Ihre Strahlen erweckten die Farben zum Leben. Pink, Malve, Gold. Und je mehr die Nacht zurückwich, desto kräftiger wurden sie. Sanftes Pink verwandelte sich in glühendes Rot.

»So sehen deine Bilder manchmal aus«, dachte sie laut und schmiegte den Kopf an seine Schulter. »Ich glaube, ich habe noch nie einen schöneren Sonnenaufgang gesehen.«

Seine Haut fühlte sich an ihrer Wange warm an, seine Arme hielten sie fest und sicher. Sie spürte seinen Herzschlag. Als die ersten Vögel zu singen begannen, drehte sie ihm das Gesicht zu. »Ich will dich, Gabriel«, flüsterte sie und strich ihm über die Wange. »Ich habe noch nie jemanden so gewollt, wie ich dich will.«

Das Zögern war ihm anzumerken, und sie half ihm mit einem Kuss darüber hinweg. »Du hattest recht«, murmelte sie anschließend.

»Womit?«

»Ich denke wirklich nur an dich, wenn wir uns lieben.«

Sie war so wunderbar offen. Das machte es ihm möglich, ja sogar leicht, den Teil ihres Lebens zu vergessen, der ihn so bitter und zornig machte. Ohne den Mund von ihren Lippen zu lösen, trug er sie zum Bett. Sie schlang die Arme um ihn, als er sich zu ihr legte. Einen Moment lang reichte ihm das vollkommen.

Morgendliche Umarmungen, Küsse bei Sonnenaufgang nach einer langen schlaflosen Nacht. Ihr Gesicht war blass vor Müdigkeit, und doch zitterte sie vor Sehnsucht nach seiner Nähe. Ihr Körper reckte sich genießerisch seinen zärtlichen Händen entgegen.

Die Morgenluft drang mild durchs geöffnete Fenster und strich über ihre Haut. Sie öffnete seinen Bademantel und streifte ihn von den Schultern, um ihm selbst den Körper zu wärmen. Genauso behutsam zog er ihr das Nachthemd aus. Nackt lagen sie auf den zerknüllten Laken und kosteten ohne jede Hast den Luxus ihrer Liebe aus.

Keiner von ihnen bestimmte das Tempo. Es war nicht nötig. Ohne Worte, ohne Gesten fanden sie zu perfekter Harmonie. Worte und Gesten gehörten zur Nacht, in der sich die Leidenschaft heiß und wild ausleben ließ. Jetzt, in der grauer werdenden Morgendämmerung, passte sich ihr Verlangen wie von selbst dem langsam erwachenden Tag an.

Vielleicht ließ sich die Liebe, die sie für ihn empfand, auf diese Weise am besten ausdrücken. Sie spürte die Stoppeln auf seiner Wange, als sie ihm zärtlich darüberstrich.

Die Ehe war mehr als der Ring an ihrem Finger oder die nicht mehr zu zügelnde Erregung in der Dunkelheit. Die Ehe war, sich auf diese zärtliche Weise in den Tag hinein zu lieben. Als sie zueinanderkamen, strömte bereits das helle Licht über das Bett, und später, noch immer umschlungen, schliefen sie.

»Ich weiß, dass ich das Richtige tue.« Dennoch zögerte Laura, als sie in Lorraines Hotel aus dem Fahrstuhl stiegen.

»Und ich werde nicht klein beigeben, egal, was passiert.« Sie ergriff Gabriels Hand und hielt sie fest. Der Schlafmangel hatte seltsamerweise bewirkt, dass sie sich beschwingt und bereit zum Kampf fühlte. »Ich bin wirklich froh, dass du hier bist.«

»Ich habe es dir schon einmal gesagt, mir gefällt der Gedanke überhaupt nicht, dass du sie persönlich aufsuchst. Es wäre mir lieber, wenn ich das allein übernähme.«

»Gabriel …«

»Was?«

»Bitte, verliere nicht die Fassung.« Sie musste schmunzeln, als er erstaunt die Augenbrauen hochzog. »Ich meine nur, es bringt nichts, wenn du Lorraine anschreist.«

»Ich schreie nie. Ab und zu hebe ich vielleicht einmal die Stimme, um jemandem etwas klarzumachen.«

»Wenn wir uns darüber einig sind, werde ich jetzt klopfen.« Als sie es tat, stieg wieder die altbekannte Panik in ihr auf. Hastig unterdrückte sie sie, bevor Lorraine mit herablassender Miene die Tür öffnete.

»Laura.« Nach einem kaum merklichen Nicken wandte sie sich Gabriel zu. »Mr. Bradley. Ich freue mich, Sie kennenzulernen. Laura hat nichts davon gesagt, dass Sie sie heute Nachmittag begleiten würden.«

»Alles, was Laura und Michael betrifft, betrifft auch mich, Mrs. Eagleton.« Ohne darauf zu warten, dass Lorraine sie hereinbat, betrat er die Suite. Laura hätte das nie getan.

»Das ist sehr verantwortungsbewusst von Ihnen.« Lorraine ließ die Tür mit einem leisen Klicken ins Schloss fallen. »Allerdings handelt es sich bei einigen von den Dingen, die Laura und ich zu besprechen haben, um Familienangelegenheiten. Ich bin sicher, Sie verstehen das.«

»Ich verstehe das sehr gut.« Sein Blick stand ihrem an kühler Schärfe in nichts nach. »Meine Frau und mein Sohn sind meine Familie.«

Der Kampf lief schweigend ab, und Laura hielt unwillkürlich den Atem an, bis Lorraine sich schließlich geschlagen gab. »Wenn Sie darauf bestehen. Bitte setzen Sie sich doch. Ich werde Kaffee bestellen. Der Service hier ist ganz passabel.«

»Nicht nötig.« Laura war die Nervosität kaum anzuhören, als sie sich einen Platz suchte. »Ich glaube nicht, dass wir lange brauchen werden.«

»Wie du meinst.« Lorraine nahm ihnen gegenüber Platz. »Mein Mann wäre ebenfalls gern hier gewesen, aber er ist durch eine Geschäftsreise verhindert. Ich spreche allerdings auch in seinem Namen.« Wie um diese Aussage zu unterstreichen, legte sie die Hände auf die Sessellehnen. »Ich wiederhole einfach, was bereits gesagt wurde. Ich beabsichtige, mit Tonys Sohn nach Boston zurückzufliegen und ihm dort eine angemessene Erziehung zu verschaffen.«

»Und ich wiederhole, Sie bekommen ihn nicht.« Ein letztes Mal würde sie es mit sachlichen Argumenten versuchen. Sie beugte sich vor. »Er ist ein Baby, kein Erbstück, Mrs. Eagleton. Er hat ein gutes Zuhause und Eltern, die ihn lieben. Er ist ein gesundes, hübsches Kind. Dafür sollten Sie dankbar sein. Wenn Sie über ein vernünftig geregeltes Besuchsrecht reden wollen …«

»Das werden wir«, fiel Lorraine ihr ins Wort. »Über deins. Und wenn es nach mir geht, werden die Besuche kurz und selten sein. Mr. Bradley«, fuhr sie fort, sich von Laura abwendend. »Sie wollen doch sicher nicht das Kind eines anderen Mannes aufziehen wollen. Es hat nicht Ihr Blut.

Und Ihren Namen auch nur deshalb, weil Sie, aus welchen Gründen auch immer, seine Mutter geheiratet haben.«

Gabriel holte eine Zigarette heraus und zündete sie gemächlich an. Laura hatte ihn gebeten, nicht die Fassung zu verlieren. So schwer ihm das auch fiel, jetzt war tatsächlich nicht der richtige Zeitpunkt dafür. »Sie irren sich gewaltig«, entgegnete er nur.

Sie seufzte fast ein wenig mitleidig. »Ich verstehe, dass Sie etwas für Laura empfinden. Das hat mein Sohn auch getan.«

Das erste Glied der Kette, die er um seinen Zorn gelegt hatte, zerbrach in zwei saubere Hälften. Das war seinen Augen anzusehen und jedem Wort anzuhören, das wie ein Pistolenschuss aus seinem Mund kam. »Wagen Sie es nicht noch einmal, meine Gefühle für Laura mit denen Ihres Sohnes zu vergleichen.«

Lorraine wurde etwas blasser, aber ihr Tonfall blieb unverändert. »Ich habe keine Ahnung, was sie Ihnen möglicherweise erzählt hat …«

»Ich habe ihm die Wahrheit erzählt.« Bevor Gabriel etwas sagen konnte, legte Laura ihm die Hand auf den Arm. »Ich habe ihm erzählt, dass Tony krank war, emotional instabil. Und Sie wissen, dass das wahr ist.«

Jetzt war es Lorraine, die die Fassung zu verlieren begann. Sie stand aus ihrem Sessel auf. Ihr Gesicht war gerötet und wirkte auf einmal erschöpft. »Ich werde mir nicht anhören, wie mein Sohn in den Dreck gezogen wird.«

»Sie werden zuhören.« Lauras Finger krallten sich in Gabriels Arm. »Sie werden mir so zuhören, wie Sie mir früher nie zugehört haben, wenn ich Hilfe brauchte. So wie Sie nie hinhörten, wenn Tony herumbrüllte. Er war Alkoholiker, ein emotionales Wrack, der einen schwächeren Menschen missbrauchte. Sie wussten, dass er mir wehtat. Sie haben die blauen Flecken gesehen und sie ignoriert oder entschuldigt. Sie wussten, dass es andere Frauen gab. Mit Ihrem Schweigen haben Sie seinem jämmerlichen Treiben zugestimmt.«

»Was sich zwischen dir und Tony abspielte, ging mich nichts an.«

»Damit müssen Sie leben. Aber ich warne Sie, Lorraine. Wenn Sie den Deckel öffnen, werden Sie sich wundern, was alles herauskommt.«

Lorraine setzte sich wieder, wenn auch nur, weil Lauras Tonfall eine ungewohnte Schärfe bekommen und sie sie erstmals beim Vornamen genannt hatte. Jetzt waren sie gleichwertige Gegnerinnen. Dies war nicht mehr die verängstigte, leicht einzuschüchternde Frau, wie sie sie noch vor einem Jahr gekannt hatte.

»Drohungen von jemandem wie dir erschrecken mich nicht. Die Gerichte werden darüber entscheiden, ob irgendeine Herumtreiberin mit lockerer Moral das Sorgerecht für einen Eagleton behält oder ob er in einer Umgebung aufwächst, die seiner Herkunft entspricht.«

»Falls Sie jemals wieder so von meiner Frau reden, werden Sie mit mehr fertig werden müssen als nur mit Drohungen.« Mit gespitztem Mund blies er den Rauch aus. »Mrs. Eagleton.«

»Es macht mir nichts aus.« Laura drückte seine Hand. Sie wusste, er war kurz davor, die Kontrolle über sich zu verlieren. »Sie jagen mir keine Angst mehr ein, Lorraine, und Sie werden auch nicht erreichen, dass ich Sie anbettle. Sie wissen ganz genau, dass ich Tony immer treu gewesen bin.«

»Ich weiß, dass Tony daran gezweifelt hat.«

»Woher wissen Sie denn dann, dass das Kind von ihm

ist?«, warf Gabriel trocken ein. Danach herrschte einen Moment lang Totenstille. Laura wollte etwas sagen, aber Gabriels Blick hielt sie davon ab. Lorraine fand nur mit Mühe die Stimme wieder.

»Das hätte sie nie gewagt ...«

»Hätte sie nicht? Wie seltsam. Sie wollten beweisen, dass Laura ihrem Sohn untreu war, und jetzt behaupten Sie, dass sie es nicht war. Wie auch immer: Sie stehen vor einem Problem. Wenn Laura eine Affäre mit irgendjemandem hatte. Mit mir zum Beispiel.« Lächelnd drückte er die Zigarette aus. »Oder haben Sie sich noch gar nicht gefragt, warum wir so schnell geheiratet haben? Oder, wonach Sie bereits gefragt haben, warum ich das Kind als mein eigenes akzeptiere?« Er gab ihr Zeit, sich an den Gedanken zu gewöhnen, bevor er fortfuhr. »Wenn Laura untreu war, kann das Kind von irgendjemandem stammen. Wenn sie nicht untreu war, haben Sie nichts gegen sie in der Hand.«

Lorraine ballte die Hände zu Fäusten und spreizte anschließend die Finger. »Mein Mann und ich sind entschlossen, die Vaterschaft des Kindes klären zu lassen. Ich würde ja wohl kaum den Bastard eines Fremden in mein Haus aufnehmen.«

»Nehmen Sie sich in Acht«, sagte Laura so leise, dass die Worte in der Luft zu vibrieren schienen. »Nehmen Sie sich gewaltig in Acht, Lorraine. Ich weiß, dass Michael als Person für Sie keinerlei Bedeutung hat.«

Lorraine kämpfte um die Selbstbeherrschung, die zu ihren stärksten Waffen gehört hatte. »Ich mache mir große Sorgen um Tonys Sohn.«

»Sie haben sich nie nach ihm erkundigt, nie gefragt, ob es ihm gut geht oder wie er aussieht. Sie wollten ihn nie sehen, nicht einmal ein Foto oder ein ärztliches Gutachten. Sie haben ihn nie bei seinem Namen genannt. Wenn Sie es getan hätten, wenn ich auch nur einen Funken Liebe oder Zuneigung zu dem Baby bei Ihnen entdeckt hätte, würde ich anders über das denken, was ich Ihnen jetzt sage.« Der Mut kam, ohne dass sie sich darum bemühen musste.

»Es steht Ihnen frei, eine Sorgerechtsklage anzustrengen«, fuhr Laura fort. »Gabriel und ich haben bereits unseren Anwalt eingeschaltet. Wir werden kämpfen – und wir werden gewinnen. Und in der Zwischenzeit werden Sie die Geschichte meines Lebens mit den Eagletons aus Boston in der Zeitung lesen können.«

Lorraines Nägel bohrten sich in den Sesselbezug. »Das würdest du nie wagen.«

»Das würde ich, und nicht nur das, wenn es darum geht, meinen Sohn zu schützen.«

Lorraine konnte sie sehen, die ruhige, unerschütterliche Entschlossenheit in Lauras Augen. »Niemand würde dir glauben.«

»Oh doch«, gab Laura zurück. »Die Leute haben ein Gespür für die Wahrheit.«

Lorraine wandte sich mit starrer Miene Gabriel zu. »Können Sie sich vorstellen, was das für den Ruf Ihrer Familie bedeuten würde? Wollen Sie Ihren Namen und den Ihrer Eltern aufs Spiel setzen? Für eine Frau und ein Kind, das nicht einmal Ihr Blut in den Adern hat?«

»Mein Ruf kann das ab, und, um ehrlich zu sein, meine Eltern freuen sich geradezu auf den Kampf.« Der herausfordernde Ton, der in seiner Stimme lag, war nicht gekünstelt. »Michael mag nicht von meinem Blut sein, aber er ist mein Kind.«

»Lorraine.« Laura wartete, bis sie sich wieder ansahen. »Sie haben Ihren Sohn verloren, und Sie tun mir leid, aber Sie werden Ihren Sohn nicht durch meinen Sohn ersetzen. Wie hoch der Preis auch ist, den es kostet, Michaels Wohlergehen zu sichern, ich werde ihn zahlen. Und Sie auch.«

Gabriel schob eine Hand unter ihren Arm und zog sie mit sich hoch. »Ihr Anwalt kann uns Ihre Entscheidung mitteilen.«

Sobald sie den Flur erreicht hatten, nahm Gabriel Laura in die Arme. Er fühlte, wie sie zitterte, und hielt sie noch eine Weile fest. »Du warst wunderbar.« Er küsste sie aufs Haar, bevor er sie losließ. »Eigentlich, Engel, warst du sogar faszinierend. Lorraine wird eine Menge Zeit brauchen, bis sie sich davon erholt hat. Wenn sie es überhaupt jemals tut.«

Ein Gefühl des Stolzes durchströmte sie warm und irgendwie erregend. »Es war nicht so schlimm, wie ich erwartet hatte«, sagte sie und hielt seine Hand, während sie zum Lift gingen. »Was hatte ich früher für eine Angst vor ihr. Keine zwei Worte habe ich herausgebracht. Jetzt sehe ich sie endlich als das, was sie ist. Eine einsame Frau, gefangen im Netz ihrer selbst auferlegten Familienehre.«

Gabriel lachte geringschätzig, als die Fahrstuhltür sich öffnete. »Mit Ehre hat das nicht viel zu tun.«

»Nein. Aber sie sieht es so.«

»Ich sage dir was.« Er drückte auf den Knopf für die Hotelhalle. »Wir werden den Rest des Tages nicht mehr an Lorraine Eagleton denken. Wir werden sogar eine ganze Weile nicht mehr an sie denken. In der Nähe gibt es ein kleines Restaurant. Nur ein paar Blocks entfernt. Nicht zu ruhig und sehr teuer.«

»Es ist zu früh fürs Abendessen.«

»Wer hat etwas von Abendessen gesagt?« Er legte ihr den Arm um die Taille, als sie die Hotelhalle betraten. »Wir suchen uns einen Tisch am Wasser und leeren eine Flasche Champagner. Und ich werde beobachten, wie alle meine wunderschöne Frau anstarren.«

Seine Worte ließen es ihr warm ums Herz werden, und es schlug heftiger, als er ihre Hand an die Lippen führte. »Meinst du nicht, wir sollten mit dem Feiern warten, bis Lorraine sich entschieden hat?«

»Dann werden wir auch feiern. Aber jetzt möchte ich etwas anderes feiern. Ich bin der erste Mensch, der einen Feuer speienden Engel erlebt hat.«

Lachend ging sie mit ihm nach draußen. »Vielleicht nicht zum letzten Mal. Eigentlich …«

»Eigentlich was?«

Sie sah zu ihm hoch. »Eigentlich speie ich ganz gern Feuer.«

»Das klingt, als müsste ich mich zukünftig gehörig in Acht nehmen.«

12. Kapitel

»Du siehst erschöpft aus.« Amanda warf Laura einen fragenden Blick zu, als sie ins Haus trat.

»Michael zahnt.« Die Erklärung war durchaus plausibel, aber es lag nicht nur an ihrem unruhigen Baby, dass Laura nachts wenig Schlaf fand. »Er schläft seit ganzen zehn Minuten. Vielleicht hält er ja mal eine Stunde am Stück durch.«

»Warum gönnst du dir nicht auch ein Nickerchen?«

Amanda war bereits in den Salon geeilt, und Laura folgte ihr. »Weil du angerufen und deinen Besuch angekündigt hast.«

»Oh.« Mit einem leisen Lächeln nahm Amanda Platz und warf ihre Handtasche auf den Tisch. »Das habe ich. Nun, ich will dich nicht lange aufhalten. Gabriel ist nicht zu Hause?«

»Nein. Er sagte, er müsse sich um etwas kümmern.« Laura setzte sich ihrer Schwiegermutter gegenüber hin und ließ den Kopf in den Nacken fallen. Auch der kleinste Luxus war manchmal himmlisch. »Kann ich dir etwas holen? Kaffee oder etwas Kaltes?«

»Du siehst nicht aus, als ob du wieder auf die Beine kommst. Nein, danke, ich möchte nichts. Wie geht's Gabriel?«

»Der hat in der letzten Zeit auch nicht viel Ruhe bekommen.«

»Das wundert mich nicht. Habt ihr schon etwas von Lorraine Eagleton oder ihrem Anwalt gehört?«

»Nichts.«

»Ich nehme nicht an, dass du dich zu der Auffassung durchringen kannst, keine Nachricht sei eine gute Nachricht.«

Laura lächelte schwach. »Ich fürchte, das kann ich wirklich nicht. Je länger diese Sache dauert, desto schlimmer werden die Dinge, die ich mir ausmale.«

»Und wenn sie damit vor Gericht zieht?«

»Dann werden wir kämpfen.« Trotz ihrer Erschöpfung fühlte sie, wie die neu gewonnene Kraft sich in ihr regte. »Ich habe jedes Wort gemeint, das ich ihr gesagt habe.«

»Das wollte ich hören.« Amanda lehnte sich zurück und rückte die Nadel an ihrem Revers zurecht. Etwas zu schmal, etwas zu blass, dachte sie, während sie Laura musterte. Aber alles in allem schien ihre Schwiegertochter die Sache gut zu verkraften. »Wenn ihr das hinter euch gebracht habt, könnt ihr euch überlegen, wie ihr euch das weitere Leben einrichten wollt.«

Laura zwang sich, wach zu bleiben. »Was meinst du damit?«

»Nun, Gabriel hat seine Kunst, ihr beide habt Michael und dann vielleicht noch so viele Kinder, wie ihr haben möchtet.«

Amandas Worte vertrieben ihre Müdigkeit schlagartig. Über mögliche Geschwister für Michael hatten sie noch nie gesprochen. Wollte Gabriel überhaupt welche? Wollte sie selbst welche? Sie strich sich mit der Hand über den inzwischen wieder flachen Bauch und stellte sich ein neues Kind darin vor. Diesmal wäre es Gabriels Kind, vom allerersten Moment an. Ja, das wollte sie. Sie blickte zu Amanda hinüber, die sie ruhig und verständnisvoll musterte.

»Es ist schwer, Entscheidungen zu treffen, wenn man in einer Situation wie dieser steckt.«

»Ganz genau. Aber die geht vorüber. Und wenn das vorüber ist, womit willst du dich dann beschäftigen? Da ich über zwei Jahrzehnte mit Gabriel unter einem Dach gelebt habe, weiß ich, dass er sich für Stunden und Tage in seinem Atelier vergräbt, wenn ihn die Muse ruft.«

»Das stört mich nicht. Wie sollte es auch? Ich sehe doch, was dabei herauskommt.«

»Eine Frau braucht eine sinnvolle Aufgabe ebenso sehr wie ein Mann. Sicher, sie kann sich um ihre Kinder kümmern, aber ...« Sie griff nach der Handtasche, öffnete sie und holte eine Visitenkarte heraus. »In der Innenstadt gibt es ein Beratungszentrum für misshandelte und missbrauchte Frauen. Es ist ziemlich klein und nicht sehr gut ausgestattet. Noch nicht«, fügte sie hinzu, denn sie wollte daran etwas ändern. »Sie brauchen ehrenamtliche Mitarbeiterinnen, Frauen, die verstehen, die wissen, dass es auch nach der Hölle wieder ein normales Leben geben kann.«

»Ich bin keine Therapeutin.«

»Man braucht kein Studium, um dort mitzuhelfen.«

»Nein.« Laura starrte auf die Visitenkarte. Die Idee begann sich bereits in ihrem Kopf festzusetzen. »Ich weiß nicht. Ich ...«

»Denk einfach mal darüber nach.«

»Amanda, bist du in dem Beratungszentrum gewesen?«

»Ja. Cliff und ich sind gestern hingefahren. Wir waren sehr beeindruckt.«

»Warum seid ihr hingefahren?«

»Weil es jemanden gibt, der uns sehr viel bedeutet und den wir besser verstehen wollen. Bleib sitzen.« Amanda stand auf. »Ich finde schon allein hinaus. Grüß Gabriel von mir und sage ihm, sein Vater möchte wissen, ob sie jemals wieder Poker spielen werden. Der Mann liebt es, sein Geld zu verlieren.«

»Amanda.« Laura streifte sich die Schuhe ab, bevor sie sich in den Sessel kuschelte. »Ich habe nie eine Mutter gehabt, und die, die ich mir immer vorgestellt habe, war ganz anders als du.« Sie lächelte, noch während ihr die Augen zufielen. »Ich kann nicht sagen, dass ich darüber enttäuscht wäre.«

»Du machst dich«, sagte Amanda und ließ eine bereits schlafende Laura zurück.

Laura saß noch immer zusammengekuschelt im Sessel, als Gabriel zurückkam. Er lehnte das sperrige Paket gegen die Wand. Als selbst das Rascheln des Papiers sie nicht weckte, ging er zur Couch. Selbst die Energie, seinen Skizzenblock zu nehmen, fehlte ihm. Er streckte die Beine von sich und schlief Sekunden später ein.

Das Baby weckte sie beide. Gabriel stöhnte nur und zog sich ein Kissen übers Gesicht. Laura richtete sich auf, blinzelte erst orientierungslos im Raum herum, dann zu Gabriel hinüber und tastete sich schließlich nach oben.

Kurz darauf folgte er ihr.

»Mein Timing ist ausgezeichnet«, entschied er, als er sah, dass Laura gerade eine frische Windel verschloss.

»Ich habe mich auch schon gefragt, was mit deinem Timing los ist.« Aber sie lächelte, während sie Michael in die Luft hob, um ihn zum Lachen zu bringen. »Seit wann bist du zu Hause?«

»Lange genug, um mitzubekommen, dass meine Frau den Tag verschläft.« Sie runzelte in gespielter Entrüstung die Stirn, und er nahm ihr Michael ab. »Meinst du, er würde heute Nacht durchschlafen, wenn wir ihn jetzt beschäftigen und ihn so wach halten?«

»Ich finde, wir sollten nichts unversucht lassen.«

Gabriel setzte sich mit Michael auf den Fußboden und erfand eine ganze Reihe von Spielen, bei denen das Baby sehr zu seiner Freude erst gekitzelt, dann geschaukelt und schließlich zu einem fliegenden Menschen gemacht wurde.

»Du kommst so gut mit ihm zurecht.« Laura hatte ihre Erschöpfung überwunden und setzte sich zu den beiden auf den Fußboden. »Kaum zu glauben, dass du als Vater ein Anfänger bist.«

»Ich habe nie darüber nachgedacht, wie es ist, einer zu sein. Offenbar bin ich ein echtes Naturtalent.«

»Gabriel, deine Mutter ist vorbeigekommen.«

»Sollte mich das überraschen?«

Sie beugte sich vor, damit Michael an ihrem Haar zupfen konnte. »Sie hat mir eine Visitenkarte dagelassen, von einem Beratungszentrum für missbrauchte Frauen.«

»So?« Er befreite ihre Locke aus Michaels schon ziemlich festem Griff. »Willst du die Therapie wieder aufnehmen?«

»Nein ... jedenfalls habe ich das nicht vor.« Sie sah zu ihm hinüber. Michael kaute gerade wie ein Kannibale an Gabriels Kinn herum. Mehr als die beiden, die ihr gegenübersaßen, brauchte sie an Therapie nicht. »Amanda schlug mir vor, mich dort als ehrenamtliche Mitarbeiterin zu bewerben.«

Er legte die Stirn in Falten, während er Michael an seinem Fingerknöchel knabbern ließ. »Damit du dich jeden Tag aufs Neue an das alles erinnerst?«

»Nur an das, was ich in meinem Leben habe ändern können.«

»Ich dachte, du würdest irgendwann wieder als Model arbeiten wollen.«

»Nein, dazu habe ich nicht die geringste Lust. Ich traue mir die Arbeit mit den Frauen zu und würde es gern versuchen.«

»Falls du mich um meine Zustimmung bittest, die brauchst du nicht.«

»Ich möchte sie trotzdem haben.«

»Dann hast du sie. Es sei denn, ich merke, dass du unter der Arbeit leidest.«

Sie musste lächeln. Offenbar hielt er sie noch immer für zerbrechlicher, als sie war oder je hätte sein dürfen. »Weißt du, ich habe nachgedacht … Bei all dem, was passiert ist und worum wir uns kümmern mussten, ist uns gar keine Zeit geblieben, viel über den anderen zu erfahren.«

»Ich weiß, dass du viel zu lange im Bad bleibst und bei offenem Fenster schläfst.«

Sie nahm den Stoffhasen, auf dem Michael so gern herumkaute, und reichte ihn Gabriel. »Es gibt noch andere Dinge.«

»Zum Beispiel?«

»Erinnerst du dich an die Nacht, in der ich dir alles über meine Vergangenheit erzählt habe?«

»Ich erinnere mich.«

»Wir hatten vereinbart, dass jeder den anderen alles fragen darf und Antworten bekommt. Ich habe meinen Teil der Vereinbarung eingehalten. Aber du noch nicht.«

Er veränderte seine Position so, dass er sich mit dem Rücken gegen die Liege lehnen konnte. »Möchtest du etwas über meine missratene Jugend erfahren?«

»Reicht die Zeit dazu aus?«

»Du schmeichelst mir.«

»Nein, ich wollte dich eigentlich nach etwas anderem

fragen. Vor einigen Tagen, als es regnete, bin ich in dein Atelier gegangen, um die Fenster zu schließen. Ich habe einige von deinen Bildern durchgesehen. Vielleicht hätte ich es nicht tun sollen.«

»Ich habe nichts dagegen.«

»Ich meine ein bestimmtes. Das von Michael. Deinem Bruder. Ich möchte, dass du mir von ihm erzählst.«

Sein Schweigen dauerte so lange, dass sie die Bitte fast wieder zurückgenommen hätte. Aber dazu war es viel zu wichtig. Sie war sicher, dass es der Tod seines Bruders gewesen war, der ihn in die Einsamkeit von Colorado getrieben hatte und der ihn auch nach all den Monaten noch immer von einer neuen Ausstellung abhielt.

»Gabriel.« Zaghaft legte sie ihm die Hand auf den Arm. »Du hast mich gebeten, dich zu heiraten, damit du dich um meine Probleme kümmern kannst. Du wolltest, dass ich dir vertraue, und das tue ich. Solange du dieses Vertrauen nicht erwiderst, bleiben wir Fremde.«

»Wir sind keine Fremden mehr, seit wir uns das allererste Mal sahen, Laura. Ob mit oder ohne deine Probleme, ich hätte dich auf jeden Fall gebeten, meine Frau zu werden.«

Jetzt schwieg auch sie. Die Überraschung raubte ihr die Stimme. Erst als der Überraschung die Hoffnung folgte, sprach sie weiter. »Meinst du das ernst?«

Er setzte sich das Baby auf die Schulter. »Ich sage nicht immer alles, was ich meine, aber ich meine, was ich sage.« Als Michael zu wimmern begann, stand er auf, um mit ihm auf und ab zu gehen. »Du brauchtest jemanden, und dieser Jemand wollte ich für dich sein. Und obwohl ich das erst richtig merkte, als du schon zu meinem Leben gehörtest, brauchte ich auch jemanden.«

Sie wollte ihn fragen, wie er sie brauchte und warum, und ob dieses Brauchen etwas mit Liebe zu tun hatte. Aber wenn es für sie eine Zukunft geben sollte, mussten sie noch weiter in die Vergangenheit zurück.

»Bitte erzähl mir von ihm.«

Gabriel wusste nicht, ob er es schaffen würde, ob der Schmerz es zulassen würde. Es war so lange her, dass er über Michael geredet hatte. »Er war drei Jahre jünger als ich«, begann er schließlich. »Wir sind ganz gut miteinander ausgekommen, weil Michael ein ausgeglichener Typ war. Jedenfalls solange man ihn nicht in die Enge trieb. Wir hatten nicht viele gemeinsame Interessen. Eigentlich nur Baseball. Es machte mich rasend, dass ich ihn nie besiegen konnte. Später wandte ich mich dann der Kunst zu und Michael dem Recht. Das Recht faszinierte ihn.«

»Jetzt erinnere ich mich«, murmelte sie. »Ich habe einmal einen Artikel über dich gelesen, und darin stand auch etwas über ihn. Er hat in Washington gearbeitet.«

»Als Pflichtverteidiger. Die Entscheidung löste bei vielen Leuten ein Kopfschütteln aus. Fette Honorare und Firmenrecht interessierten ihn nicht. Viele Leute dachten, na gut, der braucht das Geld nicht, der hat ohnehin genug davon. Aber die verstanden nicht, dass er auch ohne das Aktienpaket seiner Familie genau dasselbe getan hätte. Er war kein Heiliger.« Gabriel setzte Michael in sein Bettchen und zog das Mobile auf. »Aber er war der Beste von uns, der Beste und Klügste, wie mein Vater immer sagte.«

Sie war aufgestanden, aber unsicher, ob sie zu ihm hinübergehen sollte. »Das sieht man an seinem Porträt. Du musst ihn sehr geliebt haben.«

»Man denkt über so etwas nicht nach. Dass ein Bruder

den anderen liebt. Entweder ist es so oder es ist nicht so. Man redet nicht darüber, weil es nicht ausgesprochen werden muss. Und dann bedauert man, dass man es nicht getan hat.«

»Er hat bestimmt gewusst, dass du ihn liebst. Er brauchte nur das Porträt anzusehen.«

Mit den Händen in den Taschen ging Gabriel zum Fenster. Darüber zu reden fiel ihm leichter, als er erwartet hatte. »Jahrelang habe ich ihn genervt, damit er für mich Modell sitzt. Die ganze Familie hat sich darüber amüsiert. Und dann haben wir um fünf Sitzungen gepokert. Ich gewann, ein Herz-Flush gegen seinen Drilling.« Der Schmerz krallte sich in ihn, nicht mehr frisch, aber noch immer stechend. »Das war das letzte Mal, dass wir spielten.«

»Was ist mit ihm passiert?«

»Ein Unglück. Ich habe nie an Unglücke geglaubt. Pech, Schicksal, Bestimmung, aber sie nannten es ein Unglück. Er war in Virginia, um für einen Fall zu recherchieren, und nahm eine kleine Zubringermaschine nach New York. Wenige Minuten nach dem Start stürzte sie ab. Er wollte nach New York, weil ich dort eine Ausstellung hatte.«

Jetzt gab es kein Zögern mehr. Sie ging rasch zu ihm hinüber und legte die Arme um ihn. »Und du gibst dir die Schuld an seinem Tod. Das darfst du nicht.«

»Er wollte meinetwegen nach New York. Um für mich da zu sein. Ich habe erlebt, wie meine Mutter zum ersten und einzigen Mal in ihrem Leben vollkommen zusammengebrochen ist. Ich musste mitansehen, wie mein Vater durch sein eigenes Haus lief, als wäre es für ihn eine völlig unbekannte Umgebung. Ich wusste nicht, was ich sagen oder tun sollte.«

Sie strich ihm über den Rücken. »Ich habe noch nie

jemanden verloren, den ich liebte, aber jetzt, wo ich dich und Michael habe, kann ich mir vorstellen, wie erschütternd es sein muss. Dinge geschehen eben manchmal, ohne dass man jemandem die Schuld geben kann. Ob das nun ein Unglück oder Schicksal ist, weiß ich nicht.«

Er legte die Wange an ihr Haar und sah zu den Blumen hinaus, die sie gepflanzt hatte. »Ich ging für eine Weile nach Colorado, um allein zu sein und herauszufinden, ob ich wieder würde malen können. Hier konnte ich es nicht mehr. Als ich dich fand, war ich schon dabei, mein Leben langsam wieder in den Griff zu kriegen. Ich konnte wieder arbeiten, konnte wieder daran denken, nach Hause zurückzukehren. Aber etwas fehlte noch.« Er sah sie an und nahm ihr Gesicht zwischen die Hände. »Und die Lücke hast du gefüllt.«

Ihre Finger schlossen sich um sein Handgelenk. »Das freut mich.«

Wir werden es schaffen, dachte sie. Was immer geschieht, wir werden es schaffen. Manchmal reicht es, wenn man gebraucht wird.

»Gabriel.« Sie ließ die Finger nach unten gleiten. »Die Bilder in deinem Atelier. Die gehören dort nicht hin. Es ist falsch, sie dort zu verstecken, gegen die Wand gelehnt, als existierten sie überhaupt nicht. Wenn dein Bruder so stolz auf dich war, dass er deine Ausstellung besuchen wollte, ist es an der Zeit, deine Bilder wieder öffentlich zu zeigen. Er würde es wollen. Widme ihm die Ausstellung. Es gibt keinen besseren Weg, zu beweisen, wie sehr du ihn geliebt hast.«

Er war drauf und dran gewesen, ihre Worte als Trost abzutun, doch der letzte Satz war weit mehr als das. »Er hätte dich gemocht.«

»Wirst du es tun?«

»Ja.« Er küsste sie auf ihren Mund, der sich zu einem Lächeln verzogen hatte. »Ja, es ist an der Zeit. Das weiß ich schon länger, ich bin nur nicht fähig gewesen, den letzten Schritt zu machen. Ich werde Marion alles Notwendige arrangieren lassen.« Sie verkrampfte sich, und obwohl die Veränderung minimal war, entging sie ihm nicht. Er sah ihr ins Gesicht. »Gibt es ein Problem?«

»Nein, natürlich nicht.«

»Du tust eine Menge Dinge gut, Engel. Aber Lügen gehört nicht dazu.«

»Gabriel, nichts würde mich mehr freuen als eine neue Ausstellung. Das ist die Wahrheit.«

»Aber?«

»Kein Aber. Ich hinke schon hinter meinem gewohnten Zeitplan zurück. Michael müsste längst gebadet sein.«

»Noch etwas zu warten wird ihm nicht schaden.« Er brauchte sie nicht festzuhalten. Es genügte, ihr mit den Händen über die Arme zu streicheln. »Ich weiß, dass zwischen dir und Marion Spannungen herrschen. Dass sie und ich eine rein geschäftliche Beziehung führen, habe ich dir ja bereits erklärt.«

»Das verstehe ich. Ich habe dir gesagt, was ich getan hätte, wenn das nicht der Fall gewesen wäre.«

»Ja, das hast du.« Sie hätte ihre Taschen gepackt, um ihn zu verlassen, wäre aber keine drei Meter weit gekommen. »Also, wo ist das Problem?«

»Es gibt kein Problem.«

»Ich würde es vorziehen, wenn ich mir die Antwort nicht von Marion holen müsste.«

»Ich ebenfalls.« Ihr Kinn fuhr hoch. »Hör auf, mich zu drängen, Gabriel.«

Er nickte und ließ die Hände zu ihren Schultern hinaufwandern. »Diesen Gesichtsausdruck bekommst du äußerst selten. Und wenn du ihn bekommst, würde ich dich am liebsten auf der Stelle nehmen.« Als sie errötete, presste er sie lachend an sich.

»Lach nicht über mich.« Sie wollte sich aus seinen Armen winden, doch sein Griff war fest.

»Entschuldigung. Ich habe nicht über dich gelacht, mehr über die Situation.« Vielleicht war jetzt ein behutsameres Vorgehen angebracht, doch ihm fehlte die Geduld dazu. »Willst du dich mit mir streiten?«

»Im Moment nicht.«

»Wenn du nicht besser lügen kannst, wirst du nie eine gute Pokerspielerin«, murmelte er. »Ich habe zufällig mitbekommen, worüber du mit Marion geredet hast, als ich in die Galerie kam.«

»Dann brauche ich es dir ja nicht groß zu erklären. Sie glaubt, dass ich dich an der Arbeit hindere, dein volles Talent blockiere. Und dagegen hat sie etwas unternommen. Vermutlich hätten die Eagletons uns in ein paar Tagen ohnehin gefunden. Trotzdem verzeihe ich ihr nicht, dass sie sie angerufen hat. Die Tatsache, dass sie deine Galeristin ist, zwingt mich, in der Öffentlichkeit ihr gegenüber höflich zu sein. Aber mehr als das ist nicht drin.«

Die Belustigung war aus seinem Gesicht verschwunden, und er hatte Laura fester an den Schultern gepackt. »Soll das heißen, dass Marion die Eagletons angerufen hat?«

»Ich denke, du hast unser Gespräch gehört, also …«

»Alles habe ich nicht mitbekommen.« Er trat einen Schritt zurück. »Warum hast du mir das nicht früher gesagt? Dann hätten wir ihr gesagt, sie soll zur Hölle gehen.«

»Ich habe nicht geglaubt, dass du …« Sie verstummte und starrte ihn an. »Oder hättest du doch?«

»Verdammt, Laura, was muss ich denn noch tun, um dich davon zu überzeugen, dass ich ganz auf deiner und Michaels Seite bin?«

»Aber sie hat gesagt …«

»Was macht es für einen Unterschied, was sie gesagt hat? Es kommt darauf an, was ich sage, oder etwa nicht?«

»Ja.« Laura faltete die Hände, senkte den Blick jedoch nicht. Genau darauf kam es an. Was er sagte. Und dass er sie liebte, hatte er noch kein einziges Mal gesagt. »Ich wollte mich nicht in deine beruflichen Angelegenheiten einmischen.«

»Und ich werde es nicht tolerieren, wenn Marion sich in mein Leben einmischt. Lass mich nur machen.«

»Was willst du tun?«

Konsterniert fuhr er sich mit der Hand durchs Haar. »Erst redest du so, als dürfte ich mein Werk der Menschheit nicht vorenthalten, und dann wieder so, als müsste ich betteln gehen, um eine andere Galerie zu finden.«

»Du willst deine Bilder aus Marions Galerie nehmen?«

Er murmelte etwas Unverständliches und drehte eine weitere Runde durchs Zimmer. »Ich glaube, wir müssen uns einmal ernsthaft unterhalten. Aber vielleicht gibt es noch ein besseres Mittel.« Er machte einen Schritt auf sie zu und fluchte leise, als das Telefon läutete. »Bleib hier.« Er drehte sich auf dem Absatz um und eilte hinaus.

Laura ging zu Michael und gab ihm seinen geliebten Hasen. Warum sollte sie nicht überrascht sein, dass er ihretwegen mit Marion brach? Aber tut er es wirklich meinetwegen? fragte sie sich und beugte sich zu dem Baby hinunter.

Nein, eher seinetwegen. Marion hatte den Fehler begangen, sich in Dinge einzumischen, die sie nichts angingen.

Auf die Gründe kam es nicht an, sondern auf die Resultate. Sie war an diesem Nachmittag einen gewaltigen Schritt weitergekommen. Endlich hatte er ihr anvertraut, was er für seinen Bruder empfand. Es war ihr gelungen, ihn dazu zu bringen, seine Arbeiten auszustellen, und Marion war aus ihrem Leben so gut wie verschwunden.

»Das müsste für einen Tag eigentlich reichen«, murmelte sie Michael zu. Blieb noch die Sache mit den Eagletons. Aber daran wollte sie jetzt nicht denken.

»Er braucht uns, Michael.« Auch das hätte ihr reichen sollen. Vielleicht waren sie nur ein Ersatz für jemanden, den er geliebt und verloren hatte. Aber er hatte sich bereits zu dem Baby bekannt und liebte es. Und ihr hatte er die Treue versprochen. Das war mehr, als sie je gehabt und für sich erwartet hatte. Und dennoch reichte es nicht.

»Laura.«

Sie drehte sich um, verärgert über ihr Selbstmitleid. »Was gibt's?«

»Das war Quartermain am Telefon.« Er sah die Angst in ihr aufsteigen, sah aber auch, wie die Entschlossenheit an ihre Stelle trat. »Es ist vorbei«, sagte er, bevor sie fragen konnte. »Der Anwalt der Eagletons hat ihn vor ein paar Minuten angerufen.«

»Vorbei?« Mehr als flüstern konnte sie nicht. Die Kraft, die sie aufgebaut und mühsam konserviert hatte, war fast erschöpft.

»Sie geben auf. Es wird keine Sorgerechtsklage geben. Jetzt nicht, niemals. Sie wollen mit dem Baby nichts mehr zu tun haben.«

Sie schlug die Hände vors Gesicht. Ihr kamen die Tränen, doch sie schämte sich nicht deswegen. Nicht einmal, als Gabriel sie in die Arme nahm. »Ist es sicher? Wenn sie es sich nun anders überlegen …«

»Es ist ganz sicher. Hör mir zu.« Er hielt sie ein wenig von sich ab. Er wusste nicht, wie sie auf den Rest reagieren würde. »Sie wollen notariell sicherstellen, dass Michael keinerlei Anspruch auf das Eagleton-Erbe hat. Er wird sein Erbe verlieren.«

»Das Vermögen?« Sie öffnete die Augen wieder. »Ich bezweifle, dass ihm das etwas ausmachen wird. Mir macht es nichts aus. Was die Familie betrifft, so hat er bereits eine. Gabriel, ich weiß nicht, wie ich dir danken soll.«

»Dann lass es. Du bist diejenige, die sich nicht hat unterkriegen lassen.«

»Das stimmt.« Sie wischte sich die Tränen ab und fiel ihm lachend um den Hals. »Ja, das stimmt. Niemand wird ihn uns je wegnehmen. Ich möchte feiern. Tanzen gehen, eine Party geben.« Sie lachte strahlend und drückte ihn an sich. »Aber erst nach einer Woche Schlaf.«

»Abgemacht.«

Er küsste sie, und sie schmiegte sich an ihn. Ein Neuanfang, dachte er, und diesmal machen wir ihn richtig. »Ich möchte meine Eltern anrufen und sie informieren.«

»Ja, tu das. Ich werde Michael baden und dann herunterkommen.«

Es dauerte fast eine Stunde, bis sie es tat, mit einem mehr als zufriedenen Michael auf dem Arm. Das frisch gebadete Baby war hellwach und wollte unterhalten werden.

Lauras Jeans waren nass geworden, und sie hatte sich eine

lavendelfarbene Bluse und eine passende Cordhose angezogen. Das Haar lag ihr lose auf den Schultern, und wie Michael duftete auch sie nach Seife und Puder. Gabriel holte sie am Fuß der Treppe ab.

»Komm, ich nehme ihn.« Er legte sich Michael in den gekrümmten Arm und kitzelte ihn am Bauch. »Du siehst topfit aus, mein Kleiner. Vermutlich würdest du mich beim Baseball vom Platz fegen.«

»Das würde aber ein hartes Match werden«, meinte Laura und unterdrückte ein Gähnen. »Wie schaffst du es bloß, so frisch auszusehen? Du hast doch nicht mehr Schlaf bekommen als ich.«

»Drei Jahrzehnte gesundes Leben. Und ein Körper, der es gewohnt ist, bis zum Morgen durchzupokern.«

»Dein Vater möchte mit dir spielen. Michael könnte ja zusehen.«

»Das könnte er.« Er hob ihr Kinn an. »Und du könntest auf der Stelle einschlafen, was?«

»Ich habe mich noch nie in meinem Leben wohler gefühlt.«

»Und kannst die Augen kaum noch offen halten.«

»Fünf Stunden Schlaf, und ich bin wieder voll da.«

»Ich möchte dir etwas zeigen. Danach solltest du nach oben gehen und dich hinlegen. Michael und ich amüsieren uns allein.« Sein Daumen strich an ihrem Kiefer entlang. Erst seit Laura wusste er, was für einen erregenden Duft Seife und Puder abgeben konnten. »Wenn du dich ausgeruht hast, veranstalten wir unsere private Feier.«

»Dann gehe ich jetzt gleich nach oben.«

Lachend hielt er sie am Arm fest. »Erst musst du dir etwas ansehen, Engel.«

»Okay, ich bin zu geschwächt, um dir zu widersprechen.«

»Das werde ich mir für später merken.« Das Baby auf dem einen Arm, den anderen um Laura gelegt, ging er in den Salon.

Sie hatte das Bild entstehen sehen, vom ersten bis zum letzten Pinselstrich. Dennoch wirkte es hier, über dem Kamin, ganz anders. In der Galerie hatte sie es als meisterhaftes Kunstwerk bewundert, als etwas, das von Kunststudenten und Kennern studiert, von Kritikern und potenziellen Käufern analysiert werden konnte. Hier, am späten Nachmittag im Salon, war es eine persönliche Aussage des Malers, etwas, das zu allen dreien von ihnen gehörte.

Erst jetzt ging ihr auf, wie sehr es ihr missfallen hatte, dass es in Marions Galerie hing. Und erst jetzt wurde ihr klar, was es wirklich bedeutete, es hier zu sehen. Es gab ihr das Gefühl, endlich ein Zuhause gefunden zu haben.

»Es ist wunderschön«, murmelte sie.

Er verstand, wie sie es meinte. Es war nicht Eitelkeit oder Selbstüberschätzung. »Noch nie in meinem Leben habe ich etwas wie dieses gemalt. Und ich bezweifle sehr stark, dass ich es jemals wieder tun werde. Setz dich, ja?«

Irgendetwas an seinem Tonfall ließ sie zu ihm hinübersehen, bevor sie es sich auf der Couch bequem machte. »Ich hatte keine Ahnung, dass du es hier aufhängen wolltest. Du hattest doch Angebote dafür.«

»Ich habe nie vorgehabt, es zu verkaufen. Es war immer für diesen Platz gedacht.« Er stützte das Baby auf seine Hüfte und ging zum Porträt hinüber. »Seit ich hier in diesem Haus lebe, habe ich nichts gemalt oder woanders entdeckt, was ich an diese Stelle hängen wollte. Wenn ich nicht in Colorado gewesen wäre und du nicht auf der Flucht, wenn es nicht geschneit hätte … Erst unser Zusammentreffen und das der Situationen, in denen wir uns gerade befanden, hat dieses Bild möglich gemacht.«

»Als du es gemalt hast, habe ich mich immer wieder gefragt, warum du wie im Rausch gearbeitet hast. Jetzt verstehe ich es.«

»Wirklich?« Mit einem Lächeln drehte er sich zu ihr um. »Ich frage mich, was du verstehst, Engel. Erst vor kurzer Zeit ist mir aufgegangen, dass du keine Ahnung hast, was ich für dich empfinde.«

»Ich weiß, dass du mich brauchst, mich und Michael. Wir haben gemeinsam das Beste aus unserer Lage gemacht.«

»Und mehr nicht? Du hast gesagt, du liebst mich. Ich weiß, dass Dankbarkeit dabei eine große Rolle spielt, aber ich möchte auch wissen, ob da noch mehr ist.«

»Was möchtest du, dass ich sage?«

»Ich möchte, dass du hinschaust.« Er streckte ihr die Hand hin. Als sie sich nicht rührte, ging er zur Couch und zog sie auf die Füße. »Schau dir das Porträt an, und erzähl mir, was du siehst.«

»Mich selbst.«

Heute scheint der Tag der Kraftproben zu sein, dachte Gabriel. Rasch brachte er den schlafenden Michael in sein Zimmer und legte ihn ins Kinderbett. Wieder bei Laura, fasste er sie an den Schultern und postierte sie so, dass sie das Porträt betrachtete. »Erzähl mir, was du siehst.«

»Ich sehe mich selbst. So wie du mich damals gesehen hast. Vielleicht etwas zu verletzlich, etwas zu traurig.«

Er schüttelte sie ungeduldig. »Du siehst nicht genug.«

»Ich will Stärke sehen«, platzte sie heraus. »Ich glaube, ich sehe sie. Und eine Frau, die bereit ist, das zu schützen, was ihr gehört.«

»Sieh dir ihre Augen an, Laura. Sag mir, was du in ihnen siehst.«

»Es sind die Augen einer Frau, die dabei ist, sich zu verlieben.« Sie schloss ihre eigenen. »Du musst es gewusst haben.«

»Nein.« Er legte die Arme von hinten um sie, sodass sie beide weiterhin das Porträt betrachten konnten. »Nein, ich wusste es nicht. Und zwar weil ich mir permanent eingeredet habe, ich würde nur das malen, was ich sehen wollte und was ich selbst fühlte.«

Das Herz schlug ihr bis zum Hals. Was immer er fühlte, das konnte er auch malen. Zu dem Ergebnis war sie selbst gekommen. »Was hast du gefühlt?«

»Ich fühle es noch immer. Siehst du es denn nicht?«

»Ich will es nicht in dem Bild sehen.« Sie drehte sich um und packte sein Hemd. »Ich will es hören.«

Er war nicht sicher, ob er die richtigen Worte finden würde, Worte kamen so viel schwerer als Gefühle. Er konnte seine Empfindungen malen, sie sogar herausschreien, aber ruhig über sie zu reden war schwierig, wenn sie so bedeutend waren.

Er berührte ihr Gesicht, ihr Haar, dann ihre Hand. »Gleich von Anfang an hast du mich auf eine Art angezogen, wie es noch nie jemand getan hatte und nie jemand tun wird. Ich dachte, ich wäre verrückt. Du warst schwanger, vollkommen von mir abhängig, dankbar für meine Hilfe.«

»Ich war dankbar. Das werde ich immer sein.«

»Ich will deine Dankbarkeit nicht, verdammt noch mal«, stieß er hervor, während er sich von ihr wegdrehte.

»Es tut mir leid, dass du so denkst.« Sie war jetzt vollkommen ruhig, und auch sein wütendes Funkeln änderte nichts an ihrer Gelassenheit. So würde sie ihn immer in

Erinnerung behalten. Mit dem Haar, das seine Hände immer wieder in Unordnung gebracht hatten. In dem grauen Hemd mit den bis zu den Ellbogen hochgeschobenen Ärmeln. Mit dem Gesicht voller Ungeduld.

»Weil ich vorhabe, den Rest meines Lebens dankbar zu sein. Und das hat nichts damit zu tun, dass ich ebenfalls vorhabe, dich für den Rest meines Lebens zu lieben«, sagte sie.

»Wie kann ich da sicher sein?«

»Sei's einfach. Du hast nicht nur das gemalt, was du sehen wolltest. Das tust du nie. Du malst die Wahrheit.« Sie machte einen Schritt auf ihn zu, den wichtigsten Schritt, den sie je gemacht hatte. »Ich habe dir die Wahrheit gegeben, Gabriel. Jetzt muss ich dich auch um sie bitten. Stecken deine Gefühle in dem Porträt, in einer Vorstellung von mir, sind sie das Ergebnis deiner Liebe zu Michael, oder gelten sie mir?«

»Ja.« Er nahm ihre Hände. »Ich liebe die Frau, die ich gemalt habe, die Mutter meines Sohnes und dich. Jede für sich und alle drei in einer Person. Wir hätten uns sonst wo treffen können, egal, unter welchen Umständen, und ich hätte mich trotzdem in dich verliebt. Vielleicht wäre es nicht so schnell gegangen, vielleicht wäre es nicht so kompliziert abgelaufen, aber passiert wäre es auf jeden Fall.« Sie wollte sich an ihn schmiegen, doch er hielt sie zurück. »Ich habe dich aus rein egoistischen Gründen geheiratet. Ich wollte dir damit keinen Gefallen tun.«

Sie lächelte. »Dann werde ich dir auch nicht dafür dankbar sein.«

»Danke.« Er hob ihre Hände an die Lippen, erst die, an der sie den alten Ehering trug, und dann die, an deren Ringfinger der neue steckte. »Ich möchte dich noch einmal malen.«

»Jetzt gleich?«

»Bald.«

Dann waren seine Hände in ihrem Haar und sein Mund auf ihren Lippen. Sie schlang die Arme um ihn und erwiderte den Kuss, der immer fordernder, immer leidenschaftlicher wurde. Nichts hinderte ihre Liebe mehr daran, das Verlangen noch zu steigern.

Sie wollte protestieren, als er sie zu Boden zog. Doch als sie fühlte, wie er ihr die Bluse aufzuknöpfen begann, ging der Protest in einem leisen Stöhnen unter.

»Michael …«

»Der schläft.« Er schob ihr das Haar aus dem Gesicht. Alles, was er hatte sehen wollen, sah er darin. »Bis er aufwacht, gehörst du mir allein. Ich liebe dich, Laura. Jedes Mal, wenn du das Bild anschaust, wirst du das wissen. Du bist mein gewesen, seit ich dich das erste Mal berührt habe.«

Dein, dachte sie und zog ihn an sich. Gabriels Engel war mehr als ein Porträt. Endlich wusste sie, wohin sie gehörte. Und zu wem.